ro
ro
ro

Jessica Koch wurde 1982 in Ludwigsburg geboren. Schon in der Schulzeit begann sie mit dem Schreiben. Zu Beginn ihrer Ausbildung zur Bauzeichnerin lernte sie im Herbst 1999 den Deutschamerikaner Danny kennen. Mit ihm erlebte sie die Geschichte hinter ihrem Debütroman «Dem Horizont so nah». Es dauerte fast 13 Jahre, bis sie sich traute, mit ihrem Manuskript an die Öffentlichkeit zu gehen. Jessica Koch lebt mit ihrem Mann, ihrem Sohn und ihren beiden Hunden in der Nähe von Heilbronn.

Mehr zur Autorin und zu ihren Büchern auf www.jessica-koch.de und www.facebook.com/Jessyko7682/.

Jessica Koch

# DEM ABGRUND SO NAH

Roman

Rowohlt Taschenbuch Verlag

Veröffentlicht im Rowohlt Taschenbuch Verlag,
Reinbek bei Hamburg, Oktober 2016

Umschlaggestaltung any.way, Hamburg,
nach einem Entwurf von Judith Jünemann
Illustrationsnachweis vladischern/VectorStock.com;
iStockphoto.com
Satz aus der Minion OT, InDesign,
Das Herstellungsbüro, Hamburg
Druck und Bindung CPI books GmbH, Leck, Germany
ISBN 978 3 499 29087 9

*Für meinen Sohn*
*Ich werde immer für dich da sein.*
*Bis zum letzten Atemzug.*

*Für Danny*
*Du wirst frei sein, Danny.*
*Eines Tages wirst du frei sein!*

*And I hope you find your freedom*
*for eternity*

## VORWORT

Die Informationen zu diesem Buch stammen aus Dannys umfangreichen, detaillierten Erzählungen und seinen Aufzeichnungen. Nach reiflicher Überlegung habe ich mich dazu entschieden, diese in einem Buch zu verarbeiten. In der Hoffnung, das Bewusstsein der Menschen für solche Geschehnisse zu stärken, da dies immer Dannys Wunsch gewesen ist. Für Missbrauchsopfer ist das «Nichtgehört-Werden» meist das Schlimmste, deswegen ist es wichtig, mit so einer Geschichte an die Öffentlichkeit zu gehen.

Ein Drittel meiner Einnahmen dieses Buches werden zu gleichen Anteilen der Organisation Kobra e. V. (Beratungsstelle für Missbrauchsopfer) und dem Paulihof (Therapiezentrum für traumatisierte Kinder) gespendet.

Ich habe den Versuch unternommen, Dannys Erinnerungen aus seiner damaligen Perspektive wiederzugeben und diejenigen Textpassagen, die aus seiner Perspektive erzählt werden, im Schreibstil und von der Wortwahl her zumindest ansatzweise an die Wahrnehmung eines Kindes anzugleichen.

Eure Jessica Koch

*TRIGGERWARNUNG: Hiermit soll ein Mensch, der selbst Opfer von Missbrauch oder Gewalt geworden ist, vor einer ungewollten Erinnerung an die belastende Situation durch die Berichte anderer gewarnt werden. Intensive Berichte und Diskussionen können Auslöser der eigenen Belastungen werden, die möglicherweise Angstreaktionen auslösen.*

## PROLOG

Er beobachtete ihn schon eine ganze Weile. Sein Name war Jacob, und er wohnte in der Nachbarschaft. Zu seinem Entsetzen bemerkte er zum wiederholten Male, wie er sich von ihm angezogen fühlte. Die Sommersonne malte abstrakte Muster in das schwarze Haar des Jungen, das glatt an seinem Kopf anlag. Seine Beine steckten in kurzen Shorts. Er trug abgewetzte Turnschuhe, und auch das T-Shirt hatte schon bessere Tage gesehen.

Im Grunde liebte er seine Ehefrau. Es war ganz sicher keine Zweckheirat gewesen, davon konnte nicht die Rede sein. Er hatte sie gesehen und sich verliebt. Die Tatsache, dass sie sofort schwanger wurde und bereit gewesen war, ihr Leben in Deutschland aufzugeben und zu ihm nach Atlanta zu ziehen, hatte ihn beflügelt. Vielleicht hatte er sich auch selbst belogen, als er sich einredete, für sie seine Vorliebe für Männer komplett aufgeben zu können. Anfangs war es leicht gewesen, aber über die Jahre hatte ihn immer häufiger diese Sehnsucht gepackt. Wie jetzt, wenn er *ihn* sah. Er wusste, er durfte seinem Verlangen nicht nachgeben. Es wäre falsch und unmoralisch gewesen. Zumal seine Frau bereits mit dem zweiten Kind schwanger war. Ein Junge würde es werden, die Ärzte rechneten in den nächsten zwei Wochen mit der Geburt.

Sie hatten sich hier eine wundervolle Heimat aufgebaut. Ländlich, in einem kleinen Holzhaus mit großem Anwesen. Sein erstgeborener Sohn brachte hervorragende Leistungen in der Schule, war strebsam und ein vielversprechendes Talent im Sport. Er hoffte, dass eines Tages etwas aus ihm werden würde. Etwas Besseres, als aus ihm selbst geworden war. Denn dass er ein guter Mensch war, konnte er nicht behaupten. Zu viele Fehler hatte er in der Vergangenheit gemacht; zu viele Dinge getan, die man nicht tun durfte. Er wusste auch, dass es eine Gratwanderung war;

das heile Familienleben war oft mehr Schein als Sein, die kleinste Erschütterung würde alles in sich zusammenfallen lassen wie ein Kartenhaus. Er würde zurückfallen in die alten Muster, in seine Leidenschaft, die es nicht geben durfte. Jeden Tag betete er zu Gott, dass diese Erschütterung ausbleiben möge.

Sein Blick wanderte wieder zu Jacob, der aufgestanden war und die Straße hinunter direkt auf ihn zu kam. Jeden Tag ging der Junge hier entlang, und jeden Tag spielte er mit dem Gedanken, ihn anzusprechen. Aber was hätte er sagen sollen?

Im Geiste hatte er ihn schon hundertmal zu sich nach Hause eingeladen, und Jacob war dieser Aufforderung nur zu gerne nachgekommen. Sie waren zusammen ins Schlafzimmer gegangen, und Jacob hatte sich von ihm ans Bett fesseln lassen. Freiwillig natürlich. So etwas machte man nur in gegenseitigem Einverständnis. Das wusste er. Aber was machte man, wenn der andere sich weigerte?

Seufzend unterbrach er diesen Gedankengang und beobachtete Jacobs schlaksigen Schritt, die Leichtigkeit seiner Bewegungen, und fragte sich sehnsüchtig, ob der Junge ihn wohl lieben könnte. Trotz des enormen Altersunterschiedes, der die beiden trennte.

Jacob ging mit seinem Sohn in dieselbe Klasse.

Die Dämmerung hatte längst eingesetzt, als er sich von der Veranda lösen konnte und ins Haus ging. Es roch nach Braten und Wein. Er liebte es, wenn seine Frau kochte. Sie war eine herausragende Köchin, und sie ließ sich trotz der fortgeschrittenen Schwangerschaft nicht davon abhalten. Heute war es irgendwie unruhig im Haus. Das Weinen seines Sohnes ließ ihn aufhorchen.

«Was ist denn los?», rief er die Treppe hinauf.

Seine Frau stand oben am Geländer und hielt seinen strohblonden Jungen im Arm, der sich immer wieder mit dem Ärmel über das tränennasse Gesicht wischte.

«Rex ist weg. Er hat sich den ganzen Tag nicht blicken lassen. Ich habe unserem Sohn gesagt, er muss jetzt aufhören mit dem Suchen und bis morgen warten, aber er will nicht hören! Es ist einfach zu dunkel draußen, ich kann ihn nicht mehr rauslassen.»

«Nur noch ganz kurz», bettelte der Junge.

Sie hielt verzweifelt mit einer Hand ihren immensen Bauch, mit der anderen ihren Sohn im Arm.

«Nein!», donnerte der Vater. Sein Tonfall machte deutlich, dass Protest zwecklos war. «Der Köter kommt schon wieder. Ansonsten kannst du morgen suchen. Jetzt essen wir zu Abend.»

Es ging alles viel zu schnell.

Mit einem Ruck riss sich der Junge von seiner Mutter los und stürmte die Treppe hinunter. Sie schaffte es nicht, ihn rechtzeitig loszulassen, und kam ins Straucheln. Der riesige Bauch sorgte dafür, dass sie schlussendlich das Gleichgewicht verlor. Stufe für Stufe stürzte sie die Treppe hinab. Erst am Fußende kam sie zum Liegen, zusammengekrümmt wie ein Embryo.

«Honey!», brüllte der Vater entsetzt und eilte auf sie zu. Der Junge schrie, als er die Blutlache bemerkte, die sich langsam auf dem Boden ausbreitete.

«Ruf sofort einen Krankenwagen!», herrschte er seinen Sohn an. Doch dieser war unfähig, sich zu rühren, und starrte wie gelähmt weiterhin auf seine reglose Mutter.

Draußen bellte ein Hund.

* * *

Ein herzzerreißendes Jaulen ließ den Jungen zusammenzucken.

*Rex,* schoss es ihm durch den Kopf. Unter tausend Hunden hätte er ihn erkannt. Besorgt blickte er sich im stockdunklen Zimmer um, konnte aber nichts sehen. Ein schrilles Winseln ertönte von draußen. Schnell stürzte er an sein Fenster und blickte in den schwach erleuchteten Garten. Schemenhaft konnte er seinen Vater ausmachen. Er schwankte wie ein Betrunkener. Mit einem dicken Stock schlug er immer wieder auf den Boden …

«Nein!», schrie der Junge entsetzt, als ihm bewusst wurde, was da geschah. «Nein!» Mit beiden Fäusten hämmerte er gegen die Scheibe. Niemand beachtete ihn. Blind vor Tränen rannte er die Treppe hinunter zur Haustür hinaus.

«Lass Rex in Ruhe!», schrie er.

«Der verdammte Köter ist schuld. Seinetwegen ist mein Sohn tot!» Kurz hielt der Vater in der Bewegung inne und sah ihn voller Wut an. «Und deinetwegen!»

Schluchzend sank der Junge auf die Knie. Der Hund rührte sich nicht mehr.

## 1990

Danny schob angewidert das Stück Putenfleisch an den Tellerrand. Er mochte Tiere lieber lebendig anstatt gebraten und paniert. Unzählige Male hatte er das seiner Mutter bereits gesagt, dennoch kam regelmäßig Fleisch auf den Tisch. Ganz langsam begann er zu erkennen, dass seine Wünsche in dieser Familie keinen allzu hohen Stellenwert hatten. Wenn es nur ansatzweise nach ihm ginge, dann wären sie noch immer in Atlanta. Aber er war nicht gefragt worden. Deswegen saß er nun in diesem fremden Land fest, dessen Sprache er zwar konnte, über das er aber sonst nichts wusste. Das Streitgespräch hingegen, das im Flur zwischen seiner Mutter und seiner Oma stattfand, kannte er mittlerweile auswendig. Beinahe täglich wiederholte es sich auf fast identische Weise.

«Du musst dich damit abfinden», hörte er seine Großmutter draußen schimpfen. «Dein Baby ist tot. Daran ist nichts mehr zu ändern! Hör auf, dich in Tagträume zu flüchten!»

Danny wusste, dass diese Aussage stimmte. Seine Mutter lebte in einer Phantasiewelt.

«Ich glaube, du gehst jetzt besser, *Mutter*!»

«Marina, bitte …»

«Auf Wiedersehen!»

Er hörte, wie die Haustür geöffnet und mit einem lauten Knall wieder geschlossen wurde. Auch das war nichts Neues. In der Regel geschah es immer an dieser Stelle des Gesprächs.

Marina trat mit glühenden Wangen in die Küche und wischte sich die Hände an ihrer Schürze ab.

«Oma hat recht!», sagte Danny, obwohl er seine Großmutter nicht sonderlich mochte. Schon als kleiner Junge hatte er sie als kaltherzig und fremd empfunden. Nun verglich er sie ständig mit seiner liebevollen Tante in Amerika, die ihm unheimlich fehlte.

«Was weißt du schon!» Die Stimme seiner Mutter klang gereizt und zugleich sehr entschlossen. «Es ist besser, wenn sie in Zukunft nicht mehr hierherkommt.»

«Was?» Danny schrie fast. «Ich dachte, nur deswegen sind wir hier? Weil du zu ihr wolltest?»

Marina seufzte tief. Sie setzte sich zu ihm an den Tisch. «Ich hatte gehofft, sie könnte mir helfen. Aber du siehst ja, wir sind nur am Streiten.»

«Prima, dann können wir ja wieder nach Hause!»

«So einfach ist das leider nicht, Danny. Wir haben das Haus in Atlanta aufgegeben und dieses hier gekauft. Dein Vater hat sich nach Deutschland versetzen lassen. Wir werden hierbleiben.»

«Dad schreit nur noch rum. Ihm gefällt es hier nicht», erklärte Danny trotzig. «Und mir auch nicht.»

«Ich war über zehn Jahre mit deinem Vater in Amerika. Nun bleiben wir eine Weile in meiner Heimat. Ihr werdet euch einleben.»

Marina stand ruckartig auf und drehte sich von ihm weg. Danny merkte, dass sie ihren eigenen Worten keinen Glauben schenkte. Wie um sich selbst zu überzeugen, fuhr sie fort: «Dein Vater hat hier eine schlechtere Stelle. Damit muss er sich erst abfinden. Für ihn ist das alles auch ungewohnt, er hat seit vielen Jahren nicht mehr in Deutschland gelebt.»

«Deswegen säuft er nur noch, seit wir hier sind?»

«Gib ihm Zeit. Er wird sich einleben. Du kannst ihn unterstützen, indem du künftig nur noch Deutsch mit ihm sprichst. Das wird ihm helfen. In Ordnung?», fragte Marina beschwichtigend.

«Von mir aus», gab Danny resigniert zurück. Anfangs würde es ungewohnt für ihn werden. Deutsch hatte er früher nur tagsüber mit seiner Mutter gesprochen, wenn sie allein zu Hause waren. Im Prinzip war es Danny aber gleichgültig, in welcher Sprache er mit seinem Vater kommunizierte. Am liebsten hätte er ganz auf die Gespräche mit ihm verzichtet. Nach der Sache mit Rex versuchte er, seinen Vater zu meiden, wo es nur ging.

Aiden steckte den Kopf durch die Tür.

*Wenn man vom Teufel spricht,* dachte Danny.

«Marina», sagte Aiden anstelle einer Begrüßung. «Ich möchte kein Abendessen, sondern gehe gleich nach oben.»

Er zog sorgfältig die Tür hinter sich zu. Danny lauschte in den Flur und vernahm dort leise Stimmen.

«Er ist wieder nicht allein», stellte Danny fest.

Marina nickte knapp, während sie ihren Teller mit Kartoffelpüree und Fleisch füllte. Schweigend setzte sie sich an den Tisch und begann lustlos zu essen.

«Wer sind diese Typen, die Dad immer mitbringt?»

«Freunde von ihm», erklärte Marina mit brüchiger Stimme.

«Aha», machte Danny zweifelnd. «Warum benimmt er sich dann so seltsam? Und wieso heulst du deswegen?»

Marina wischte sich verstohlen die Tränen aus den Augenwinkeln. «Ich weine wegen meinem Baby. Sonst ist alles in Ordnung!»

Wütend warf Danny seine Gabel auf den Tisch. «Überhaupt nichts ist in Ordnung! Dad säuft, will nichts mehr von uns wissen, und er hat meinen Hund erschlagen!»

«Es reicht! Geh in dein Zimmer!»

«Mom», flehte er. «Warum glaubst du mir nicht? Was denkst du denn, wo Rex ist? Dad spinnt total, und es wird immer schlimmer!»

«Danijel! Du gehst jetzt sofort ins Bett!» Marina stand vom Tisch auf und deutete mit dem Zeigefinger Richtung Treppe. «Ich will dich heute nicht mehr sehen!»

Schnaubend sprang Danny auf und trat heftig gegen den Esstisch.

«Du glaubst ihm mehr als mir», schrie er, drehte sich um und rannte die Eichenholztreppe nach oben. Leise schlich er zur Schlafzimmertür seiner Eltern, hielt davor inne und lauschte. Merkwürdige Laute drangen heraus, die er nicht einordnen konnte.

Schritte näherten sich der Tür, und Danny hastete in sein Zimmer.

Irritiert versuchte er, in einem Comic zu lesen, fand aber nicht die nötige Ruhe. Er entschloss sich, wirklich gleich ins Bett zu gehen. Mit seinem Pyjama in der Hand betrat er das Badezimmer.

Am Waschbecken stand ein dürrer Junge mit schwarz gefärbten, nach oben gestylten Haaren. Er trug eine hautenge, schwarze Jeans und einen breiten Gürtel um die schmalen Hüften. Konzentriert ließ er sich Wasser in die zu einer Schale geformten Hände laufen und spülte sich damit sorgfältig den Mund aus.

«Wer bist du?», fragte Danny.

Der Junge erschrak. «Ein Freund von deinem Vater.» Irgendwie schien er sich ertappt zu fühlen. Verstohlen griff er nach dem Handtuch, mit dem er sich dann das Gesicht abtrocknete.

«Bist du da nicht noch ein bisschen zu jung dafür?», konterte Danny spitz.

«Ich bin achtzehn», verteidigte der Junge sich.

«Echt? Du siehst aber jünger aus, wie vierzehn oder so.»

«Ich weiß. Meine Entwicklung lässt sich Zeit. Sie macht gerade Urlaub auf Hawaii.» Er lachte auf. Eine Reihe schneeweißer Zähne wurde sichtbar. «Und das ist auch gut so. Dann verdient man besser.»

«Versteh ich nicht», murrte Danny. «Was machst du hier?»

«Spielt das denn eine Rolle?»

«Ja. Ich *muss* es wissen!»

Der Junge lächelte zynisch: «Ich hab deinem Vater einen geblasen.»

«Was? Was ist das?»

Er lachte wieder auf und zog sich den Pullover an, der neben dem Waschbecken hing.

«Das willst du gar nicht wissen, glaub mir.»

«Doch, will ich!» Danny hasste es, wenn man ihm sagte, dass er etwas nicht wissen wollte, obwohl er vor Neugier brannte.

«Mach's gut.» Der Besuch seines Vaters wandte sich zum Gehen, hielt aber im Türrahmen kurz inne, um Danny eine Frage zu stellen: «Wie alt bist du, Kleiner?»

«Zehn.» Danny bemerkte, dass der andere ihn skeptisch musterte. «Warum? Was ist?»

«Nichts», sagte der fremde Junge knapp und kniff fest die Lippen zusammen. Eilig verließ er das Bad, kam dann aber doch noch mal zurück.

«Pass auf dich auf, Kleiner! Dein Vater hat sie nicht alle!», sagte er schnell. Wie um seine Worte zu unterstreichen, tippte er sich mit dem Zeigefinger an die Stirn.

Danny starrte ihm verwirrt hinterher, als er die Stufen hinabrannte. Seufzend schüttelte er den Kopf, zog sich um, ging zurück in sein Zimmer und legte sich ins Bett. Weil die Wut auf seine Mutter nicht nachlassen wollte, konnte er nicht einschlafen. Er lag noch immer wach, als sich weit nach Mitternacht seine Zimmertür öffnete und Aiden eintrat.

«Ist etwas passiert?» Verwundert blickte er seinen Vater an.

«Ich möchte kurz mit dir reden.»

«Jetzt? Ich bin müde.» Er wollte kein Gespräch führen. Sein Vater roch nach Alkohol und Zigarettenrauch.

Aiden ignorierte Dannys Einwand und setzte sich unaufgefordert zu ihm aufs Bett. «Deine Mutter hat mir erzählt, du fühlst dich von mir vernachlässigt. Ich möchte das in Zukunft ändern und mehr Zeit mit dir verbringen. Richtige Vater-Sohn-Dinge machen, die niemanden außer uns etwas angehen. Was hältst du davon?»

Danny dachte nach. Er war mehr als wütend auf seinen Vater. Niemals würde er ihm die Sache mit Rex verzeihen können . .

Der Hass brodelte so heftig in ihm, dass es ihm Bauchschmerzen verursachte und Angst machte. Ein Kind durfte seine Eltern nicht hassen, so viel war ihm klar. Vielleicht tat es ihnen gut, mehr Zeit miteinander zu verbringen. Früher waren sie an den Wochenenden oft gemeinsam am Meer gewesen, zum Windsurfen oder Wasserskifahren. Hier hatten sie nicht die Möglichkeit dazu, aber vielleicht konnten sie mal wieder zusammen schwimmen gehen.

«Okay», willigte er schließlich ein. «Können wir machen.»

Aiden rutschte ein Stück näher an ihn heran. Danny wich unweigerlich zurück. Er mochte es nicht, wenn sein Vater betrunken war.

«Ich möchte weiterschlafen!» Er gähnte, während er sich einrollte. Demonstrativ zog er die Bettdecke bis zu den Schultern nach oben und stellte sich schlafend.

Hinter ihm bewegte sich etwas. Danny registrierte verwundert, dass sein Vater sich zu ihm ins Bett gelegt hatte. Er beschloss, diesen Umstand einfach zu ignorieren, und gab ein leises Schnarchen von sich.

«Ich liebe dich, Danny!», sagte Aiden plötzlich. Ein Arm wurde um Dannys Hüften gelegt. So etwas hatte sein Vater noch nie getan. Ihm war diese Berührung unangenehm.

*Was soll das? Ich bin kein kleines Kind mehr, ich kann alleine schlafen.*

Ohne Vorwarnung schob Aiden seine Hand unter Dannys Schlafpullover und legte sie flach auf seine Brust. Langsam zog er den Jungen an sich. Erschrocken setzte Danny sich auf. «Was machst du da?»

«Kuscheln», gab Aiden gelassen zurück. «Das macht man so, wenn man sich gerne hat. Alle Väter machen das mit ihren Kindern. Es ist meine Schuld, dass ich das so lange versäumt habe.»

Aiden klopfte vor sich auf die Matratze. Unsicher legte Danny sich wieder hin und ließ sich von seinem Vater umarmen. Erneut schob dieser seine Hand unter Dannys Pullover und begann, ihn mit den Fingerspitzen zu streicheln. Mühsam widerstand Danny dem Drang, einfach aufzustehen und aus dem Zimmer zu gehen. Stattdessen stellte er sich weiterhin schlafend.

Er war heilfroh, als er endlich die tiefen Atemzüge hinter sich vernahm, die ihm verrieten, dass sein Vater eingeschlafen war. Vorsichtig befreite er sich aus der Umklammerung und drehte sich auf den Rücken. Mit einer schmerzhaften Heftigkeit erkannte er, dass in seinem Leben nichts mehr so war wie früher. Der Umzug hatte alles verändert. Schlimm genug, dass er seine Freunde verloren hatte und jetzt ohne seinen Sportverein auskommen musste. In Atlanta war er erfolgreich in der Leichtathletik und im Schwimmsport gewesen. Seine Mutter hatte ihn hier bereits in einem Schwimmverein angemeldet, aber ohne Pool am Haus konnte er sein Trainingspensum sicher nicht halten. Sein Vater warf Marina deswegen mehr als einmal vor, dass sie durch den Umzug Dannys Karriere zerstörte. Nicht nur im sportlichen Bereich. Danny hatte als Model für Kinderkleidung gejobbt und damit gutes Geld verdient. Sein ganzer Verdienst befand sich vorerst auf einem Sparkonto. Damit wollten seine Eltern ihm einen guten Start in die Zukunft ermöglichen. Marina war überzeugt, dass er den Job auch in Deutschland weitermachen konnte. Sie war nicht davon abzubringen gewesen, hierherzukommen. Mit aller Macht wollte sie zu ihrer Mutter nach Deutschland. Schließlich hatte Aiden entnervt nachgegeben und ertränkte nun seine entstandene Unzufriedenheit im Alkohol.

Danny gab sich die Schuld für alles, obwohl er es natürlich niemals so gewollt hatte. Woher hätte er wissen sollen, dass es so kam? Für ihn war der Gedanke an den Unfall kaum zu ertragen. Seit Monaten hatte er sich auf sein Geschwisterchen gefreut. Aber in seiner Dummheit zerstörte er alles. Rex hatte bereits mit seinem Leben bezahlt, und Danny beschlich plötzlich das ungute

Gefühl, dass er für seinen Fehler ebenfalls bitter würde bezahlen müssen.

Lautes Stimmengewirr weckte Danny auf. Das Bett neben ihm war leer. Er erinnerte sich nur dumpf daran, dass sein Vater sich am Vorabend zu ihm gelegt hatte. Möglicherweise war es ein merkwürdiger Traum gewesen. Hastig sprang er auf, schlüpfte aus dem Zimmer und schlich auf Zehenspitzen den Flur entlang bis zu der dunklen Eichentreppe. Dort setzte er sich auf den Boden, um dem Streit seiner Eltern zu lauschen. Seit sie in Deutschland waren, stritten sie ständig. In der Regel ging es dabei um ihn oder um das verlorene Baby. Manchmal war auch seine Oma der Auslöser. Neuerdings beschwerte sich sein Vater zudem über seine miese Stellung. Diesmal allerdings war es Marina, die wütend zu sein schien. Sie hatte ihren guten Vorsatz, nur noch Deutsch zu sprechen, vollkommen vergessen und brüllte ihren Mann auf Englisch an: «Es reicht mir einfach! Ich werde gehen!»

«Du bist undankbar, Marina! Ich bin nur deinetwegen in diesem verfluchten Land. Das weißt du.»

«Dann nimm deine schwulen Freunde und verschwinde zurück in die USA», kreischte sie. Das war durchaus ungewöhnlich für Dannys sonst so stille und schüchterne Mutter. Irgendetwas ging zu Bruch. Es klang nach Geschirr.

«Was verdammt ist dein Problem? Darf ich keine Freunde aus der Kneipe in *mein* Haus bringen?» Aiden schrie ebenfalls, bei ihm war das aber mittlerweile zur traurigen Normalität geworden.

«Freunde? Du nennst es *Freunde*? Denkst du, ich bin dumm?»

«Es sind nur Freunde.»

«Ich weiß, was läuft!» Ihre Stimme überschlug sich fast. Wieder ertönte ein lautes Klirren. «Du vergreifst dich an halben Kindern! Du betrügst mich! Denkst du, ich merk das nicht?»

«Du bist doch nicht normal!» Sein Vater war noch lauter geworden. Er hatte ganz offensichtlich noch Restalkohol im Blut.

Danny kauerte sich auf der Treppe zusammen. Es machte ihm Angst, wenn seine Eltern auf diese Weise stritten. Inständig hoffte er, seine Mutter wäre klug genug, einfach still zu sein und seinen Vater nicht weiter zu provozieren. Aber sie schrie hysterisch weiter: «Ich lasse mich scheiden! Du nimmst Stricher mit in unser Schlafzimmer ...»

«Halt dein Maul, Marina!» Es klatschte laut. Vermutlich hatte sich seine Mutter eben eine Ohrfeige eingefangen «Du bist krank im Kopf. Seit dem *Unfall* siehst du Dinge, die es nicht gibt. Du phantasierst und gehörst ganz dringend in Behandlung!»

«*Ich* bin krank im Kopf? *Du* vögelst doch halbe Kinder!»

Das klatschende Geräusch ertönte erneut, lauter als zuvor. «Du verlierst vollkommen den Verstand!»

Danny sprang auf und rannte die Treppe hinunter.

«Hört sofort auf!», rief er. Seine Mutter war vollkommen verheult. Sie wurde von seinem Vater an den Handgelenken festgehalten.

«Halt dich da raus, *Danny*!», herrschte Aiden ihn an. Er spie seinen Namen förmlich aus. Es klang wie eine Beleidigung.

«Lass sie los, du tust ihr weh!» Verzweifelt zerrte Danny am Arm seines Vaters.

In diesem Augenblick brach Marina zusammen. Kraftlos ließ sie sich zu Boden sinken.

«Ich werde gehen», japste sie. «Zusammen mit meinem Sohn!»

Aiden setzte sich neben sie. Sanft nahm er sie in den Arm.

«Du kannst nicht gehen», flüsterte er. Von einer Sekunde auf die andere hatte sich seine Stimmung vollkommen verändert. «Denk doch an das Baby. Es braucht einen Vater!»

«Baby?» Verwirrt sah sie ihn an.

«Ja, das Baby.»

Liebevoll legte Aiden seine Hand auf Marinas flachen Bauch und begann, das Wiegenlied zu summen, das sie in ihrer Schwangerschaft so oft gehört hatte.

Langsam schloss Marina die Augen. Sie legte die Hand auf die ihres Mannes, während sie andächtig der Melodie lauschte.

«Das Baby ist tot!», schrie Danny.

«Sei doch ruhig», flehte Marina. «So etwas darfst du nicht sagen!»

«Aber es ist so!»

«Verschwinde!», fuhr Aiden ihn an.

Kurze Zeit sagte niemand etwas. Im Radio sang Curt Smith «It's a very, very mad World ...»

Ungläubig blickte Danny seine Eltern an, die beide auf dem Boden saßen und einen Bauch streichelten, in dem sich kein Leben mehr befand.

«Das Kind braucht mich!» Leise sang Aiden das Wiegenlied.

«Was zur Hölle macht ihr da?» Danny traute seinen Augen nicht. «Dad? Warum redest du ihr so etwas ein? Das Baby ist *tot*! Dad, bitte!»

«Verschwinde, Danny!», wiederholte Aiden. «Ich will dich heute nicht mehr sehen!»

Fassungslos rannte Danny in sein Zimmer, um sich anzuziehen. Er musste hier raus. Wenn er seinem Freund Ricky erzählte, dass das Haus wegen einem Rohrbruch unter Wasser stand, konnte er ihn bestimmt überreden, mit ihm ins Hallenbad zu gehen. Den Tag im Wald zu verbringen, schreckte ihn heute ab. Es regnete mal wieder in Strömen. Das Wetter in Deutschland war immer katastrophal.

Erst spät am Abend kehrte Danny zurück. Er wollte sichergehen, dass sein Vater bereits das Haus verlassen hatte. Es gab am Wochenende längst keinen Abend mehr, an dem er daheimblieb.

Leise schlich Danny sich ins Wohnzimmer. In dem großen, offenen Kamin brannte ein Feuer. Sein Schein spiegelte sich in den grauen Fliesen auf dem Fußboden. Der CD-Player spielte wieder dieses schreckliche Wiegenlied, das Danny so sehr hasste. Seine Mutter fand er im Schaukelstuhl, eingewickelt in eine Decke, ein Babybuch in der Hand. Leise summte sie die Melodie mit.

«Hallo Mom.»

«Hallo Danny», gab sie zurück. «Wie geht es dir?»

«Gut», sagte er knapp. «Mom, wir müssen miteinander reden!»

Marina legte sofort ihr Buch aus der Hand und blickte ihn aus ihren ozeanblauen Augen an.

«Natürlich», sagte sie. «Was hast du auf dem Herzen?»

Danny strich sich nervös mit der Hand über seine ordentlich gekämmten Haare. «Du darfst dir das nicht einreden lassen. Das Baby ist tot, du musst das endlich verstehen!»

«Warum sprichst du so über Liam?»

«Weil es die Wahrheit ist! Das Baby ist tot – und fertig!»

Marina begann, wieder auf und ab zu schaukeln.

Danny deutete mit der Hand auf den CD-Player.

«Du weißt schon, dass in diesem beschissenen Lied der Junge am Ende stirbt?», knurrte er.

«Was ist nur los mit dir?», fragte sie erstaunt. «Ständig provozierst du Streit.»

«Indem ich die Wahrheit sage?» Er schnaubte wütend. «Hör doch auf den Text. Heidschi Bumbeidschi ist der Tod. Eine Mutter versucht, ihr Kind in den Schlaf zu wiegen, doch am Ende kommt der Tod und nimmt es mit. Irgendwie passend, findest du nicht?»

Er sah mit Genugtuung, dass seine Mutter kreidebleich geworden war.

«Danny, geh sofort ins Bett», zischte sie.

«Was? Schon wieder? Wieso?»

«Geh sofort ins Bett!», wiederholte sie kreischend.

Danny verließ kopfschüttelnd den Raum. Es war nun schon das dritte Mal innerhalb von zwei Tagen, dass sie ihn wegschickten, obwohl er die Wahrheit sagte. Oder vielleicht auch gerade deswegen …

Verärgert putzte er sich die Zähne und legte sich schlafen. Durch das Fenster in der Dachschräge beobachtete er nachdenklich die Sterne.

Es war schon spät am Abend, als sein Vater nach Hause kam. Genervt zog Danny sich die Bettdecke über den Kopf. Er wollte seine Eltern nicht schon wieder streiten hören.

Doch Aiden ging nicht zu Marina ins Wohnzimmer. Danny hörte ihn die Stufen nach oben kommen. Vermutlich hatte er wieder einen jungen Mann dabei, den er mit ins Schlafzimmer nahm.

Die Zimmertür wurde langsam geöffnet.

«Du bist noch wach?», fragte Aiden leise in das vom Mond hell erleuchtete Zimmer.

«Ja. Kann nicht schlafen.»

«Darf ich reinkommen?»

«Was gibt es denn?» Am liebsten hätte Danny die Frage verneint, aber er traute sich nicht.

«Nichts Bestimmtes. Ich wollte nur reden. Bisschen kuscheln …» Aiden setzte sich zu ihm aufs Bett. Er roch wieder nach Alkohol und Rauch. Erleichtert stellte Danny fest, dass er zumindest nicht sturzbetrunken war. Jetzt konnte er wenigstens die Gelegenheit nutzen, um seine Frage zu stellen, die ihm so sehr auf der Seele brannte.

«Wer sind die ganzen Typen, die du in letzter Zeit so häufig mit nach Hause bringst? Erst gestern hab ich einen von denen im Bad getroffen.»

Erstaunt starrte sein Vater ihn an. Seine hellen, grünen Augen wirkten erschrocken. Damit hatte er ganz offensichtlich nicht gerechnet.

«Azubis aus meiner Firma», antwortete er schnell. «Sie sind beruflich hier.»

«Warum weint Mom ständig deswegen?»

Aiden seufzte. Fast verzweifelt vergrub er das Gesicht in den Händen. «Ich kann nicht anders, Danny. Ich *kann* nicht! Ich hab es jahrelang versucht, aber jetzt ist alles aus den Fugen geraten, deswegen geht es nicht mehr. Verstehst du?»

«Nein.»

«Willst du wissen, was ich mit diesen Jungs mache?»

Er nickte. Bestimmt konnte er seine Eltern dann besser verstehen.

«Zieh deinen Pulli aus», sagte sein Vater leise.

Für einen Moment war Danny verunsichert, aber seine Neugier siegte. Er zog sich den Schlafpullover über den Kopf und knüllte ihn in den Händen zusammen.

Eine ganze Weile betrachtete Aiden ihn wortlos.

«Du kommst ganz nach deiner Mutter», flüsterte er dann. «Du bist ausgesprochen hübsch, weißt du das?»

Das wusste Danny. Die Leute sagten es ihm oft genug. Sonst wäre er auch nicht von dem Agenten der Modelagentur angesprochen worden.

*Wieso kommt Dad mitten in der Nacht hier rein und erzählt mir Dinge, die ich eh schon weiß?*

Aiden fuhr ihm freundschaftlich durch die blonden Haare, die wie immer ordentlich zum Scheitel gekämmt waren. Die andere Hand legte er auf Dannys Oberschenkel. Dann gab er ihm einen Kuss in den Nacken.

«Lass das», beschwerte sich Danny.

«Du wolltest doch wissen, was ich mit den anderen mache!»

«Nee, doch nicht. Hab's mir anders überlegt.»

«Du musst mich das aber machen lassen.» Sein Vater sah ihn beschwörend an. «Sonst muss ich mir weiterhin diese Jungs ins

Haus holen. Aber wenn ich das noch mal mache, dann lässt sich deine Mutter von mir scheiden. Willst du das?»

*Ja,* dachte Danny instinktiv. *Es wäre das Beste – für Mom und mich!*

Unschlüssig zuckte er die Achseln.

Aiden sprach leise und eindringlich weiter: «Du weißt, was dann passiert. Die Behörden werden dich deiner Mutter wegnehmen. Weil sie nämlich dabei ist, den Verstand zu verlieren.» Er machte eine bedeutungsvolle Pause, bevor er fast ungläubig hinzufügte: «Sie redet sich ein, dass das Baby noch in ihrem Bauch ist!»

«*Du* redest ihr das ein!», rutschte es Danny heraus. Sein Vater ignorierte ihn.

«Weißt du, wie es zugeht in deutschen Kinderheimen?»

Danny schüttelte den Kopf. Im Prinzip wusste er gar nichts über dieses Land, mit dessen Sprache er so selbstverständlich aufgewachsen war. Seit er vier Jahre alt war, hatte er mindestens zweimal im Jahr mit seinen Eltern hier Urlaub gemacht, doch die Sitten und Gebräuche waren ihm fremd.

Aiden rutschte ein Stück zu Danny hin. Geheimnisvoll flüsterte er ihm ins Ohr: «Ich werd dir davon erzählen. Hör mir gut zu!»

Danny wollte sein Oberteil wieder anziehen, aber sein Vater nahm es ihm weg und fuhr in dramatischem Tonfall fort: «Neuankömmlinge werden immer erst einmal verprügelt. Die anderen Jungs schleichen sich nachts mit Stöcken in dein Zimmer und schlagen dich grün und blau. Sie nehmen dir wochenlang fast dein gesamtes Essen weg, ärgern dich den ganzen Tag und machen dich zum Außenseiter. Wenn du es den Erziehern und Heimleitern sagst, wird es noch viel schlimmer. Sie nennen dich dann Petze und Feigling. Natürlich glauben sie dir kein Wort. Zur Strafe für deine Lügen sperren sie dich tagelang in einen dunklen Keller!»

«Quatsch!» Danny lachte. «So was gibt's doch gar nicht!»

«Hier schon!», widersprach ihm sein Vater. «Sogar noch schlimmer. Sie machen Dinge mit dir, die du dir nicht mal ansatzweise vorstellen kannst.»

Irgendwie verunsicherte ihn das, obwohl er den gehörten Worten eigentlich keinen Glauben schenken wollte. Die Vorstellung, tagelang in einem dunklen Keller zu sitzen, beunruhigte ihn. Noch mehr ängstigte ihn aber der Gedanke, seine Mutter könnte wirklich den Verstand verlieren. Möglicherweise würde eine Scheidung ihre Situation verschlimmern …

«Für Mom wäre eine Scheidung schlecht?»

Ein leises Lächeln huschte über das Gesicht seines Vaters. «Ja, für deine Mutter wäre eine Scheidung sogar sehr schlecht. Aber *du* allein kannst das verhindern!»

«Und wie?»

«Lass mich mit dir machen, was ich möchte! Und erzähl es niemandem!» Siegessicher fügte er hinzu: «Sonst werde ich euch verlassen! Dann musst du ins Heim. Und deine Mutter muss *wegen dir* für den Rest ihres Lebens in die Irrenanstalt. Sie wird dort niemals wieder rauskommen.»

Danny begann, unruhig auf dem Bett herumzurutschen. Langsam beschlich ihn das ungute Gefühl, dass das, was sein Vater mit ihm vorhatte, nichts mit Kanufahren oder Pfeil und Bogen schnitzen zu tun hatte.

«Versprich mir, dass du es für dich behältst!», verlangte Aiden. «Großes Ehrenwort, das niemals gebrochen werden darf.» Er hielt ihm die Hand hin. Lustlos schlug Danny ein. Ihm ging das ganze Theater auf die Nerven. Es war mitten in der Nacht, und er wollte schlafen.

«Versprochen», sagte er nur deswegen, weil sein Vater es von ihm erwartete.

«Braver Junge!» Aiden legte seine flache Hand auf Dannys

Brust und begann, seinen Nacken zu küssen. Die Bartstoppeln kitzelten Danny an der Schulter. Angewidert schob er ihn weg. Mit einer ruckartigen Bewegung entriss er seinem Vater den Schlafpullover und zog ihn schnell wieder an.

«Ich bin müde. Lass mich bitte schlafen», verlangte Danny. Ablehnend drehte er sich zur Seite.

Aiden streichelte ihm noch mal durch die Haare. Dann stand er auf.

«Denk an dein Versprechen!», raunte er ins Zimmer, bevor er es verließ.

Die unausgesprochene Drohung hallte von den Wänden wider und brannte sich in Dannys Gedächtnis ein.

* * *

Danny klappte sein Pausenbrot auf, kratzte mit dem Zeigefinger die Erdnussbutter herunter und leckte sie dann ab.

«Wie lief es bei dir?», fragte Jan, einer seiner Klassenkameraden.

«Ganz gut», gab Danny zurück, bevor er in sein zerlegtes Brot biss. Es war eine Untertreibung. «Hervorragend» wäre die richtige Antwort gewesen. Mit Mathe hatte er noch nie ein Problem gehabt. Die Textaufgaben fand er etwas umständlich, aber er hatte es geschafft, sie alle zu lösen.

«Frage 12 war voll der Mist», maulte Jan vor sich hin. «Ich glaub, ich hab die ganze Arbeit komplett verhauen.»

Jan, Marco und Danny unterhielten sich mit drei Jungs aus den höheren Klassen über ihre Matheaufgaben.

«Kann mir bitte irgendwer erklären, wie ich ein Viertel von 100 mit dem Quotienten aus 27 und 3 multipliziere? Ehrlich, ich blick das kein bisschen.» Marco sah erwartungsvoll einen der älteren Schüler an.

Dannys Gedanken schweiften zum vergangenen Wochenende und den Dingen, die sein Vater gesagt und getan hatte.

«Ist das bei euch auch so?», erkundigte er sich unvermittelt «Kommen eure Väter nachts auch zu euch ins Zimmer?»

Die anderen sahen ihn verwirrt an.

«Wozu?», wollte Jan wissen.

«Um zu kuscheln», gab Danny etwas verlegen zurück. Er bereute es bereits, diese Frage gestellt zu haben. Es war ihm einfach so herausgerutscht.

Jan fing lauthals an zu lachen.

«Wie, kuscheln?» Marco sah ihn erstaunt an.

«Na, kuscheln eben», erklärte Danny mürrisch. «Im Bett.»

«Das ist Sex», rief Christian, einer der Älteren.

Eine Weile schwiegen alle beschämt. Sie erröteten und starrten auf ihre Schuhe. Jan fing erneut an zu lachen. Die anderen stimmten ein.

«Danny hat Sex mit seinem Vater», prustete Tim, der Älteste der Gruppe.

«So ein Quatsch!» Danny knüllte seine Vespertüte zusammen und warf sie Tim an den Kopf. «So was macht mein Vater doch nicht!»

Er kannte die Bedeutung des Wortes nicht, aber es schien offensichtlich, dass es etwas Schlechtes war.

«Hast du gerade selbst gesagt», beharrte Christian.

«Hab ich nicht», verteidigte sich Danny. «Ich sagte *kuscheln*, du Idiot! Das macht man so, wenn man sich mag.»

«Kuscheln ist etwas für Babys!» Tim klopfte sich johlend auf die Schenkel. «Bist du etwa noch ein Baby?»

«Danny-Baby!»

Jetzt lachten sie alle.

«Wenn ein Erwachsener mit einem Kind Sex hat, dann ist er ein Kinderschänder!»

Danny schüttelte über seine eigene Blödheit den Kopf. Wie konnte er nur so ein Thema gerade dann ansprechen, wenn Jungs dabei waren, die er nicht zu seinen Freunden zählte und die zudem noch um einiges älter waren? Er hätte sich denken müssen, dass sie sich über ihn lustig machten.

«Ihr seid doch komplett bescheuert!» Wütend stemmte er die Arme in die Hüften.

«Was ist das einzige Gute an einem Kinderschänder?»

«Keine Ahnung, was?»

«Er fährt vor Schulen immer Tempo 30!» Jan konnte sich kaum halten vor Lachen.

«Sex ist wie Haribo: macht Kinder froh – und Erwachsene ebenso!»

«Ich habe auch einen!» Natürlich wieder Tim. «Gehen ein Kinderschänder und Danny in den Wald, immer tiefer und tiefer. Plötzlich sagt Danny: Langsam bekomm ich echt Angst. Darauf der Kinderschänder: Du hast Angst? Was soll ich sagen? Ich muss den ganzen Weg allein zurück.»

Sie quietschten vor Vergnügen.

«Leckt mich doch!» Danny hob ihnen den Mittelfinger entgegen. Er fragte sich, ob sie ihre eigenen Witze überhaupt verstanden. Was war ein Kinderschänder? Jemand, der Schande über ein Kind brachte? Indem er was tat? Kuscheln?

«Ach komm schon», versuchte Jan einzulenken. «Wir machen doch nur Spaß!»

«Lasst mich doch einfach in Ruhe!» Mit schnellen Schritten lief Danny davon, ärgerlich auf sich selbst. Warum musste er immer aussprechen, was ihm gerade im Kopf herumging? Er marschierte zur Tischtennisplatte unter den Bäumen. Wie erwartet, traf er dort seinen Freund Ricky. Missmutig setzte er sich zu ihm.

«Danny», sagte der. «Warum so ein finsteres Gesicht? Alles fit?»

«Hm», brummte Danny.

Ricky ging bereits in die achte Klasse. Sie hatten fast den gleichen Heimweg. Anfangs waren sie ihn nur zufällig gemeinsam gegangen, mittlerweile warteten sie immer aufeinander, wenn ihr Unterricht zur selben Zeit endete. Nachmittags schlenderten sie oft zusammen in den Wald, um Baumhütten oder Bachdämme zu bauen. Obwohl sie sich erst wenige Wochen kannten, war Ricky bereits Dannys bester Freund geworden. Wenn überhaupt, dann konnte er nur ihm diese weitere Frage stellen, die ihn so sehr beschäftigte.

«Du», begann er unsicher. «Kann ich dich mal was fragen?»

«Klar. Frag!» Ricky formte aus Papierfetzen kleine Kügelchen. Die wollte er später mit einem Strohhalm quer durchs Klassenzimmer schießen. Seine lackschwarzen Haare hingen ihm in Strähnen in die Stirn.

«Was bedeutet der Satz ‹Ich hab ihm einen geblasen›?»

Erstaunt blickte Ricky auf. Er schien sich nur mit Mühe das Lachen verkneifen zu können.

«Wer hat das gesagt?», wollte er wissen.

«Ist doch egal! Was ist das denn?», drängte Danny.

«Das ist etwas echt Widerliches!» Ricky stand auf und ging ein Stück von den anderen weg. Trotz seines dunklen Teints errötete er. Danny folgte ihm. Verstohlen sah Ricky sich um, bevor er flüsterte: «Das ist, wenn eine Frau einem Mann den Schwanz lutscht.»

Angewidert zog Danny die Oberlippe hoch. «Muss das denn unbedingt eine Frau sein, die das macht?»

«Ich denke schon.» Ricky wurde unsicher. Das Rot in seinen Wangen wurde eine Nuance dunkler. «Sonst ist es noch ekliger. Dann ist es nämlich schwul.»

«Was ist denn schwul?» Danny hatte das deutsche Wort noch nie gehört.

«Na, wenn ein Mann einen anderen Mann liebt und mit dem solche Dinge macht. Schwul sein ist abartig und krank. Das ist nicht normal!»

«Können auch verheiratete Männer schwul sein?»

Ricky schüttelte vehement den Kopf. «Natürlich nicht. Sonst wären sie doch nicht verheiratet. Warum willst du das denn wissen?»

«Nur so», sagte Danny schnell. «Interesse. Ich muss zum Unterricht, bis später!» Ohne eine weitere Erklärung drehte er sich um und rannte weg. Es war falsch gewesen, seine Klassenkameraden so etwas zu fragen. Auch das Gespräch mit Ricky hatte ihm nicht geholfen. Ganz im Gegenteil, jetzt war er nur noch verwirrter. Sein Vater hatte ihn explizit aufgefordert, mit niemandem darüber zu sprechen. Er hatte sich nicht daran gehalten, obwohl er erst vor kurzem die leidvolle Erfahrung gemacht hatte, was passierte, wenn man ungehorsam war. Was stimmte nur nicht mit ihm? Wieso konnte er nicht einfach machen, was man ihm sagte?

Es geschah ihm ganz recht, dass sie ihn ausgelacht hatten.

## 1991

Danny verbrachte den Jahreswechsel mit seiner Familie bei einem Arbeitskollegen seines Vaters. Er stellte fest, dass er keinen Sekt mochte. Es wurde ihm sogar übel davon. Marina rührte keinen einzigen Tropfen an.

«Ich bin schwanger», erklärte sie. Niemand stellte weitere Fragen. Danny verdrehte heimlich die Augen, während er schweigend Brotstücke in den geschmolzenen Käse tauchte. Kritisch beobachtete er dabei seinen Vater. In den letzten Monaten hatte der sich auch optisch sehr verändert. Obwohl er in Deutschland kein Football mehr spielte, war er nach wie vor trainiert und sportlich, aber früher hatte er seine braunen Haare länger getragen und meistens zum Scheitel gelegt. Nun waren sie bis auf wenige Zentimeter kurz geschnitten. Dafür hatte er die Bartstoppeln von mehreren Tagen ohne Rasur im Gesicht. Um die Augenpartie bildeten sich Falten, die früher nicht da gewesen waren.

Niedergeschlagen versuchte Danny sich daran zu erinnern, wie sein Vater in Atlanta gewesen war. Damals, als er ihn noch geliebt hatte. Er war nicht in der Lage, sich an dieses Gefühl zu erinnern. Obwohl es nur wenige Monate her war, erschien es ihm wie aus einem anderen Leben. Schweren Herzens musste er vor sich selbst zugeben, dass er seinen Vater hasste. Nicht nur, weil er Rex umgebracht hatte. Seit Wochen kam er jeden Freitag nach seiner Kneipentour zu ihm ins Zimmer. Um zu kuscheln, wie er es nannte. Danny wusste nicht, was er davon halten sollte. Irgendwie schien es sich jedes Mal zu steigern. Sein Vater legte sich hinter ihn und streichelte seine Brust und seinen Bauch. Anfangs konnte Danny an seiner Strategie festhalten, sich schlafend zu stellen. Neulich hatte Aiden ihn aber geweckt und von ihm verlangt, dass er ihn ebenfalls am Oberkörper berührte. Er hatte sich geweigert, und sein Vater war wütend aus dem Zimmer gegangen.

Danny wurde zunehmend verunsichert und fragte sich, was das denn sollte. Zwar beteuerte Aiden ständig, sein Handeln sei in Ordnung und normal, aber wenn Danny auf sein Gefühl hörte, dann wusste er, dass es eben nicht so war. Warum fühlte er sich sonst so unwohl dabei?

«Hey!», herrschte Aiden ihn plötzlich an. «Du bist etwas gefragt worden!»

«Ich hab nicht zugehört, tut mir leid.»

«Er ist so unkonzentriert in letzter Zeit», entschuldigte sich Marina. «Hans hat dich gefragt, wie es dir in Deutschland gefällt.»

«Ganz gut», log er. «Etwas ungewohnt eben.» Aufmerksam richtete er seinen Blick auf ein Brotstück, das er ins Fondue tauchte. Wieso hatte er gelogen? Er hätte doch zugeben können, dass es ihm hier nicht gefiel. Eingestehen können, wie sehr er seine Tante vermisste und dass er am liebsten wieder nach Hause wollte. Doch er ahnte, dass das ohnehin keinen interessierte. Seine Gedanken drifteten wieder ab. Es fiel ihm wirklich schwer, sich auf etwas zu konzentrieren.

Kurz nach dem Feuerwerk fuhren sie nach Hause. Danny war todmüde. Nur mit Mühe schaffte er es, sich überhaupt wach zu halten. Gemeinsam mit seiner Mutter ging er ins Bad, um sich zum Schlafen fertig zu machen. Aiden blieb wach und trank im Wohnzimmer ein Bier. Mit verschränkten Armen setzte sich Danny auf sein Bett und lauschte. Ihm war klar, dass er trotz seiner Müdigkeit erst dann einschlafen konnte, wenn sein Vater ebenfalls schlief. Zu groß war seine Sorge, er könnte wieder zu ihm ins Zimmer kommen. Die Befürchtung, dass Aiden nur aus diesem Grund noch unten im Wohnzimmer saß, nahm stetig zu.

Es dauerte keine halbe Stunde, bis Danny die Stufen knarren hörte. Kurzerhand nahm er sein Bettzeug und legte sich damit auf den Boden. Sollte sein Vater wirklich zu ihm wollen, dann konnte er sein Bett für sich alleine haben.

Die Zimmertür öffnete sich leise. Genauso geräuschlos wurde sie wieder geschlossen. Danny sah, wie sein Vater ans Bett trat und verwundert feststellte, dass es leer war. Der Mond, der durch das große Dachfenster schien, spendete genug Licht, dass er seinen Sohn sofort fand.

«Was machst du da?» Er lallte. Seine Stimme klang genervt.

«Schlafen», erklärte Danny. «Du kannst das Bett haben.»

Aiden lachte übertrieben laut auf. Dann griff er nach Dannys Arm und zog ihn hoch. «Lass den Blödsinn. Ins Bett mit dir.»

Nur widerwillig ließ Danny sich zurück ins Bett zerren.

«Dad, bitte», jammerte er. «Ich will das nicht mehr!»

«Setz dich hin!», befahl Aiden streng und zog ihm mit einer ruckartigen Bewegung den Schlafpullover über den Kopf.

Nervös blieb Danny aufrecht im Bett sitzen, während er die Entfernung zur Zimmertür abschätzte.

Aiden setzte sich wie selbstverständlich aufs Bett. Liebevoll nahm er Dannys Gesicht in die Hände.

«Deine Augen sind wunderschön. Noch blauer als die deiner Mutter. Ich liebe das!» Er gab ihm einen Kuss auf den Mund. Angeekelt drehte Danny sich weg. Er war sich nun absolut sicher, dass das Verhalten seines Vaters nicht normal war, und wollte es nicht länger akzeptieren. Angestrengt überlegte er, wie er das am überzeugendsten sagen konnte.

«Gib mir deine Hand», forderte sein Vater ihn auf.

«Nein.» Entschlossen schüttelte Danny den Kopf und verschränkte die Arme vor der Brust.

Aiden seufzte, packte ihn am Handgelenk und legte Dannys Hand zwischen seine Beine. Entsetzt und angewidert wollte Danny sie zurückziehen, aber sein Vater hielt ihn eisern fest.

«Das ist nicht schlimm», flüsterte er. «Du musst doch gar nichts machen.»

«Mom!», schrie Danny plötzlich.

Abrupt sprang er auf und hastete zur Tür. Panisch riss er sie auf, um aus dem Zimmer zu rennen.

«Mom!», rief er wieder. Sein Vater ergriff ihn grob von hinten. Er legte den Arm um Dannys Bauch und hob ihn hoch. Danny strampelte und schlug um sich, während Aiden die Zimmertür zuschlug und den Schlüssel zweimal herumdrehte.

Voller Verzweiflung begann Danny nach seinem Vater zu treten.

«Lass den Mist!», schnauzte der ihn an. Wütend warf er ihn aufs Bett. Blitzartig sprang Danny erneut auf. Aiden fing ihn abermals ab. Mit aller Kraft schleuderte er ihn aufs Bett zurück.

«Hör auf, dich wie ein Idiot zu benehmen!», brüllte er. Benommen und schwer atmend blieb Danny liegen. Ängstlich beobachtete er seinen Vater. Aiden sank auf einmal in sich zusammen. Fast verzweifelt vergrub er das Gesicht in den Händen und begann zu jammern: «Es tut mir leid, Danny. Es tut mir wirklich so leid! Aber ich kann nicht anders. Ich *kann* nicht!»

Danny nutzte seine Chance und stürmte erneut zur Tür. Der Schlüssel war abgezogen, also hämmerte er mit den Fäusten gegen das Holz.

«Mom!»

«Ich hab gesagt, du sollst aufhören mit dem Scheiß! Deine Mutter kommt nicht, also spar dir das Theater!»

Aiden griff in Dannys Haare, zog ihn daran zurück ins Bett und drückte ihn mit dem Bauch nach unten auf die Matratze. Hastig riss er ihm die Schlafhose samt Unterhose bis in die Kniekehlen hinunter.

«Es tut mir leid», sagte er dann wieder. «Ich hab es wirklich versucht. Ich kann nicht anders. Du bist selber schuld!»

Danny konnte sich nicht mehr beherrschen und begann zu schreien. Tränen liefen ihm die Wangen hinunter.

Die Matratze gab nach, als sein Vater sich hinter ihn kniete.

Verwirrt drehte Danny sich um. Aus den Augenwinkeln konnte er erkennen, wie sein Vater sich ebenfalls die Hose hinunterzog und in seine rechte Hand spuckte.

Ekel überflutete Danny. Er wollte davonkrabbeln, wurde aber an der Hüfte festgehalten. Ein stechender Schmerz durchfuhr ihn. Danny schrie noch lauter und durchdringender, bis eine Hand seines Vaters sich fest auf seinen Mund und seine Nase legte. Die Finger rochen unangenehm nach Rauch. Für einen Moment glaubte Danny zu ersticken – und biss zu.

Aiden zog erschrocken die Hand zurück und schrie: «Hör auf damit! Du machst es doch nur schlimmer!»

Mit einem Arm drückte er seinen Sohn in das Kissen, der andere umklammerte noch immer seine Hüften. Reglos und unfähig, sich zu bewegen, lag Danny da. Das Gewicht auf seinem Rücken war für ihn kaum zu ertragen. Sein gesamter Körper brannte vor Schmerz, er konnte den Ursprung längst nicht mehr ausmachen. Sein Vater roch nach Rauch, Bier und Wodka. Voller Abscheu versuchte Danny vergeblich, den Kopf zur Seite zu drehen. Er zwang sich, ruhig zu atmen. Ihm fehlte schlichtweg die Luft zum Schreien, sonst hätte er es mit Sicherheit getan. Aiden stöhnte.

«Ich liebe dich, Danny!», keuchte er kurz darauf, bevor er endlich das erdrückende Gewicht von Dannys Rücken nahm. Mit ausgestreckten Armen blieb Danny in Schockstarre liegen, sein gesamter Körper zitterte.

«Ist alles in Ordnung mit dir?» Danny konnte seinem Vater nicht antworten. Er registrierte noch, dass Aiden ihn bis zur Schulter zudeckte und sich eine Zigarette ansteckte.

Seine Gedanken überschlugen sich. Verzweifelt versuchte er zu begreifen, was da eben geschehen war. Schlagartig fühlte er sich beschmutzt. Gerne wäre er aufgestanden und ins Bad gelaufen, aber er traute sich nicht einmal, den Kopf zu heben. Selbst dazu fühlte er sich zu gedemütigt. Außerdem schmerzte sein Rücken so sehr, dass er nicht in der Lage war, seine Position zu verändern.

«Es tut nur die ersten Male weh», flüsterte Aiden. «Danach wird es besser, versprochen.»

Danny begann lauthals zu schluchzen. Bedeutete das etwa, dass sich dieser Wahnsinn von heute wiederholen würde? Sein Magen war ein einziger Eisklumpen, während sein restlicher Körper brannte wie Feuer.

Aiden steckte seine Hand unter die Bettdecke und streichelte Dannys Rücken. «Schsch», zischte er ihm sanft zu. «Schon gut, dir passiert doch nichts.»

Ein Klopfen an der Tür ließ sie beide zusammenzucken.

«Was ist denn da los?», rief Marina von außen.

«Scheiße!», fluchte Aiden und drückte schnell seine Zigarette auf dem Nachttisch aus. «Du bleibst in deinem Zimmer!»

Nach diesen Worten schloss er die Tür auf und steckte den Schlüssel dann wieder ein.

«Alles in Ordnung, Marina. Geh wieder schlafen!» Aiden zog die Tür hinter sich zu.

«Warum weint Danny?» Die Stimme seiner Mutter klang aufgelöst, sie musste halb krank sein vor Sorge.

«Ich erziehe ihn!», donnerte Aiden. «Etwas, was du offenbar versäumt hast!»

«Lass die Finger von meinem Sohn, sonst bring ich dich um!»

Danny hörte, dass sein Vater wieder einmal seine Mutter schlug. Er fand nicht die Kraft, nach draußen zu laufen. Die Stimmen wurden leiser, als seine Eltern im Schlafzimmer verschwanden, doch der Streit hörte nicht auf.

«Wenn du dich nur ein einziges Mal einmischst», schrie Aiden so laut, dass Danny es trotz der dicken Wände zwischen ihnen hören konnte, «dann hast du in Zukunft zwei tote Söhne!»

Danny heulte in sein Kissen. Sein Mund fühlte sich an, als hätte er eine Tonne Sand gegessen. Die Tränen liefen ihm noch immer über die Wangen. Rotz tropfte aus seiner Nase.

Ganz langsam rollte er sich auf den Rücken, dann setzte er sich auf. Mit den Zehen angelte er nach seiner Schlafanzughose und zog sie wieder hoch.

Wieso war seine Mutter ihm nicht zur Hilfe gekommen? Würde sie es zukünftig tun? Ein Gefühl sagte ihm, dass er sich darauf nicht verlassen konnte.

Auf allen vieren kroch er aus dem Bett, nur um dann festzustellen, dass er den Weg ins Bad niemals schaffen würde. Seine Arme und Beine zitterten noch immer unaufhörlich. Nichts wollte er mehr, als den Schmutz abzuwaschen, der plötzlich wie Pech an ihm klebte. Doch er konnte nicht aufstehen. Wenn er aufstand, würde er fallen – und das durfte nicht passieren. Denn wer einmal fiel, kam nie wieder auf die Beine.

Obwohl er kräftemäßig am Ende war, sträubte sich alles in ihm, sich wieder in das Bett zu legen, in dem ihm dieses Unrecht angetan worden war, das er nicht einmal benennen konnte. Zum ersten Mal in seinem Leben fühlte er sich hilflos und ausgeliefert. Das Bedürfnis, sich zu verkriechen und zu verstecken, wurde übermächtig, doch Danny konnte sich nicht im Zimmer einschließen. Schließlich kroch er in den großen Wandschrank unter der Dachschräge, in dem er seine Kleidung aufbewahrte. Sorgfältig schloss er die Tür hinter sich. Das war wichtig, denn niemand durfte sehen, was passiert war. Im Schrank war es dunkel. Eine sanfte, schützende Dunkelheit, die ihn einhüllte und verbarg.

Danny kauerte sich in der hintersten Ecke zusammen, umklammerte seine Knie und begann verstört hin und her zu wippen. Inständig hoffte er, sein Vater würde ihn hier niemals finden. Am besten war, wenn ihn niemals jemand fand. Denn wenn das geschah, würde derjenige auch erkennen, dass Danny versagt hatte – und ihn und seine Schande gnadenlos ans Licht zerren. Doch da gehörte er ab heute nicht mehr hin. Er gehörte in die Dunkelheit. Da war es einfacher, etwas zu verstecken, was niemals aufgedeckt werden durfte.

Es dauerte fast die gesamte Nacht, bis er zusammengekauert in der Ecke in einen oberflächlichen Schlaf fiel.

* * *

Aiden erwachte mit hämmernden Kopfschmerzen. Obwohl er den halben Vormittag verschlafen hatte, war er noch immer alkoholisiert. Vorsichtig stellte er die Beine auf den Boden. Was war bloß letzte Nacht geschehen? Er wusste noch, dass er das Zimmer seines Sohns betreten hatte. Was zur Hölle war dort vorgefallen?

*Scheiße, Aiden, du Vollidiot! Was hast du getan?* Nervös kratzte er sich seine Bartstoppeln.

Marina trat ins Schlafzimmer und setzte sich aufs Bett. Ihr Blick war der Welt entrückt, ihre hellen, blonden Haare hatten sich aus dem Pferdeschwanz gelöst und standen ungepflegt nach allen Seiten ab.

«Was ist letzte Nacht geschehen?», fragte sie leise.

Aiden konnte nur mühsam verhindern, dass er laut auflachte. Er hätte selbst gern gewusst, was vorgefallen war. Er musste dringend nach Danny sehen. Marina durfte den Jungen so nicht vorfinden. Möglicherweise war er verstört und durcheinander.

«Alles in Ordnung», beruhigte er sie. «Danny und ich hatten einen heftigen Streit. Ich werd mal nach ihm sehen. Leg du dich doch noch etwas hin. Du musst dich schonen, wegen dem Baby!» Liebevoll legte er seine Hand auf ihren flachen Bauch. Sein Kopf dröhnte noch immer. Er musste darauf achten, sich vorsichtig zu bewegen.

«Wirklich?» Marina sah ihn aus großen Augen an und setzte sich aufs Bett. Ihre Verwirrung war echt.

Aiden seufzte tief. Er hasste, was er tat, aber ihm blieb nichts anderes übrig.

«Natürlich musst du das. Hat doch der Arzt gesagt!» Er drehte sich zu dem CD-Spieler und drückte auf «Play». Engelbert Humperdinck begann leise zu singen: «Aba heidschi bumbeidschi bum bum …»

Wenn er es geschickt anstellte, dann konnte er Marina mit diesem Lied so konditionieren, dass sie sich zumindest eine Weile der Welt entzog. Nicht, dass er sich dabei gut gefühlt hätte, aber was blieb ihm für eine Wahl? Selbst wenn letzte Nacht alles gutgegangen war, seine Frau würde niemals akzeptieren, dass er ihren gemeinsamen Sohn anfasste. Sie würde Danny schnappen und mit ihm abhauen. Dann wäre er allein. Dieser Gedanke machte ihm Angst. Er hasste es, allein zu sein. Die Tatsache, dass er in diesem verfluchten Land festsaß, machte es nicht besser. Niemals hätte er sich überreden lassen dürfen, hierherzukommen. Es war ein großer Fehler gewesen. Was hatte er sich nur dabei gedacht?

Seine Anstellung hier war armselig. In Atlanta war er Abteilungsleiter bei Chrysler gewesen. Hier führte er nur ein recht stupides Team mit gerade mal einer Handvoll Mitarbeitern. Wenn ihm jetzt auch noch seine Frau weglief, stand er da wie ein Versager. Damit sanken seine Aufstiegschancen gen null. Er musste vorsichtig sein. Marina durfte auf keinen Fall herausfinden, wozu es gestern Nacht gekommen war. Wenn es dazu gekommen war … Noch hatte Aiden die Hoffnung, dass er trotz seines hohen Promillewertes rechtzeitig in sein eigenes Schlafzimmer zurückgegangen war. Verzweifelt zermarterte er sich das Hirn, aber er konnte sich an nichts erinnern. Ein Blick auf seinen Sohn würde ihm Aufschluss geben.

«Ich werde Danny wecken, er soll dir Frühstück machen.»

Aiden küsste Marina auf die Stirn und stellte erleichtert fest, dass sie sich entspannt in ihr Kissen sinken ließ. Schnell verschwand er im Bad. Am Wochenende und an Feiertagen schlief Danny ohnehin immer bis mittags. Deswegen ließ Aiden sich Zeit, duschte und rasierte sich gemütlich, bevor er sich auf den Weg zu Danny machte.

Im Zimmer des Jungen war es wie erwartet ruhig. Wahrscheinlich war Danny wirklich noch nicht wach. Dennoch beschlich Aiden ein ungutes Gefühl, als er die Tür öffnete. Das Bett war leer.

«Danny?», rief er in den Raum hinein. Keine Antwort.

Sein Blick fiel auf den großen Wandschrank. Seufzend öffnete er die Tür.

Danny saß zusammengekauert im hintersten Winkel des Schrankes und starrte ihn verängstigt an.

«Scheiße!», fluchte Aiden. Er streckte die Hand aus. «Komm raus, Danny.»

Sein Sohn wimmerte und drückte sich noch weiter in die Ecke.

«Nun komm schon raus, ich tu dir doch nichts!» Ungeduldig griff er nach Dannys Arm und zerrte ihn daran hervor. Wie ein Zementsack ließ sich der Junge auf den Boden fallen und in die Mitte des Zimmers schleifen.

«Danny?» Aiden setzte sich zu ihm auf den Boden und begutachtete seinen Sohn: Seine blauen Augen waren weit aufgerissen und blickten ihn verstört an. Rotz klebte ihm überall im Gesicht und an den Ärmeln.

«Verdammte Scheiße!», fluchte Aiden erneut. Eine Woge Mitgefühl überkam ihn. Was zum Teufel hatte er getan?

Vorsichtig nahm er ihn in die Arme und streichelte seine Haare. Danny zitterte, wehrte sich aber nicht dagegen.

«Es tut mir leid!», flüsterte Aiden. «Ich war betrunken. Es tut mir so leid. Es kommt nicht wieder vor! Ich verspreche dir, es kommt nicht wieder vor!»

Er hob ihn vom Boden auf und trug ihn ins Badezimmer. Dort zog er ihm den verklebten Pullover aus und warf ihn in die Wäsche. Behutsam begann Aiden, mit einem feuchten Waschlappen die getrockneten Tränen und den Rotz aus Dannys Gesicht und von seinen Armen zu wischen. Anschließend half er ihm, sich anzuziehen, wusch ihm gründlich die Hände und kämmte ihm die Haare zum Scheitel. Danny stand die ganze Zeit teilnahmslos da und sagte kein Wort.

Aiden nahm sanft das Gesicht seines Sohnes in die Hände. Er bemerkte entsetzt, wie sich sofort Panik darin ausbreitete. Am liebsten hätte er sich selbst geohrfeigt, so wütend war er auf sich. Stattdessen schüttelte er Danny an den Schultern.

«Jetzt hör mir mal gut zu! Das, was gestern Nacht passiert ist, tut mir leid. Es wird nicht wieder vorkommen. Vergiss es einfach, in Ordnung?»

Danny starrte weiterhin durch ihn hindurch. Ungeduldig schüttelte Aiden ihn erneut. «Du wirst das verkraften und dich normal benehmen. Dann wird auch niemand davon erfahren. Ich erzähl es keinem, und du behältst es auch für dich. Verstanden?»

Nun nickte Danny schwach. Es war die erste Reaktion, die er an diesem Vormittag zeigte. «Gib mir eine richtige Antwort! Hast du verstanden, was ich dir gesagt habe?»

«Ja, verstanden», antwortete Danny gehorsam.

Das genügte Aiden. Danny würde bestimmt nichts ausplaudern. Das machten sie in der Regel nie. Sie schämten sich alle viel zu sehr.

Damals, als Aiden auf dem College gewesen war, hatte er sich oft auf den Pausenhof der Elementary School geschlichen, um dort mit ein paar kleineren Jungs ins Gebüsch zu gehen. Viel war nicht passiert, er hatte sie lediglich ein bisschen befummelt und sie dazu genötigt, ihn anzufassen. Kein Einziger hatte jemals etwas gesagt. In all den Jahren nicht. Nicht einmal einer der beiden Jungen, an denen er sich damals auf dem Oktoberfest vergangen hatte. Sie versuchten noch nicht mal wegzulaufen, sondern ließen brav alles über sich ergehen. Wenn dieses verdammte alte Ehepaar ihn nicht mitten im Geschehen erwischt hätte, dann wäre die Sache vermutlich nie ans Licht gekommen. Er schüttelte den Kopf, um diese unangenehmen Gedanken zu vertreiben. Resolut führte er Danny an der Hand die Treppe hinunter, um ihn schließlich in der Küche abzustellen.

«Du wirst deiner Mutter jetzt Frühstück machen, anschließend holst du sie aus dem Schlafzimmer, und dann ist alles wie immer. In Ordnung?»

«Ja.»

«Guter Junge!» Aiden fuhr ihm zärtlich durch die Haare, zog seine Hand aber sofort zurück, als er merkte, wie Danny unter seiner Berührung zusammenzuckte. «Ich bin spätestens heute Abend zurück. Richte das deiner Mutter aus.»

Ohne sich noch einmal umzudrehen, verließ er das Haus, ging in die Garage und entriegelte seinen Chrysler. Er musste dringend weg von hier.

Aiden jagte seinen Geländewagen bis in den roten Drehzahlenbereich und lenkte ihn dann auf die Autobahn. Für eine Weile spielte er mit dem Gedanken, einfach gegen einen Brückenpfeiler zu fahren. Was sollte er mit seinem zerrütteten Leben jetzt noch anfangen? So lange hatte er sich perfekt im Griff gehabt, und nun begann der ganze Albtraum von vorn. Im Unterbewusstsein war ihm natürlich immer klar gewesen, dass seine Existenz auf wackeligen Beinen stand und dass jede noch so kleine Abweichung von seinem Alltag alles aus dem Gleichgewicht bringen konnte. Nun war es eben passiert – wegen seines verfluchten Sohnes. Warum konnte dieser Bengel nicht einfach auf ihn hören? Wenn er ihm nur diesen gottverdammten Köter niemals erlaubt hätte, dann wäre möglicherweise noch alles beim Alten.

Es war ein Geschenk des Himmels gewesen, dass er Marina kennengelernt hatte. Vor etlichen Jahren, als er mal wieder vorübergehend beruflich in Deutschland gewesen war. Sie gab seinem Leben eine ganz neue Richtung, und er nutzte die Chance, noch mal neu anzufangen. Natürlich erzählte er nie etwas davon, dass er als junger Mann mit ein paar Freunden in München Urlaub gemacht hatte. Sonst hätte sie womöglich herausgefunden, wie es geendet hatte; sturzbetrunken mit zwei Dreizehnjährigen im Gebüsch. Sie waren beide freiwillig mit ihm gegangen. Woher hätte er denn wissen sollen, dass die Teenager vermutlich anderes im Sinn hatten? Als das schließlich klar wurde, war es längst zu spät. Wenn es einmal entfacht war, konnte Aiden sein Verlangen nicht mehr zügeln. Dieses kurze Vergnügen hatte ihn sechs Jahre seines Lebens gekostet. Glücklicherweise war er in Deutschland vor Gericht gekommen. In den USA fiel ein Urteil mit Abstand härter aus. Dennoch wollte er keinesfalls ein weiteres Mal im Knast landen. Trotz allem schaffte er es, nach seiner Entlassung zurück in seine Heimat zu gehen und dort einen hervorragenden Job zu bekommen. Mit Marina an seiner Seite wollte er diesen Fehltritt hinter sich lassen, neu durchstarten, eine Familie gründen und ein normales Leben führen. Schließlich wusste er durchaus, dass seine Tat ein Verbrechen gewesen war, falsch und verwerflich, aber er hatte es schlichtweg nicht verhindern können. Sobald sein Promillepegel stieg, wurde sein Trieb so brennend, dass er dem kaum etwas entgegensetzen konnte. Ein Grund, warum er jahrelang trocken gewesen war. Dank dem Versagen seines Sohnes war er wieder dem Alkohol verfallen.

Ohne es beabsichtigt zu haben, war er von der Autobahn abgefahren. Fast fuhr der Chrysler allein den bekannten Weg zum Straßenstrich – Aiden hatte den Abstecher dorthin nicht bewusst geplant. Marina wusste nicht, dass er seit Jahren immer mal wieder das Bett mit einem blutjungen Mann teilte. Nur seine letzten

Eskapaden im eigenen Haus hatte sie mitbekommen, zumindest ansatzweise. Aiden hatte kein schlechtes Gewissen deswegen. Es half ihm, sein Verlangen zu kontrollieren. Lieber so, als das damals auf diesem beschissenen Oktoberfest. Oder das gestern Nacht …

Hauptsächlich, um auf andere Gedanken zu kommen, hielt er auf Höhe eines asiatischen Jungen an und winkte ihn zu sich. Zwar war er optisch überhaupt nicht Aidens Geschmack, aber er sah aus wie zwölf. Das gefiel ihm.

«Wie viel?», fragte er durch die geöffnete Seitenscheibe. Der Junge nannte ihm leise seinen Preis. Mit einem Kopfnicken gab Aiden ihm zu verstehen, dass er einsteigen sollte. Kurz überlegte er, wohin er mit dem Jungen fahren sollte. Zu ihm nach Hause war unmöglich, das konnte er nicht mehr wagen. Ein Bahnhofsklo musste genügen.

«Wie heißt du?» Aiden begutachtete den jungen Mann neben sich. Er war sehr mager und blass. Unter den Augen hatte er tiefe, bläuliche Ringe. Vermutlich ein Junkie, der dringend den nächsten Schuss brauchte, um den gefürchteten Entzugserscheinungen zu entgehen. Solche Stricher waren ihm die liebsten. Sie waren gefügig und muckten nur selten auf.

«Kaito», gab der Junge zurück, während er unter Aidens prüfendem Blick in seinem Sitz zusammensank.

«Bist du einverstanden, dass ich dich fessle?», fragte Aiden. Er kannte die Antwort bereits, die Frage war rein obligatorisch. «Ich zahle dir das Doppelte.»

Zögernd nickte der Junge. «Ist mir egal.»

Damit fiel die Toilette flach. Aiden begann voller Vorfreude, unruhig mit den Fingern aufs Lenkrad zu trommeln, und steuerte zielstrebig das nächstgelegene Stundenhotel an.

* * *

Danny lag komplett angezogen in seinem Bett. Er war irgendwann eingeschlafen und konnte sich nicht daran erinnern, wie oft er in dieser Nacht aus seinen Albträumen aufgewacht war. Sein Bett war nass vom Urin, die Matratze schmutzig von seinen Turnschuhen. Es störte ihn nicht. Ganz im Gegenteil: Der Schmutz um ihn herum ließ ihn selbst sauberer erscheinen. Außerdem hielt er hoffentlich unerwünschte Besucher ab. Seit jener Nacht, in der sein Vater sich in ein Monster verwandelt hatte, pinkelte Danny regelmäßig ins Bett. Manchmal mit Absicht, manchmal versehentlich, während er schlief.

Er rührte sich nicht, als seine Mutter ins Zimmer kam, um ihn aus dem Bett zu scheuchen.

«Aufstehen, Danny!», drängte sie. «Was ist denn los? Seit wann musst du denn wieder geweckt werden?»

Sie zog ihm die Bettdecke weg und erstarrte.

«Spinnst du? Wieso gehst du mit den dreckigen Schuhen ins Bett?»

Danny zuckte die Schultern und schwieg.

«Also wirklich, so eine Sauerei!», schimpfte Marina. «Das Bett kannst du selbst frisch beziehen, ich mach das nicht! Und wenn du noch mal mit Kleidern ins Bett gehst, dann werd ich es deinem Vater sagen.»

«Sag's ihm doch!», antwortete Danny trotzig und hatte gleichzeitig Angst, sie würde es wirklich tun. Langsam stand er auf. Der Blick seiner Mutter fiel auf den gelben Fleck auf der Matratze.

«Was ist das?», fragte sie entsetzt. «Hast du etwa wieder ins Bett gepinkelt?»

«Nein», log Danny. «Das war Dad. Er schläft manchmal bei mir und macht das dann.»

Sie starrte ihn schockiert an. «Bist du eigentlich noch ganz normal, solche Dinge zu erzählen?»

«Es ist aber wahr!»

«Los, zieh dich um und geh in die Schule», schrie Marina ihn an.

«Es war Dad!», beharrte Danny. Natürlich wusste er, dass es eine Lüge war. Aber die Wahrheit konnte er ihr nicht sagen. Es war ein verzweifelter Versuch, seiner Mutter mitzuteilen, dass etwas nicht stimmte. Weinend begann er, seine Turnschuhe auszuziehen.

«Ich versteh das nicht!» Marina schüttelte traurig den Kopf. «Wieso fängst du solche Sachen an? Ich dachte, aus dir wird mal was. Du bist talentiert und klug und hübsch …»

Bei diesem letzten Wort geschah etwas in Danny. Er wusste nicht, wo diese plötzliche Wut herkam. Sie entstand in seinem Bauch und breitete sich glühend und schmerzhaft in ihm aus. Noch nie in seinem Leben war er so wütend gewesen.

«Ich will gar nicht hübsch sein!», schrie er. In seiner Verzweiflung griff Danny nach der Schere, die auf seinem Schreibtisch lag. Zornig begann er, sich wahllos Haarbüschel abzuschneiden. Marina starrte ihn sekundenlang vollkommen perplex an.

«Lass den Unsinn!», herrschte sie ihn an.

Danny hörte nicht auf. Stattdessen zerschnitt er sich auch den Pullover. Seine Mutter hielt ihn am Handgelenk fest und nahm ihm die Schere aus den Fingern.

«Was soll denn das?» Marina fing ebenfalls an zu weinen.

«Ich kann mit mir doch machen, was ich will!»

«Warum tust du das?»

Seine Wut verschwand so schnell, wie sie gekommen war. Ergeben sank er in sich zusammen.

Er registrierte, dass seine Mutter die Haare auf dem Boden wegfegte, anstatt sich um ihn zu kümmern. Alles war immer wichtiger als er.

«So kannst du nicht zur Schule!», schniefte sie. «Ich werd dich krankmelden. Heute Mittag gehen wir zum Friseur.»

Es war sinnlos gewesen. Niemand wollte sein Leid sehen. Seine Mutter würde seine Tat nicht verstehen. Er enttäuschte sie damit nur und machte sie zornig. Und wenn sie ständig wütend auf ihn war, würde sie ihn irgendwann gar nicht mehr lieben. Eltern wollten ein glückliches Kind, ein perfektes Kind. In einer scheinbar perfekten Familie musste ein Kind funktionieren. «Den schönen Schein wahren», wie sein Vater stets zu sagen pflegte. Zumindest nach außen hin, damit der Fehler nicht gesehen wurde. Damit *er* – Danny – nicht gesehen wurde, weil möglicherweise er der einzige Fehler in der ganzen Sache war. Der Schmutz, der an ihm klebte, musste für andere unsichtbar bleiben. Wenn er schon mit Wasser und Seife nicht abwaschbar war, so konnte man ihn wenigstens verstecken. So wie Danny sich versteckte. Er kroch ins Bad und schloss sich bis zum Nachmittag ein. Dann ließ er sich von seiner Mutter zum Friseur schleppen und sah zu, wie man ihm seine geliebten Haare bis auf wenige Millimeter abrasierte.

«Wir werden deinem Vater sagen, der Friseur hat sich verschnitten», beschloss Marina. «Das erspart uns lange Erklärungen. Und wir verschweigen ihm auch, dass ich dich die ganze Woche krankgemeldet habe.»

Danny sagte nichts dazu. Er verbrachte die folgenden Tage damit, sich in irgendwelchen Ecken zu verkriechen, um möglichst unsichtbar zu bleiben. Unter der Woche war das kein Problem. Die Schwierigkeiten fingen am Wochenende an, wenn er *ihm* begegnete. Sie saßen gemeinsam am Esstisch oder trafen sich im Flur. Danny hielt stets den Blick gesenkt, eisern bemüht, seinen Vater nicht anzusehen. Er konnte es nicht mehr. Wenn Aiden mit ihm sprach, begann er vor lauter Nervosität zu stottern und sich andauernd zu verhaspeln. Sein Vater war dann besonders freundlich und aufmerksam und gab ihm zu verstehen, dass Danny sich nicht zu fürchten brauchte. Doch Danny traute dem Frieden nicht; er wusste, dass es nur eine Maske war, die sein Vater trug.

Erst mit der Zeit begriff er, dass diese Maskerade nur fiel, wenn er mit ihm allein in einem Zimmer war. Nur dann kam das wahre Ich seines Vaters zum Vorschein, in allen Facetten, die er zu bieten hatte. Ansonsten war Aiden der nette und fürsorgliche Vater. Sie waren wie Puppen in einem Theater, die für die Zuschauer zu tanzen hatten. Vor allem Danny war nur eine Marionette in dieser traurigen Vorstellung. Man sagte ihm, was er zu tun hatte, und er führte es aus. Man brauchte einfach nur an den richtigen Fäden zu ziehen. Er musste seine Rolle spielen, ihm blieb keine Wahl.

* * *

Marina beobachtete besorgt, wie ihr Sohn lustlos sein Gemüse unter dem Reis vergrub. Wann hatte er mit dieser Unart angefangen? Früher war er beim Essen nie wählerisch gewesen, zumindest dann nicht, wenn es um vegetarische Kost ging. Er hatte sich in den letzten Wochen sehr verändert. An das Bettnässen und seine skurrile Ausrede wollte sie nicht denken. Es hatte wieder aufgehört, also konnte es ja nicht schlimm gewesen sein. Aber aus dem einst lebhaften und ständig plappernden Kind war ein zurückgezogener und stiller Junge geworden. Wenn er nicht wie neulich einen merkwürdigen Wutanfall bekam, bemerkte man ihn kaum. Ihr Mutterinstinkt rief ihr immer wieder zu, dass etwas nicht in Ordnung war, aber sie hörte nicht hin. Gestern hatte sie sich ein Herz gefasst und mit Aiden darüber gesprochen. Seine Argumentation fand sie einleuchtend: Danny benötigte eben Zeit, um diesen Umzug zu verarbeiten. Immerhin wurde dadurch sein gesamtes Leben auf den Kopf gestellt. Vermutlich wäre es zu viel verlangt, sich vollkommen ohne Schwierigkeiten in ein fremdes Land einzuleben. Mit Sicherheit machte sie sich mal wieder zu viele unnötige Gedanken. «Wie war es heute im Schwimmkurs, Danny?», fragte sie ihn.

«War nicht dort», erwiderte er mürrisch.

Spätestens in diesem Moment hätte ihr bewusst werden müssen, dass etwas ganz und gar nicht stimmte. Danny liebte das Schwimmen. In Atlanta war er immer schon morgens vor der Schule im Pool gewesen, und das, obwohl er zumindest am Wochenende ein Langschläfer war, wie er im Buche stand. Es war jedes Mal ein schwieriges Unterfangen, ihn rechtzeitig aus dem Wasser zu bekommen, um ihn in die Schule scheuchen zu können. Selbst wenn er krank war, ließ er nur dann eine Trainingseinheit ausfallen, wenn man ihn regelrecht dazu zwang. Indem man ihn beispielsweise im Haus einschloss …

«Warum warst du denn nicht?»

Danny zuckte mit der Schulter. «Kein Bock. Hab geschwänzt.»

Marina legte ihr Besteck auf den Tisch und sah ihren Sohn sorgenvoll an.

«Was ist in letzter Zeit nur los mit dir?»

«Heimweh», antwortete er knapp.

«Das hier ist jetzt unser Zuhause. Warum versuchst du nicht wenigstens, dich einzuleben? Magst du denn künftig nicht mehr schwimmen gehen?»

Ohne von seinem Teller aufzublicken, zuckte Danny erneut mit der Schulter.

«So kann das nicht weitergehen. Deine Lehrerin hat angerufen. Du hast diese Woche zweimal eine Klassenarbeit komplett unausgefüllt abgegeben. In Amerika hattest du nie Probleme in der Schule, hier machst du gar nichts mehr. Warum?» Marina beugte sich vor, um ihrem Sohn in die Augen schauen zu können, aber er wich ihrem Blick aus.

«Heimweh», wiederholte er traurig. «Tante Sophia fehlt mir.»

«Wenn das so weitergeht, dann muss ich mit deinem Vater darüber reden …»

Es klirrte laut, als Danny heftig zusammenzuckte und seine

Gabel auf dem Boden landete. Erschrocken starrte er seine Mutter an.

«Es kommt nicht wieder vor», sagte er schnell. «Ich streng mich ab sofort an. Versprochen!»

Hastig kroch er unter den Tisch, hob seine Gabel auf und aß schweigend weiter. Danny hatte schon immer Respekt vor seinem Vater gehabt. Aiden war sehr streng und autoritär, aber diese Reaktion fand Marina nun doch erschreckend.

Sie gab sich einen Ruck und löste sich aus ihrer Lethargie. Entschlossen nahm sie Dannys Hand in ihre und suchte erneut seinen Blick.

«Danny», begann sie unschlüssig. Alles in ihr wehrte sich dagegen, diese Frage zu stellen. «Sei mal bitte ganz ehrlich zu mir: Schlägt dich dein Dad?»

Er starrte nichtssagend auf den Teller und schüttelte dann langsam den Kopf.

«Sieh mich an, Danny, und beantworte meine Frage!»

Widerwillig hob Danny das Kinn. Aufrichtig sah er ihr in die Augen. «Nein, Mom. Er hat mich noch niemals geschlagen!»

Erleichtert atmete Marina auf. Ihr fiel eine ganze Felswand vom Herzen. Es war falsch gewesen, die Antwort so sehr zu fürchten. Sie schämte sich deswegen. Wie konnte sie es wagen, an ihrem Ehemann zu zweifeln und hinter seinem Rücken solch abwegige Dinge zu fragen? Das durfte nicht wieder vorkommen. Sie musste das tun, was man von einer treuen Frau erwartete: ihrem Mann vertrauen und ihm in der Erziehung freie Hand lassen. Es gab keinen Grund, es nicht zu tun. Von Anfang an war Aiden ein liebevoller und fürsorglicher Vater gewesen. Bereits im Krankenhaus hatte er seinen Sohn gewickelt und gebadet. Er stand nachts auf, gab ihm die Flasche und trug ihn bei Bauchschmerzen oder sonstigen Wehwehchen stundenlang durchs Kinderzimmer. Als Danny vier Jahre alt war, brachte er ihm das Schwimmen und

Tauchen bei und begleitete ihn regelmäßig zu seinem Schwimmunterricht. Später machten sie an den Wochenenden lange Fahrradtouren oder fuhren ans Meer. Dann, schlagartig, als Danny neun Jahre alt wurde, hörte es auf. Sozusagen von einem Tag auf den anderen. Aus einem für sie bis heute unerfindlichen Grund schien Aiden das Interesse an seinem Sohn verloren zu haben. Seitdem kämpfte Danny verzweifelt um die Anerkennung seines Vaters. Er wurde mit Abstand Klassenbester und entschied im Schwimmen und in der Leichtathletik einen Wettkampf nach dem anderen für sich. Aiden platzte fast vor Stolz, aber dennoch fanden die beiden nicht wieder in ihre alte Vater-Sohn-Beziehung zurück. Marina hatte dieses Thema mit Aiden bis zum Erbrechen diskutiert, aber den wahren Grund für sein Verhalten hatte sie nie erfahren. Er sagte stets, es wäre Danny, der sich von ihm zurückzog. Seiner Meinung nach war es vollkommen normal, dass Jungen in diesem Alter die Mutter bevorzugten. Aber das stimmte nur bedingt. Danny war viel zu bemüht um die Gunst seines Vaters, als dass diese Veränderung allein seine Entscheidung gewesen sein konnte. Marina hoffte inständig, dass dieser Bruch zwischen den beiden irgendwann wieder repariert werden würde. Deswegen war sie auch so froh gewesen, als Aiden ihr Anfang des Jahres verkündet hatte, wieder mehr Zeit mit Danny verbringen zu wollen.

*Vielleicht wird er dann endlich wieder normal und hört mit dieser Scheißsauferei auf …*

Hatte sie das gerade wirklich gedacht? Schnell verwarf sie diesen hässlichen Gedanken. Aiden war der beste Ehemann weit und breit. Sie durfte an dieser Tatsache niemals nur den geringsten Zweifel hegen …

«Mom», redete Danny dazwischen. Erst jetzt bemerkte Marina, dass sie das Gespräch von vorhin gar nicht fortgesetzt hatten. «Ich geh schlafen. Weißt du, wann Dad heut nach Hause kommt?»

Sie schüttelte den Kopf. «Es ist Freitag. Es wird sicher spät werden. Bestimmt geht er nach der Arbeit noch in die Kneipe. Warum willst du das wissen?»

Danny blickte sie für eine Sekunde völlig verstört an. In diesem Moment wusste Marina, dass es da etwas gab, was ihr Sohn ganz dringend loswerden wollte, was er ihr höchstwahrscheinlich auch ganz dringend erzählen *sollte* …

Sofort stand sie auf und begann hingebungsvoll, den Tisch abzuräumen.

*Die Lüge meines Lebens,* schoss es ihr plötzlich durch den Kopf. Instinktiv ging ihre Hand zu ihrem flachen Bauch.

*Nein,* korrigierte sie sich. *DAS ist die Lüge meines Leben! Wieso mache ich das?*

Schmerz begann sie zu durchfluten. Glühend breitete er sich aus wie flüssige Lava, die ihr Innerstes zu verbrennen drohte.

*Wir erzählen uns dieselben Geschichten immer und immer wieder, bis wir vergessen, dass es Lügen sind …*

Ruckartig stellte sie die Teller in ihrer Hand zurück auf den Tisch und rannte nach oben in ihr Schlafzimmer. Der CD-Player war wie immer auf Stand-by. Sie drückte auf Play, schluckte eine Fluoxetin und atmete mehrmals tief durch. Das vertraute Lied beruhigte sie sofort, kurz darauf begann auch die Tablette zu wirken.

Es gab überhaupt keinen Grund zur Sorge. In zwei Wochen kam Liam zur Welt, Aiden würde sich um Danny kümmern. Sie konnte sich ganz entspannt zurücklehnen. Er machte seine Sache gut, gemeinsam bekamen sie ihre Söhne schon groß, daran gab es keinen Zweifel.

Danny trat kurz ins Schlafzimmer. «Gute Nacht, Mom», sagte er und verschwand so leise, wie er gekommen war. Marina nahm ihn nur am Rande war. Sie war versunken in das Lied, dessen Klänge den Raum erfüllten. Andächtig hielt sie inne, lauschte der vertrauten Stimme und spürte den Bewegungen in ihrem Bauch nach. Kurz überlegte sie, noch mal hinunterzugehen, um den Tisch fertig abzuräumen. Sie entschied sich dagegen. Danny hatte das mit Sicherheit erledigt. Er war ein ausgesprochen gut erzogener Junge, auf den man sich verlassen konnte. Es bereitete ihm Freude, seine schwangere Mutter zu unterstützen und ihr einen Teil der täglichen Arbeit abzunehmen. Ihre Aufmerksamkeit schweifte zu der kleinen Holzkiste, in der sich selbstklebende bunte Holzbuchstaben befanden. Sie nahm die Kiste und ging damit zu dem kleinen Kinderzimmer am Anfang des Flures.

«Liam Fynnley» klebte sie außen auf die Tür. Sie hatte sich mit Aiden gemeinsam dazu entschlossen, «Fynnley» auf diese ungewöhnliche Weise zu schreiben, da auch die Schreibweise von Dannys Namen nicht alltäglich war. *Danijel Alaric Taylor* und *Liam Fynnley Taylor* gab es sicherlich nur wenige auf der Welt. Dieser Gedanke erfüllte sie mit Stolz. Ihre Vorfreude auf das Baby nahm täglich zu. Sieben Jahre hatte es gedauert, bis sie endlich das zweite Mal schwanger geworden war. Nun konnte sie die letzten Wochen kaum abwarten. Es wurde Zeit, die restlichen Kinderzimmermöbel aus dem Keller zu holen und sie aufzustellen. Danny sollte ihr dabei helfen. Sie konnte kaum noch klar denken, so ungeduldig war sie. Schlaflos wälzte sie sich im Bett hin und her, bis sie sich entschied, doch eine von den rosafarbenen Pillen zu nehmen, die sie aus der Apotheke geholt hatte. In letzter Zeit tat sie das öfter. Ohne diese Tabletten war es ihr oft unmöglich einzuschlafen …

Leise wurde die Zimmertür erneut geöffnet, und ihr Sohn stand im Pyjama mitten im Raum.

«Danny? Was ist los?», fragte sie verschlafen. Ihr Kopf fühlte sich an, als wäre er mit Watte gefüllt. Die Pille begann bereits zu wirken.

«Kann nicht schlafen.»

Erneut war Marina erstaunt. Dass Danny nicht schlafen konnte, gab es eigentlich gar nicht. Schon als kleines Kind konnte man ihn überall hinlegen, und er war binnen Minuten in einem Tiefschlaf, aus dem man ihn kaum wieder wach bekam. Noch bis vor kurzem gehörte Schlafen zu einer seiner Lieblingsbeschäftigungen. Wenn er nicht zur Schule musste, stand er kaum vor elf auf. In letzter Zeit hatte sich das allerdings grundlegend verändert. An den Wochenenden war er meistens lange vor ihr auf den Beinen, und nachts geisterte er stundenlang ruhelos durchs Haus. Verwirrt schüttelte sie den Kopf. Mühsam versuchte sie, sich an den Anfang des Gesprächs zu erinnern, aber er wollte ihr beim besten Willen nicht einfallen. Weswegen stand ihr Sohn im Schlafzimmer? Hatte er ihr das schon gesagt? Sie wusste es nicht mehr. Vermutlich ging es um die Babysachen, die sie noch kaufen musste. Eine Flasche musste her, nur für den Fall, dass es mit dem Stillen doch nicht klappte …

«Darf ich bei dir schlafen?», wollte Danny wissen.

«Bist du da nicht schon etwas zu alt dafür?»

«In meinem Zimmer kann ich nicht schlafen!», beharrte er, druckste etwas herum und fügte dann grimmig hinzu: «Da spukt es!»

Marina lächelte verständnisvoll. Danny hatte noch nie Angst vor Geistern oder sonstigen spirituellen Wesen gehabt. Sicherlich war das auch nicht der Grund für sein merkwürdiges Verhalten. Er war eifersüchtig. Wenn das Baby erst einmal auf der Welt war, dann musste er viel zurückstecken. Natürlich wusste er, dass sie dann weniger Zeit für ihn hatte, also begann er, ständig irgendwelche abstrusen Lügengeschichten zu erfinden.

«Komm halt her», sagte sie schläfrig und rutschte ein Stück, um ihm Platz zu machen.

Danny schlüpfte ins Bett. Marina zog ihn zu sich und legte ihren Arm um seine Taille. Sie spürte, dass er sich sofort versteifte und heftig zu zittern begann. Schlagartig war sie hellwach, die Wirkung der rosa Pille für einen Moment vollständig verflogen.

«Wovor hast du so große Angst? Was ist der wirkliche Grund?», flüsterte sie.

«Du willst es doch gar nicht wissen ...»

Marina stockte. Ihr Junge war schon immer ausgesprochen feinfühlig gewesen. Er war klug und sehr aufmerksam. Ihm entging selten etwas. Hatte er etwa recht?

Wollte sie es wirklich nicht wissen? War sie eine schlechte Mutter? Verschloss sie die Augen vor der Realität? War sie so auf die Geburt ihres zweiten Kindes fixiert, dass sie die Probleme des ersten nicht mehr wahrnahm?

Ihre Gedanken vom Abendessen fielen ihr wieder ein. Sie durfte sich nicht so viele Sorgen machen und musste es sich abgewöhnen, ständig nachzufragen. Aiden kümmerte sich um Danny. Er hatte ihr gesagt, sie solle sich nicht einmischen, also hielt sie sich auch daran.

Erst allmählich fiel ihr ein, dass sie Danny eine Antwort geben sollte. Dann stellte sie fest, dass er bereits eingeschlafen war. Mühsam versuchte Marina, das angenehme, nebelige Gefühl in ihrem Kopf wieder aufsteigen zu lassen. Es wollte ihr nicht gelingen. Seufzend drehte sie sich zum Nachttisch und nahm eine weitere Pille. Das Zimmer begann sich bereits zu drehen, als Aiden eintrat. Er war sturzbetrunken, das sah sie sofort. Sein Gang war vollkommen anders, seine Mimik, seine Bewegungen. Der Gestank nach Alkohol und kaltem Rauch umgab ihn. Wenn er betrunken war, dann war es nicht ihr Aiden. Meist hatte sie dann das Gefühl, mit einem vollkommen anderen Mann zusammen zu sein. Er blickte auf das schlafende Kind in seinem Bett. Schnell legte Marina den Zeigefinger an die Lippen, um ihm zu bedeuten, dass er still sein sollte. Der Mann, den sie geheiratet hatte, wäre dieser Aufforderung sofort und ohne zu zögern nachgekommen.

Aber vor ihr stand ein besoffener und cholerischer Mann, der mit dem Menschen von damals überhaupt nichts mehr gemeinsam hatte.

«Was soll denn dieser Mist?», herrschte er sie an, mit abfälligem Blick auf den Jungen neben ihr. Bevor Marina es nur annähernd verhindern konnte, packte er ihren fest schlafenden Sohn am Handgelenk und zerrte ihn aus dem Bett. Danny fiel mit dem Rücken auf den Boden. Mit einem Aufschrei erwachte er und starrte seinen Vater entsetzt an. Dieser ließ ihn nicht los, sondern schleifte ihn über den Boden in Richtung Flur.

«Mom», rief Danny panisch. Er wollte sich losreißen, um zurück ins Bett zu kommen, aber Aiden ließ es nicht zu.

«Lass ihn doch hier schlafen», flehte sie. «Er hat Angst in seinem Zimmer!»

«Angst!» Aiden lachte höhnisch auf. «Dem werde ich zeigen, was es heißt, Angst zu haben.»

«Mom», jammerte Danny. «Hilf mir doch ...»

«Aiden, bitte!»

Er zog ihren Sohn gnadenlos aus dem Zimmer. Marina wollte hinterher, aber Aiden positionierte sich im Türrahmen. «Halt dich da einfach raus! Ich kümmer mich um Danny! Das geht dich nichts mehr an.»

«Er ist auch mein Sohn!»

Ohne ein weiteres Wort schlug Aiden ihr die Tür vor der Nase zu und verschwand im Flur, Danny noch immer über den Boden schleifend. Sie hörte ihr Kind noch immer nach ihr rufen. Die Wände begannen bedrohlich zu wackeln, der schwammige Zustand in ihrem Kopf nahm zu.

«Danny», wisperte sie in die Dunkelheit. «Es tut mir leid, ich kann dir nicht helfen!» Sie musste in diesem verfluchten Zimmer bleiben. Wenn sie die Anweisungen ihres Mannes missachtete, endete es immer in einer Katastrophe. Mit Tränen in den Augen legte sie die flachen Hände gegen die Tür und ließ sich mit der Stirn dagegensinken. Plötzlich war sie so müde, dass sie in dieser Position mühelos hätte einschlafen können. Zwei Zimmer weiter hörte sie die verzweifelten Rufe eines kleinen Jungen nach seiner Mutter. Ihre Fingernägel schrammten an dem glatten Holz entlang, während sie den Drang niederkämpfte, einfach hinüberzulaufen. Aber was konnte sie schon ausrichten?

Dannys Schreie wurden lauter und eindringlicher. Marina hätte am liebsten den Putz von den Wänden gekratzt, so verzweifelt war sie. Es ging ihr durch Mark und Bein; ihr Sohn rief nach ihr und sie konnte ihm nicht helfen …

*Ganz ruhig, Marina,* sagte sie sich selbst. *Es ist sein Vater! Es ist Aiden! Was soll er ihm schon tun? Du kannst dich auf ihn verlassen! Lehn dich zurück und entspann dich!*

Langsam ging sie zum CD-Spieler und drückte auf Play. Mittlerweile war auch Aiden laut geworden. Er brüllte Danny an. Dieser hatte hysterisch angefangen zu schreien. Marina drehte die Musik lauter, setzte sich in ihren Schaukelstuhl und gab sich dem schummrigen Gefühl in ihrem Kopf hin. Sie streichelte ihren Bauch, während sie sich auf die Musik konzentrierte und die abebbenden Schreie ignorierte. Sie schaukelte schneller auf und ab, und das watteartige Gefühl in ihrem Kopf steigerte sich. Gleich würde sie in den Schlaf gleiten. Kontinuierlich schaukelte sie weiter. Auf und ab. Auf und ab. Nichts denken, nichts fühlen, sich einlullen lassen von einer Illusion. Raus aus der Realität, rein in ihre Welt. Auf und ab.

* * *

Danny wusste nicht, wie er die letzten Monate verbracht hatte. Noch nie waren die Tage so schnell vergangen, die Stunden in dieser Geschwindigkeit dahingeflogen. Je mehr Angst man vor etwas hatte, desto schneller rückte dieses Ereignis näher. Seine Angst hieß Freitagabend. Besser gesagt: Freitagnacht. Der Vorfall, von dem sein Vater ihm hoch und heilig versprochen hatte, dass er nie wieder passieren würde, hatte sich bereits dreimal wiederholt. Aiden kam besoffen aus der Kneipe und in sein Zimmer. Hilfe war nicht zu erwarten. Schon gar nicht von seiner Mutter. Seine Befürchtung hatte sich bestätigt; ihr war es egal, was mit ihm geschah. So sehr hatte er gehofft, bei ihr im Bett den ersehnten Schutz zu finden, aber sie ließ ihn im Stich. Trotz seines jämmerlichen Bettelns und Flehens hatte sie zugelassen, dass sein Vater ihn in sein Zimmer zerrte. Mit seinen elf Jahren war Danny nun auf sich allein gestellt. Ein Überlebensinstinkt, von dem er nicht gewusst hatte, dass er ihn besaß, wurde plötzlich wach. Kampfgeist und Selbsterhaltungstriebe regten sich in ihm. Danny war entschlossen, sich nicht unterkriegen zu lassen. Es war *sein* Leben, und das ließ er sich von niemandem zerstören. Die Wut, die sich schon einmal in ihm gemeldet hatte, kehrte mit ungeheurer Macht zurück. Sein Blut begann zu kochen, und plötzlich war er bereit zu kämpfen. Diese Wut wollte er sich bewahren und in ihrer Gesamtheit gegen ihren Verursacher wenden. Das sollte sein Antrieb werden und ihm helfen zu überleben. In Gedanken sträubte Danny seine Nackenhaare und fletschte die Zähne, wie es Rex immer getan hatte, wenn er sich bedroht fühlte.

Fast euphorisch begann er, sich in der Schule wieder zu beteiligen. Verblüfft stellte er fest, dass er es konnte. Es war möglich, seine Gedanken auf das jeweilige Thema zu fokussieren und Ängste und Schmerzen auszublenden. Sein Ziel war, wieder Klassenbester zu werden. Hervorragende Leistungen in der Schule und im Sport zu bringen, um seinem Vater zu beweisen, dass er mehr als nur ein Fehler war. Auch wenn er begann, sich allmählich von der Hoffnung zu verabschieden, dass sein Vater jemals wieder stolz auf ihn sein könnte. Danny musste es genügen, wenn Aiden ihn künftig in Ruhe ließ. Von selbst allerdings würde das nicht passieren, deswegen musste er handeln.

Sein Irrweg, der genauso planlos schien wie seine Gedanken, führte ihn in ein Sportgeschäft. Nach einer Weile fand er etwas Brauchbares: einen Baseballschläger aus Eschenholz. Es war der teuerste, den sie hatten. Wenn schon, denn schon. Zur Sicherheit ließ er sich eine Tüte geben, für den unwahrscheinlichen Fall, dass er im Haus seinen Eltern in die Arme lief. Er hatte wie immer keine Lust heimzugehen, deswegen entschied er sich für einen langen Umweg. Es war Zufall, dass sein Blick an der Fassade einer Kampfsportarena hängen blieb. Zufall oder Schicksal, denn was gab es Besseres als Kampfsport, um sich zu verteidigen?

Neugierig trat Danny ein. Gleich am Eingang fanden auf ein paar Bodenmatten verschiedene Trainingsstunden statt. Auf der anderen Seite kämpften zwei Männer in einem Ring. Ihm blieb der Mund vor Staunen offen stehen, als er sah, wie einer der beiden dem anderen mühelos das Bein an die Schläfe schleuderte. *Das* wollte er auch können! Dann wäre er in der Lage, sich ohne Waffen zu verteidigen. Vielleicht würde er sich dann irgendwann wieder sicher fühlen, könnte wieder ohne Angst schlafen …

Obwohl er keine Ahnung hatte, um welche Sportart es sich überhaupt handelte, wollte er sie um jeden Preis lernen, und zwar auf der Stelle. Geduld gehörte nicht zu seinen Stärken.

Entschlossen ging er zum Empfang in der Mitte des Raumes.

«Hallo», grüßte er. «Was muss ich tun, wenn ich bei euch mitmachen will?»

Ein junger Mann hinter dem Tresen lächelte ihn freundlich an.

«Was möchtest du denn lernen?» Er zeigte auf eine Liste an der Wand. «Wir unterrichten Modern-Sport-Karate, Kickboxen und Aikido.»

«Ich will alles lernen!», sagte Danny. «Wann kann ich anfangen?»

Der Mann in Trainingskleidung reichte ihm ein Anmeldeformular. «Wir bieten verschiedene Kurse an. Such dir einen aus, dann kannst du es einfach mal ausprobieren.»

Danny studierte das Formular. Ein Kurs bestand aus zwei Stunden in der Woche. Das war ihm eindeutig zu wenig. Da er den Unterschied der einzelnen Kampfsporttechniken nicht kannte, wusste er nicht, für welche er sich entscheiden sollte. Kurzerhand kreuzte er alle drei an. Damit hatte er pro Tag mindestens eine Trainingseinheit. So stellte sich der Erfolg mit Sicherheit im Handumdrehen ein, zudem gab es ihm die Gelegenheit, den ganzen Nachmittag nicht nach Hause zu müssen.

«Ich nehme alle Kurse», verkündete Danny.

«Ist das nicht ein bisschen viel? Es ist teuer und zudem sehr anstrengend.»

Trotzig streckte Danny das Kinn in die Luft. «Ich kann mir das leisten, und ich schaff das. Ich hab früher auch täglich mehrere Stunden Sport gemacht.» Auf seinen alten Sport würde er künftig allerdings verzichten müssen, denn alles bekäme er niemals unter einen Hut. Aber das war ihm egal. Aus irgendeinem Grund interessierte ihn die Leichtathletik nicht mehr, und schwimmen war er seit Wochen nicht mehr gegangen.

Vor lauter Nachdenken hatte er die Worte seines Gegenübers nicht gehört. In letzter Zeit passierte ihm das ständig.

«Bis dann», sagte er deswegen und wandte sich zum Gehen.

«Vergiss nicht die Unterschrift deiner Eltern. Sie müssen einverstanden sein, sonst darfst du nicht trainieren.»

Darüber machte er sich keine Sorgen. Seine Mutter würde den Wisch unterschreiben, daran hegte er keinen Zweifel. Höchstwahrscheinlich würde er ihre Unterschrift sogar bekommen, ohne dass sie sich die Anmeldung überhaupt durchlas.

Mit einem Anflug kindlicher Begeisterung rannte er nach Hause.

*Ab heute nehm ich mein Schicksal selbst in die Hand, jetzt wird alles gut!*

Kurz spielte er mit dem Gedanken, erst den Baseballschläger in sein Zimmer zu bringen, entschied sich aber dagegen.

«Mom?» Voller Elan knallte Danny das Papier auf den Küchentisch. «Das will ich machen! Du musst hier unterschreiben.» Aufgeregt tippte er mit dem Finger auf die fettgedruckte Linie.

«Was ist das denn?» Zu Dannys Überraschung nahm Marina den Papierbogen und studierte ihn gründlich. «Ist das nicht etwas zu viel? Leichtathletik, Schwimmen und Kampfsport?»

*Sie ist dagegen!*

«Ich höre auf mit Leichtathletik und Schwimmen. Ich will nur noch das machen!»

«Warum denn? Du warst doch so erfolgreich …»

«Mom, bitte!», unterbrach er sie. «Es ist mir wichtig. Ich *will* das machen!»

Sie seufzte. «Ich weiß nicht. Ich finde es nicht gut. Du gibst all die Arbeit der letzten Jahre auf für so eine Schnapsidee. Wieso hast du denn keine Lust mehr? Ist dir das Training zu stressig geworden? Du hast Schwimmen so geliebt, wieso wirfst du alles hin?»

Danny war den Tränen nahe. Mit dieser Reaktion seiner Mutter hatte er nicht gerechnet.

*Sonst ist ihr doch auch alles egal, warum interessiert sie sich ausgerechnet jetzt für mich?*

Es fiel ihm selbst schwer, auf das Schwimmen zu verzichten. Er vermisste es wirklich sehr, und doch konnte er sich nicht mehr überwinden, dort hinzugehen. Der Gedanke, sich vor seinem Schwimmlehrer auszuziehen, jagte ihm einen eisigen Schauer über den Rücken.

«Ich werde so oder so nicht mehr schwimmen. Auch mit der Leichtathletik hör ich auf. Entweder ich mach das oder gar nichts.»

«Dann frag morgen deinen Vater. Wenn er einverstanden ist, bin ich es auch.»

«Was?» Ihm wich alles Blut aus dem Gesicht. «Ich will *den* nicht fragen. Unterschreib es einfach. Bitte!»

«Das kann ich nicht. Du musst deinen Vater fragen!» Marina stemmte die Hände in die Hüften und blickte ihn stur an. Tränen der Wut und Enttäuschung schossen ihm in die Augen.

«Warum tust du mir das an? Du bist meine *Mutter*!» Das letzte Wort schleuderte er ihr regelrecht entgegen.

«Ich werde deinen Vater für dich fragen», versprach sie ihm. «Gleich morgen beim Frühstück!»

«Du bist so gemein zu mir!» Weinend rannte Danny nach oben. Sein Blick fiel wieder einmal auf die bunten Holzbuchstaben an der zweiten Zimmertür im Flur. Ungläubig starrte er sie minutenlang an. Seinen Wunsch konnte Marina ihm nicht erfüllen, stattdessen klebte sie Buchstaben an die Tür eines leeren Zimmers. Wenn er es nüchtern betrachtete, dann hatte seine Mutter sich fast genauso sehr verändert wie sein Vater seit jenem Tag, an den er nicht denken mochte.

*Pass auf dich auf, Danny! Um dich herum werden alle verrückt. Lass dich nicht von ihnen anstecken!*

Er musste erwachsen werden und dieses Irrenhaus verlassen, so schnell wie möglich. Aber zuerst galt es, einen Plan zu schmieden und sich diese verdammte Unterschrift zu ergaunern. Das allerdings konnte bis morgen warten. Zuerst musste er lernen, einen Baseballschläger zu benutzen. Da sein Vater heute in der Kneipe war, versuchte er es erst gar nicht mit Einschlafen. Es war schon lange nach Mitternacht, als er einigermaßen mit seiner Schlagtechnik zufrieden war und sich die perfekte Position in seinem Zimmer ausgewählt hatte. Über eine Stunde verharrte er reglos und bereitete sich auf die Rückkehr seines Vaters vor. Dennoch ließ ihn das Knarren der Stufen zusammenzucken. Wie elektrisiert griff er den Schläger fester und fixierte die Tür. Trotz der Dunkelheit erkannte Danny die Verwirrung in den Augen seines Vaters. Diese verwandelte sich allerdings rasch in Erstaunen, als Aiden die Situation erfasste. Für den Bruchteil einer Sekunde erstarrte er, dann lachte er laut auf.

«Was wird das denn?», fragte sein Vater belustigt und deutete auf den Baseballschläger. «Willst du mich angreifen?»

«Nein.» Danny sprach ruhig und gefasst. «Aber ich werde mich verteidigen.»

«Leg dieses Ding weg, aber schnell. Das ist doch lächerlich!»

«Raus aus meinem Zimmer!»

«*Dein* Zimmer? *Deins?*» Aiden lachte höhnisch. «Dir gehört hier gar nichts. Es ist mein Haus, ich halte mich auf, wo ich will!»

«Raus!», wiederholte Danny.

«Zieh dich aus und leg dich hin, dann bin ich in einer halben Stunde wieder weg.» Er lachte wieder, als hätte er einen gigantischen Witz gerissen.

Danny stellte beunruhigt fest, dass sein Vater lallte. Wenn er so viel getrunken hatte, dass er ins Lallen kam, war seine Aggressionsbereitschaft am höchsten.

«Raus!», sagte Danny erneut. Nur mühsam konnte er der Versuchung widerstehen, sich die schweißnassen Hände an der Hose abzuwischen. Auf keinen Fall durfte er jetzt seine Stellung aufgeben …

Sein Vater machte einen schnellen Schritt auf ihn zu und griff nach seinem Handgelenk. Ohne zu zögern, schlug Danny nach ihm. Entsetzt schrie Aiden auf, als das Holz hart auf seinen Unterarm traf. Schlagartig wurde er eine Spur nüchterner.

«Oha», machte er fast bewundernd. «Ich hab ja doch keinen Loser großgezogen.» Anerkennend klatschte er in die Hände. «Sehr gut, Danny! So ist's recht! Gegenwehr ist sehr wichtig im Leben.»

«Verschwinde doch einfach!» Danny war bemüht, seinen Tonfall zu halten. Er durfte auf keinen Fall jämmerlich klingen.

Aiden versuchte, hinter ihn zu treten, um ihn von den Füßen zu reißen, doch Danny reagierte blitzschnell. Der Baseballschläger sauste gegen das Schienbein seines Vaters. Mit einem Aufschrei knickte dieser ein.

«Du verdammter Bastard», fluchte er. «Du hältst dich wohl für besonders schlau, was?»

«Du kommst nicht an mich ran!» Dannys Puls raste so sehr, dass er das Gefühl hatte, gleich ohnmächtig zu werden.

Langsam richtete sich sein Vater wieder auf. Abschätzend blickte er von oben auf ihn herab, bevor er ihn drohend ansah. Seine hellgrünen Augen blitzten.

«Weißt du was? Dann geh ich jetzt runter zu deiner Mutter.»

«Was?»

«Du willst doch sicher nicht, dass ich deiner Mutter weh tue, oder? Also leg den Schläger weg.»

«Nein!» Danny biss sich entschlossen auf die Lippe. Er musste standhaft bleiben.

«Deine Entscheidung», sagte Aiden kalt. Ohne ein weiteres Wort verließ er das Zimmer. Unschlüssig blieb Danny stehen. Dann hörte er unten seine Mutter schreien.

«Lass mich los, du tust mir weh!» Ihre Stimme klang verzweifelt.

«Mom!» Danny rannte die Treppe hinunter. Aiden hatte Marina gepackt und mit dem Oberkörper auf den Küchentisch gedrückt. Mit der einen Hand fixierte er ihren Kopf auf der Tischplatte, mit der anderen begann er, ihren Rock nach oben zu schieben. Herausfordernd sah er Danny an. «Na, ist es das, was du wolltest? Soll ich lieber deine Mutter nehmen, weil du so ein Feigling bist?» Er deutete auf Marina und fügte abfällig hinzu: «Anstatt sie zu schützen, wie sich das gehört, denkst du nur an dich! Du bist so ein erbärmlicher Schwächling!»

«Lass sie sofort los!» Danny trat auf seinen Vater zu und hob entschlossen den Schläger. Er musste es schaffen, um die beiden herumzugehen. Aus seiner jetzigen Position konnte er nicht nach diesem Wahnsinnigen schlagen, ohne Gefahr zu laufen, seine Mutter zu treffen.

Plötzlich schlug Aiden Marinas Kopf auf den Tisch. Blut spritzte aus ihrer Nase.

«Wirf den Schläger weg oder deiner Mutter passiert was!»

Schockiert starrte Danny minutenlang auf das Blut, das zähflüssig auf den Tisch tropfte. Dann öffnete er die Hände. Mit einem dumpfen Aufprall landete der Schläger auf dem Boden.

«Braver Junge!», lobte Aiden. «Hoch in dein Zimmer. Warte da auf mich.»

Blind vor Tränen stürzte Danny in sein Zimmer.

*Was hab ich nur getan?*

Kurz blieb er an der Treppe stehen und lauschte.

«Tut mir leid, Marina!», sagte Aiden beschwichtigend. «Es musste sein. Danny ist so aufsässig geworden, ich musste ihm eine Lektion erteilen. So war es gleich viel lehrreicher, als wenn ich ihm den Baseballschläger einfach weggenommen hätte. Keine Sorge, ich geh nach oben und seh nach ihm.»

Seine Mutter schien keine Antwort zu geben.

Hastig rannte Danny in sein Zimmer. Er konnte sich nicht einschließen, der Schlüssel war nie wieder aufgetaucht. Jeder Herzschlag dröhnte in seinen Ohren, die Angst schnürte ihm die Kehle zu. Er entschied sich dafür, aus dem Dachfenster zu klettern. Notfalls auch zu springen. Alles war besser, als dem Choleriker in die Hände zu fallen. In der Sekunde, als er sich am Fensterrahmen hochzog, wurde von innen der Schlüssel herumgedreht. Eine Hand legte sich um sein nacktes Fußgelenk, seine Finger lösten sich nur allmählich aus ihrem Griff am Fensterbrett. Danny ließ sich entmutigt zu Boden gleiten. Das, was jetzt kam, konnte nur schrecklich werden. Er konnte von Glück reden, wenn er es überlebte. Aus den Augenwinkeln sah er, wie das Fenster wieder geschlossen wurde. Natürlich. Niemand durfte hören, was drinnen geschah. Gebückt kroch Danny über den Fußboden in den geöffneten Kleiderschrank.

«Willst du mich eigentlich verarschen?», donnerte sein Vater. «Komm da sofort raus und nimm deine Strafe auf dich, anstatt dich zu verstecken wie ein feiger Hund!»

*Hund* ... Die Bilder von Rex' Tod schossen ihm durch den Kopf. Panisch fing er an zu schreien. Das war sein Ende. Mit untrüglicher Sicherheit wusste er, dass sein Vater ihn totschlagen würde ...

Aiden zerrte ihn aus dem Schrank. In Todesangst registrierte Danny, dass er einen Rohrstock dabei hatte. Eine feuchte Wärme breitete sich an seinem Oberschenkel aus. Sein Vater sah den dunklen Fleck und lachte ihn aus. «Erbärmlicher Schisser. Erst aufmucken und sich dann vor Angst in die Hose pissen!»

«Dad ... bitte ...» Ein Jammern, ein Flehen. Wie ein Feigling. Es war ihm egal, er bettelte um sein Leben. «Bitte!»

Aiden warf ihn bäuchlings aufs Bett und schlug ihm im selben Moment mit dem Rohrstock auf den Rücken. Danny schrie auf vor Schmerz. Fast wahnsinnig vor Angst rannte er zur Tür. «Mom!», kreischte er. «Mom! Hilfe! Er bringt mich um!» Panisch versuchte er mit den Fingern, die geschlossene Tür aufzuhebeln. Seine Nägel rissen ab, während bereits der nächste Schlag auf seinem Rücken landete. Und der übernächste. Schmerz schoss durch seinen Körper, hell und gleißend. Für eine Sekunde wurde ihm schwindelig, seine Knie gaben nach. Kraftlos sank er auf den Boden. Aiden packte ihn am Kragen, stellte ihn wieder auf die Füße und zog ihm den Pullover über den Kopf.

«Dad ... bitte ...», wiederholte Danny lahm. Innerlich kapitulierte er.

«Bleib stehen!», befahl Aiden ihm. Nur mühsam konnte er dieser Aufforderung nachkommen. Seine Beine bebten, ihm war schwarz vor Augen.

Der Stock sauste auf seinen nackten Rücken. Danny spürte wie seine Haut einriss. Erneut ließ er sich auf den Boden sinken.

Genervt packte sein Vater ihn an den Armen und schleppte ihn aufs Bett. Dannys Finger krallten sich in die Matratze, und er biss in sein Kopfkissen, um seine Schreie zu unterdrücken, während der Gestörte in seinem Zimmer ihn immer wieder mit dem Stock schlug. Schreien half ihm nicht, das hatte er begriffen. Seine Mutter kam nicht, sie würde niemals kommen. Sie hatte zu viel Angst vor diesem Mann, der einmal sein Vater gewesen war. Er konnte heute Nacht hier sterben, von ihr war keine Hilfe zu erwarten.

*Denk an etwas anderes, Danny!* Er musste sich ablenken von der Angst und von dem unerträglichen Brennen in seinem Rücken.

Sein größter Wunsch war ein Freund, der auf ihn aufpasste und ihn beschützte. Ein großer, starker Freund. Ein Drache. Mit roten Federn, der Feuer speien und fliegen konnte. Er nannte ihn Ari. Danny hatte ihn gefunden, als der Drache noch ein Baby gewesen war. Seine Mutter hatte ihn aus dem Nest geworfen, weil sie keine Lust auf ein Baby hatte. Danny fand ihn und zog ihn mit Säuglingsmilch auf. Seitdem waren sie beste Freunde. Ari flog mit ihm jeden Morgen zur Schule, und am Nachmittag holte er ihn wieder ab …

Die Schläge hatten aufgehört. Danny spürte, wie die Matratze sich senkte, als sich sein Vater neben ihn setzte.

Vorsichtig berührte er Dannys Haare. «Alles in Ordnung?»

*Nein,* schrie es wütend in ihm. *Du hast mich verprügelt, du verdammter Irrer! Nichts ist in Ordnung, gar nichts, du kannst dir deine scheiß Frage sonst wo hinschieben!*

Langsam nickte er, weil er sich nicht traute, etwas anderes zu tun. Reglos blieb er liegen, als Aiden sich eine Zigarette anzündete.

«Weißt du», begann er sanft. «Mir macht das auch keinen Spaß. Aber ich musste es tun. Ich kann mich doch nicht von meinem Sohn zum Hampelmann machen lassen. Das verstehst du doch sicher?»

Danny verstand es nicht. Er wollte es auch nicht verstehen. Genau genommen wollte er von seinem Vater nichts weiter, als in Frieden gelassen zu werden.

«So etwas wie heute muss nicht wieder passieren», fuhr Aiden fort. «Wenn du in Zukunft einfach brav bist, dann können wir beide uns das ersparen. Um das zu erreichen, dachte ich: Lieber einmal richtig als fünfmal halbherzig.»

Aiden nahm einen weiteren Zug aus seiner Zigarette und blies seinem Sohn den Rauch ins Gesicht. Danny hustete kurz, wagte es aber nicht, sein Gesicht wegzudrehen. Stattdessen hielt er den Atem an. Sein Vater umarmte ihn. Sofort beschleunigte sich Dannys Puls wieder auf eine Frequenz, die ihm lebensbedrohlich erschien.

«Bist du in Zukunft brav?» Aiden streichelte ihm zärtlich durch die Haare.

Wieder nickte Danny.

«Sehr gut!» Zufrieden drückte Aiden seine Zigarette auf dem Nachttisch aus. «Dann können wir ja jetzt anfangen.»

*Anfangen?*

Alles in Danny krampfte sich zusammen. Sein Magen war ein Eisklumpen. Wenn seine Blase nicht vollständig entleert gewesen wäre, hätte er sich vermutlich ein weiteres Mal in die Hose gemacht.

Danny wehrte sich nicht, als sein Vater ihn auszog. Er machte auch keinen weiteren Versuch, nach seiner Mutter zu rufen. Die Sinnlosigkeit dieser Handlung hätte ihn wahnsinnig gemacht.

Insgeheim beschloss er, seine Strategie zu ändern. Er hatte nicht vor, sich seinen Willen brechen zu lassen, aber vielleicht war es klug, so zu tun, als wäre genau das geschehen. Wenn er gefügig war und mitspielte, konnte er sich zumindest die Prügel ersparen. Es musste einen anderen Weg geben, seinen Vater zu bekämpfen, ohne dafür seine Mutter in Gefahr zu bringen. Er musste es klug anstellen. Ari konnte ihm mit Sicherheit dabei helfen. Danny konzentrierte sich und beschwor den Drachen herauf. Er stellte ihn sich im Detail vor, jede Feder malte er sich genau aus. In Gedanken lud er Ricky auf Aris Rücken ein. Gemeinsam flogen sie über die Adria, um sich auf die Suche nach weiteren Drachen zu begeben.

Wie ein externer Beobachter nahm er wahr, was Aiden mit ihm machte. Er spürte, wie sich sein Bewusstsein von seinem Körper abspaltete. Ein zynisches Lächeln schlich sich auf seinen Mundwinkel, als er bemerkte, dass es ihm gelang, sich gedanklich so in eine andere Welt zu versetzen, dass er die Realität ausblenden konnte. Eines Tages würde er es schaffen, die Schmerzen und das Geschehen um ihn herum komplett zu verdrängen. Zwar war es ihm nicht möglich, seinen Körper zu retten, aber das war auch nicht wichtig. Es war nur eine Hülle. Jede Verletzung und jede Narbe würde mit der Zeit mehr oder weniger verheilen. Das Einzige, was zählte, war seine Seele. Wenn er es schaffte, seine Seele zu schützen, dann hatte er gewonnen.

Danny erwachte in derselben Haltung, in der sein Vater ihn zurückgelassen hatte. Die noch immer feuchte Schlafhose hing ihm in den Kniekehlen, sein Rücken fühlte sich an, als hätte er in glühenden Kohlen gelegen. Es war bereits hell draußen, doch er schaffte es nicht sofort, sich aufzurichten. Sein idiotisches Verhalten vom Vortag drang ihm schmerzhaft ins Bewusstsein. Was hatte er sich nur dabei gedacht? Seine eigene Mutter in Gefahr zu bringen, weil er nur an sich selbst gedacht hatte … Schwerfällig kroch er aus dem Bett. Beschämt zog er die Hose nach oben und huschte ins Bad. Das warme Wasser brannte auf seinem offenen Rücken, dennoch schäumte er sich übertrieben mit Duschgel ein. Mit der Bürste schrubbte er seine Brust, bis die Haut rot und wund war. Er wollte nicht mehr spüren, wie sich die Berührungen auf seinem Körper anfühlten, doch die Erinnerung daran ließ sich nicht abwaschen. Er drehte das Wasser ab und verzichtete darauf, sich mit dem Handtuch abzutrocknen. Zögernd stellte er sich im Flur vor den mannshohen Spiegel, um seine Verletzungen zu begutachten. Verwundert bemerkte er, dass es sich schlimmer anfühlte, als es tatsächlich war. Einige Stellen waren grün und blau verfärbt, und viele rote Striemen zogen sich quer über seinen Rücken. Aber nur wenige der Schrammen waren so tief, dass sie bluteten. Doch das sollte ihn nicht kümmern. Schließlich waren es nur äußerliche Verletzungen. Danny zog sein T-Shirt auf die feuchte Haut und überlegte sich, wo er nun hingehen sollte. Er wollte nicht nach unten, zu groß war seine Angst und zu peinlich war ihm sein lächerliches Verhalten. Danny wusste nicht, ob seine Wut darüber größer war als seine Angst. Wenn er sich einfach willenlos fügte, dann war das früher oder später sein Untergang. Er durfte nicht aufgeben. Entschlossen ging er in sein Zimmer und schnappte sich das Anmeldeformular. Dann straffte er die Schultern und stieg die Stufen hinunter. So aufrecht, wie es sein geschundener Körper zuließ, betrat er die Küche. Sein Vater saß mit einem Glas Budweiser hinter der Tageszeitung am Esstisch, während Marina am Herd Spiegeleier briet.

Souverän trat Danny an den Tisch und knallte das Formular darauf. Er starrte seinem Vater auf die Stirn, um wenigstens halbwegs zu verbergen, dass er ihm nicht in die Augen schauen konnte.

«Das möchte ich machen!», sagte er forsch. «Unterschreib mir das bitte.»

Ohne ihn anzublicken, nahm Aiden gelangweilt das Papier und überflog es kurz. Mit einem genervten Schnalzen schob er es wieder von sich.

«Danny möchte nicht mehr schwimmen gehen», erklärte Marina. «Vielleicht tut ihm etwas Abwechslung ganz gut.»

Danny registrierte den lahmen Versuch seiner Mutter, Partei für ihn zu ergreifen.

«Kampfsport», höhnte Aiden. «Das ist doch ein schlechter Scherz. Weißt du denn nicht, was er damit vorhat?»

Schwermütig schüttelte Marina den Kopf.

«Er will sich gegen mich stellen. Er denkt, dann hat er eine Chance. Wir werden es ihm nicht erlauben!»

«Aiden, bitte …» Marinas Stimme war mehr ein Piepsen. «Wenn er nicht mehr schwimmen mag, dann …»

Zornig schlug Aiden mit der Faust auf den Tisch. Das Glas schwankte bedrohlich, und ein Teil des Biers schwappte über.

«Er geht schwimmen und damit Schluss! Keine Widerrede!»

Zerknirscht wandte sich Marina wieder der Pfanne auf dem Herd zu.

«Gut», warf Danny schnippisch ein. «Kein Problem, ich gehe schwimmen.»

«Dann sind wir uns ja einig.» Aiden verschwand wieder hinter seiner Zeitung.

«Bin mal gespannt, was der Schwimmlehrer sagt, wenn er *das* sieht!» Danny trat einen Schritt vor, zog sein T-Shirt hoch und drehte seinem Vater für einen Moment den Rücken zu, bevor er sich wieder anzog. Herausfordernd sah er ihn an. «Er wird Fragen stellen. Ich werde sie ihm beantworten!»

Aiden stand auf und rollte wütend die Zeitung zusammen. «Du elender Lügner. Das wird dir keiner glauben!»

Danny schnaubte. «Meinst du? Sollen wir es drauf ankommen lassen?»

«Was hat er dir gezeigt?», fragte Marina tonlos.

«Er hat mir gedroht. Der verdammte Bastard hat mir gedroht!»

Ein Lächeln umspielte Dannys Mundwinkel, als er mit den Fingerspitzen seinem Vater das Formular wieder hinschob.

«Du verdammter Bastard!», wiederholte Aiden. «Das wirst du büßen!»

Daran zweifelte Danny nicht, doch im Augenblick spielte das keine Rolle. Schritt für Schritt. Jetzt kam es nur darauf an, dieses Duell für sich zu entscheiden.

«Ich bleibe vom Schwimmen daheim», versprach Danny freundlich. «Dafür werde ich ab nächste Woche zu diesen Kursen gehen!» Er beugte sich vor und tippte mit dem Finger auf das Papier. Sein Rücken schmerzte bei dieser Bewegung, doch er ließ sich nichts anmerken.

Aiden schlug mit der zusammengerollten Zeitung in Dannys Richtung. Instinktiv duckte Danny sich, tippte aber erneut mit dem Finger auf das Formular.

«Hier musst du unterschreiben!»

Wütend schnalzte Aiden wieder mit der Zunge, griff dann aber nach dem Kugelschreiber, der neben ihm auf dem Tisch lag. In Danny jubilierten sämtliche Körperzellen, als er sah, wie sein Vater seine Unterschrift über die Linie setzte.

«Was hat er dir gezeigt?» Marina blickte verwirrt von einem zum anderen.

«Danke sehr», sagte Danny höflich und nahm den Papierbogen an sich.

Sein Vater funkelte ihn hasserfüllt an. «Einmal noch, wenn du dich gegen mich stellst, ich versichere dir, dann schlage ich dich tot!»

«Aiden!», rief Marina entsetzt.

Danny verließ den Raum, damit niemand sein Grinsen sehen konnte.

*Sieg*, jubelte es in ihm. Er hatte gewonnen! Diesmal hatte *er* gegen seinen Alten gewonnen!

Das wollte er sich sofort aufschreiben. Wenn sein Vater ihn dann wieder einmal misshandelte, dann konnte er es lesen und sich damit neuen Mut machen. Das sollte seine Strategie werden. Jedes Duell, das er für sich entschied, war sein persönlicher Erfolg. Darüber würde er Buch führen. Seinem Vater durfte es niemals gelingen, seinen Willen zu brechen. Niemals! So konnte er es schaffen durchzuhalten. Bis er endlich erwachsen war, einen Job bekam und ausziehen konnte. Dazu musste er natürlich Klassenbester sein, das erhöhte seine Chancen, schnell viel Geld zu verdienen. Am sichersten war es, wenn er in allen Dingen der Beste wurde. Sein Vater sollte bereuen, so mit ihm umgegangen zu sein.

*Durchhalten, Danny. Du bist auf dem richtigen Weg.*

Aikido wurde nicht sein Sport, das stellte Danny bereits nach den ersten Stunden fest. Diese Disziplin war ihm eindeutig zu defensiv. Sein Ziel bestand nicht darin, nur Verteidigungstechniken zu lernen, vielmehr wollte er auch in der Lage sein, seinen Gegner gezielt anzugreifen. Schnell stellte sich heraus, dass sein unangefochtener Favorit das Kickboxen war. Die Mischung aus Schlagen und Treten gefiel ihm. Bei dieser Sportart lernte man, alle Körperteile als Waffe einzusetzen. Im Gegensatz zum Karate trat man nicht nur mit der Fußkante, sondern auch mit dem Knie und mit dem Schienbein. Auch Ellbogen und Fäuste kamen zum Einsatz. Das war genau das, was er brauchte. Rundumschutz.

Gleich im Anschluss an seine ersten Kurse buchte er sich zwei Aufbaukurse im Kickboxen und im Karate. So hatte er weiterhin täglich Trainingsstunden und konnte direkt nach der Schule in die Kampfsportarena gehen. Meistens übte er im Anschluss noch für sich allein, um das Gelernte zu festigen. Dadurch verbrachte er den ganzen Nachmittag außer Haus. Wenn er dann spät zurückkam, versuchte er, sich unbemerkt in sein Zimmer zu schleichen. Obwohl ihn sein Vater unter der Woche, in nüchternem Zustand, stets in Ruhe ließ, fiel es Danny auch da zunehmend schwerer einzuschlafen. Außerdem erwachte er beim kleinsten Geräusch und war dann stundenlang nicht mehr in der Lage, zurück in den Schlaf zu finden. Manchmal schlich er sich dann in den Flur und schlief auf dem Boden. Dort hatte er nicht so sehr das Gefühl, eingeengt und gefangen zu sein. Für ihn war es eine große Erleichterung, als der Sommer kam und es endlich wärmer wurde, denn das bedeutete, dass er noch länger und noch einfacher draußen herumstreunen konnte. Wenn die Nacht wieder einmal sehr schlecht gewesen war, weil er stundenlang wach und zitternd im Bett gelegen hatte, dann rollte er sich einfach am darauffolgenden Mittag auf einem Jägerhochstand zusammen und schlief dort ein oder zwei Stunden. Von seinem neuen Lieblingsplatz aus konnte er alles beobachten, ohne selbst gesehen zu werden. Falls seine Mutter bemerkte, dass er kaum noch zu Hause war, so ignorierte sie diesen Umstand. Sie war viel zu beschäftigt damit, die Geburt ihres Babys zu feiern. Das Kinderzimmer war längst komplett eingerichtet und Marina der absoluten Überzeugung, dass jemand darin wohnte. Manchmal aber glaubte sie wieder, immer noch schwanger zu sein. Dieser Wechsel war es, der Danny am meisten zu schaffen machte und ihm die größten Sorgen bereitete. Doch er war hilflos; seine Mutter weigerte sich, mit irgendwem über dieses Thema zu sprechen. Zudem war Danny zu sehr mit seinen eigenen Problemen beschäftigt, um sich auch noch um die Wahnvorstellungen anderer kümmern zu können. In den Sommerferien waren sechs Wochen Urlaub in seiner Heimat geplant, und er konnte es kaum erwarten, endlich seine Tante wiederzusehen. Im Geiste hatte er ihr hundertmal alles erzählt: wie sich seine Eltern verändert hatten und was sein Vater mit ihm anstellte. Doch als sie letztendlich dort waren, sagte er kein Wort. Tante Sophia wohnte am anderen Ende der Erde, sie war nicht in der Position, ihm zu helfen. Wieso ihr also unnötige Sorgen bereiten und sie und sich selbst in Gefahr bringen?

Es kostete ihn sehr viel Anstrengung, die ganze Zeit so zu tun, als wäre alles in Ordnung. Sein Vater hatte sich die größte Mühe gegeben, ihn davon zu überzeugen, diese Rolle glaubhaft zu spielen. Trotz des Wissens, nach Ablauf der Ferien wieder nach Hause zurück zu müssen, blühte Danny merklich auf. Er war heilfroh, endlich wieder ungestört schlafen zu können und an den Wochenenden keine unerwünschten Besuche zu erhalten.

Allerdings musste er nach seiner Rückkehr feststellen, dass er in seinem Kinderzimmer fast gar nicht mehr schlafen konnte. Deswegen schlich er sich nachts heimlich mit seiner Bettdecke in den Garten und schlief dort unter freiem Himmel, bis das Schmuddelwetter im Herbst ihn zwang, damit wieder aufzuhören.

Schon zu Beginn des neuen Schuljahrs hatte Danny sein Ziel erreicht: Er war mit Abstand Klassenbester. Falls sein Vater das bemerkte, brachte er es niemals zur Sprache. Dennoch war Dannys Ehrgeiz geweckt; er hatte nicht vor, seine Führungsposition wieder aufzugeben.

Anfang Oktober rief Dannys Trainer aus der Kampfsportarena an und bat seine Eltern um ein Gespräch.

«Was hast du denn nun wieder angestellt?», schimpfte Aiden. Sie machten sich alle gemeinsam auf den Weg zum Trainingscenter.

Danny beantwortete die Frage hauptsächlich deswegen nicht, weil er die Antwort nicht kannte. Seines Wissens hatte er sich nichts zuschulden kommen lassen. Beunruhigt fragte er sich, weswegen Niklaus mit seinen Eltern reden wollte.

«Guten Tag, Frau und Herr Taylor», grüßte der Trainer freundlich. «Kommen Sie doch bitte mit in mein Büro.» Er ging voran und bedeutete ihnen dann, Platz zu nehmen. «Möchten Sie einen Kaffee?»

Marina ließ sich nervös auf den ihr zugewiesenen Platz fallen.

«Ich wollte lediglich einmal mit Ihnen beiden sprechen», setzte Niklaus an. Er schenkte sich und Marina einen Kaffee ein. Danny nahm sich ein Glas Wasser. Aiden lehnte beides dankend ab.

«Ist etwas passiert?», wollte er wissen.

«Uns allen hier ist aufgefallen, dass Ihr Sohn nahezu den ganzen Tag bei uns verbringt und gar nicht mehr aufhören mag zu trainieren.» Niklaus sah die Eltern prüfend an.

«Ist das denn schlimm?» Marina rutschte unruhig auf ihrem Stuhl hin und her und zog ihre Handtasche zu sich auf den Schoß.

«Schlimm nicht, nur ungewöhnlich. Woher kommt der immense Ehrgeiz dieses Jungen? Verstehen Sie mich bitte nicht falsch, aber ich muss Sie das einfach fragen.»

«Sie glauben, wir üben Druck auf ihn aus?» Dannys Vater sprach ungeniert aus, was alle aus den Worten herausgehört hatten.

«Wir sind besorgt. Nicht mehr und nicht weniger.» Niklaus hielt Aidens vorwurfsvollem Blick stand.

Für einen Moment herrschte ein Klima wie in der Antarktis, dann brach Aidens warmherziges Lachen den Bann.

«Machen Sie sich diesbezüglich keine Sorgen. Wir haben ihn ganz sicher nicht dazu gezwungen.» Mit Glaubwürdigkeit hatte Aiden noch nie Schwierigkeiten gehabt. Sein selbstsicheres Auftreten und seine Überzeugungskraft ließen selten Raum für Zweifel. «Es war eher andersherum.» Danny bemerkte den anklagenden Blick, den sein Vater ihm zuwarf. «Er hat uns regelrecht *überredet*, das machen zu dürfen. Alles, was er hier tut, geht von ihm selbst aus.»

«Ich will einfach Erfolg haben, deswegen trainiere ich so viel», warf Danny ein.

«Danny war schon immer so. Wenn er etwas macht, dann zu tausend Prozent», fügte Marina hinzu. «Von klein auf war er zielstrebig und ehrgeizig. In der Schule ist es nicht anders – Sie können gerne mit seiner Lehrerin sprechen.»

Niklaus nickte. «Schon in Ordnung, ich glaube Ihnen. Wir hatten auch nicht den Eindruck, als würde man ihn zu etwas zwingen, aber wir mussten einfach nachfragen. Wie gesagt, es ist ungewöhnlich für einen Jungen in seinem Alter.»

«Wenn er Ihnen Umstände macht, dann nehme ich ihn aus den Kursen, das ist kein Problem.» Aiden sah Niklaus abwartend an. Danny wusste, wie gerne er das getan hätte.

Der Trainer winkte jedoch entschieden ab. «Nein, nein! Auf gar keinen Fall! Ihr Sohn ist ausgesprochen talentiert. Richtig gefördert, wird er Junior-Weltmeister im Kickboxen, noch bevor er zwanzig ist, das kann ich Ihnen versichern!»

«Na, wir wollen doch mal nicht übertreiben und auf dem Boden der Tatsachen bleiben», versuchte Aiden abzuwiegeln. Solche Neuigkeiten waren gar nicht in seinem Sinn.

«Es ist mein Ernst», beharrte Niklaus. «Der Junge hat ungeheures Potenzial, das man nicht verkümmern lassen sollte. Ich würde ihm gerne Einzelstunden geben. Die sind zwar einiges teurer, aber viel effektiver.»

«Vielen Dank für das Angebot.» Aiden winkte ab. «Das ist sehr nett, aber die Kurse reichen vollkommen aus. Mehr wird nicht nötig sein, danke sehr.»

«Bitte, Dad!» Danny sprang von seinem Stuhl auf. In der Gegenwart fremder Menschen war sein Vater nicht der cholerische Irre, sondern das fürsorgliche Familienoberhaupt, mit dem man durchaus reden konnte. Wenn es überhaupt eine Chance auf Zustimmung gab, dann hier in Anwesenheit seines Trainers.

«Was hast du denn dagegen?» Marina wagte es nicht, ihren Mann anzusehen. Danny wusste, dass auch sie diese Frage nur deswegen stellte, weil sie nicht zu Hause waren.

«Bitte, Dad», wiederholte Danny. Das Wort klang seltsam aus seinem Mund. «Ich möchte das gerne machen. Ich zahle die Stunden auch selbst.»

Niklaus lächelte freundlich. «Nächste Woche findet ein Wettkampf statt. Ich möchte Danny dort gerne antreten lassen … Wenn Sie einverstanden sind natürlich nur. Schauen Sie sich das an, und entscheiden Sie dann in Ruhe.»

*Nein, nicht in Ruhe entscheiden!*

«Von mir aus», brummte Aiden.

«Ich brauche eine Unterschrift von Ihnen.» Danny sah die Wut im Gesicht seines Vaters auflodern, als Niklaus ihm ein Formular reichte. Zu gut war ihm noch das letzte Mal in Erinnerung, als er zum Unterschreiben genötigt worden war.

Aiden lächelte seinen Zorn weg und reichte Marina die Anmeldung, damit sie unterschrieb.

*Sieg*, jubelte es in Danny. *Sieg!* Er durfte bei Wettkämpfen starten!

«Was ist mit den Einzelstunden?», hakte er schnell nach. «Darf ich? Mom? Dad? Darf ich? Bitte! Ihr sagt doch immer zu mir, dass ihr mich so sehr lieb habt und mir deswegen keinen Wunsch abschlagen könnt …» Dafür bekam er bestimmt Ärger. Aber den nahm er gerne in Kauf.

*Immer den schönen Schein wahren.* Wer hätte gedacht, dass ihm das Motto seines Vaters einmal zugutekam?

«Na gut», willigte Aiden ein. «Selbstverständlich bekommst du die Stunden von mir bezahlt, dafür musst du doch nicht dein Erspartes angreifen.»

Danny sprang erneut auf. Wenn er sich freute, konnte er nicht ruhig sitzen bleiben. Fast empfand er einen Anflug von Sympathie für seinen Vater. Zumindest vergaß er für ein paar Minuten, dass er ihn abgrundtief hasste.

«Danke sehr», sagte er höflich.

Niklaus erhob sich und reichte den Taylors die Hand. «Freut mich sehr. Sie haben wirklich einen tollen Jungen.»

Aiden stand ebenfalls auf. «Das wissen wir. Deswegen sind wir auch sehr stolz auf ihn!» Er hörte auf, Niklaus' Hand zu schütteln, und legte sie stattdessen freundschaftlich auf die Schulter seines Sohnes. Sofort erstarrte Danny unter der Berührung. Die Hand seines Vaters schien hundert Kilo zu wiegen und sich wie ein glühendes Eisen in seine Haut zu brennen. Nur mühsam konnte er dem Drang widerstehen, sie wie ein Insekt abzuschütteln oder daraufzuschlagen. Danny biss die Zähne zusammen, der Hass kehrte in seiner Gesamtheit zurück. Mühsam zwang er sich zu einem Lächeln, als Aiden ihn zum Ausgang schob. Marina winkte Niklaus zum Abschied zu.

«Vielen Dank», rief sie. «Wir sehen uns beim Wettkampf.»

Sie verließen das Gebäude. Mit einem leisen Klicken fiel die Tür hinter ihnen ins Schloss. Im nächsten Moment rutschte Aidens Hand in Dannys Nacken. Dort ruhte sie nicht mehr freundschaftlich, sondern drückte grob zu. Er spürte, wie sich Fingernägel in sein Fleisch gruben.

«Du verdammter Bastard», zischte Aiden ihm zu. Unsanft bugsierte er ihn Richtung Auto. «Das hast du doch absichtlich gemacht, du verlogener Scheißkerl!»

«Ich war selbst überrascht!» Danny hob seine Hand zum Schwur. «Ehrlich, ich hab nichts davon gewusst!»

«Du weißt genau, dass ich nun meine Versprechen halten muss. Wenn du mich noch ein Mal so vorführst, dann kannst du was erleben!»

Danny sagte nichts mehr, sondern starrte zu Boden. Er kniff die Lippen zusammen, um ein Lächeln zu unterdrücken.

Sündhaft teure Einzelstunden und die Teilnahme an Wettkämpfen waren ein ganz eindeutiger Sieg. Wieder einmal hatte er auf stille und taktische Weise gegen den Verrückten gewonnen.

Er ließ sich auf die Rückbank fallen und schaute lächelnd aus dem Fenster.

* * *

Marina schaukelte liebevoll die hölzerne Babywiege hin und her. Hoffentlich schlief ihr Kleiner bald ein – sie benötigte dringend eine Pause. Vorsichtig ließ sie die Bewegungen schwächer werden und lauschte. Da sie keinen Laut mehr vernahm, stand sie langsam auf. Fast geräuschlos stieg sie die knarrenden Stufen hinunter. Sie wollte sich noch schnell einen Tee kochen und dann ihren großen Sohn ins Bett bringen, bevor sie sich selbst hinlegte. Irgendwie war sie heute unendlich müde und wie benebelt. Die Migräne machte ihr wieder einmal zu schaffen. Leise summend betrat sie das Wohnzimmer. Erschrocken bemerkte sie, dass ihre Mutter auf der Couch saß, Danny neben ihr. Aiden lief unruhig auf und ab und machte einen äußerst genervten Eindruck.

«Was willst du hier?», fragte Marina mit eisiger Stimme.

Ihre Mutter sprang vom Sofa auf und kam ihr entgegen. «Marina!», rief sie verzweifelt. «Wir müssen uns miteinander unterhalten. So kann das doch nicht weitergehen!»

Unweigerlich wich Marina mehrere Schritte zurück. «Was ist denn los?»

«Sie denkt, wir brauchen Hilfe!», schnaubte Aiden verächtlich. «Erklär doch du bitte deiner Mutter, dass alles in Ordnung ist.»

«In Ordnung? In *Ordnung*?», schrie Anna. «Nichts ist in Ordnung! Gar nichts! Merkst du nicht, dass du den Verstand verlierst? Baby hier, Baby da. Welches Baby?»

«Lass Liam in Ruhe, Mutter!»

«Wer ist Liam?» Anna fuchtelte wild mit den Händen in der Luft herum. «Es gibt keinen Liam! Und auch kein Baby! Begreif das endlich. Du hast nur einen Sohn. Der sitzt hier und braucht ganz dringend deine Hilfe!»

«Danny geht es gut!», stellte Aiden klar.

«Mit dir rede ich gar nicht!» Anna starrte ihren Schwiegersohn böse an. «Marina. Werd vernünftig.» Sie ging einen weiteren Schritt auf Marina zu. Mit dem Zeigefinger deutete sie auf Danny. «Ihm soll es gutgehen? Glaubst du das wirklich? Hast du dir deinen Sohn in letzter Zeit mal angesehen? Ihm geht es nicht gut, das sehe sogar ich – und ich kenne ihn kaum!»

«Er hat eben Heimweh!», verteidigte sich Marina. Sie warf einen kurzen Blick auf Danny. Er saß zusammengekauert und blass in der Ecke und sah aus, als wünschte er sich weit weg. Seine Haare waren wieder lang geworden, aber er trug sie nicht mehr ordentlich zum Seitenscheitel frisiert. Vielmehr sah es aus, als würde Danny seine Haare nach dem Waschen mit einem Handtuch abrubbeln und dann einfach trocknen lassen. Wirr und ungekämmt standen sie nach allen Seiten ab. Zudem hatte er abgenommen. Schon immer war er ein zierliches Kind gewesen, aber mittlerweile musste man das mager nennen. «Das ist doch vollkommen normal!», fügte sie eisern hinzu.

«Heimweh? Ihr seid seit einem Jahr hier!»

«Es wird ja langsam besser. Mittlerweile integriert er sich, hat neue Freunde und einen neuen Sport …»

«Das, was dieses Kind hat, ist ganz sicher kein Heimweh!» Anna war noch lauter geworden. «Ich kann dir sagen, was er hat! Er leidet darunter, dass seine Mutter nach einem imaginären Baby giert, während er langsam, aber sicher vor die Hunde geht!»

«Das reicht!» Aiden packte seine Schwiegermutter am Handgelenk. «Du gehst jetzt. Wir brauchen deine Hilfe nicht. Verschwinde und halt dich aus unseren Angelegenheiten raus!»

«Dad», jammerte Danny. «Lass sie doch hier bleiben.»

«Marina!», rief Anna. «Ich bitte dich! Ruf mich an. Wir reden in Ruhe, wenn *der* nicht da ist!»

«Es gibt nichts mehr zu reden, Mutter!» Entschlossen straffte Marina die Schultern. «Aiden hat recht. Es ist besser, wenn du dich nicht mehr bei uns blicken lässt!»

Anna schnappte hörbar nach Luft. «Was ist nur aus dir geworden?»

Aiden schob sie in den Flur. «Geh jetzt. In Zukunft will ich dich in meinem Haus nicht mehr sehen!»

«Mom, Dad», bettelte Danny. «Was hat Oma denn getan?»

«Raus, Danny! Ab in dein Zimmer!» Aiden wollte auch ihn am Arm packen, aber Danny ging freiwillig.

Marina sah teilnahmslos zu, wie ihre Mutter von ihrem Ehemann aus dem Haus geworfen wurde. Sie zweifelte nicht daran, dass er das Richtige tat. Was sollte sie mit ihrer Mutter, wenn sie nicht zu ihr hielt? Aiden hingegen wollte immer nur das Beste für alle. Hauptsächlich aus diesem Grund hatte sie ihn damals geheiratet. Er kümmerte sich um alles und gab ihr Halt und Sicherheit. Sie musste nur für Liam da sein, alles andere konnte sie getrost ihrem Mann überlassen. Marina beschloss, vor dem Schlafengehen Gott dafür zu danken.

* * *

Danny fühlte sich sterbenselend. Sein Magen rebellierte, und er fürchtete, sich jeden Moment übergeben zu müssen. Er vermutete, dass es Angst war, die ihm diese Übelkeit bereitete. Immerhin war heute wieder einer jener gefürchteten Freitagabende, an denen sein Vater schon seit Stunden in der Kneipe verschwunden war. Wenn er bis Mitternacht noch nicht zurück war, bedeutete das in der Regel, dass Danny mit einem nächtlichen Besuch rechnen musste. Das Herz schlug ihm bis zum Hals, das Zittern ließ sich nicht mehr unterdrücken, und der Brechreiz nahm stetig zu. Er fröstelte, die Gänsehaut zog sich über seinen ganzen Körper. Wäre er nicht so erschöpft gewesen, dann hätte er längst seine Bettdecke genommen und sich in den Flur gelegt. Natürlich wusste er insgeheim, dass sein Gefühl, hier jederzeit fliehen zu können, nur ein Trugschluss war. Vor seinem Vater gab es kein Entkommen. Unruhig wälzte er sich von einer Seite auf die andere. An Schlaf war nicht zu denken. Schließlich kam er zu dem Entschluss, dass er tatsächlich körperlich krank war. In seinem Bauch rumorte es bedrohlich, und er hatte einen merkwürdigen Geschmack im Mund. Zu allem Überfluss hörte er die Stufen knarren.

*Bitte, geh gleich schlafen,* flehte Danny im Stillen. *Geh schlafen, geh schlafen, geh schlafen …* Wenn er es sich nur fest genug wünschte, dann würde es geschehen.

Leise wurde die Zimmertür geöffnet. Wie immer setzte sich Aiden neben Danny aufs Bett und berührte behutsam seine Haare.

Sofort wurde Dannys Körper stocksteif.

«Bitte nicht», flüsterte Danny. «Mir geht es nicht gut.»

«Was hast du?» Die Stimme seines Vaters war weich, fast besorgt. Aber Danny wusste mit absoluter Sicherheit, dass Aiden betrunken und somit cholerisch und unberechenbar war. Sonst hätte er vielleicht tatsächlich geglaubt, es in diesem Moment mit dem normalen, beinahe fürsorglichen Vater zu tun zu haben. Doch den gab es, wenn überhaupt, nur dann, wenn kein Alkohol im Spiel war.

«Ich fühl mich nicht wohl. Ich glaub, ich bin krank!»

Die Hand, die eben noch seine Haare berührt hatte, rutschte auf seinen Rücken und schob sich unter seinen Pullover.

«Bitte nicht, Dad!» Dannys Flehen wurde verzweifelter. «Mir geht es wirklich nicht gut. Bitte heute nicht. Warte bis morgen. Bitte!»

Er versuchte herauszufinden, wie betrunken sein Vater war. Mit etwas Glück hatte er so viel gesoffen, dass er über den Punkt seiner Aggressionen hinaus war. Meistens wurde er dann sentimental und gefühlsduselig. Das war zwar nervtötend, aber in diesem Stadium war es möglich, seinen Vater mit Betteln zu erreichen.

«Was denkst du nur von mir, Danny?» Aiden zog seine Hand zurück und starrte minutenlang darauf. «Für wen oder was hältst du mich? Natürlich lass ich dich in Ruhe, wenn du krank bist.»

«Danke.» Tränen schossen ihm in die Augen. Danny wusste selbst nicht, wieso er jetzt weinte. Vielleicht deswegen, weil sein Vater so etwas wie Mitgefühl für ihn zu empfinden schien.

«Ich mach dir einen Tee», beschloss Aiden. Schwankend stand er auf und verließ das Zimmer. Danny schluchzte. Er wollte keinen Tee von diesem Menschen, den er nicht leiden konnte. In kindlicher Verzweiflung hoffte er, sein Vater würde die Stufen hinunterfallen und sich das Genick brechen. Oder zumindest beide Beine.

Sein Wunsch ging nicht in Erfüllung. Schon kurze Zeit darauf stand Aiden wieder bei ihm am Bett, eine Tasse dampfenden Kamillentee in der Hand.

«Hier, trink das», sagte er zärtlich.

Widerstrebend erhob sich Danny und nahm die Tasse. Obwohl der Tee noch viel zu heiß war, trank er ihn zügig, in der Hoffnung, bald wieder seine Ruhe zu haben.

«Geht es dir nun etwas besser?», erkundigte sich Aiden besorgt. Danny nickte, obwohl er überhaupt keine Veränderung bemerkte. Dafür fiel ihm der mitleidige Blick seines Vaters auf, und er witterte eine Chance.

«Dad», begann er zögernd. «Kannst du bitte Mom helfen? Ich glaub, sie hat den Verstand verloren. Sie braucht wirklich ganz dringend Hilfe!»

Ruckartig stand sein Vater vom Bett auf. Danny hob instinktiv die Hand, um Schläge ins Gesicht abfangen zu können. Aiden bemerkte die Reaktion und fragte erstaunt: «Hast du etwa Angst vor mir?»

Danny nickte wahrheitsgemäß.

«Warum?» Die Verblüffung seines Vaters war echt. «Hab ich dich jemals geschlagen?»

«Einmal», gab Danny knapp zurück.

*Nur einmal, aber dafür richtig,* fügte er in Gedanken hinzu.

«Du hast recht, Danny», gestand sein Vater. «Einmal habe ich das getan. Das war falsch, und es tut mir leid. Kannst du mir bitte verzeihen?»

«Nein.» Wütend biss er sich auf die Lippe. Warum hatte er das gesagt? Er musste dringend lernen zu lügen. Damit kam man mit Sicherheit glimpflicher davon.

Aber Aiden reagierte anders als gedacht. Schwermütig schlug er sich die Hände vors Gesicht und begann zu schluchzen: «Bitte, Danny. Verzeih mir meinen Fehler! Was kann ich tun, damit du mir verzeihst?»

«Hilf Mom», flüsterte Danny. «Das ist das Einzige, was ich will.»

Mit schnellen Schritten durchquerte sein Vater das Zimmer und jammerte: «Wie, Danny? Wie? Glaubst du, ich sehe nicht, dass sie Hilfe braucht? Aber ich kann nichts tun! Mein Leben ist ruiniert. Alles ist kaputt. Unwiederbringlich zerstört! Ich weiß einfach nicht mehr, was ich tun soll!» Nervös kratzte er sich seinen stoppeligen Bart. «Was soll ich nur machen, Danny? Was? Sag du es mir!»

Danny stellte seine leere Teetasse so leise wie möglich auf den Nachttisch und ließ sich dann in sein Kissen sinken. Er war noch keine zwölf Jahre alt. Weder konnte noch wollte er seinem besoffenen Vater sagen, was der mit seinem verpfuschten Leben anfangen sollte. Zudem hatte die Übelkeit zugenommen. Er wollte einfach nur schlafen und nicht mitten in der Nacht ein Gespräch führen über Dinge, die ihn eigentlich gar nichts angingen.

«Dad, bitte. Ich bin müde. Können wir ein andermal darüber sprechen?»

«Aber natürlich!» Die Stimme seines Vaters war ironisch und anklagend. «Sicher können wir das. Schlaf du ruhig. *Du* hast ja keine Sorgen! Überlass alle Probleme dem Alten!»

Resigniert drehte Danny sich auf die Seite und zog sich die Bettdecke über den Kopf. Vergeblich versuchte er zu schlafen, trotz des permanenten Hin- und Herlaufens seines Vaters. Dessen Wehklagen begannen sich zu steigern. «Was soll ich tun, Danny? Ich hab so viele Fehler gemacht, die sich nie wiedergutmachen lassen. Das tut mir wirklich leid. Mein Leben ist ruiniert. Was soll ich nur tun?» Tief seufzend ließ Aiden sich erneut aufs Bett fallen. Hastig schlug er die Bettdecke zurück. Aus den Augenwinkeln sah Danny, wie er sich die Hose öffnete.

«Nein», heulte er. «Heute nicht. Bitte, bitte heute nicht!»

«Ich kann nicht», jammerte Aiden. Vorsichtig zog er Danny die Hose hinunter. «Du musst nichts machen. Ich will gar nichts von dir. Bleib einfach liegen, das ist doch nicht schlimm.»

«Dad, mir ist richtig schlecht. Bitte nicht!»

«Tut mir leid», wiederholte Aiden. Danny spürte, wie seine Hüfte mit dem Arm angehoben wurde. «Ich verspreche dir, es geht ganz schnell.»

Dannys Magen wurde schmerzhaft gedrückt, als das Gewicht seines Vaters auf seinen Rücken kam. Der Arm, der unter seinem Bauch lag, erzeugte einen Gegendruck und verschlimmerte das Ganze. Die zweite Hand seines Vaters stemmte sich gegen seine Schulter und zwang ihn so, flach liegen zu bleiben. Der Schmerz in seinem Körper nahm mit jeder Bewegung zu. Plötzlich spürte Danny, wie sein Magen sich meldete.

«Dad!», schrie er panisch. «Lass mich aufstehen!»

Es kam keine Reaktion. Wenn Aiden in Ekstase war, konnte die Welt um ihn herum in Flammen stehen, ohne dass er es bemerkte.

Verzweifelt versuchte Danny, sich halb aufzurichten, um ans Bettende zu gelangen. Wenn er nicht aufstehen durfte, musste er eben auf den Boden kotzen.

Doch der Druck auf seiner Schulter verstärkte sich.

«Bleib gefälligst unten!»

Dannys Arme gaben nach. Mit einem leisen Aufschrei landete er wieder flach auf der Matratze. In letzter Sekunde schaffte er es, seinen Kopf minimal anzuheben und ihn zur Seite zu drehen. Er erbrach sich auf sein Kopfkissen. Aiden bemerkte nichts davon.

«Du sollst unten bleiben, blöder Bastard!», zischte er ihn an und presste ihn am Nacken zurück nach unten. Dannys Gesicht versank im Kissen, und er spürte, wie die warme Lache aus Erbrochenem langsam in die entstandene Mulde sickerte. Die Flüssigkeit lief ihm in die Nase. Sie roch stark nach Kamillentee. Krampfhaft kniff er die Augen zusammen, um wenigstens diese zu schützen. Der Gedanke an das, worin er lag, ekelte ihn so sehr, dass er sich erneut übergeben musste. Mit aller Kraft versuchte er vergeblich, ein paar Zentimeter nach oben zu kommen. Aiden fixierte ihn gnadenlos auf dem Bett. Es gelang Danny nicht, den Kopf zu drehen. Sein Mund füllte sich mit Erbrochenem. Er konnte nicht mal mehr schreien. Panik überflutete ihn, als er registrierte, dass er zu ersticken drohte. An seiner eigenen Kotze …

Dannys Herz hämmerte so heftig, dass er es in allen Gliedmaßen fühlen konnte. Sein Kopf war kurz vor dem Explodieren, und Schweiß drang ihm aus allen Poren. Dann, von einer Minute auf die andere, ebbte der Schmerz ab, und sein gesamter Körper wurde taub.

*Das war's,* dachte er. *Gleich hast du es hinter dir.*

Auf eine bizarre Weise erleichterte ihn dieser Gedanke.

*Frei …*

Bald schon war er frei!

Vor einiger Zeit hatte er gelesen, dass man beim Erstickungstod schwarze Rosen sah. Jetzt konnte er herausfinden, ob das stimmte.

Die Finger seiner rechten Hand hatten sich so heftig in das Bettgestell gegraben, dass seine Nägel einrissen. Noch einmal wallte die Verzweiflung in ihm auf. Mit aller Kraft stemmte er sich mit den Ellbogen nach oben. Der Arm unter seinem Bauch wurde weggezogen. Kurz verspürte er Erleichterung, dann wurde auch die zweite Hand auf seine Schulter gestützt. Dannys Arme rutschten seitlich weg, sein Gesicht wurde noch tiefer ins Kissen gepresst.

*Halt still – du verschlimmerst es nur!*

Erstaunlich, wie zumindest ein Teil seines Verstandes noch immer funktionierte. *Atme flach und langsam, vielleicht hast du Glück und überlebst es irgendwie.*

Er konnte nur hoffen, dass sein Vater sein mieses Versprechen hielt und sich tatsächlich beeilte.

Der Geruch nach Kamillentee und Erbrochenem verstärkte sich. Automatisch atmete Danny noch flacher. Der Sauerstoff, den er auf diese Weise bekam, reichte nicht aus. Das Schwindelgefühl nahm zu, bis er fast wegdämmerte.

Danny schloss erneut die Augen und versuchte, sich auf etwas Schönes zu konzentrieren.

*Ari …*

Der riesige Drache mit den roten Federn schnaubte fröhlich, als er ihn sah. Eine heiße Dampfwolke kam aus seinen Nüstern. Diesmal war er nicht allein. Ein etwas kleinerer, pechschwarzer Drache stand neben ihm. Behutsam legte Danny ihm die Hand auf den Hals.

«Hallo, mein Freund», grüßte er ihn leise. «Schön, dich kennenzulernen. Ich werde dich Virgo nennen.»

Nun waren sie schon zu dritt. Konnte ein Junge in seinem Alter bessere Freunde haben?

Schneller als gewohnt verschwand das Gewicht von seinem Rücken. Benommen nahm er wahr, dass sein Vater aufstand und sich wieder anzog. Danny nutzte die Gelegenheit, seinen Kopf zu drehen und auszuspucken, was noch in seinem Mund war. Ächzend kroch er zum Bettrand und übergab sich erneut.

Sein Vater zündete sich eine Zigarette an.

«Was ist los?», fragte er besorgt. «Hast du etwa gekotzt?»

Ohne eine Antwort zu geben, stand Danny auf, zog sich seine Pyjamahose hoch und hastete ins Bad. Er sank auf die Knie und erbrach sich wieder. Diesmal in die Badewanne. Mit den Händen tastete er blind nach den Armaturen und stellte eiskaltes Wasser an. Er hielt den Kopf weiterhin gesenkt, als er die Duschbrause so drehte, dass ihm das Wasser über den Nacken und den halben Rücken lief. Es störte ihn nicht im Geringsten, dass er dabei das Bad unter Wasser setzte. Wieder und wieder übergab er sich in die Wanne. Plötzlich wünschte er sich, er wäre doch erstickt. Es hätte ihm die Schande erspart, bei vollem Bewusstsein in einer Pfütze aus Erbrochenem zu liegen. Wobei, an der eigenen Kotze zu ersticken, war auch nicht viel würdevoller.

*Jammer nicht, du hast überlebt! Scheiß auf Würde!*

Ab diesem Zeitpunkt wurde Danny allein bei dem Geruch von Kamillentee übel. Nie wieder in seinem Leben trank er Tee, so sehr erinnerte dies ihn an die grauenvollen Stunden, die hinter ihm lagen. Aber das war egal. Später, wenn er erwachsen und endlich frei war, fragte doch kein Mensch mehr nach seiner Kindheit. Er schwor sich, es niemals irgendwem auch nur ansatzweise zu erzählen.

Später würde er cool sein. Unabhängig und stark, und niemand würde vermuten, dass er als Kind fast an seiner Kotze erstickt wäre, während sein Vater auf ihm lag …

Das Wasser war zu kalt. Aus seinem leichten Frieren wurde regelrechter Schüttelfrost. Danny hatte keinerlei Ambitionen, sich aufzurichten. Stattdessen beugte er sich tiefer in die Badewanne, stöpselte sie zu und beobachtete gelangweilt, wie das Wasser immer höher stieg. Möglicherweise fand er die Sache mit den schwarzen Rosen doch noch heraus.

«Danny!», rief seine Mutter. Sie griff ihm unter die Arme und zog seinen Oberkörper aus der gefüllten Wanne. «Was soll das denn?»

Danny schlotterte vor Kälte. «Lass uns einfach sterben», stotterte er.

«Uns?» Marina war schockiert. «Wen meinst du mit *uns*?»

«Mich», korrigierte er sich. «Lass mich sterben.»

Sein Körper war ohnehin schon tot. Um den brauchte er sich nicht mehr zu kümmern.

Marina wickelte ihn in ein großes Badetuch. Sorgsam begann sie, ihn trocken und warm zu rubbeln. Das Frottee fühlte sich angenehm und sauber auf der Haut an. Aus einem Reflex heraus kuschelte er sich auf den Schoß seiner Mutter. Schon lange hatte er sich nicht mehr so wohl und sicher gefühlt. Schmerzhaft wurde ihm bewusst, wie sehr ihm diese Art von Liebe und Zuneigung fehlte. Marina drückte ihn fester an sich und gab ihm einen Kuss auf die Stirn. Diese unerwartete Liebesbekundung bewirkte, dass Danny hemmungslos anfing zu schluchzen. Es war ihm egal, was sein Vater sagte, egal, was er ihm damals versprochen hatte. Der Wunsch, seiner Mutter alles zu erzählen, war zu stark. Wenn er sich ihr anvertraute, würde sie ihn endlich wieder wahrnehmen, sie würde ihm glauben. Und dann konnten sie zusammen weglaufen, zurück in ihre Heimat …

«Mom, ich muss dir etwas sagen!» Seine Stimme bebte vor Kälte und Aufregung. «Es ist wegen Dad!»

«Schsch», machte sie. «Ganz ruhig. Ist ja gut, ich bin ja da.»

Er schob sie ein Stück von sich weg. «Mom, Dad macht … Sachen mit mir, die nicht … okay … sind.»

Sie sah ihn provozierend an. «Was denn, Danny? Hm? Was? Was macht er denn mit dir? Los, nun sag schon!»

«Er …» Danny überlegte nervös. «Dad macht …» Er fand keine Worte für das, was ihm angetan wurde. Weder auf Deutsch noch auf Englisch. Hastig suchte er nach einer Umschreibung, wusste aber nicht, wie er es sagen sollte.

«Ich bring dich jetzt ins Bett.» Marina stand auf und wollte ihn mit hochziehen, aber Danny presste sich fest gegen den Boden.

«Hör mir doch kurz zu!»

«Du bist eiskalt. Du wirst noch krank!»

«Ich bin schon krank!» Warum zur Hölle wollte sie ihm nicht zuhören?

«Aiden!», rief Marina plötzlich. «Komm her. Ich brauch deine Hilfe!»

«Nein!», schrie Danny hysterisch. «Warum rufst du *den*?»

«Er soll dich ins Bett tragen. Für mich bist du zu schwer.»

«Mom, nein!» Er löste sich vehement aus dem Griff seiner Mutter. «Nein! Hör mir zu! Hör mir doch einfach für einen Moment zu!»

Sein Vater erschien im Bad. Offensichtlich war er noch nicht im Bett gewesen, denn er trug immer noch die Klamotten von vorhin. «Was ist?»

«Kannst du ihn ins Bett tragen? Er weigert sich aufzustehen.»

Aiden beugte sich über ihn. Danny sprang panisch auf, rutschte aber auf den nassen Fliesen aus. Er fiel der Länge nach wieder hin. Sein Ellbogen prallte hart gegen den steinernen Boden. Ein elektrisierender Impuls schoss durch seinen Arm bis zur Schulter hinauf.

Aiden nahm ihn hoch; Danny wehrte sich mit aller Kraft. Verzweifelt wollte er sich irgendwo festkrallen, aber seine Finger fanden keinen Halt auf den glatten Fliesen. Im letzten Augenblick erwischte er den Arm seiner Mutter.

«Mom», flehte er tonlos. Es kam kein Laut mehr über seine Lippen, er formte die Worte nur noch. «Hilf mir!»

Marina sah ihn an, und für den Bruchteil einer Sekunde glaubte Danny, sie würde die Angst in seinen Augen erkennen. Kurz schöpfte er Hoffnung. Dann löste Marina entschlossen seine Finger von ihrem Arm.

«Dein Vater bringt dich ins Bett», erklärte sie knapp. «Ich muss nach dem Baby schauen. Gute Nacht, Danny.»

Enttäuscht ließ er seine Hand sinken. Von seiner Mutter würde niemals Hilfe kommen. Nicht heute, nicht morgen und auch nicht irgendwann.

Ergeben ließ Danny sich von seinem Vater zurück in sein Zimmer tragen. Seine Schlafanzughose war durchnässt vom Wasser, und er fror noch mehr als zuvor. Doch das Frieren kam hauptsächlich von innen. Die Ursache war seine Mutter.

Aiden setzte ihn auf dem Bett ab. Danny warf angeekelt das Kissen auf den Boden. Heute hatte er keine Lust mehr, es frisch zu beziehen, diese Nacht musste es so gehen. Er kauerte sich zitternd am Fußende der Matratze zusammen. Sein Vater breitete sorgfältig die Bettdecke über ihm aus.

«Kann ich dir noch etwas bringen?», fragte er.

Danny schnaubte. Machte er sich etwa über ihn lustig? Oder war das Monster für heute verschwunden und der fürsorgliche Vater an seine Stelle getreten? Er wusste nie genau, mit wem er es gerade zu tun hatte. Sicherheitshalber verzichtete er auf eine Antwort und stellte sich schlafend. Angespannt hielt er den Atem an. Erst als die Tür von außen geschlossen wurde, wagte er es, Luft zu holen. Allein. Er war vollkommen allein. Sein ganzes Leben lang würde er allein sein, und das war gut so. Menschen waren falsch und hinterhältig. Es war dumm, ihnen zu vertrauen. Nur Idioten taten so etwas. Vertrauen war ein Fehler, den er niemals begehen durfte. Damit konnte man nur enttäuscht werden.

Plötzlich hatte er unheimliche Sehnsucht nach Rex. Einem Tier, dem er sich anvertrauen konnte. Von dem er wusste, es würde ihn verstehen und ihn nicht auslachen. Vor allen Dingen würde es ihm zuhören. Anders als seine Mutter. Lautlos begann er zu weinen.

* * *

Danny wollte es noch ein einziges Mal versuchen. Nicht, weil er Hoffnung hatte, seine Mutter könnte seinem Betteln nachgeben, sondern weil Freitagabend war und sein Vater in der Kneipe hockte. Er wusste schlichtweg nicht, was er sonst tun sollte. Es war ein reiner Verzweiflungsakt, als Danny sich neben Marina auf die Couch setzte und unvermittelt sagte: «Lauf mit mir weg. Lass uns von hier abhauen!»

Verdutzt sah sie ihn an. «Wieso sollten wir das tun? Hier ist doch unser Zuhause!»

Danny bemerkte die Tränen nicht, die ihm in Strömen über das Gesicht liefen. «Wegen Dad. Begreifst du es nicht? Er hat sich verändert. Ständig besäuft er sich.» Energisch fügte er hinzu: «Er tut uns einfach nicht mehr gut!»

Marina seufzte. «Es wird wieder besser werden. Versprochen. Dein Dad hat ein moralisches Tief. Gib ihm Zeit.»

«Moralisches Tief?» Danny musste sich beherrschen, um nicht laut loszulachen. «Du nennst es *moralisches Tief*? Mom, er schlägt dich! Ich nenne das Arschloch-Verhalten! So etwas lässt sich nicht entschuldigen!»

Seine Mutter legte sich die flachen Hände an den Kopf. Unvermittelt stand sie auf und ging mit steifen Schritten aus dem Zimmer.

Zornig stand Danny ebenfalls auf und folgte ihr. «Lauf mit mir weg. Sonst geh ich allein!»

«Ich kann hier nicht weg!» Jetzt liefen auch ihr Tränen über die Wange. «Wo soll ich hin mit einem Säugling? Ich muss hierbleiben, wegen Liam.» Sie schien diese Tatsache aufrichtig zu bereuen.

«Dann geh ich allein!», wiederholte er. Verzweifelt fuhr er sich mit den Händen durch die Haare. Sollte er hierbleiben, seine Mutter unterstützen und beten, das *moralische Tief* seines Vater möge bald vorbeigehen? Oder wie ein Feigling weglaufen und seine Mutter bei dem Wahnsinnigen zurücklassen?

*Sie ist alt genug. Denk an dich selbst …*

Er musste hier weg. Bevor der Verrückte aus der Kneipe kam und ihn in seinem Zimmer aufsuchte. Aber wie? Zur Haustür konnte er nicht ungesehen hinaus, seine Mutter war unten im Wohnzimmer. Über das Dach war eine Flucht auch sinnlos. Es war definitiv zu hoch zum Springen. Das würde er nur einmal machen.

Bis spät in die Nacht trabte er ruhelos im Flur auf und ab, ohne einen Schritt weiterzukommen. Gegen Mitternacht lief er seinem Vater in die Arme.

«Danny!», lallte der überrascht. «Du bist noch wach? Ich wollte eben zu dir.»

Panik ergriff ihn, so heftig, dass er kaum atmen konnte. Verängstigt japste er nach Luft, als Aiden ihn am Handgelenk ins Zimmer zog. Die Wände schienen sich bedrohlich auf ihn zuzubewegen, als die Tür von innen abgeschlossen wurde. Die Enge des Raumes erschien ihm plötzlich lebensbedrohlich.

Ohne Gegenwehr ließ Danny sich ausziehen, bis er nur noch in Unterhose auf dem Bett saß.

«Stell dich hin und nimm die Hände hinter den Kopf.»

Er konnte nicht gehorchen. Seine Knie bebten so stark, dass sie nachgaben. Gereizt zog Aiden ihn wieder auf die Füße und legte ihm die Hände an den Hinterkopf. Dannys Puls raste. Er war sich sicher, jeden Moment an Herzversagen zu sterben. Seine Angst verstärkte sich noch, als er den Strick registrierte, der um seine Handgelenke gewickelt und dann im Nacken verknotet wurde. Er öffnete den Mund, um seinen Vater zu bitten, das nicht zu tun, aber er brachte keinen Ton heraus. Seine Lippen zitterten, die Stimme brach ihm einfach weg.

*Nein,* schrie es in ihm. *Nein, nein, NEIN! Ich will das nicht! Lass mich in Ruhe!*

«Geht das? Oder ist das zu fest?»

Die Zudringlichkeit in der Stimme seines Vaters ließ ihm den Atem stocken. Seine Finger wurden bereits taub, das Seil scheuerte an seiner Haut, aber er konnte es nicht sagen. Es war zu entwürdigend, um zu sprechen. Er wollte nur noch im Erdboden versinken. Oder sich in Luft auflösen.

«Antworte mir gefälligst!», herrschte das als Mensch getarnte Monster ihn an.

«Ist okay», log er. Vielleicht war es gut, wenn seine Finger abstarben. Dann würde sein Vater so etwas bestimmt nicht wieder tun …

«Ich liebe dich!», flüsterte Aiden ihm zärtlich ins Ohr. Danny wusste nicht, ob er darüber lachen oder weinen sollte.

Plötzlich gab Aiden ihm einen Kuss auf den Mund. Ablehnend drehte Danny sich zur Seite. All die Sehnsucht nach der Liebe seines Vaters, die sich über Jahre in ihm angestaut hatte, war schlagartig weg. Wenn das die einzige Art Liebe war, die ihm von dieser Person zuteilwurde, dann konnte er darauf verzichten.

Aiden ließ sich von Dannys abweisender Reaktion nicht beirren. Er hielt sein Kinn fest und setzte hingebungsvoll seine Küsse fort: auf den Mund, den Hals, das Schlüsselbein. Und dann fing er an, Danny dabei zu streicheln.

Dieser hielt krampfhaft die Augen geschlossen und biss sich so stark auf die Unterlippe, dass er Blut schmeckte. Seine Konzentration darauf, ruhig zu bleiben, ließ nach, als er die Zunge seines Vaters auf der Brust spürte. Ekel überflutete ihn. Da es keine Fluchtmöglichkeit gab, ließ er sich auf den Boden fallen.

Aiden schnaubte hörbar und zog ihn an den gefesselten Händen wieder nach oben. Zu Dannys Entsetzen begann er von vorn. Küsse auf den Mund, den Hals, das Schlüsselbein …

*Herrgott, Danny, reiß dich zusammen,* schimpfte er in Gedanken mit sich selbst. *Denk an was anderes. Geh zu deinen Drachen …*

Diesmal schaffte er es nicht auf Anhieb, sich in seine Gedankenwelt zu versetzen. Die widerliche, feuchte Zunge, die unaufhörlich über seinen Oberkörper glitt, katapultierte ihn gnadenlos zurück in die Wirklichkeit. Noch nie in seinem Leben hatte er sich so verzweifelt gewünscht, die Arme vor der Brust verschränken zu können, aber der Strick hinderte ihn daran.

Jetzt konnte ihm nur noch ein weiterer Drache helfen. Blau sollte er sein, dunkelblau. Natürlich konnte er fliegen und auf Kommando Eis spucken. Damit fror er alles und jeden ein. Er konnte sogar die Zeit einfrieren, genau wie Evie Ethel Garland in der Serie «Out of This World».

«Knie dich hin.»

Apathisch ließ er sich auf die Knie sinken, während er sein Gehirn nach einem passenden Namen durchforstete.

Aiden drückte Dannys Oberkörper aufs Bett. Danny warf einen raschen Blick über die Schulter und sah, wie sein Vater sich die Hose auszog. Seine Lippe blutete bereits heftig, trotzdem biss er sich noch fester darauf. Das würde ihm gleich helfen, den Schmerz zu fokussieren und somit in Grenzen zu halten.

*Evie!* Natürlich. Es war absolut naheliegend, seine Drachendame nach dem Mädchen aus der Serie zu benennen. Warum war er da nicht sofort darauf gekommen?

Aiden packte seinen Sohn an der Schulter. Heiße Finger drückten sich in Dannys Fleisch, und er wurde grob nach hinten gerissen. Wieder und wieder, in fast rhythmischen Bewegungen. Sein Rücken drohte durchzubrechen, aber das war nicht der Ursprung des Schmerzes, der ihn laut aufschreien ließ.

«Sei still!» Die Aufforderung war ein Stöhnen. Aus Angst davor, wieder mit dem Gesicht ins Kissen gedrückt zu werden, kniff Danny die Lippen zusammen. Lautlos weinte er vor sich hin und versuchte, in seine Welt zurückzukehren, bis sein Vater ihm seinen Namen ins Ohr seufzte. Mit beiden Armen zog er Danny an sich und hielt ihn minutenlang fest an die Brust gepresst. Diese Nähe versetzte ihn in Todesangst, er wollte schreien und sich aus der Umarmung befreien, aber er wagte es nicht. Das Einzige, was er tun konnte, war, die Luft anzuhalten. Erst als Aiden ihn losließ, um sich eine Zigarette anzuzünden, atmete Danny erleichtert auf.

«Alles in Ordnung bei dir?», erkundigte sich Aiden standardmäßig, während er ihm die Fesseln löste. Danny nickte abwesend. Fassungslos beobachtete er, wie sein Vater ihm liebevoll die tauben Handgelenke massierte.

Fragend hielt er Danny seine Zigarette an die Lippen. «Willst du?»

Der beißende Rauch geriet ihm in die Augen. Lahm schüttelte er den Kopf.

«Los, nimm einen Zug.» Wieder wurde ihm die Kippe an den Mund gedrückt. Danny paffte einmal, weil er wusste, vorher würde sein Vater ohnehin keine Ruhe geben. Nur mit Anstrengung konnte er ein Hüsteln unterdrücken.

«Ist das alles?» Aiden lachte. «Zieh richtig, oder bist du ein Mädchen?»

In dieser Sekunde wünschte sich Danny innig, ein Mädchen zu sein. Er schüttelte erneut den Kopf.

«Warum nicht?»

*Weil Rauchen widerlich ist! Es stinkt und ist ungesund! Und weil DU rauchst!*

Natürlich sagte er es nicht. Eingeschüchtert zuckte er die Achseln.

Ohne Vorwarnung schlug Aiden ihm mit der flachen Hand ins Gesicht.

«Wenn ich dich was frage, dann gibst du mir eine gescheite Antwort!»

«Ja.» Erschrocken starrte Danny seinen Vater an.

«Ja, was? Ist das ein ganzer Satz?» Aiden hob drohend die Hand.

«Ja, ich werde in ganzen Sätzen antworten.»

«Geht doch.» Aiden schnalzte genervt mit der Zunge. «Also, warum willst du nicht rauchen?»

«Ich mache Sport. Das ist nicht gut … für … die Lunge …»

«Mann, bist du ein Weichei. Habe ich echt einen Versager als Sohn? Los, zieh!» Wieder hielt er ihm die Zigarette hin. Danny gehorchte. Der Rauch fühlte sich heiß und beißend im Mund an, trotzdem zog er ihn in die Lunge. Wütend riss er seinem Vater schließlich die Zigarette aus der Hand und nahm drei weitere Züge. Ihm wurde schwindelig und speiübel, aber er ließ sich nichts anmerken. Mit einem Anflug von Trotz drückte er die Kippe auf dem Nachttisch aus, wie es sein Alter immer zu tun pflegte.

«Jetzt zufrieden?», fragte er, bebend vor Anspannung.

Aiden nickte überrascht.

«Toll. Freut mich. Dann lass mich endlich schlafen.»

Danny kroch unter die Bettdecke und rollte sich ein. Er ignorierte, dass sein Zimmer und auch sein Bett bedrohlich schwankten. Die Wut, die schlagartig in seinem Bauch entstanden war, steigerte sich so rasant, dass er Bauchkrämpfe bekam. Sie machte ihm Angst. Vor allem deswegen, weil sie seltsamerweise nicht seinem Vater galt. Er war zornig auf Liam.

So sehr hatte Danny sich auf seinen Bruder gefreut, und nun hasste er ihn. *Er* war schuld an allem. Schuld, dass sein Vater in dieses *moralische Tief* gefallen war, dass er einsam in diesem Land festsaß, und daran, dass seine Mutter nicht mit ihm weglief.

Danny stellte sich schlafend, während Aiden ihm noch mal durchs Haar strich und ihm eine gute Nacht wünschte. Erst als es im Haus ruhig und dunkel war, stahl er sich unter die Dusche. Eine halbe Ewigkeit schrubbte er sich mit der Bürste, doch es nutzte nichts. Der Schmutz kam von innen, mit Waschen war er nicht zu entfernen. Seine Zähne putzte er ebenfalls viel mehr, als er es sonst tat, um den ekelhaften Geschmack loszuwerden. Den Geschmack nach Rauch und nach seinem Vater. Es war seine erste Zigarette gewesen, und er schwor auf sein Leben, dass es auch seine letzte war.

Fertig angezogen, nahm er seine Sporttasche und packte rasch ein paar Sachen ein.

Jogginghose, einen warmen Pullover, Unterwäsche, Socken, sein Sparbuch, Wasser und eine Handvoll Müsliriegel als Notration. Zudem rollte er eine Baumwolldecke ein und hängte sie über die Tasche. Jetzt musste er nur noch ungesehen an seinen Eltern vorbeikommen. Auf Zehenspitzen und mit angehaltenem Atem schlich er durchs Obergeschoss. Das Schnarchen seines Vaters drang bis in den Flur. Dannys Blick fiel wieder auf die bunten Holzbuchstaben. Warum stand eigentlich bei ihm an der Tür nicht sein Name? Zorn wallte erneut in ihm auf. Aus einem Impuls heraus ging er in das Kinderzimmer, schloss die Tür hinter sich und trat mit voller Wucht gegen die Babywiege. Sofort brach das Holz entzwei. Kurz lauschte er in die Dunkelheit. Alles blieb still. Er holte mit dem linken Bein aus, um erneut dagegenzutreten. Eine prima Gelegenheit, den neu gelernten Push-Kick auszuprobieren. Wieder und wieder stauchte er gegen das Möbelstück. Er konnte sich nicht mehr kontrollieren. Auch der Krach störte ihn nicht mehr. Sollten sie doch aufwachen, es war ihm egal. Die Wut loderte so heiß in ihm, dass er fürchtete zu explodieren, wenn er sich nicht abreagierte. Erst als die Wiege vollkommen zerstört am Boden lag, war er in der Lage aufzuhören. Schwer atmend und entsetzt über sich selbst schob er mit der Schuhspitze die Trümmer zur Seite. Danny fühlte sich wie befreit. Ab diesem Tag wurde das Zertrümmern von Möbelstücken zeitlebens seine Strategie, die niemals vollständig verebbende Wut in seinem Inneren im Zaum zu halten.

Es war noch immer ruhig im Haus. Schnell rannte er die Treppe hinunter, nicht mehr bemüht, leise zu sein, und stürmte aus dem Haus.

*Frei! Endlich frei!*

Es war bitterkalt, seine Haare noch nass vom Duschen. Er fuhr sich mit den Fingern hindurch, es bildeten sich bereits Eisklümpchen darin. Auch das war ihm gleichgültig, Hauptsache entkommen. Selbst wenn er in dieser Nacht erfror, würde er seine Entscheidung nicht bereuen.

Kurz überlegte er sich, einfach zu seiner Oma zu gehen, verwarf den Gedanken aber sofort wieder. Schließlich kannte er sie kaum, und das Risiko, dass sie Marina anrief, war einfach viel zu hoch.

Stattdessen führte Dannys Weg ihn zum Bahnhof. Ohne nachzudenken, nahm er den ersten Zug. An der Endstation stieg er in den nächsten Regionalzug. Der war mit Sicherheit mehrere Stunden unterwegs. Ein idealer Platz zum Schlafen; viel zu verlockend, um ihn auszuschlagen.

Danny legte sich quer über zwei Sitze. Binnen weniger Minuten schlief er ein, so tief und fest wie seit dem Sommer in Atlanta nicht mehr. Hier hatte er nichts zu befürchten. Umso mehr erschrak er, als jemand an seiner Schulter rüttelte. Sofort war er alarmiert und setzte sich kerzengerade auf.

«Die Fahrkarte, bitte!»

«Moment», antwortete Danny. Er kramte in seiner Tasche, während er verbissen überlegte, was er tun sollte.

Schöner Mist, warum hatte er sich keine Fahrkarte gekauft? Wer konnte auch mitten in der Nacht mit einer Kontrolle rechnen?

Der Mann im Anzug wartete geduldig. Plötzlich fuhr Danny hoch und kreischte. Mit dem Zeigefinger deutete er hinter sich.

«Was zum Teufel ist das?», schrie er aufgebracht.

Erschrocken drehte sich der Kontrolleur um: «Wo?»

Blitzschnell rannte Danny an ihm vorbei, den Waggon entlang ins nächste Abteil. Hier gab es nirgendwo ein Versteck. Wenn er nicht aus diesem verdammten Zug herauskam, dann würde der Mann ihn früher oder später in die Finger bekommen. Entschlossen zog er die Notbremse. Zu seiner eigenen Verwunderung registrierte er, dass ein gewaltiger Ruck durch das Abteil ging. Mit lautem Quietschen kam der Zug zum Stehen. Genau in der Sekunde, als Danny die Tür öffnen wollte, packte der Kontrolleur ihn von hinten am Kragen.

«Hab ich dich, Freundchen! Das wird teuer – deine Eltern werden sich freuen!»

*Egal, was jetzt kommt, sag ihnen auf gar keinen Fall deinen Namen. Dein Alter bringt dich um! Sag einfach gar nichts.*

Der Kontrolleur im Anzug bugsierte ihn auf einen der Sitze, ein weiterer Mann kam hinzu. Sie unterhielten sich kurz leise, dann verschwand der Kontrolleur wieder, der ihm die Flucht vereitelt hatte.

«Was machst du mitten in der Nacht hier draußen?»

Schweigend starrte Danny auf seine Finger und stellte emotionslos fest, dass der Zug wieder anfuhr.

«Wie heißt du?», wollte der andere Kontrolleur wissen. «Wo wohnst du?»

Kurz sah Danny sein Gegenüber an. Es war ein junger Mann, blond, mit Schnauzbart. Er hatte weiche Gesichtszüge und freundliche Augen. Vielleicht konnte man mit ihm reden.

«Bitte», begann Danny. Er fixierte ihn, fesselte seinen Blick. «Lassen Sie mich laufen.»

«Ganz sicher nicht.» Der junge Mann lächelte unnachgiebig.

«Helfen Sie mir!» Hilfesuchend sah er ihn an. Mit der Kraft seiner Gedanken versuchte Danny, seinem Blick etwas Hypnotisches zu geben und seinem Gegenüber all sein Leid und seinen Kummer telepathisch mitzuteilen.

«Wir sind alle mal von zu Hause weggelaufen. Ich verstehe, dass du nicht zurück willst, aber es muss sein …»

«Sie verstehen gar nichts!», unterbrach Danny ihn gehetzt. «Ich *kann* nicht heim. Mein Vater … schlägt … mich!»

Sein Kollege kam zurück. Ein älterer Herr mit grimmiger Miene. «An der nächsten Haltestelle steigen wir aus. Dort wird dich die Polizei in Empfang nehmen und dich nach Hause bringen.» Seine Anweisung war laut und wütend. Mit einer ruckartigen Bewegung nahm er Danny die Sporttasche aus der Hand, öffnete sie und fand sofort das Sparbuch. Kurzerhand schrieb er die Adresse ab.

«Bitte», wiederholte Danny an den jungen Mann gewandt. «Schicken Sie mich nicht nach Hause. Dort erwartet mich die Hölle!»

«Die hast du auch verdient!», sagte der Ältere kalt.

«Georg, vielleicht sollten wir ihm kurz zuhören. Er scheint wirklich Angst vor seinem Vater zu haben …»

«Zu Recht!», donnerte Georg in einem Tonfall, der Danny sehr an Aiden erinnerte. «Wenn der Balg solchen Blödsinn macht, dann gehört ihm eine Tracht Prügel. Der ist ja nicht ganz normal, einfach die Notbremse zu ziehen!»

Danny wurde am Ärmel zum Ausgang geschleift. Der Zug hielt an, und die Türen öffneten sich. Im gleichen Augenblick wurde seine Hoffnung, noch entwischen zu können, zerstört. Draußen standen bereits zwei Polizisten, um ihn in Empfang zu nehmen. Georg drückte einem von ihnen den Zettel mit der Adresse in die Hand. Der Mann mit Schnauzbart klopfte ihm aufmunternd auf die Schulter. «Kopf hoch, Kleiner. So schlimm wird es schon nicht werden.»

Die Beamten flankierten ihn rechts und links. Bevor er sich versah, saß er schon im Streifenwagen. Keiner der Polizisten sprach mit ihm, und Danny traute sich nicht, den Mund aufzumachen. Es war ohnehin sinnlos, sie hatten bereits per Funk mit der Zentrale Kontakt aufgenommen. Die Dame versprach, Dannys Telefonnummer in Erfahrung zu bringen und die Eltern zu informieren, dass ihr Sohn in den nächsten Stunden wieder zu Hause war.

Seine letzte Hoffnung war, dass Aiden von alldem nichts mitbekam. Zwar wurde es draußen bereits hell, aber wenn sein Vater gesoffen hatte, dann schlief er wie ein Toter. Mit Sicherheit war seine Mutter am Telefon gewesen. Sie machte ihm dann bestimmt auch die Tür auf und erlaubte ihm, sich heimlich in sein Zimmer zu schleichen.

Diese Hoffnung wurde jäh zerstört, als sie drei Stunden später vor Dannys Elternhaus standen. Aiden wartete bereits an der Haustür.

«Was hat der Rotzbengel nun wieder angestellt?», fragte er die Beamten anstelle einer Begrüßung.

Einer der Polizisten stellte sich ordnungsgemäß vor und berichtete dann: «Wir haben ihn in einem Regionalzug gefunden. Er hatte keine Fahrkarte und wollte dann abhauen. Er hat die Notbremse gezogen.»

Aiden griff nach Dannys Arm. «Ich regle das hier, Junge. Du gehst in dein Zimmer. Sobald ich hier fertig bin, komme ich hoch.» Danny erkannte die Drohung in dem Satz. Von seiner Mutter war weit und breit nichts zu sehen.

Er verstaute die gepackte Tasche ordentlich im Schrank. Sollte er seine Strafe wider Erwarten überleben, so konnte er sie sicherlich bald wieder gebrauchen. Dann allerdings musste er seine Flucht geschickter planen. Danny setzte sich im Schneidersitz auf den Boden und wartete. Aiden war fast wieder nüchtern gewesen. In diesem Zustand brauchte er sich wenigstens keine Sorgen machen, dass sein Vater zu ihm ins Bett kam.

«Was sollte das?», fragte Aiden, als er das Zimmer betrat. In der rechten Hand hielt er den Rohrstock. Danny war nicht überrascht darüber.

«Bin weggelaufen», sagte er leise. «Weil ich die Schnauze voll habe.»

«Das gibt dir kein Recht abzuhauen. Was soll ich deiner Mutter sagen, wenn du einfach verschwunden bist? Und was sollte der Scheiß mit der Babywiege? Deine Mutter hat einen Heulkrampf bekommen, als sie das gesehen hat!»

Danny schnaubte grimmig. Natürlich hatte seine Mutter *das* schon gesehen. Wohingegen sie sein Fehlen vermutlich nicht einmal bemerkt hatte.

«Antworte, Danny!»

Wut stieg in ihm auf. Liam hier, Liam da. Er konnte es nicht mehr hören. «Liam ist tot. Er braucht keine Wiege.»

Der Stock sauste auf seinen Rücken. Dreimal, viermal, fünfmal. Obwohl Danny wusste, dass es kein Entkommen gab, flüchtete er so weit, wie es die Enge des Raumes zuließ. Dann drückte er sich in die Zimmerecke. Auf dem Rücken taten die Schläge am wenigsten weh, also drehte er sich mit dem Gesicht zur Wand.

Immer wieder schlug Aiden auf ihn ein. Nicht cholerisch und unbeherrscht wie das letzte Mal, sondern gezielt und berechnend. Verwundert registrierte Danny, dass das weitaus schlimmer war.

Dennoch waren die Schmerzen dieses Mal leichter auszuhalten – sein Vater hatte ihn nicht gezwungen, den Pullover auszuziehen. Der Stoff fing einen großen Teil der Wucht ab.

«Hausarrest», bestimmte Aiden, als er sich zum Gehen wandte. «Acht Wochen lang wirst du zu Hause bleiben!»

Erschöpft ließ sich Danny auf den Boden sinken. Es war nicht halb so schrecklich gewesen, wie er befürchtet hatte. Allerdings musste er dringend einen Weg finden, den Hausarrest zu umgehen. Acht Wochen mit einem Verrückten zusammen eingesperrt zu sein, war weitaus schlimmer als eine Tracht Prügel.

* * *

Danny schlenderte lustlos aus dem Schulhoftor, als Ricky neben ihn trat. Der Junge mit der spanischen Herkunft trug einen dicken, grünen Parka, dessen Kragen er nach oben gestellt hatte. Im Winter war Ricky immer eingepackt wie ein Eskimo. Danny verstand ihn. Auch er fror im kalten Deutschland ständig, aber er konnte sich nicht überwinden, einen Anorak anzuziehen. Seit Aidens *moralischem Tief* ertrug er keine dicken Jacken mehr. Sie engten ihn zu sehr ein und nahmen ihm seine Bewegungsfreiheit. Er hatte dann das Gefühl, im Notfall nicht davonlaufen zu können. Selbst als Erwachsener behielt er diese Gewohnheit bei. Trotz Kälte und Minusgraden trug er maximal eine Sweatjacke oder einen dicken Pullover. Es kümmerte ihn nicht, dass er fror. Eine Erkältung war sein geringstes Problem, und eine Lungenentzündung wäre ihm aktuell sogar recht gewesen. Damit kam man in der Regel ins Krankenhaus – und das bedeutete: weg von dem Spinner.

«Hey», rief Ricky und knuffte ihm in die Schulter. «Was ist los? Gehst du mir etwa aus dem Weg?»

«Hab Hausarrest», erwiderte Danny.

«Schöner Mist. Ich wollte dich fragen, ob du Silvester bei uns verbringen magst?»

«Darf ich nicht. Erst ab Ende Januar wieder.»

Ricky pfiff durch die Zähne. «So lange? Was hast du ausgefressen?»

Danny überlegte. Fast wäre ihm die Wahrheit herausgerutscht, aber das durfte nicht passieren. Wenn er erzählte, dass er von zu Hause weggelaufen war, dann würde Ricky den Grund dafür wissen wollen. Ehrlichkeit fiel daher flach. Eine haarsträubende Geschichte über Aliens, Drachen und gerettete Hundebabys hingegen würde Ricky bestimmt beeindrucken …

«Hab meinem Alten hundert Mark geklaut», log er schließlich.

«Wieso das denn?» Ricky war sichtlich überrascht. Danny verfügte immer über Geld. Finanziell fehlte es ihm an nichts. Ganz sicher hatte er es nicht nötig zu stehlen.

Danny merkte selbst, dass die Ausrede dumm gewesen war.

«Einfach so», sagte er achselzuckend. «Hatte Bock.»

«Was ist eigentlich los mit dir, Danny? Du bist in letzter Zeit so anders.»

«Heimweh», antwortete er, ohne zu zögern. Das war seine Standardantwort auf alle solchen Fragen. Die Menschen kauften es ihm ab, und es war nicht einmal gelogen.

Ricky nickte verständnisvoll. Dennoch schien er zu spüren, dass mehr dahintersteckte.

«Du bist nicht gerne zu Hause, stimmt's?», stellte Ricky fest. «Nie gehst du nach der Schule heim.»

«Daheim ist es blöd.» Wie viel konnte er sagen, ohne Aufsehen zu erregen? «Meine Eltern streiten sich ständig.»

«Magst du bei uns Mittag essen? Meine Mutter kocht super, und es gibt immer mehr als genug für alle!»

Danny sah auf. Die Aussicht auf ein warmes Mittagessen war mehr als verlockend. Zeit hatte er genug, seine Trainingsstunde fing erst am Nachmittag an. Die ließ er sich trotz Hausarrest nicht nehmen. Sein Alter kam immer erst spät am Abend heim. Bis dahin war Danny längst zurück. Aiden bemerkte nie etwas davon. Wenn es Marina störte, dass er sich über das Verbot seines Vaters hinwegsetzte, dann sagte sie zumindest nichts dazu.

«Ich würde gern mitkommen», gestand Danny.

«Dann los.» Ricky lachte. In diesem Moment war Danny einfach nur glücklich, dass es Leute wie seinen Freund gab. Sie bewahrten ihn davor, den Glauben an das Gute im Menschen zu verlieren.

Etwas verlegen begleitete er Ricky nach Hause. Danny beobachtete neidisch, wie Ricky Sturm klingelte. Er selbst hätte es niemals gewagt, auf diese Art nach Hause zu kommen. Seine Devise hieß: je leiser und unauffälliger, desto besser.

Eine kleine, mollige Frau mit neongelber Schürze öffnete ihnen. Ihre Haare waren schwarz und hingen in wilden Locken herunter. Die braunen Augen strahlten ihnen freundlich entgegen.

Erneut wurde Danny von Eifersucht erfasst; Ricky pfefferte seine Schultasche geräuschvoll in die Ecke und stürzte unbekümmert ins Haus.

«Was gibt's zu essen?» Eilig drängte er sich an seiner Mutter vorbei in die Küche. «Hab Danny mitgebracht.»

«Hallo, Frau Fernandez.» Danny fühlte sich etwas verloren.

«Du kannst Elina zu mir sagen!» Eine weiche, kleine Frauenhand wurde ihm entgegengestreckt. Warum war seine Mutter eigentlich nie so gutgelaunt und voller Lebensfreude? «Freut mich, dich endlich mal wiederzusehen.» Sie führte ihn in die Küche. Es roch nach Rouladen und frischem Gemüse.

«Kann Danny öfter bei uns essen?», fragte Ricky, während er sich eine Handvoll Nudeln aus dem Sieb klaute und sie in den Mund stopfte. «Seine Eltern arbeiten den ganzen Tag, und er hockt quasi allein bei Wasser und Brot daheim.»

Danny kniff zweifelnd ein Auge zusammen. Nie hatte er etwas in diese Richtung verlauten lassen. Zumal es nicht stimmte. Marina war Hausfrau und den ganzen Tag da. Es musste reine Intuition von Ricky sein, dies zu sagen. Wusste er etwa, dass bei Taylors etwas ganz und gar nicht so war, wie es sein sollte?

«Natürlich kann er das.» Elina strahlte. «Auf einen mehr oder weniger kommt es doch nicht an.»

Im Stillen dankte Danny Ricky dafür. Sein Gefühl sagte ihm, dass er in diesem Jungen einen Freund fürs Leben gefunden hatte.

«Für mich bitte kein Fleisch», wagte Danny einzuwerfen.

«Gut, dass du das sagst. Dann werde ich morgen was Vegetarisches kochen.»

Ricky verzog in stillem Protest hinter ihrem Rücken angewidert das Gesicht und steckte sich den Finger in den Mund. Danny hingegen bekam vor lauter Staunen den Mund nicht wieder zu.

Elina wollte Rücksicht auf *seine* Wünsche nehmen, obwohl sie ihn kaum kannte?

«Großartig», murrte Ricky. «Ganz toll. Vielen Dank auch, Danny!»

Langsam trudelten Rickys Schwestern ein. Es wurde erzählt, geplaudert und gescherzt. Gemeinsam essen und dabei auch noch lachen war etwas, was Danny seit langem vermisste. Mit einer schmerzhaften Heftigkeit wurde ihm bewusst, wie sehr ihm das Familienleben von früher fehlte und wie gerne er Silvester mit den Fernandez' gefeiert hätte.

Stattdessen verbrachte Danny seinen zwölften Geburtstag und den Jahreswechsel allein in seinem Zimmer, während seine Eltern ausgingen. Er begann, die Tage zu zählen. Die acht Wochen zogen sich wie Kaugummi, und das, obwohl er sich den ganzen Tag draußen herumtrieb. Die Abende zu Hause verbringen zu müssen, glich einem Albtraum. Wenigstens war künftig sein Mittagsessen gesichert. Marina fragte schon lange nicht mehr nach, warum Danny nach der Schule nie nach Hause kam. Seine anfängliche Sorge, er könnte der Familie zur Last fallen, zerschlug sich bald. Das Haus der Fernandez' war stets so gefüllt mit Leben und Menschen, dass er fast nicht auffiel. Bald schon gehörte er einfach dazu. Danny begann sich zu fragen, wieso er in seine kranke Familie hineingeboren werden musste und nicht einfach Rickys Bruder sein konnte.

## 1992

An diesem Freitagabend im Januar traute sich Danny nicht, im Garten zu schlafen. Die Minusgrade hätten ihn nicht davon abgehalten. Aber es war immer ein Abwägen von Pro und Contra, ob er es wagen sollte. Wenn sein Vater ihn suchte, fand er ihn auch im Garten. Dann bekam er zusätzlich eine Tracht Prügel. Dafür konnte er bis dahin wenigstens ein paar Stunden friedlich schlafen, etwas, was ihm in seinem Zimmer nicht mehr möglich war.

Er entschied sich für den Flur. Erst als er die Schritte seines Vaters hörte, rannte er in sein Zimmer und stellte sich schlafend.

«Spar's dir, Danny», zischte Aiden. «Ich hab dich längst gesehen.» Die Bettdecke wurde ihm weggenommen, trotzdem blieb er reglos liegen. «Knie dich auf den Boden.»

Danny gehorchte. Er hatte längst gelernt, je geringer seine Gegenwehr war, desto glimpflicher kam er davon. Folgsam hob er die Arme, damit sein Vater ihm den Schlafanzugpullover ausziehen konnte. Anschließend fesselte er ihm mit dem Strick die Hände auf den Rücken. Den Strick hatte Aiden bei seinen nächtlichen Besuchen fast immer bei sich. Nur noch mit seiner Pyjamahose bekleidet, verharrte Danny kniend auf dem Boden und wartete auf das, was diesmal kommen mochte. Sein Vater öffnete sich die Hose und schaute ihn herausfordernd an.

«Mund auf», verlangte er.

Entsetzt starrte Danny zu ihm hoch. So etwas hatte der Verrückte noch nie von ihm verlangt. Sein Vorhaben, alles brav mitzumachen, geriet bedrohlich ins Wanken. Er wollte der Aufforderung Folge leisten, aber er konnte es nicht. Brechreiz überflutete ihn. Wenn er sich vorstellte, was sein Vater sonst mit ihm machte, und nun das … Automatisch presste er die Lippen fest aufeinander.

«Mach schon, Danny. Stell dich nicht immer an wie der letzte Mensch auf Erden.»

Danny kniff zusätzlich die Augen zusammen, deshalb sah er die Ohrfeige nicht kommen.

*Mach einfach, was er will, du Idiot. Umso schneller verschwindet der Irre aus deinem Zimmer.*

Er hielt weiterhin die Augen geschlossen, während er versuchte, den Mund zu öffnen. Alles in ihm sträubte sich dagegen. Auch die zweite Ohrfeige traf ihn unvorbereitet.

«Zum Teufel noch mal, Danny, nun mach schon! Ich hab nicht die ganze Nacht Zeit!»

Plötzlich war es ihm gleichgültig, ob sein Vater ihn schlug oder nicht. Sollte er ihn doch totprügeln. Das war immer noch besser, als die ganzen abartigen Dinge zu tun, die dieser besoffene Wahnsinnige von ihm verlangte.

Lieber wollte er mit Stolz sterben, als in dieser Schande zu leben.

Im selben Moment, in dem sein Kopf an den Haaren nach hinten gerissen wurde, schrie Danny auf. Aiden nutzte diese Schrecksekunde, um seine Forderung durchzusetzen. Unerbittlich drückte er mit der rechten Hand gegen Dannys Hinterkopf, während er mit der Hüfte nach vorne stieß. Danny registrierte schwach, dass er wider Erwarten dennoch Luft bekam. Was ihm zu schaffen machte, war der Würgereflex. Aiden stöhnte laut auf und presste Danny noch fester gegen seinen Unterleib.

Reflexartig schossen Danny Tränen in die Augen. Mit Entsetzen erkannte er, dass er so nicht mehr schlucken konnte. Speichel rann ihm in immer größeren Mengen aus dem Mundwinkel das Kinn hinunter.

Sein Handeln war ein Impuls, der aus der Not heraus entstand. Eine Mischung aus Abscheu und der panischen Angst zu ersticken: Mit aller Kraft, die er aufbringen konnte, biss er zu.

Aiden jaulte auf vor Schmerz und ließ Danny augenblicklich los. Jammernd krümmte er sich zusammen. Danny flüchtete in die Zimmerecke. Mehrfach spuckte er auf den Boden, bemüht, sich nicht zu übergeben, und wischte verzweifelt Zunge und Mund an seiner Schulter ab. Seine Hände konnte er dazu nicht benutzen, sie waren noch immer gefesselt.

«Du verdammter Bastard!», brüllte Aiden. Wutentbrannt nahm er den Wecker vom Nachttisch und schleuderte ihn nach Danny. Dieser duckte sich gerade noch darunter hinweg. Aiden wollte die Nachttischlampe hinterherwerfen, aber das Kabel verhinderte, dass sie bis in die Ecke kam, in der Danny saß. Nach einem knappen Meter landete sie auf dem Boden, die Glühbirne zerbarst mit einem lauten Knall.

Mit einem einzigen Satz durchquerte Aiden das gesamte Zimmer. Ohne nachzudenken, schlug er seinem Sohn mit der Faust ins Gesicht. Sofort schoss Blut aus Dannys Nase. Er sackte auf dem Boden zusammen. Bevor er sich wieder aufrichten und weglaufen konnte, hatte Aiden ihm in den Bauch getreten. Danny wurde schwarz vor Augen. Er schaffte es gerade noch, zu verhindern, dass der nächste Tritt ihn ebenfalls in den Bauch traf. Dafür erwischte Aiden frontal die Rippen seines Sohnes.

Mit einer fast beängstigenden Ruhe stellte Danny fest, dass er dieses Mal nun wirklich sterben würde. Hoffentlich ging es bei ihm genauso schnell wie bei seinem Hund, dem zu helfen er nicht in der Lage gewesen war.

Gerade als Danny in der verlockenden Dunkelheit versinken wollte, wurde er wieder auf die Füße gezogen. Die Hand unerbittlich um seine Kehle gelegt, schlug Aiden ihn hart mit dem Hinterkopf gegen die Wand.

«Wenn du mich noch ein Mal beißt, dann bring ich dich um!»

«Mach doch!», schrie Danny plötzlich zurück. «Mach es doch einfach und quatsch nicht lang!»

*Dann habe ich es endlich hinter mir!*

Aiden schlug ihm diesmal mit der flachen Hand ins Gesicht.

«Ist das alles?», keifte Danny. «Los doch, mach! Ich werd das nächste Mal nämlich wieder beißen!» Er spürte, wie das Blut aus seiner Nase heiß seinen Rachen hinunterlief. Der nach hinten gehaltene Kopf machte ein Ausspucken unmöglich. Es blieb ihm nichts anderes übrig, als es immer wieder zu schlucken. Der Geschmack war metallisch, eine Mischung aus Rost und Eisen.

Aiden packte ihn an der Schulter und drehte ihn mit dem Gesicht zur Wand. Dannys Hände waren noch immer auf dem Rücken zusammengebunden, und so knallte er schmerzhaft mit der Nase gegen die Wand, ohne eine Möglichkeit, sich abzufangen. Verzweifelt kämpfte er darum, bei Bewusstsein zu bleiben. Das Nasenbluten verstärkte sich, das Blut klebte bereits an seinen Wangen, an der weiß gestrichenen Wand und tropfte auf den Boden. Seine Schlafanzughose wurde ihm bis zu den Fußgelenken hinuntergezogen und seine Beine unsanft so weit gespreizt, wie es der Stoff zuließ. Danny hatte keine Kraft mehr zu schreien, als der vertraute Schmerz heftiger als gewohnt einsetzte. So brutal war sein Vater noch nie gewesen. Erstaunt stellte Danny fest, dass Aiden bisher immer recht sorgsam mit ihm umgegangen war. Davon war heute nichts zu spüren. An diese Nacht würde er die nächsten Tage noch denken. Bei jeder Bewegung schrammte Danny mit der ohnehin schon verletzten Nase an der rauen Wand entlang. Eisern biss er sich auf die Lippe, fest entschlossen, nicht ohnmächtig zu werden und nicht um Gnade zu betteln. Es dauerte endlose Minuten, bis sein Vater sich von ihm entfernte. Diesmal zündete er sich keine Zigarette an, sondern ließ sich auf Dannys Bett fallen. Danny sank vollkommen erschöpft auf dem Boden zusammen. Weinend wartete er, bis Aiden sich endlich bequemte, sein Zimmer zu verlassen. Nichts dergleichen geschah. Stattdessen drang ein leises Schnarchen zu ihm hinüber, und Danny wagte es, sich zu bewegen. Er strampelte die Hose von seinen Füßen und schob seine zusammengebundenen Hände stückchenweise nach unten und über den Hintern, bis er endlich mit den Füßen durch das Seil steigen konnte, um seine Arme nach vorne zu bringen. Mit den Zähnen versuchte er, den Knoten zu lösen, aber er war viel zu fest. Grimmig erkannte er, dass er sich nicht allein befreien konnte. Er würde seinen Vater nicht wecken, um ihn zu bitten, den Strick durchzuschneiden. Lieber wollte er bis an sein Lebensende gefesselt herumlaufen. Leise schlich Danny ins Bad. Er steckte sich einen Finger in den Hals. Mehrmals übergab er sich in die Toilette. Dann stellte er die Dusche an. Wirklich waschen konnte er sich so nicht, aber es musste ihm genügen. Immerhin bekam er das Blut aus dem Gesicht und konnte seine Verletzungen kühlen. Das Abtrocknen gestaltete sich um einiges schwieriger. Noch tropfnass stieg er in seine Hose, auf einen Pullover musste er verzichten. Aiden lag nach wie vor in seinem Bett und schnarchte. Mit einem verächtlichen Blick auf seinen Erzeuger verließ Danny das Zimmer, wickelte sich, so gut es ging, in das große Badetuch und legte sich in den Flur. Nass und frierend kauerte er sich auf dem Teppich zusammen. Er zitterte vor Kälte und Erschöpfung. Dennoch breitete sich allmählich ein Lächeln auf seinem Gesicht aus.

*Gewonnen! Sieg!*

Sein Vater hatte nicht bekommen, was er wollte. Auch wenn er nun halbnackt, nass, zerschunden und frierend auf dem Fußboden lag. Mit blutender Nase, schmerzendem Bauch und gefesselten Händen. Er hatte gewonnen! Sein durchgeknallter Alter hatte es nicht geschafft, seinen perversen Willen durchzusetzen. Triumph machte sich in ihm breit. Sein Bauchgefühl sagte ihm, dass sein Vater so etwas nicht so schnell wieder versuchen würde.

Danny unterdrückte ein Wimmern, als er sich über den Rücken zur anderen Seite drehte.

Nein, heute gab es keinen Grund zu weinen. Er hatte eindeutig gewonnen!

Es hatte keinen Sinn, sich mit Marina zu unterhalten. Sie konnte die Realität nicht mehr von der Welt in ihrem Kopf unterscheiden. Deswegen hatte Danny aufgehört, mit ihr zu reden. Genau genommen hatte er gänzlich aufgehört zu sprechen. Wenn er etwas gefragt wurde, dann gab er eine Antwort. Natürlich in ganzen Sätzen. Ansonsten schwieg er. Das war für ihn genauso effektiv wie reden, schließlich hörte ihm ohnehin niemand zu. Das Pausenbrot, das ihm früher einmal seine Mutter liebevoll zubereitet hatte, schmierte er sich schon lange selbst. Heute würde er es mit Sicherheit nicht essen können. Wenn er nur daran dachte, etwas in den Mund zu nehmen, überflutete ihn Brechreiz. Obwohl er am Wochenende insgesamt neununddreißig Mal seine Zähne geputzt hatte, bekam er diesen widerlichen Geschmack nicht aus dem Mund. Den Geschmack nach Schande und Schmutz. Den Geschmack nach seinem Vater.

Wie jeden Morgen verließ er still das Haus, und wie immer nahm seine Mutter das kommentarlos hin. Missmutig stapfte Danny zur Schule. Sein gesamter Körper tat ihm weh, die linke Seite war komplett blau verfärbt und seine Nase noch immer leicht geschwollen. Aiden hatte ihn am nächsten Morgen im Flur gefunden und die Fesseln gelöst, aber kein Wort über seinen erbärmlichen Zustand verloren. Danny hatte ebenfalls geschwiegen. Das restliche Wochenende waren die beiden sich dann aus dem Weg gegangen. Danny wusste auch so, was er in der Schule zu sagen hatte; so etwas passierte eben, wenn man täglich zum Kickboxen ging.

Wie immer war Danny zu früh in der Schule. Langsam setzte er sich auf dem Schulhof auf die viel zu harte Lehne einer Bank. Er konnte jede Bewegung nur in Zeitlupe ausführen, wenn er die Schmerzen in Grenzen halten wollte.

«Sieh an, unser langweiliger Streber!», rief sein Klassenkamerad Marco herausfordernd. «Guten Morgen. Wie geht's?»

«Bist du wieder aus dem Bett gefallen, oder warum kommst du immer so früh?» Jan stieß Marco und Kai an, die lachten.

*Ganz ruhig, Danny! Du kannst sie nicht alle töten. Einfach lächeln und winken, mit etwas Glück irritiert sie das so stark, dass sie vor den Schulbus laufen …*

Danny hob die Hand zum Gruß, während er innerlich kochte.

«Vielleicht werfen sie ihn zu Hause raus, weil sie seinen Lernfimmel nicht mehr ertragen?»

Die Situationen, in denen sie Danny absichtlich provozierten, häuften sich. Sein zurückgezogenes Verhalten nervte sie. Es wirkte auf sie abweisend und arrogant. Dass er zudem noch in allem der Beste war, machte die Sache nicht besser.

«Lass mich mal Mathe abschreiben», forderte Marco. «Ich hatte keinen Bock auf Hausaufgaben.»

«Selbst schuld!», knurrte Danny. Er wollte seine Ruhe.

«Komm, lass mich abschreiben. Bitte.»

«Niemals. Mach deinen Scheiß gefälligst selbst.» Danny stand viel zu schnell auf. Mit zusammengebissenen Zähnen ging er Richtung Schulgebäude. Sie folgten ihm alle drei.

«Jetzt gib mir endlich dein Matheheft!» Marco griff nach Dannys Schultasche und erwischte ihn an der Schulter. Er zuckte heftig zusammen.

«Schisser!», sagte Kai lachend. Auch er wollte nach ihm greifen. Ohne Vorwarnung schlug Danny ihm die Faust ins Gesicht. Im Anschluss rammte er ihm das Knie in den Bauch. Kai ging sofort zu Boden. Danny stürzte sich auf ihn. Hier galt wie zu Hause das Recht des Stärkeren. Wenn er den hier nur ordentlich genug zusammendrosch, dann hatten die anderen genügend Respekt vor ihm, um ihn in Zukunft in Frieden zu lassen. Abermals schlug er Kai die Faust ins Gesicht. Blut spritzte aus dessen Nase. Für einen Moment war Danny von diesem Anblick irritiert. Zu sehr erinnerte es ihn an die Geschehnisse vom Wochenende …

Die anderen beiden nutzten seine Unaufmerksamkeit und zerrten ihn von Kai weg. Gemeinsam hielten sie ihn fest. Danny wollte sich eben aus der Umklammerung befreien – es wäre ein Leichtes für ihn gewesen, sie abzuschütteln –, als er von Panik erfasst wurde. Sie kam aus dem Nichts, legte sich über ihn wie ein Mantel und lähmte ihn. Sein Atem beschleunigte sich bedrohlich, und für kurze Zeit war er wie zu Eis erstarrt. Es war seine erste Panikattacke. Obwohl er vom Kopf her wusste, dass keine Lebensgefahr bestand, hatte er plötzlich Todesangst. Die anderen merkten offensichtlich nichts davon, oder es kümmerte sie nicht. Gemeinsam begannen sie, auf seinen ohnehin schon schmerzenden Körper einzuschlagen. Der einzige Ausweg war, sich auf den Boden fallen zu lassen und zwischen ihnen hindurchzukrabbeln. Doch sie ließen ihn nicht entkommen. Jetzt war Danny der Unterlegene. Je mehr er sich nun wehrte, desto mehr musste er einstecken. Deswegen hielt er still und kauerte sich zusammen. Er wäre locker mit ihnen fertiggeworden. Was zur Hölle sollte dieser verdammte Panikanfall?

«Spinnt ihr?», hörte Danny jemanden rufen. «Lasst ihn los, sonst hagelt es was!»

Ricky war einen Kopf größer und mindestens doppelt so breit wie die anderen. Sie stoben sofort davon.

Danny rappelte sich mühsam auf und klopfte sich den Staub vom Pullover. Seine Nase hatte wieder angefangen zu bluten. Er war wütend auf sich selbst. Warum war er in diese Schockstarre verfallen?

*Du weißt es, Danny. Du weißt warum …*

«Alles okay?», fragte Ricky.

«Klar!» Danny wischte sich die Hände an der Hose sauber, ignorierte die pulsierenden Schmerzen an sämtlichen Körperteilen und lächelte. «Wollte ihnen nicht Mathe geben.»

Ricky nickte einsichtig. Gemeinsam schlenderten sie Richtung Schulgebäude.

«Ich treff mich heute Abend mit einem Mädchen», wechselte Ricky das Thema.

«Das sind doch mal gute Neuigkeiten.» Danny freute sich wirklich für seinen Freund.

«Es ist nicht das erste Treffen», flüsterte Ricky geheimnisvoll. «Aber es ist ein ganz besonderes für uns beide.»

«Warum das?»

«Wir wollen ...» Er stockte kurz, lief rot an und grinste bis über beide Ohren. «Wir wollen heute miteinander schlafen.»

Verwirrt versuchte Danny, diesen Begriff irgendwo einzuordnen. Er kannte den deutschen Ausdruck nicht. Schlafen bedeutete für ihn, sich ins Bett zu legen und zu träumen. Wieso sollte man das zu zweit machen?

«Was bedeutet das?»

«Wir wollen Sex miteinander haben ...», zischte er. «Du weißt schon, so richtig ...» Er stotterte. Das tat er sonst nie.

«Ist ja abartig!» Danny fing ebenfalls an zu grinsen. «Ich wünsch dir trotzdem viel Spaß.»

«Wünsch mir lieber viel Erfolg.» Das Rot in Rickys Gesicht wurde noch eine Nuance dunkler. «Und drück mir die Daumen, dass sie auch will!»

«Was machst du, wenn sie nicht will?»

Für einen Moment wirkte Ricky verdutzt, dann rümpfte er die Nase. «Keine Ahnung. Dann hab ich wohl Pech. Schließlich kann ich sie ja nicht zwingen.»

«Wieso nicht?» Es stimmte nicht, was sein Freund erzählte. Man konnte einen anderen Menschen sehr wohl zum Sex zwingen. Das wusste er aus eigener Erfahrung.

«Sonst komm ich in den Knast wegen Vergewaltigung!» Ricky lachte.

*Vergewaltigung* ... Danny jonglierte das Wort im Kopf herum. So hieß das. Er zerlegte den Begriff in seine Einzelteile. Gewalt kam darin vor. Ja, das konnte er bestätigen, das beinhaltete es definitiv.

*Vergewaltigung!* Nach so langer Zeit hatte er nun endlich ein Wort dafür. Ein deutsches Wort. Künftig musste er nicht mehr nach Umschreibungen suchen, wenn er es erzählen wollte. Was selbstverständlich nicht der Fall war. Nicht der Fall sein durfte.

*Vergewaltigung …* Danny hatte spontan das Bedürfnis, dieses Wort auszusprechen. Klang es nach dem, was es war, oder hörte es sich ganz harmlos an?

«Vergewaltigung also», wiederholte er leise. Es klang merkwürdig. Zumindest für ihn. Danny sprach fließend und akzentfrei Deutsch, aber irgendwie hatte er das Gefühl, dass man in diesem einen Wort seine Herkunft heraushören konnte. Nicht, dass er es schlimm gefunden hätte. Nur sehr seltsam.

Er musste üben, damit er das Wort deutlich und ohne zu zögern über die Lippen brachte. Wenn tatsächlich mal jemand Fragen stellen sollte …

«Danny?» Ricky schnippte mit Daumen und Mittelfinger vor seiner Nase. «Was ist los mit dir?»

«Nichts. Gar nichts!» Er bemühte sich um einen lockeren Tonfall. «Ich wünsch dir viel Erfolg für heute Abend. Sie will bestimmt!» Kameradschaftlich boxte er seinem Freund in die Rippen. «Ich muss in die Klasse. Wir sehen uns. Ciao.»

Keiner der Jungen verriet etwas von der Schlägerei. Seine Mutter hatte weder sein blaues Auge noch die schmutzigen Klamotten bemerkt. Danny überraschte das nicht. Immerhin übersah sie auch sämtliche anderen Verletzungen an ihm und den Umstand, dass er sich tagelang kaum rühren konnte.

Aiden war ihm weiterhin aus dem Weg gegangen. Danny fügte sich seinem Schicksal und hangelte sich von einem Tag zum nächsten. Trotz allem begann er langsam wieder aufzuleben; die

Sommerferien rückten näher. Letztes Jahr noch hatte er befürchtet, die Zeit bis zum nächsten Besuch bei seiner Tante niemals zu überstehen, und doch war es dann so weit.

Allerdings musste Danny feststellen, dass sich diese Wochen ebenfalls als Spießrutenlauf für ihn erwiesen. Mehrmals fragte ihn Tante Sophia, warum er das Schwimmen aufgegeben hatte. Sie konnte sich nicht vorstellen, dass er es freiwillig getan hatte. Zudem ängstigte sie die enorme Veränderung; wie war aus diesem fröhlichen, nie stillsitzenden und lebensfrohen Jungen nur so ein trauriges, in sich gekehrtes Kind geworden?

«Heimweh», sagte Danny ein ums andere Mal. «Ich habe Heimweh.» Sie glaubte ihm nicht. Wenige Tage vor seiner Abreise nahm sie ihn zur Seite.

«Danny», begann sie. «Ich weiß nicht, was du auf dem Herzen hast, aber ich spüre, dass es mehr ist, als du ertragen kannst. Rede mit mir darüber.»

*Vergewaltigung!* Hunderte Male hatte er das Wort geübt, es allein im Wald immer wiederholt und es in Endlosschleife seinem Spiegelbild erzählt. Jetzt wurde ihm bewusst, dass Sophia das deutsche Wort nicht verstehen würde. Es blieb ihm ohnehin im Hals stecken. Wieso konnte er es nicht aussprechen, ohne sich schuldig zu fühlen? Ohne sich mit fahrigen Händen durchs Haar zu streichen und seinen Blick auf den Boden zu richten?

*Das Dunkle muss im Dunkeln bleiben …*

Wortlos warf er sich in ihre Arme und begann zu weinen.

«Bleib bei mir, Danny!», sagte sie leise. «Das Haus ist groß genug. Du bekommst dein eigenes Zimmer. Ich kläre das mit deinen Eltern, sie werden sicherlich einverstanden sein. Du kannst zurück auf deine alte Schule zu deinen Freunden. Was sagst du?»

*Ja,* schrie es in ihm. *Ja, ja, JAAA!* Nichts wünschte er sich sehnlicher, als zurückzukehren in seine Heimat. Zu seiner Tante, dem einzigen Menschen auf der Welt, der ihm wirklich nahestand und den er weit mehr liebte als seine Mutter. Sein Blick fiel auf ihren dicken Bauch. Er zögerte zu offensichtlich.

«Wir könnten es doch wenigstens versuchen. Ein halbes Jahr …», schlug sie vor.

Traurig schüttelte Danny den Kopf. Es wäre falsch, bei ihr zu bleiben, so sehr er es auch wollte. Das Risiko war einfach zu hoch. In knapp drei Monaten sollte das Baby zur Welt kommen. Nicht auszudenken, was passieren konnte, wenn er bei Tante Sophia wohnte. Unverzeihlich genug, dass er seinen eigenen Bruder getötet hatte. So ein Fehler durfte ihm nicht noch einmal passieren. Was, wenn seine Tante auch wegen ihm ihr Kind verlor? Es war definitiv sicherer, wenn er nicht in ihrer Nähe war.

«Es geht nicht!», entschied er.

Sophia war ein warmherziger und emotionaler Mensch. Natürlich wusste sie, dass diese Entscheidung nicht aus seinem Herzen kam. Also erfand er eine Geschichte. Inspiriert von Rickys Beziehung, ließ er ein Mädchen entstehen, in das er sich Hals über Kopf verliebt hatte. Sie wartete in Deutschland auf ihn, er hatte versprochen, zu ihr zurückzukehren. Er hielt seine Versprechen. Das wusste und verstand seine Tante. Überhaupt galt sein Heimweh hauptsächlich dem Mädchen.

«Lass uns bis nächstes Jahr warten», schlug Danny vor. «Wenn das mit meiner Freundin bis dahin nicht hält, dann bleib ich gern bei dir!»

Nächstes Jahr wäre Sophias Kind auf der Welt und alt genug, dass er keine Gefahr mehr darstellte. Dann könnte er bei seiner Tante wohnen! Der Gedanke verlieh ihm Flügel. Diese Aussicht würde ihm helfen, die Zeit bis dahin durchzustehen. Was immer noch kommen mochte, er nahm sich fest vor, es hinzunehmen. Ein Jahr noch, dann würde der Spuk ein Ende haben. Für immer.

* * *

Danny blieb ungerührt, als Aiden in sein Zimmer trat. Er hatte keine Angst mehr. Ein Ende war in Sicht. Vorübergehend hatte er sogar mit dem Gedanken gespielt, sich schon mal nackt auszuziehen, sich aufs Bett zu legen und so auf seinen Vater zu warten. Natürlich tat er es nicht. Aber diese Vorstellung verlieh ihm ein Gefühl von Kontrolle über seine aussichtslose Situation. Eines Tages würde er es vielleicht wirklich tun – und sei es nur, um das verblüffte Gesicht seines Vaters zu sehen …

Danny war innerlich absolut ruhig und gelassen, als Aiden ihm den Pullover auszog. Er akzeptierte es, dass er sich mit Körperkontakt neben ihn setzte.

«Heute möchte ich etwas ausprobieren mit dir», flüsterte er ihm ins Ohr. «Ist das in Ordnung für dich?»

Danny verdrehte genervt die Augen.

*Bitte nicht schon wieder eine von deinen kranken Ideen …*

«Es tut auch wirklich nicht weh!», beruhigte ihn sein Vater. «Leg dich mal auf den Rücken.»

*Bald, Danny, bald … Noch elf Monate, dann bist du frei …*

Fast schon gelangweilt leistete Danny der Aufforderung Folge. Mit verschränkten Armen legte er sich auf den Rücken. Aiden lächelte nachsichtig und löste ihm die Arme wieder aus der Verschränkung. Er legte die Kinderhände rechts und links an die Pfosten des Bettgestells. Danny ließ ihn resigniert gewähren.

*Vergewaltigung,* schoss es ihm plötzlich durch den Kopf. *Das ist Vergewaltigung!* Nur mühsam konnte er diesen Gedanken wieder vertreiben. Dieses lästige Wissen machte ihm das Leben nur noch schwerer.

«Es ist ein Spiel», erklärte Aiden. «Hast du Lust mitzumachen?»

Danny unterdrückte ein Schnauben. Dumme Frage. Als hätte er eine Wahl.

«Wir versuchen es einfach mal. Es ist nicht schwer. Du musst nichts machen, außer hier liegen und dich an den Pfosten festhalten. Sobald du dich bewegst, hast du verloren, und das Spiel beginnt von vorne. Verstanden?»

Danny nickte.

*Lächeln, nicken, «Arschloch!» denken …*

Aiden zog ein Massageöl aus der Tasche. Ohne ein Wort zu sagen, tropfte er ihm etwas davon auf den Bauch. Danny erschrak und zuckte zusammen. Reflexartig nahm er die Arme nach vorn. Die Ohrfeige folgte sofort: «Was machst du da? Wir haben doch noch nicht mal angefangen!» Wütend legte er Dannys Hände zurück an ihren Platz.

Danny biss sich auf die Backenzähne, um nicht loszuheulen. Wild entschlossen, nicht noch mal den gleichen Fehler zu machen, krallte er seine Fingernägel ins Holz. Krampfhaft hielt er die Augen geschlossen. Er wollte nicht sehen, wie sein Vater mit den Fingern durch das Öl fuhr und ihm damit über den Oberkörper strich. Jede Faser seines Körpers rebellierte gegen diese Berührung. Sie wurde intensiver, intimer …

Er konnte es nicht. Sein Verlangen, die Arme vor der Brust zu verschränken, wurde übermächtig. Automatisch ließ er los und fing sich in derselben Sekunde die nächste Ohrfeige ein.

«Wir können hundertmal von vorne anfangen, wenn du das möchtest!»

Dannys Hals und seine Augen brannten, so bemüht war er, nicht zu weinen, als er erneut die Arme ausbreitete. Diesmal grub er die Fingernägel noch tiefer in die Holzfasern. Er spürte, wie seine Nägel abbrachen. Mühsam versuchte er, in den Bauch zu atmen, tief und langsam, nur konzentriert auf das Ein- und Ausströmen der Luft durch die Nasenflügel. Körperlichkeiten gab es nicht, nur Gedanken. Seine Seele war frei, abgespalten von seiner weltlichen Hülle. Kurz hielt er den Atem an. Das war nötig; Virgo hatte ihn zur Begrüßung angeschnaubt. Der Drache war etwas dümmlich, ständig vergaß er, dass der Qualm, der aus seinen Nüstern kam, giftig war. Freudig kletterte Danny auf seinen Rücken. Virgo breitete seine schwarzen Flügel aus und erhob sich in die Lüfte. Übermütig flog der Jungdrache einen Looping. Darauf war Danny nicht gefasst – er rutschte von seinem Rücken und konnte sich gerade noch rechtzeitig an den Schuppen festhalten. Der schusselige Drache merkte nichts davon. Seinem cleveren Ari wäre so etwas natürlich niemals passiert. Mit aller Kraft hielt Danny sich fest. Auf keinen Fall durfte er loslassen, sonst stürzte er hunderte Meter in die Tiefe.

*Festhalten …*

Sein Leben hing davon ab. Er konnte nur hoffen, dass Virgo bald landete.

Kurz ließ seine Konzentration nach – die Pyjamahose wurde ihm ausgezogen, seine Fußgelenke auf Aidens Schultern gelegt, Gewicht kam auf seine Handgelenke …

Die Welt unter ihm wurde kleiner, als Virgo noch weiter nach oben stieg. Trotz der Todesangst, die Danny hatte, genoss er den Wind in seinen Haaren. Sein schwarzer Freund war unheimlich schnell, aber er flog ruhig und gleichmäßig. Mit ein wenig Konzentration war es gar nicht so schwer, sich festzuhalten. Von der körperlichen Kraft her schaffte er das noch Stunden, es war eine reine Kopfsache.

Sein Nase juckte, als Virgo ihm erneut den giftigen Rauch ins Gesicht blies. Danny hatte keine Hand frei, um sich zu kratzen. Aber immerhin – der Drache schien zu spüren, dass Danny eine Pause brauchte, und setzte zur Landung an.

Erleichtert öffnete Danny die Augen. Sie brannten, weil er direkt in die Rauchwolke blickte. Langsam löste er seine verkrampften Hände, streckte die Finger aus …

Der Schlag ins Gesicht traf ihn so unvermittelt, dass er kurz Sterne sah.

«Habe ich etwa gesagt, dass wir fertig sind?», schrie Aiden. «Jetzt können wir von vorne anfangen!»

Rücksichtslos riss er Danny die Arme auseinander und legte sie zurück an ihren Platz. Alles Verständnisvolle war weg. Zornig drückte Aiden seine Zigarette auf dem Nachttisch aus und griff erneut nach dem Massageöl. Entsetzt sah Danny ihn an. So etwas hatte sein Vater noch nie getan. Immer war der Gestörte mit ihm fertig gewesen, sobald er mit dem Rauchen anfing.

Dannys Hände schmerzten, als er seine Position wieder einnahm, aber das war nicht das Problem. Er fürchtete, nicht noch einmal die nötige Konzentration aufbringen zu können, weiterhin so ruhig liegen zu bleiben. Das Öl war zwar nicht mehr so kalt wie zuvor, fühlte sich aber genauso unangenehm an.

Würde er seinem Impuls Folge leisten, so wäre er schreiend aus dem Zimmer gerannt. Er hätte es sogar vorgezogen, aus dem Fenster zu springen, aber er traute sich nicht aufzustehen. Aidens Finger wanderten über Dannys Bauch Richtung Brust. Abermals riss Danny die Arme nach vorn.

Aiden war außer sich vor Zorn. Brutal schlug er seinem Sohn den Handrücken ins Gesicht. Dannys Lippe platzte sofort auf. Blut lief auf sein Kinn. Lange konnte er das Schluchzen nicht mehr zurückhalten. Es war aber notwendig, das zu tun. Seinen Vater machte es aggressiv, wenn er schluchzte.

«Fessle mich», flüsterte Danny tonlos. Sein Mund war staubtrocken. «Bitte.»

Aiden schaute ihn überrascht an. Es kam selten genug vor, dass Danny in so einer Situation sprach. Dass er einen Wunsch äußerte, hatte es noch nie gegeben.

Danny bemerkte das freudige Aufflackern in den Augen seines Vaters und witterte eine Chance.

«Bitte», wiederholte er, eine Spur entschlossener. «Bitte fessle mich.»

Aiden lachte spöttisch auf, als er die wahre Absicht hinter Dannys Worten erkannte. «Du hältst mich wohl für besonders dumm, oder?»

«Bitte!», flehte er noch mal. Die Augen seines Vaters wurden kalt. Natürlich tat er ihm diesen Gefallen nicht.

«Nein!», antwortete Aiden. «So einfach mache ich es dir nicht.» Unbeirrt fuhr er mit der Prozedur fort.

Ari kam sofort. Danny musste nie öfter als einmal pfeifen.

«Hallo, mein Freund», begrüßte Danny ihn. «Heute möchte ich etwas mit dir ausprobieren. Es ist ein Spiel. Hast du Lust mitzumachen?» Er hielt sich mit beiden Händen an Aris Bein fest und gab ihm das einstudierte Signal zum Abflug. Es war herrlich, auf diese Art zu fliegen. Man konnte den Wind um sich herum spüren. Freiheit und Adrenalin pur. Wenn man losließ, war man tot. Hielt man sich aber fest, war es der absolute Nervenkitzel.

Die Stimme seines Vaters beförderte ihn zurück in die Realität. Er saß bereits wieder angezogen neben ihm auf dem Bett und kramte eine Zigarette aus der Schachtel. «Ich hab dich was gefragt!»

«Tut mir leid, ich hab nicht zugehört.»

«Hast du etwa geschlafen?»

«Nein.» Wie wundervoll wäre es, wenn man dabei so einfach schlafen könnte.

Danny wagte es nicht mehr, sich zu rühren. Er ignorierte das Kribbeln in seinen Fingern.

«Ich hab dich gefragt, wie es in der Schule läuft.» Aiden war genervt, seine Frage wiederholen zu müssen. Provozierend blies er Danny den Rauch ins Gesicht.

Danny prustete ungläubig durch die Nase. War das ernst gemeint? Wollte der Irre sich wirklich mit ihm über die Schule unterhalten? Mitten in der Nacht? Nach all dem, was gerade passiert war?

Er spürte, wie ihm die Röte in die Wangen schoss: «Ich kann mich *so* nicht mit dir unterhalten.»

«Wie? *So?*»

«In dieser Position.»

«Warum nicht?» Wieder blies Aiden den Rauch in Dannys Richtung.

*Weil es mir verdammt peinlich ist,* dachte Danny. Am liebsten wäre er in ein Mauseloch gekrochen. Stattdessen zuckte er mit der Schulter.

«Hm, dann wirst du es wohl lernen müssen!», beharrte Aiden. «Also, wie läuft es in der Schule?»

«Ganz gut.»

«Mir ist zu Ohren gekommen, du bist schon wieder in eine Schlägerei geraten. Anfang des Jahres ist das auch schon vorgekommen, hat mir deine Lehrerin erzählt. Wieso prügelst du dich ständig?»

Innerlich stöhnte Danny auf. Woher wusste der Alte das? Die Schlägerei im letzten Schuljahr war ewig her, die andere fast genauso unbedeutend gewesen. Musste das jetzt besprochen werden? So?

«Oder stimmt es etwa nicht?», hakte Aiden nach.

«Doch, es stimmt», räumte Danny ein.

«Um was ging es?» Sein Vater zündete sich die nächste Zigarette an. Er schien diese Nacht endlos Zeit zu haben.

«Sie haben mich geärgert. Dad, bitte. Mir ist kalt!»

Aiden griff nach der Bettdecke am Fußende und deckte seinen Sohn bis zur Brust zu.

«Sie haben dich geärgert? Und dann hast du einfach zugeschlagen?»

«Ja.»

«Sehr gut!» Aiden klatschte begeistert in die Hände. «So ist es recht. Wenn dir einer blöd kommt, dann hau drauf.»

Danny stutzte, erkannte dann aber, dass sein Vater tatsächlich begeistert war. Fast hätte er erleichtert aufgeatmet.

«Hast du wenigstens gewonnen?»

«Nein.»

«Du hast *beide* Auseinandersetzungen verloren? Warum?» Aidens Stimmung schlug abrupt um.

«Sie waren einmal zu dritt und einmal zu viert.» *Außerdem hatte ich jedes Mal eine Panikattacke, weil sie mich festgehalten haben. Ich kann es nicht mehr ertragen, wenn mich jemand anfasst. Hast DU vielleicht eine Ahnung, warum das so ist?*

«Weichei!», zischte Aiden. «Wenn ich dir schon diesen schwachsinnigen Kampfsport finanziere, dann gewinn gefälligst! Weißt du, was mich das jeden Monat kostet? Was nützen dir diese ganzen Pokale, wenn du im realen Leben mit niemandem fertigwirst?»

Insgeheim schwor sich Danny, künftig jeder Schlägerei aus dem Weg zu gehen. Noch mal ließ er sich nicht provozieren, diesen Gefallen wollte er seinem Vater nicht tun. Auf keinen Fall wollte er etwas machen, was der befürwortete. Er wollte nicht so werden wie er …

«Tut mir leid», sagte Danny knapp, bemüht, sich nichts von seiner Wut anmerken zu lassen.

«Na ja …» Aiden seufzte spöttisch, während er seine Kippe ausdrückte. «Wir sind nicht alle zum Sieger geboren, nicht wahr, Danny? Es muss auch Verlierer auf dieser Welt geben, also mach dir nichts draus.»

Gähnend stand er auf und rang um sein Gleichgewicht. Dann löschte er das Licht auf dem Nachttisch und schwankte aus dem Zimmer.

Mit einem hörbaren Seufzen lockerte Danny seinen Griff und richtete sich langsam auf. Das Bett quietschte.

Lautstark wurde die Zimmertür aufgestoßen. Sein Vater stürmte wie ein Berserker zum Bett und schlug ihm ins Gesicht.

«Du bist so ein Dummkopf, Danny!», brüllte er ihn an. «Hab ich gesagt, dass wir fertig sind?»

Danny wich alles Blut aus dem Körper. Er rang um seine Fassung.

«Nein.» Es war eher eine Bitte als eine Antwort. «Tut mir leid. Es kommt nicht wieder vor. Bitte …» *… nicht noch mal von vorne!* Ein drittes Mal würde er nicht überleben.

Doch Aiden griff erneut in die Tasche und beförderte das Massageöl heraus. Seine Stimme war gereizt und abfällig: «Ganz ehrlich, Danny. Du bist selten dämlich. Glaubst du, ich hab noch Bock? Jetzt müssen wir die ganze Prozedur noch mal machen!»

* * *

Marina blickte unschlüssig auf ihre Tabletten. Es war falsch gewesen, damit anzufangen. Zwar hatte der Hausarzt ihr kurz nach dem Unglück die Antidepressiva verschrieben, aber die Dosis auf über das Doppelte zu erhöhen, hatte sie auf eigene Faust entschieden. Jeden Morgen und jeden Abend nahm sie eine Tablette, meistens gegen Nachmittag nochmals eine halbe. Je nachdem, wie sie sich fühlte. Mittlerweile konnte sie gar nicht mehr ohne. Sie wurde nervös und zittrig. Damit wäre sie noch klargekommen. Was sie nicht aushielt, war diese fürchterliche innere Unruhe. Ohne die Tabletten hätte sie angefangen, im Kreis zu rennen, Fingernägel zu knabbern oder sich die Haare auszureißen. Jedes einzeln, Haar für Haar, um es dann immer wieder um den Finger zu wickeln. Nur mit dem Fluoxetin konnte sie diese Zwänge kontrollieren. Die Tabletten gaben ihr das trügerische Gefühl von Frieden. Ihre Stimmung hob sich, und schon war alles im Reinen. Der einzige Nachteil an diesem Medikament war, dass sie ihre anderen Tabletten nicht mehr nehmen durfte – die gegen die fürchterlichen Kopfschmerzen. Wegen der angeblich so schwerwiegenden Nebenwirkungen: Müdigkeit, Verwirrtheit, Wahrnehmungsstörungen und Schwindel, sogar lebensbedrohliche Vergiftungserscheinungen konnten die Folge sein. Marina nahm sie trotzdem, denn nur diese Tabletten enthielten Triptane. Und nur dieser Arzneistoff half gegen die Migräne-Attacken, die sie in letzter Zeit immer häufiger befielen. Bis jetzt hatte sie die Medikamentenmischung immer überlebt, und mittlerweile benötigte sie auch dieses Mittel fast täglich.

Anfangs hatte das Fluoxetin ihr zuverlässig geholfen, besser einschlafen zu können. Diese Wirkung wurde mit der Zeit schwächer. Aber das war nicht schlimm. Dafür gab es diese wunderbaren rosa Pillen. Wenn eine allein nicht ausreichte, spätestens nach zweien schlief sie störungsfrei bis zum nächsten Morgen durch. Egal, wie der Tag war und was ihr alles im Kopf herumging. Das einzige Problem an den Schlaftabletten war, dass sie morgens kaum aus dem Bett kam und immer wie benebelt herumlief. Da sie aber Kinder hatte, musste sie auch morgens voll einsatzfähig sein. Nur deswegen griff sie seit kurzem zu den Koffeintabletten. Der morgendliche Kaffee war ihr schon lange nicht mehr stark genug. Marina fand das unbedenklich, schließlich war es nur harmloses Koffein. Wie viele Menschen tranken zwei Kannen Kaffee am Tag? Da konnte sie doch ohne schlechtes Gewissen mehrere solcher Kapseln nehmen …

Lange starrte sie in das Kochbuch und überlegte, was sie zum Abendessen zubereiten sollte. Eine Entscheidung zu fällen, war für sie fast unmöglich, selbst wenn es um so etwas Banales wie Nahrungszubereitung ging. Im Grunde waren das die einzigen Entscheidungen, die sie noch treffen musste. Alles andere überließ sie schon lange ihrem Mann. Die Unruhe in ihrem Inneren nahm zu. Irgendwie fühlte sie sich wie ein gehetztes Tier. Aiden würde demnächst von der Arbeit zurückkommen, und sie stand noch immer tatenlos vor dem Kühlschrank. Ihr Blick fiel vom

Fenster in den kahlen Garten. Sie lebten jetzt schon so lange in Deutschland, dennoch war nichts besser geworden. Ganz im Gegenteil. Sie wusste längst, dass es ein Fehler gewesen war herzukommen, aber es ließ sich nicht mehr ändern. Irgendwann musste es ja auch wieder aufwärts gehen. Aiden hatte seit Ewigkeiten keine Männer mehr mit nach Hause genommen, und Danny brachte wieder hervorragende Leistungen in Schule und Sport. Den Bruch mit ihrer Mutter hatte sie mittlerweile ganz gut verwunden. Jahrelang hatte sie in Amerika gelebt und Anna kaum gesehen, wieso sollte sie ihr jetzt fehlen?

Marina seufzte, als sie an Atlanta dachte. Es lag noch eine schwierige Aufgabe vor ihr. Irgendwie musste sie Danny beibringen, dass sie nächstes Jahr nicht dorthin fliegen konnten. Aiden hatte endlich die ersehnte Beförderung bekommen, zudem stand ein großes Projekt auf dem Plan: Ein neuer Chrysler wurde entwickelt, und diesmal war Aiden direkt beteiligt. An einen längeren Urlaub war die nächsten zwei Jahre nicht zu denken. Das würde Danny mit Sicherheit ganz schön mitnehmen. Wenn dafür aber Aidens Zufriedenheit stieg, dann nahm sie das gerne in Kauf. Man konnte schließlich nicht alle glücklich machen.

Marina bemerkte, dass sie noch immer die Kühlschranktür offen hatte, und schloss sie schnell. Sie schüttelte den Kopf, um sich an das zu erinnern, was sie eigentlich tun wollte: Sie musste ein Abendessen vorbereiten.

Wo blieb Danny eigentlich? Seit Tagen hatte sie ihn nicht gesehen. In den letzten Monaten war das schon Routine geworden. Er kam und ging, wie er wollte, und sie wusste nicht, was er den ganzen Tag trieb oder wo er steckte. Aber was erwartete sie? Er wurde in zwei Wochen dreizehn, da wollte ein Junge nicht mehr viel von seiner Mutter wissen.

Nachdenklich öffnete sie erneut die Kühlschranktür. Sie musste sich langsam, aber sicher Gedanken darüber machen, was sie denn kochen wollte. Ihr Sohn und ihr Mann kamen demnächst nach Hause.

Marina hoffte, dass sich Danny mit dem Feriencamp besänftigen ließ. Ganz spontan war ihr der Gedanke gekommen, dass sie ihn im Rahmen eines Sommerferienprogramms für sechs Wochen nach Frankreich schicken konnte. Campen mit Gleichaltrigen half ihm sicher darüber hinweg, dass er Tante Sophia nicht sehen würde. Bestimmt war es sogar besser so. Danny begann langsam, sich hier einzuleben. Seine Wortkargheit war zwar bestehen geblieben, aber seine Lebensfreude schien zurückzukehren. Lange genug gedauert hatte es ja. Es war besser, keinen Rückfall zu riskieren, indem man ihn in die Heimat schickte. Da rissen die Wunden womöglich nur wieder auf. Sie nahm sich vor, ihm erst nächstes Frühjahr davon zu erzählen. Bis dahin wollte er vielleicht sowieso nicht mehr hin …

Erschrocken fuhr sie zusammen, als sich das Garagentor elektrisch öffnete und der silberne Chrysler in die Einfahrt bog. Aiden kam heute aber früh nach Hause. Irgendetwas hatte sie doch noch erledigen wollen. Erst als ihr Mann in die Küche trat und anstelle einer Begrüßung fragte, was es zu essen gab, erinnerte sie sich: Sie hatte Abendessen zubereiten wollen. Warum war ihr das denn nicht früher eingefallen?

## 1993

Danny hatte die Zahlen an seinem Radiowecker nicht aus den Augen gelassen. Noch eine Minute wollte er warten, dann war es wohl genug. Selbst wenn er gewollt hätte, er konnte nicht mehr. Seine Arme waren taub, und sein Nacken schmerzte. Zudem fror er ganz erbärmlich. Das Bedürfnis, sich zuzudecken, wurde allumfassend. Der Zeiger erreichte die Sechs, und Danny lockerte zaghaft seinen Griff. Es war genau halb drei in der Nacht. Sein Vater war vor über zwei Stunden aus dem Zimmer gegangen und hatte ihn in dieser Position zurückgelassen. Ausgestreckt auf dem Bett, beide Hände an den Bettpfosten. Da Aiden ihm nicht ausdrücklich erlaubte, sich wieder zu bewegen, hatte er es nicht getan. Mit angehaltenem Atem lauschte Danny nun schon die ganze Zeit auf die sich entfernenden Schritte, konnte sie aber nicht ausmachen. Vermutlich hatte er sie einfach überhört, schließlich musste er zwischendurch immer wieder Luft holen …

Erleichtert schüttelte er seine völlig verkrampften Finger aus und richtete sich langsam auf. Trotz aller Vorsicht konnte er nicht verhindern, dass der Lattenrost quietschte. Im selben Augenblick kam sein Vater ins Zimmer gestürmt, in der Hand den Strick, mit dem er ihm erst vorhin die Hände gefesselt hatte.

«Ich habe nicht gesagt, dass du dich wieder bewegen darfst!» Mit dem Strick schlug Aiden ihm auf den nackten Rücken. «Warum zum Teufel kannst du mir nie gehorchen?»

«Es tut mir leid!», jammerte Danny. Er verkroch sich unter der Bettdecke, wurde aber am Fuß gepackt und auf den Boden gezogen. Sein Vater peitschte ihn gnadenlos weiter aus.

«Es tut mir leid!», wiederholte er. Im Geiste verfluchte Danny sich selbst. Er hatte definitiv nicht gehört, dass der Psycho sich von der Tür entfernt hatte. Wieso war er dennoch aufgestanden? Er hätte wissen müssen, dass er sich auf sein Gehör verlassen konnte. Niemand konnte sich in Luft auflösen, und sein Vater war krank genug, stundenlang vor einer geschlossenen Tür zu hocken. Noch mal würde er diesen Fehler nicht machen, sondern künftig lieber bis in alle Ewigkeit in dieser Position verharren.

Sein Rücken brannte. Danny spürte, dass einige Stellen bereits bluteten. Auf den Knien krabbelte er in die Zimmerecke und hob abwehrend die Hand.

«Hör auf!», schrie er. Wut stieg plötzlich in ihm auf. «Hör auf, verdammt noch mal! Was willst du erreichen? Ich hab es doch kapiert!»

«Bist du sicher?», fragte Aiden freundlich.

«Ich mach es nicht mehr. Zufrieden?»

«Ja. Lassen wir es gut sein für heute.»

Zu seinem Erstaunen rollte sein Vater den Strick zusammen und steckte ihn wieder in die Hosentasche.

«Dann komm», sagte Aiden sanft und streckte seinem Sohn die Hand hin. Danny wollte nicht riskieren, dass seine unerwartete Gnade wieder in Zorn umschlug, und nahm die Hand. Er ließ sich vom Boden hochziehen und zurück zum Bett führen. Aiden reichte ihm seinen Pyjamapullover.

«Das nächste Mal lasse ich dir dieses Verhalten nicht mehr durchgehen. Das heute ist eine Ausnahme, weil wir noch etwas zu besprechen haben.»

«Okay», gab Danny zurück. Er musste lernen, in dieser Stellung zu schlafen. Das war immer noch besser, als sich von seinem Alten verprügeln zu lassen. Der Stoff seines Pullovers rieb an seinen Verletzungen, und er war unendlich müde. Was wollte der Spinner jetzt noch mit ihm reden?

In aller Ruhe zündete Aiden sich eine Zigarette an. Danny zog sein Kopfkissen an die Brust und klammerte sich daran fest. Skeptisch musterte er seinen Vater.

«Hat es dir deine Mutter schon gesagt?»

«Was gesagt?»

«Wir fliegen diesen Sommer nicht nach Atlanta!»

«*Was?*» Es fühlte sich an, als hätte ihm jemand einen Schlag in die Magengrube versetzt. Alle Luft wich aus seinen Lungen. «Warum?»

«Wegen meiner Beförderung. Ich bekomme nicht so lange Urlaub. Tut mir ehrlich leid. Ich wäre selbst gerne gegangen. Du musst wissen, meine Schwester fehlt mir sehr …»

Danny hörte nicht mehr zu. Seine Welt hatte aufgehört, sich zu drehen. Ihm war auf einmal speiübel. Das durfte nicht sein. Er musste nach Amerika. Das war sein Ticket in ein neues Leben.

«Lass mich allein fliegen!», begann er. «Bitte. Ich bin alt genug.» Kurz rutschte er auf die Knie und faltete die Hände, gab diese Haltung aber sofort wieder auf. In Aidens aktueller Stimmung machte Bitten und Betteln ihn entweder aggressiv oder es törnte ihn an. Beides wollte Danny nicht riskieren. «Lass mich alleine fliegen. Bitte!», wiederholte er mit Nachdruck.

Gedankenverloren rauchte Aiden seine Zigarette zu Ende. «Es ist dir wirklich wichtig, nicht wahr?»

«Ja», sagte Danny energisch. «Lebenswichtig. Darf ich?»

«Nein!»

Resigniert vergrub Danny das Gesicht in den Händen.

«Tut mir leid.» Aiden runzelte die Stirn. «Aber ich kann das nicht riskieren. Nachher kommst du nicht wieder.»

«Wieso sollte ich nicht wiederkommen?»

Sein Vater sah ihn wissend an. «Ich weiß nicht. Sag du es mir. Irgendwie glaube ich, du willst unbedingt weg von mir.»

Danny schnaubte. «Quatsch. Wieso sollte ich? Wo wir beide doch so wunderbar miteinander auskommen.»

Alle Hoffnungen dahin. Sie ließen ihn nicht allein gehen. Wie sollte er diese Zustände ein weiteres Jahr aushalten?

«Es tut mir leid für dich, Danny. Ehrlich. Aber ich kann dich wirklich nicht allein gehen lassen.» Er fuhr sich mit den Händen über das Gesicht und fügte leise hinzu. «Ich weiß, du glaubst es nicht, aber ich liebe dich. Ich will dich unter keinen Umständen verlieren.»

Tränen brannten heiß in Dannys Augen.

*Wirf dich vor einen Zug,* schoss es ihm durch den Kopf. *Eine andere Chance hast du nicht, aus diesem immerwährenden Albtraum herauszukommen!*

Mitfühlend griff Aiden nach der Hand seines Sohns.

«Lass mich los, du Psycho!», schrie Danny. Im selben Moment zuckte er zusammen, um einem Schlag zu entgehen.

Doch Aiden lächelte nur.

«Sehr schön, Danny. Es gefällt mir, wenn du aufbrausend wirst. Du musst lernen, dich auch mal zu wehren, wenn du etwas nicht möchtest.»

Danny klappte der Unterkiefer hinunter. Das letzte Mal war er für Gegenwehr halb tot geschlagen worden. Wenn der Alte nun anfing, genau wie seine Mutter, ständig seine Meinung zu ändern, dann würde er durchdrehen. Wie lange konnte er sich noch darauf verlassen, dass er zumindest dann nichts von seinem Vater zu befürchten hatte, wenn dieser nüchtern war? Änderte sich das auch bald? Die Erkenntnis, dass es so sein konnte, versetzte ihn in Panik. Schlagartig wurde ihm klar, dass Aiden auch in tausend Jahren niemals aus seinem *moralischen Tief* herausfand. Es würde sich nichts ändern. Nie.

«Es ist drei Uhr morgens. Lass mich bitte schlafen.» Er wollte nachdenken. Doch sein Vater dachte nicht daran, das Zimmer zu verlassen.

«Wie läuft es beim Sport, Danny? Deine Mutter hat gesagt, du hast erst neulich wieder einen Pokal gewonnen.»

*Wie bitte? Was interessiert DEN das?*

«Hm.»

«Du machst jetzt nur noch die Privatstunden im Kickboxen?» Aiden war in Plauderlaune. Genüsslich zündete er sich erneut eine Zigarette an.

«Ja.» Zusätzlich war er auch in den Kursen vom Sport-Karate geblieben. Aber alles musste er seinem Alten ja nicht auf die Nase binden.

«Deine Mutter hat ebenfalls erzählt, dass du Ende Mai die Prüfung für den nächsten Schülergrad hast.»

«Stimmt.» Danny knautschte ungeduldig das Kopfkissen zusammen. Er wollte sich nicht länger mit dem Irren unterhalten.

«Ich werde mitkommen und zuschauen.» Aiden strahlte über das ganze Gesicht, als hätte er eine wunderbare Nachricht verkündet.

«Ich möchte lieber alleine gehen.» Danny sah den Ärger in den Augen seines Vaters. Er musste vorsichtig sein.

«Also, wenn ich dir schon alles finanziere, dann darf ich mir das doch wenigstens ansehen, oder?»

«Ja, klar. Toll, ich freu mich.»

Dannys Stimmung konnte nicht mehr schlechter werden. Er unterdrückte ein Seufzen und dachte an die fertig gepackte Tasche, die noch immer im Schrank stand. Wenn er nicht über seine Tante in die Freiheit gelangen konnte, war Weglaufen seine einzige Chance. Wehmütig verabschiedete er sich von der Prüfung, an der er so gerne teilgenommen hätte. Darauf musste er verzichten, erst recht, wenn sein Alter davon wusste. Aiden stand auf und ging um das Bett herum. Langsam sank er vor Danny in die Hocke, sodass er ihn ansehen konnte.

«Tut mir wirklich leid wegen Atlanta», wiederholte er. Unsicher streckte er seine Hand nach Danny aus, zog sie aber sofort wieder zurück. «Deine Mutter hat dich für sechs Wochen in einem Sommercamp angemeldet. Du wirst also trotzdem die ganzen Ferien über deine Ruhe haben.»

Wortlos drehte sich Danny zur anderen Seite. Das Sommercamp konnte ihn kreuzweise.

Schwer seufzend stand Aiden auf und ging zur Tür.

«Schlaf gut, Danny», flüsterte er.

Danny schnaubte gereizt. Er hasste es, wenn sein Vater versuchte, Freundlichkeit zu heucheln. Es war falsch und passte nicht zu dem, was er sonst tat. Da war es ihm fast lieber, wenn er ihn anschrie und schlug. Das war wenigstens ehrlich.

Obwohl er diesmal die Freigabe hatte, schlafen zu dürfen, lauschte Danny mit klopfendem Herzen auf die sich entfernenden Schritte. Erst als es geraume Zeit ruhig im Haus war, stand er auf, duschte ausgiebig und zog sich an. Erneut wartete er, um sich zu vergewissern, dass er niemanden geweckt hatte. Dann schlich er sich mit seiner Sporttasche in der Hand aus dem Haus. Noch weit entfernt am Horizont dämmerte schwach das Morgenlicht. So schnell er konnte, rannte er zur Hauptstraße und wagte erst dort, erleichtert aufzuatmen. Mit schnellen Schritten lief er die Straße entlang und hielt jedem vorbeifahrenden Auto den Daumen hin. Das schlechte Gewissen überflutete ihn. Er hatte seine Mutter alleingelassen. Bei einem gewalttätigen Irren.

Insgeheim hatte er immer die Hoffnung gehegt, wenn er zu seiner Tante nach Amerika ging, würde seine Mutter ihm folgen. Nun wusste sie nicht, wo er hin wollte, geschweige denn, ob es ihm gutging.

Ein grüner Passat hielt neben ihm.

«Guten Morgen», grüßte Danny freundlich. «Nimmst du mich ein Stück mit?»

«Steig ein.»

Danny ließ sich auf den Beifahrersitz fallen und beäugte den Fahrer misstrauisch. Er schätzte ihn auf Mitte zwanzig, eher etwas jünger.

«Wohin willst du denn?», fragte der junge Mann.

«Egal. Lass mich dort raus, wo du hinfährst.»

Der Fahrer lächelte freundlich, als er seinen Wagen zurück auf die Straße steuerte.

«Du bist von zu Hause ausgerissen», stellte er fest.

*Ein ganz Schlauer,* dachte Danny genervt.

«Durchaus denkbar.»

«Kinder in deinem Alter sollten um diese Zeit im Bett sein.»

Dannys Hände wurden feucht. «Ich bin sechzehn», log er.

«Soso.» Der Mann glaubte ihm kein Wort. «Pass auf: Ich nehm dich ein paar Kilometer mit, aber dann verschwindest du. Ich will echt keinen Ärger bekommen. Nachher komm ich noch dran wegen Kindesentführung oder so.»

«Ich mach dir keinen Ärger», versprach Danny. «Ich sag niemandem, wer mich mitgenommen hat.» Er beschloss, im Anschluss noch mal einen Zug zu nehmen. Diesmal allerdings mit Fahrkarte. Das war unauffälliger als Trampen. Irgendwann fingen sie bestimmt an, ihn zu suchen, und womöglich konnte der Fahrer sich dann an ihn erinnern.

Danny bedankte sich, als er zwei Ortschaften weiter ausstieg und eine Bushaltestelle aufsuchte. Entschlossen stieg er in den erstbesten Bus, fuhr zum Bahnhof und nahm dann den Regionalzug bis zur Endhaltestelle. Natürlich wollte niemand seine Fahrkarte sehen. Danny hielt ein weiteres Auto an und wurde wieder ein Stück mitgenommen. Mittlerweile hatte er keine Ahnung mehr, wo er überhaupt war, und es war ihm auch vorerst egal. Er hatte sich schon vor Monaten genug Geld von seinem Sparbuch abgehoben, um locker vier Wochen über die Runden zu kommen. Erst dann würde er erneut zur Bank müssen. Wenn alles gut lief, war er bis dahin im Ausland. Er wusste, dass Amerika unerreichbar für ihn war, aber mit etwas Glück konnte er es möglicherweise in die Schweiz schaffen. Oder nach Österreich. Vielleicht war es sinnvoll, sich etwas zu tarnen, wenn er weiterhin per Anhalter fahren wollte. Zumindest eine Sonnenbrille und eine Mütze wollte er sich besorgen. Seine Augenfarbe war einfach zu auffällig, daran würden sich die Menschen am ehesten erinnern. Das war der Nachteil, wenn man gut aussah: Man fiel auf. Früher hatte Danny es toll gefunden, etwas Besonderes zu sein. Mittlerweile hasste er es. Wie gerne wäre er unauffällig und durchschnittlich gewesen. Vielleicht sogar so hässlich, dass sein Vater ihn nicht anrühren mochte? Es war müßig, darüber nachzudenken. Er gähnte. Müdigkeit übermannte ihn. Was er jetzt benötigte, war ein Platz zum Schlafen. Vor ihm lag ein kleiner Pferdestall. Leise öffnete er das Tor und schlüpfte hinein. Ein Pferd schnaubte freundlich, ansonsten war alles still. Danny entdeckte eine Leiter, die zum Heuboden führte. Ein guter Platz, um noch ein oder zwei Stunden zu schlafen, bis der Betrieb im Reitstall losging.

Nach nur sechs Tagen hatte Danny die Nase voll vom Vagabundenleben. Jeder Tag war wie der andere; geprägt von Langeweile und Einöde. Im Morgengrauen stand er auf, verließ den Stall, um sich beim Bäcker ein Frühstück zu besorgen. Den Vormittag lungerte er in der Stadt herum, saß an einer Bushaltestelle oder verbrachte ein paar Stunden in den Geschäften. Am Nachmittag lief er in die nächste Ortschaft und ging ins Hallenbad, schwamm ein paar Runden, duschte dort, putzte sich die Zähne und zog sich um. Einmal war er in einem Waschsalon gewesen, um seine Klamotten zu waschen. Abends aß er irgendwo eine Kleinigkeit und schlich nach Einbruch der Dunkelheit zurück in sein Versteck. Er liebte das Schlafen im Stall, den Geruch nach Pferden und das weiche Heu um sich herum. Deswegen war er noch nicht weitergezogen. Hier fühlte er sich geborgen und wohl. Zu Hause war er einsam gewesen, hier leisteten ihm die Tiere Gesellschaft. Die Nächte waren wundervoll, die Tage zogen sich endlos. Wenn er wenigstens hätte betteln müssen, um über die Runden zu kommen. Dann hätte er etwas zu tun gehabt. Er vermisste Ricky und dessen Familie. Ihm war unglaublich langweilig, und das Kickboxen fehlte ihm auch. Lange würde er es ohne seinen Sport nicht mehr aushalten. Er merkte schon jetzt, wie sich die Energie in ihm aufstaute. Zudem fraß ihn die Angst um seine Mutter fast auf. Er musste daheim anrufen und ihr sagen, dass es ihm gutging. Wenn sie sein Verschwinden überhaupt schon bemerkt hatte. Deswegen hatte er seinen Anruf so lange hinausgezögert. Zu groß war seine Sorge, sie könnte noch nicht einmal bemerkt haben, dass er weg war …

Zögernd ging er in eine Telefonzelle und wählte die Nummer. Erstaunt stellte er fest, dass ihm die Enge des Raums Panik einflößte.

Marina meldete sich sofort. «Taylor.»

«Mom, ich bin es.»

«Danny!» Ihre Erleichterung war fast mit Händen greifbar. Sein Herz machte einen freudigen Sprung.

«Ich wollte dir nur schnell sagen, dass es mir gutgeht!»

«Wo bist du?» Sie klang nervös und besorgt. «Ist alles in Ordnung? Wann kommst du zurück?»

«Ja, es ist alles okay. Aber ich komme nicht wieder …»

«Weswegen?», unterbrach sie ihn schrill.

«Wegen Dad», begann Danny. «Mom, ich komme erst wieder, wenn *er* weg ist. Ich kann nicht mit ihm unter einem Dach leben!»

«Das kannst du mir nicht antun!» Marina schluchzte ins Telefon. «Ich brauche dich. Du musst zurückkommen.»

«Trenn dich von ihm. Dann komme ich wieder.»

Eine Weile herrschte Schweigen. Dannys schweißnasse Hand umklammerte den Telefonhörer. Er versuchte, die Platzangst zu bekämpfen, während er ungeduldig auf eine Antwort seiner Mutter wartete.

«Das geht nicht», sagte sie dann. «Wegen Liam. Er braucht seinen Vater.»

Danny seufzte. Es hatte keinen Sinn, mit seiner Mutter vernünftig reden zu wollen.

«Genau deswegen musst du weg! Du musst das Baby vor dem Irren beschützen. Dad schlägt mich; er wird bald auch Liam schlagen …»

«Hör auf damit!», kreischte sie schrill.

«Warum siehst du die Wahrheit nicht?»

«Komm nach Hause, bitte.»

Seine Felle schwammen ihm davon. Sie ging nicht auf seine Forderung ein. Das bedeutete, er war dazu verdammt, für alle Zeit auf der Straße zu leben. Die Wände schienen sich bedrohlich auf ihn zuzubewegen, als seine Panik sich steigerte. Er musste sofort hier raus!

«Mom, ich ruf morgen früh wieder an, wenn Dad auf der Arbeit ist!» Wortlos hängte er den Hörer auf die Gabel und stürzte hinaus. Ziellos rannte er durch den Ort, um zumindest einen Teil seiner Energie und Wut loszuwerden.

Früher als gewohnt ging er an diesem Abend zurück zum Stall. Die Leiter zum Heuboden war nicht mehr da. Verwirrt blickte er sich um und sah einen alten Mann in der Ecke stehen. Erschrocken fuhr Danny zusammen und hob die Hände in die Höhe.

«Ich hab nichts gemacht!», rechtfertigte er sich. «Wirklich.»

«Ein Kind also», brummte der Alte mürrisch. «Wusste ich doch, dass jemand in meinem Stall haust.»

«Ich hab niemandem etwas getan. Ich hab nur hier geschlafen.»

Der alte Mann warf ihm seine Sporttasche entgegen. «Du hast eine Minute, um zu verschwinden, ansonsten rufe ich die Polizei.»

Danny rannte weg. Das war es nun also mit seinem geliebten Schlafplatz. Noch mal würde er es nicht wagen, hierher zurückzukommen.

Die restliche Nacht zog er durch die Straßen und fand gegen Morgen einen Kinderspielplatz. Er legte sich in einem der Holzhäuschen auf den Boden. Die Nächte waren trotz der Jahreszeit immer noch sehr kalt, zudem war dieses improvisierte Lager hart und unbequem. Auf einmal wünschte sich Danny sehnlichst sein Bett zurück, das er bisher so gehasst hatte. Er wollte nach Hause. Ungeduldig wartete er, bis es hell wurde. Mit den Fingern kämmte er sich die zerzausten Haare und ging erneut zur Telefonzelle. Diesmal blockierte er die Tür mit einem Stein, sodass sie offen blieb.

Er wählte die Nummer und wartete. Sein Herz blieb fast stehen, als sein Vater ans Telefon ging. Wieso war er noch nicht im Geschäft?

«Danny? Ich weiß, dass du es bist.»

Danny schwieg und zwang sich zur Ruhe. Es lagen mehrere hundert Kilometer Entfernung zwischen ihnen. Er war sicher.

«Du bist so ein erbärmlicher Angsthase, Danny. Wegzulaufen wie ein kleines Kind. Sag, wie fühlt man sich so, als feiger Versager?»

«Gib mir Mom!»

«Sie will nicht mit dir reden. Sie ist wütend, weil du sie im Stich gelassen hast. Wie ein Feigling. Du weißt ja, was das für sie bedeutet. Darüber ist sie nicht sehr glücklich … Sie hasst dich jetzt.»

«Lass sie in Ruhe!» Danny wollte drohend klingen, aber seine Stimme zitterte.

Sein Vater lachte. «Du bist und bleibst ein Feigling. Ein Versager. Ein Bastard. Deine Mutter hat wahrlich einen besseren Sohn verdient. Und jetzt schwing deinen unnützen Arsch nach Hause, bevor ich aller Welt erzähle, was du nachts mit mir machst!»

Tränen schossen Danny in die Augen. Es waren Tränen der Wut und der Verzweiflung.

*DU bist der Feigling! Dich an Frauen und Kindern zu vergreifen! Deine Drohung wirkt nicht! Du kannst es niemandem erzählen, weil DU derjenige bist, der etwas Verbotenes tut.*

Wenn er das so sicher wusste, warum jagten Aidens Worte ihm dann dennoch Angst ein?

«Ich komme nicht wieder!», schrie er ins Telefon. «Nie mehr!»

Erneut lachte sein Vater. «Ich werde dich finden, Danny. Selbst wenn ich dich um die halbe Welt jagen muss – ich finde dich! Und dann gnade dir Gott!»

Panisch legte Danny auf. Zitternd fuhr er sich durch die Haare und kam sich plötzlich wirklich wie ein Feigling vor. Er ließ sich mit dem Rücken die Wand der Telefonzelle hinunter auf den Boden sinken. Wieder und wieder schlug er seinen Hinterkopf gegen das Plexiglas. Was sollte er nur tun? Er musste nach Hause – wegen seiner Mutter.

*Gott, Danny! Sie ist alt genug! Wenn sie bei dem Geisteskranken bleiben will, dann ist das verdammt noch mal ihr Problem!*

*Einer muss sie doch beschützen. Sie ist doch selbst geisteskrank …*

*Du kannst ihr doch ohnehin nicht helfen! Denk wenigstens einmal nur an dich!*

Jetzt führte er schon ganze Dialoge mit sich selbst. Er war kurz vor dem Nervenzusammenbruch. Nervös verließ er die Telefonzelle und begann, im Kreis zu laufen.

«Was soll ich tun?», fragte er sich laut. «Was zur Hölle soll ich nur tun?»

Zwei Jungs auf dem Weg zur Schule blieben stehen und zeigten mit dem Finger auf ihn.

«Was glotzt ihr mich so an?», schrie Danny.

«Der ist verrückt!», sagte der eine zum anderen. Wie um seine Worte zu unterstreichen, deutete er mit der Hand einen Scheibenwischer an.

«*Ich* bin verrückt?», brüllte Danny. «*Ich?* Mein *Vater* ist der Verrückte! *Ich* bin normal!» Aus einem Impuls heraus packte er einen der beiden und schlug ihm die Faust ins Gesicht. Sein Freund versuchte, ihm zu helfen, indem er an Dannys Arm zerrte.

Danny verpasste ihm einen heftigen Tritt in den Bauch, sodass er sofort zu Boden ging.

«Mich verrückt zu nennen!», knurrte er und trat ein weiteres Mal auf den bereits zusammengekrümmten Jungen ein. Den anderen hielt er noch immer fest am Kragen gepackt. Plötzlich, erschrocken über sich selbst, ließ er ihn los.

*Großer Gott! Was tust du da? Du bist genau wie dein Vater!*

«Tut mir leid», stammelte er. Kurz bückte er sich, um dem Jungen aufzuhelfen, ließ es dann aber. Fluchtartig rannte er weg, quer über die Wiese, bis in den Park. Schluchzend lehnte er sich an einen Baum und vergrub das Gesicht in den Händen.

*Du verlierst dich,* dachte er. *Wenn du jetzt nicht aufpasst, wirst du dich für immer verlieren.*

Mühsam zwang er sich zur Ruhe, konzentrierte sich auf seine Atemzüge, besuchte in Gedanken seine Drachen.

Er hatte eben zwei Jungs verprügelt, die ihm nichts getan hatten. Sie waren größer gewesen als er, vermutlich ein oder zwei Jahre älter, aber das machte die Sache nicht besser. «Die Welt und die anderen Menschen können nichts für dein Leid», flüsterte er. Das durfte er niemals vergessen. Sonst verlor er das, was ihn ausmachte. Das, was seine Persönlichkeit definierte. Sein Wesen durfte sich nicht ändern, sonst hatte sein Vater gewonnen.

«Was genau macht dich aus?», überlegte er laut. Wie war er? Was waren seine Charakterzüge?

*Freundlichkeit.* Er war stets freundlich und hilfsbereit zu allen. Seit er klein war, mochte er andere Menschen, konnte sich in sie hineinversetzen und wollte, dass es ihnen gutging. Das musste unbedingt so bleiben, denn das gehörte untrennbar zu ihm. Was noch?

*Gute Laune.* Schon immer war er ein lebensfrohes und glückliches Kind gewesen, das stets lachte und niemals mürrisch war. Sein Vater hatte ihm das in den letzten beiden Jahren genommen.

Das durfte er nicht zulassen, sondern musste es sich zurückerobern.

*Euphorie.* Die Fähigkeit, alles überschwänglich und mit Begeisterung zu sehen. Das musste er sich behalten. Und, womöglich das Wichtigste von allem:

*Optimismus.* Niemals durfte dieser Charakterzug zerstört werden, sonst war er unwiderruflich verloren. Irgendwie musste er einen Weg finden, sich zu erden und an diesen Dingen festzuhalten. Nicht, dass er am Ende noch so ein aggressives Nervenbündel wie sein Alter wurde. Er musste Danny bleiben.

Nachdenklich öffnete er seine Tasche und zog seinen Füllfederhalter heraus. Er hatte ihn mitgenommen, für den unwahrscheinlichen Fall, dass er es irgendwann doch nach Amerika schaffte. Dann wollte er seiner Mutter eine Ansichtskarte schreiben. Er schraubte den Füller auseinander und stellte die offene Tintenpatrone auf den Boden.

Irgendwo musste auch noch ein Feuerzeug sein. Er hatte sogar Nadel und Faden mitgenommen, für alle Fälle. Danny fand beides und öffnete das Sturmfeuerzeug. Dann hielt er die Nadel in die Flammen, um anschließend das glühende Metall in die flüssige Farbe zu tauchen. Zügig drückte er die farbgetränkte, noch heiße Spitze auf das rechte Handgelenk. Sorgfältig achtete er darauf, so viele Hautschichten wie möglich zu durchstechen, damit die Farbe länger hielt. Der Schmerz war erträglich, echtes Tätowieren war bestimmt schlimmer. Unzählige Male wiederholte er den Vorgang. Es dauerte den halben Tag, bis er mit dem Ergebnis zufrieden war. Nur drei Buchstaben, die in schlichten Schnörkeln auf der hellen Unterseite seines rechten Armes standen. Wenn das Blut weggewaschen und die Entzündung abgeheilt war, würde man sie deutlich sehen können:

*DAT*

Danijel Alaric Taylor. Um sich immer daran zu erinnern, wer er war. Wie er war. Vor allem, wer er nicht war und wie er niemals sein wollte.

Danijel Alaric Taylor verprügelte nicht einfach irgendwelche Leute, nur weil sie ihn schräg ansahen. Er war nett und aufmerksam. Außerdem cool und gelassen. Die Ruhe in Person. Kein im Kreis laufender Choleriker und auch kein Hund, der kam, wenn man ihn rief. Niemals würde er nach Hause gehen, schon gar nicht, wenn der Psycho ihm auf diese Art drohte. Deswegen war er kein Feigling – im Gegenteil: Von nun an war er in der Lage, auf seinen eigenen Beinen zu stehen. Ab heute wurde alles besser. Jetzt musste er sich nur noch ein souveränes Auftreten zulegen, damit niemand merkte, was mit ihm nicht stimmte. Er musste seine Schande überspielen, notfalls mit Frechheit und Arroganz. Wichtig war nur, dass er in Herz und Seele er selbst blieb.

Die Angst, dass seine Anrufe bis zur Telefonzelle zurückverfolgt wurden, trieb Danny voran. Per Anhalter, mit Bus und Bahn legte er weitere hundert Kilometer zurück. Sein Weg führte ihn über Augsburg nach München. Mittlerweile war er in Fürstenzell. Wenn es weiter so gut lief, dann erreichte er noch diese Woche Passau. Mit etwas Glück kam er problemlos über die Grenze nach Österreich. Wenn er nicht im Zug schlief, dann suchte er sich Scheunen, Spielplätze oder Jägerhochstände zum Schlafen. Die Dunkelheit im Wald beruhigte ihn. Schützend wie die Arme einer Mutter legte sie sich um ihn und verbarg ihn vor der Welt. Wer nicht gefunden wurde, dem konnte auch nichts geschehen.

Im strömenden Regen allerdings war ein Jägerhochstand kein idealer Schlafplatz. Das Wasser tropfte durch die Decke, und auf dem Boden bildeten sich Pfützen. Ans Weiterschlafen war nicht mehr zu denken. Schimpfend stieg Danny die Sprossen hinunter, um sich einen trockeneren Ort zu suchen. Seine Turnschuhe versanken im Matsch. Dreck spritzte ihm bis zu den Knien. Er setzte die Kapuze seiner Sweatjacke auf, nur um festzustellen, dass sie ebenfalls klatschnass war. Mürrisch schlurfte er durch die Nacht. In einer Woche fand seine Prüfung statt, und er konnte nicht daran teilnehmen, weil er hier im Niemandsland festsaß. Wegen seinem verfluchten Vater. Sogar das Wetter schien ihn nicht zu mögen; seit Tagen regnete es stetig vor sich hin, und nun ergoss sich ein wahrer Wolkenbruch über ihn. In Filmen führten die Vagabunden immer das schönste Leben und meisterten ein Abenteuer nach dem anderen. Enttäuscht musste Danny feststellen, dass dies mit der Realität kaum etwas zu tun hatte.

In der Dunkelheit übersah er einen Ast. Mit der Fußspitze blieb er daran hängen und fiel kopfüber in den Schlamm. Instinktiv versuchte er, sich abzufangen. Ein spitzer Stock bohrte sich tief in seine Handfläche. Vor Schmerz schrie er auf. Fluchend blieb er im Matsch sitzen und versuchte, das Ausmaß seiner Verletzung zu erkennen. Das Holz steckte noch in seiner Hand, wie tief, vermochte er nicht zu sagen.

«Verdammter Fuck!» Wieso hatte er keine Taschenlampe mitgenommen? An jeden anderen Mist hatte er gedacht. Mit fest zusammengebissenen Zähnen zog er langsam den Stock aus dem Fleisch. Millimeter für Millimeter. Die Wunde riss noch weiter auf, Blut lief seinen Arm hinunter. Vorsichtig testete Danny, ob er seine Finger noch bewegen konnte. Immerhin schien keine Sehne verletzt zu sein. In seiner Tasche fand er ein Halstuch, das er sorgfältig um seine linke Hand wickelte und mit den Zähnen festzog. Notfalls musste er eben morgen zum Arzt und anschließend sofort weiterziehen. Mühsam stand er auf. Seine Kleidung war von oben bis unten voller Matsch, zudem war er nass bis auf die Knochen. Zorn loderte in ihm auf. Das war alles nur die Schuld des perversen Irren, der aus einem unerfindlichem Grund ausgerechnet sein Erzeuger sein musste. Er hasste ihn abgrundtief.

Nass und durchgefroren verließ er den Wald. Die Hand schmerzte, das stetige Pochen zog sich bis hoch in seine Schulter. Danny hoffte inständig, dass er keine Blutvergiftung bekam. Gerne hätte er unter einer Straßenlaterne das Halstuch abgenommen, um sich die Wunde anzusehen, aber er traute sich nicht. Mitten in der Nacht konnte er ohnehin nichts tun, er wusste weder, wo das nächste Krankenhaus noch die nächste Telefonzelle war.

In seinem Kopf entstanden Bilder von seiner eigenen Beerdigung. Seine Mutter weinte und fragte sich ununterbrochen, warum sie es nur so weit hatte kommen lassen. Sein Vater gab natürlich ihr alle Schuld und schoss böse Vorwürfe auf sie ab.

Sie zerbrach daran und verlor vollkommen den Verstand.

*Verdammt, ich darf nicht sterben! Schon gar nicht an einer Blutvergiftung. Wie uncool ist das denn?*

Sein Blick fiel auf ein offenes Garagentor. Leise schlich er sich hinein. Im hinteren Eck stand ein Stapel Winterreifen, über den eine schmutzige Decke geworfen worden war. Er nahm sie, wickelte sich darin ein und kauerte sich auf dem Boden zusammen. Gerade als er im Begriff war einzuschlafen, traf ihn der Lichtkegel zweier Scheinwerfer. Es gab keine Möglichkeit zur Flucht. Er saß in der Falle.

Genervt über sich selbst schüttelte er den Kopf. Hatte er wirklich erwartet, dass die Garage die ganze Nacht leer stehen blieb?

Eine Frau sprang aus dem Wagen.

«Raus aus meiner Garage!», brüllte sie hysterisch.

Danny hob langsam beide Hände in die Luft.

«Ganz ruhig, ist schon gut! Ich hab nur einen trockenen Platz zum Schlafen gesucht. Ich gehe schon!»

Mit immer noch erhobenen Händen ging er geduckt an der Frau vorbei Richtung Garagentor.

«Du bist ja noch ein Kind», stellte die Frau fest.

«Ja.»

«Wie alt bist du?»

«Dreizehn.» Er bemerkte, wie die Angst aus dem Gesicht der Frau verschwand.

«Du blutest. Was ist mit deiner Hand passiert?»

«Bin hingefallen.» Im Schneckentempo drückte Danny sich an ihr vorbei, den größtmöglichen Abstand wahrend. Dabei ließ er sie nicht für eine Sekunde aus den Augen. Mitleid flackerte in ihrem Gesicht auf.

«Hast du kein Zuhause?», wollte sie wissen.

«Nein.» Er trat hinaus in den Regen.

«Warte», rief sie ihm hinterher. «Du kannst die Nacht bei mir verbringen. Mein Mann kommt erst morgen Mittag, es kann niemand etwas dagegen haben.»

Unschlüssig blieb Danny stehen. Die Aussicht auf einen trockenen Schlafplatz lockte ihn, aber er durfte kein Risiko eingehen.

*Der Mann ist nicht da. Mit ihr wirst du fertig …*

Sie streckte ihm einladend die Hand hin. Danny drehte um und ging an ihr vorbei zurück in die Garage.

«Am besten, du ziehst deine schmutzigen Sachen hier unten aus. Du kannst bei mir duschen, wenn du magst.»

Er nickte, während er Schuhe, Jacke und seine schlammige Jeans auszog und alles auf den Boden warf. Zögernd folgte er der Frau nach oben.

*Siehst du, die Menschen sind gut. Es sind nicht alles gewalttätige Irre …*

Sie zeigte ihm das Badezimmer und reichte ihm ein großes Handtuch.

«Du kannst dir Zeit lassen. Ich bin in der Küche und mach dir einen heißen Kakao.»

Das Wasser wärmte ihn, brannte aber höllisch auf seiner verletzten Hand. Er hielt sie aus der Duschkabine hinaus und wusch sich Schmutz und Staub aus den Haaren. Anschließend zog er sich frische Kleidung an. Unsicher trat er aus dem Bad und folgte dem Geruch von Kakao in die Küche.

Die Frau lächelte ihn freundlich an. Sie war groß und schlank, mit langen, dunklen Haaren, die sie zu einem Pferdeschwanz gebunden hatte. Danny schätzte sie auf Mitte dreißig und fand sie auf Anhieb sympathisch.

«Setz dich», forderte sie ihn auf. «Ich bin Lydia. Wie heißt du?»

«Danny», sagte er knapp. In schnellen Zügen trank er seinen Kakao.

«Was machst du denn so allein in der Nacht hier draußen?»

«Bin daheim weggelaufen.»

«Das dachte ich mir schon.» Sie lächelte ihn noch immer an. «Weswegen denn?»

Danny zuckte betont gelangweilt die Schulter und schwieg.

«Darf ich mir deine Hand ansehen? Ich bin Sanitäterin.»

«Von mir aus», erwiderte Danny. Lydia stand auf, holte eine große Schüssel mit warmem Wasser und einen Verbandskasten. Dann setzte sie sich neben ihn auf die grüne, hölzerne Eckbank. Unweigerlich rutschte er ein Stück von ihr ab. Es entging ihm nicht, dass sie ihn aufmerksam beobachtete. Er mochte es nicht, wenn andere versuchten, ihn zu analysieren. Es gab so viel, was geheim bleiben musste. Entschlossen streckte er ihr die verwundete Hand hin und zwang sich zu einem Lächeln. Behutsam nahm Lydia sie, sah ihn aber weiterhin an.

«Du hast wirklich ganz besondere Augen», staunte sie. «So dunkles Blau …»

«Von meiner Mutter», sagte Danny schnell, weil er nicht über sein Aussehen sprechen wollte. Keine Aufmerksamkeit erregen. Er hätte seine Augenfarbe sowieso am liebsten gegen eine gewöhnlichere getauscht. Erbsensuppengrün zum Beispiel. Alles, was seinem Vater an ihm gefiel, wäre er nur zu gerne losgeworden.

Lydia wickelte das Tuch von seiner Hand und begutachtete sie ausgiebig.

«Das ist ganz schön tief», erklärte sie ihm. «Außerdem stecken Splitter drin. Ich muss sie entfernen.»

«Okay.»

Sie tropfte eine rotbraune Flüssigkeit in die Schüssel und tauchte Dannys Hand hinein. Es brannte kurz, war aber erträglich.

«Ich hole nur eben meinen großen Arztkoffer. Lass deine Hand bitte drin.»

Danny sah sich aufmerksam im Raum um. Es war eine gemütliche Wohnküche mit grünen, sehr altmodischen Möbeln. Diese Menschen schienen nicht viel Geld zu haben, alles war alt und willkürlich zusammengewürfelt. Plötzlich wünschte er sich nichts sehnlicher, als der Sohn dieser Frau zu sein. Hier aufzuwachsen, in ärmlichen, aber behüteten Verhältnissen. Nicht in dem viel zu noblen Haus bei seinen versnobten Eltern, die früher x-mal im Jahr Urlaub gemacht hatten, viel zu teure Autos fuhren und ihm alles kauften, was er haben wollte. Alles außer Liebe. Alles außer jemanden, der ihm einfach mal zuhörte.

Lydia kam zurück. Sie stellte eine Nachttischlampe auf den Esstisch, breitete ein Handtuch aus und legte Dannys Hand darauf. Mit einer Pinzette zog sie die Splitter aus der Wunde.

«Wie lange bist du denn schon weg von zu Hause?»

Er starrte auf seine blutende Hand, unfähig, den Blick davon abzuwenden.

«Fast drei Wochen. Ich werde nicht mehr zurückgehen.»

«Was ist passiert?» Lydia sah ihn nicht an, sondern konzentrierte sich auf ihre Tätigkeit. Sie beförderte einen weiteren Splitter hervor. Danny musterte sie lange und beschloss, dass er ihr vertrauen konnte. Der Wunsch, sich jemandem zu öffnen, meldete sich drängend in ihm. Er wollte Hilfe bekommen, und er wollte weg von der Straße.

«Streit mit meinen Eltern», erklärte er.

«Schlimmer Streit?»

«Ja. Sehr schlimm!», sagte Danny eindringlich.

Sie legte die Pinzette weg und schaute mit einer Lupe noch mal auf die Verletzung.

«Die Splitter und der Schmutz sind draußen. Es ist allerdings so tief, dass man es nähen sollte.»

«Ich will nicht ins Krankenhaus.»

«Wenn du mir vertraust, mache ich das. Ich hab alles da, es ist Berufsalltag für mich.»

«Einverstanden», willigte Danny ein.

Lydia nickte kurz, dann kramte sie aus ihrem Arztkasten Nadel und Faden hervor. «Ich kann es nur lokal betäuben, du wirst es spüren», warnte sie ihn.

«Kein Problem.» Schmerzen war er gewohnt. Davor hatte Danny keine Angst.

Das Eisspray war so kalt, das es weh tat, trotzdem zuckte er nicht zurück. Die Nadelstiche waren auszuhalten. Das Schlimmste war, als die Fäden die Wunde zusammenzogen. Es war sehr unangenehm, aber nicht wirklich schmerzhaft.

«Ich habe acht Stiche gemacht. Die Fäden lösen sich in zwei Wochen auf, der Rest wird von alleine heilen», erklärte Lydia.

«Danke.»

Lydia desinfizierte die Instrumente und legte sie zurück in den Arztkoffer. Dann begann sie, Dannys Hand einzubinden.

«Du solltest den Verband bei Gelegenheit wechseln.»

«Mach ich.»

«Magst du mir erzählen, was bei euch daheim los ist?», fragte Lydia leise.

Danny nickte. Ja, das wollte er. Doch plötzlich brachte er keinen Ton mehr heraus. Sein Hals war wie zugeschnürt, und alle passenden Worte schienen unauffindbar zu sein.

«Wirst du geschlagen daheim?», hakte sie sanft nach.

«Mein Vater.» Er stockte kurz und fügte abgehackt hinzu: «Nicht nur ein bisschen. Er schlägt mich richtig.»

«Schon lange?»

«Zwei Jahre. Er säuft und wird dann aggressiv. Er ...» Danny geriet ins Stottern. Eisern hielt er den Blick auf den Esstisch gerichtet. «Er ... macht auch ... andere Sachen ...»

«Was für Sachen?» Lydia sah ihn eindringlich an. Danny fuhr sich nervös mit den Händen durch die Haare und versuchte, dieses eine Wort über die Lippen zu bekommen, das auszusprechen er so lange geübt hatte.

«Er ...»

Unvermittelt rutschte sie wieder ein Stück dichter an ihn heran. Tröstend streichelte sie seinen Rücken.

Danny sprang von der Bank auf. Er musste sofort aus diesem Zimmer raus.

«Ich bin müde. Können wir morgen reden?»

«Natürlich.» Lydia stand ebenfalls auf. «Ich bring dich ins Gästezimmer.»

«Danke.» Danny folgte ihr in einigem Abstand. Sie öffnete die Zimmertür, und er wartete, bis sie ihm den Weg freigab.

«Morgen erzählst du mir den Rest, okay?»

«Okay», versprach Danny. Er trat in das Zimmer und ließ sich aufs Bett fallen.

«Ich lasse die Tür nur angelehnt. Du kannst mich rufen, wenn du etwas brauchst.»

Danny nickte. Zufrieden kuschelte er sich ins Bett. Morgen wollte er ihr alles erzählen, und dann würde sie ihm helfen. Er musste nie wieder nach Hause zurück. *Ob sie mich vielleicht sogar adoptiert?*

Was für ein schöner Gedanke ...

Obwohl es eine fremde Umgebung war, hatte er geschlafen wie ein Murmeltier. Es war bereits Mittag, als Lydia ihn weckte. Sie sprach ihn erst leise an und berührte dann sanft seine Schulter Danny konnte sich nicht daran erinnern, wann er das letzte Mal so freundlich geweckt worden war.

«Guten Morgen. Ich hab dir Frühstück gemacht!»

Er streckte sich genüsslich und wünschte sich auf einmal nichts mehr, als in dieser Familie bleiben zu dürfen.

Verschlafen trat er in die Küche, doch Lydia war nicht allein. Ein eisiger Schauer lief ihm über den Rücken, als er den Fremden sah.

«Das ist Leon», sagte Lydia schnell. «Mein Mann. Er ist etwas früher von der Arbeit gekommen.»

«Hallo.» Danny nickte ihm kurz zu, dann machte er sich über das Frühstück her. Aus den Augenwinkeln beobachtete er Leon. Automatisch maß er die Entfernung zur Küchentür ab. Im Notfall konnte er quer über den Tisch springen und in zwei Sekunden das Zimmer verlassen haben …

Er nahm sich ein Brötchen. Lydia setzte sich neben ihn. Sie seufzte tief.

«Danny», begann sie. «Ich habe vorhin mit meinem Mann über dich gesprochen.» Seine Nackenhaare richteten sich auf, während er hastig sein Honigbrötchen in sich hineinstopfte. «Er hielt es für das Beste, die Polizei zu informieren.»

«Was?»

«Es tut mir leid, Danny.»

«Ich hatte keine Wahl», verteidigte sich Leon. «Die Polizei sucht ihn bereits. Die Eltern müssen doch krank sein vor Sorge. Wir kommen sonst in Teufels Küche.»

«Meine Eltern machen sich bestimmt keine Sorgen um mich.» Danny spülte das restliche Brötchen mit Kakao hinunter und stand auf. Die Erkenntnis, dass nicht Lydia, sondern Leon die Polizei gerufen hatte, erleichterte ihn. Sie hatte ihn nicht verraten.

«Danny.» Lydia griff nach seinem Arm. «Was ist los bei euch zu Hause? Du musst es mir sagen!»

«Das hab ich bereits. Mein Vater schlägt mich.»

«Verdammt, deswegen läuft man aber nicht von zu Hause weg!», schimpfte Leon. «Jeder bekommt mal was hinter die Löffel, so ist das eben.»

«Schatz, er schlägt ihn richtig.» Lydia sah ihren Mann verzweifelt an. «Möglicherweise misshandelt er ihn.»

«Ach, das ist doch Unsinn.» Leon war nicht halb so sicher, wie er vorgab. Danny fühlte sich unwohl. Sie sprachen über ihn, als wäre er nicht da. Unwirsch schüttelte er Lydias Hand von seinem Arm und schob sich Richtung Tür. Sie folgte ihm.

«Wir sollten ihm helfen!», rief sie über ihre Schulter hinweg ihrem Mann zu.

«Das tun wir doch. Die Polizei wird sich um ihn kümmern.»

Danny verließ die Küche und rannte ins Gästezimmer. Schnell stopfte er seine Sachen in die Tasche. Lydia setzte sich auf das Bett und griff erneut nach seinem Arm.

«Sieh mich an, Danny.»

Nur widerwillig hob er den Blick.

«Ich werde der Polizei sagen, was ich weiß. Du musst ihnen aber den Rest sagen, den du mir noch erzählen wolltest.»

«Das kann ich nicht.»

«Du musst. Es ist wichtig. Bitte. Versprich mir, dass du es ihnen sagen wirst.» Sie flehte ihn förmlich an, aber Danny wollte ihr nichts versprechen, von dem er wusste, dass er es nicht halten konnte. Er schüttelte den Kopf.

«Dann sag es mir. Sag es mir schnell.»

Es klingelte an der Tür. Ob er seine Heimkehr wohl überleben würde? Wenn ja, dann wollte er Lydia unbedingt einmal wiedersehen.

«Lass mich verschwinden», bat er.

«Das geht nicht. Die Polizei ist schon da.» Sie nahm ihn kurz in die Arme. «Sag es ihnen, bitte!»

Danny konnte nur mit Mühe die Tränen zurückhalten, als er sich eilig aus der Umarmung löste.

«Danke. Für alles.»

Lydia nickte und ging zur Haustür, um sie zu öffnen. Danny zog in aller Langsamkeit, die er aufbringen konnte, seine Schuhe an, die Lydia ihm geputzt in den Flur gestellt hatte. Kurz überlegte er, einfach aus dem Fenster zu fliehen. Doch er würde sich vermutlich dabei beide Beine brechen, und sie bekamen ihn erst recht. Sein Herz raste bedrohlich, als er seine Tasche nahm und ebenfalls zur Haustür ging. Wenn Lydia wirklich den Beamten erzählte, was sie von ihm wusste, dann würden diese mit Sicherheit seinen Vater darauf ansprechen. In dem Fall konnte er sein Testament machen. Warum konnte er auch nie seine vorlaute Klappe halten?

*Schweigen! Du musst lernen zu schweigen!*

Sie warteten bereits auf ihn. Zwei Beamte zusammen mit Lydia und Leon. Danny hob kurz seine verbundene Hand, um sich zu verabschieden, dann stieg er wortlos in den Streifenwagen. Resigniert verschränkte er die Arme und kauerte sich auf dem Sitz zusammen. «Wir fahren dich jetzt zum Revier», erklärte einer der Beamten freundlich. «Dort wird dein Vater dich dann abholen.»

«Wunderbar», knurrte Danny gereizt.

Der Beamte auf dem Beifahrersitz drehte sich zu ihm um.

«Wie heißt du denn?»

«Rumpelstilzchen.»

«Ich heiße Roy. Dein Name ist Danny, stimmt's?»

«Yeah. Gratuliere, Sherlock. Sind Sie da ganz alleine drauf gekommen?»

«Stimmt es, was die Dame uns erzählt hat? Dass dein Vater dich schlägt?» Roy ließ sich nicht provozieren. Er sprach ruhig und freundlich weiter.

«Nein, das hab ich mir nur ausgedacht. Ich mach mich gerne wichtig», erwiderte er sarkastisch. Danny zog sich die Kapuze seiner Sweatjacke ins Gesicht. Er wollte sich nicht unterhalten.

«Wie schlägt er dich? Reden wir von Ohrfeigen oder von Prügel?»

*Schweigen, Danny. Schweigen.*

«Kannst du mir denn keine Antwort geben?»

Nein, das konnte er nicht. Sein Vater war bereits auf dem Weg zu ihm. Wenn er herausfand, dass Danny mit Polizisten redete, dann würde er ihn vierteilen. Oder Schlimmeres.

«Wir können dir nur helfen, wenn du uns erzählst, was los ist.»

Danny schwieg weiter.

Auf dem Revier führten sie ihn in ein Büro zu einer jungen, netten Polizistin. Sie brachte ihm eine Cola und stellte dieselben Fragen. Danny rührte weder das Getränk an noch nahm er die Kapuze aus dem Gesicht. Er löste nicht ein einziges Mal die Arme aus der Verschränkung, sondern verzog sich tief in sich selbst und hüllte sich weiterhin stur in sein schützendes Schweigen.

* * *

Aiden fuhr viel zu schnell. Er hatte sich auf der Arbeit eine Ausrede einfallen lassen, um den restlichen Tag frei zu bekommen, damit er seinen missratenen Sohn abholen konnte. Kurz vor der österreichischen Grenze. Warum musste ihm dieser Rotzbengel immer nur Ärger bereiten? Schlimm genug, dass es ihn gab und er sein Leben zerstört hatte, jetzt fing er auch noch an, ihn absichtlich in Schwierigkeiten zu bringen.

Seine Wut schwoll weiter an, während er den Chrysler parkte und ins Polizeirevier ging. Fast fünfhundert Kilometer Strecke lagen hinter ihm, und er musste den ganzen Weg auch wieder zurück. Warum machte der Junge das?

Aiden seufzte. Insgeheim kannte er die Antwort auf diese Frage. Ein Teil seines Zorns verrauchte, als ihm bewusst wurde, dass er selbst Schuld trug an Dannys Verhalten.

«Guten Tag», rief er in den Raum. «Ich möchte meinen Sohn abholen.»

«Herr Taylor?» Einer der Beamten kam auf ihn zu. «Roy Hudson ist mein Name. Kommen Sie bitte eben mit in mein Büro, ich möchte mich ganz kurz mit Ihnen unterhalten.»

Ein ungutes Gefühl beschlich Aiden, als er dem Polizisten folgte. *Was hat der verdammte Bastard denen erzählt?*

Nur mühsam konnte er seine Emotionen unterdrücken. Es war nicht sinnvoll, hier auf dem Revier einen Wutanfall zu bekommen. Also setzte er sein überzeugendstes Lächeln auf und zwang sich zur Ruhe. Viel konnten sie nicht wissen, sonst hätten sie ihn anders empfangen. Sicherlich handelte es sich nur um eine Routinebefragung.

«Ist mit Danny alles in Ordnung?», fragte Aiden gespielt besorgt.

«Ja, es geht ihm gut.»

«Gott sei Dank!» Er atmete erleichtert auf. «Für einen Moment dachte ich, es könnte ihm etwas passiert sein!» Aiden griff sich an die Brust. «Jetzt hab ich echt einen Riesenschreck bekommen. Danny ist mein einziger Sohn, wissen Sie?»

Hudson blieb ungerührt. «Wir haben allen Grund zur Annahme, dass Sie Ihren einzigen Sohn schlagen.»

«Wie bitte?» Aiden machte ein überraschtes Gesicht. «Wie kommen Sie denn darauf?» Er seufzte tief. «Bitte sagen Sie jetzt nicht, dass *er* das erzählt hat.»

«Nein, hat er nicht. Unsere Vermutungen sind anders begründet.»

«Das hätte mich jetzt wirklich schockiert, wenn Danny das erzählt hätte. Trotz allem – so weit würde er nicht gehen! Nein, das würde er nicht tun!» Aiden kratzte sich verlegen den Bart. «Mein Sohn mag ein Lügner sein, aber er hat so viel Anstand im Leib, nicht seinen alten Herrn in den Dreck zu ziehen. Das weiß ich sicher!»

Hudson wurde wachsam. «Was meinen Sie mit *trotz allem*?»

Aiden rieb sich mit Daumen und Zeigefinger die Augen. Ächzend vergrub er das Gesicht in den Händen.

«Na gut!», sagte er betont langsam und stand auf. «Ich werde Ihnen die Wahrheit sagen.»

Der Beamte lehnte sich im Sessel zurück und drehte seinen Kugelschreiber in den Fingern. Aufmerksam beobachtete er ihn. «Ich bitte darum.»

Nervös begann Aiden, im Büro auf und ab zu laufen.

«Angefangen hat alles vor nicht einmal drei Jahren. Wir haben in Amerika gewohnt. Ich bin von der Arbeit nach Hause gekommen. Meine Frau war hochschwanger. Kaum war ich zur Tür hereingekommen, ist es passiert …» Er wischte sich eine imaginäre Träne aus dem Augenwinkel und starrte minutenlang schweigend aus dem Fenster.

«Herr Taylor? Was ist passiert? Reden Sie weiter.» Hudson wurde ungeduldig.

Aus glasigen Augen sah er den Beamten an. «Meine Frau ist ausgerutscht und die Treppe hinuntergefallen. Sie lag auf dem Boden und hat geblutet. So viel Blut …» Sein Blick schweifte in weite Ferne. «Die Fliesen waren überschwemmt von Blut. Sie hat geschrien. Ich habe geschrien. Und Danny … Sie können sich nicht vorstellen, wie der Junge geschrien hat. Er stand daneben … direkt daneben … Er hat alles gesehen … Entschuldigen Sie bitte.» Aiden zog ein Taschentuch aus der Hose, wischte sich den Schweiß von der Stirn und putzte sich anschließend geräuschvoll die Nase. Dann fuhr er fort: «Der Krankenwagen kam und hat meine Frau mitgenommen. Es war zu spät. Das Baby war tot.»

«Das tut mir ausgesprochen leid für Sie. Aber bitte, worauf möchten Sie hinaus?»

«Danny war zehn Jahre alt. Er gibt sich die Schuld dafür. Meine Frau hat diesen Schicksalsschlag niemals verkraftet. Sie hat schwere Depressionen bekommen. Mittlerweile ist sie stark tablettensüchtig und leidet unter Wahrnehmungsstörungen. Seitdem ist auch Danny … nicht mehr derselbe. Seine Mutter kann sich nicht mehr um ihn kümmern, und er leidet extrem darunter. Er tut alles, um auf sich aufmerksam zu machen. Er erfindet Geschichten, er lügt und betrügt. Ständig läuft er weg. Verstehen Sie? Es ist seine Art, nach Hilfe zu rufen.»

Hudson stand ebenfalls auf. «Er hat uns erzählt, dass er sich gerne wichtigmacht.»

«Hat er das?» Aiden war überrascht. Er verbarg ein Lächeln. Das war untypisch für Danny, aber für ihn ein glücklicher Zufall.

«Ja. Er hat sich auch geweigert, mit uns zu reden.» Roy Hudson ging zum Schreibtisch, nahm seine Zigarettenschachtel und hielt sie Aiden hin.

«Möchten Sie?»

«Ja, vielen Dank. Mich nimmt das alles ziemlich mit.»

«Das verstehe ich.» Hudson gab ihm Feuer und zündete sich selbst eine Zigarette an. «Haben Sie sich schon einmal überlegt, professionelle Hilfe zu holen?»

«Selbstverständlich. Meine Frau ist seit dem Unfall in Behandlung. Eigentlich dachte ich, Danny ist darüber hinweg. Alles schien besser zu werden. Dann plötzlich fing er an, auf dem Schulhof kleinere Kinder grundlos zusammenzuschlagen. Einfach so. Können Sie sich das vorstellen? Er hat eine haarsträubende Geschichte erfunden, warum sie am Tod seiner Mutter schuld sind …» Aiden nahm einen tiefen Zug. «Dabei ist seine Mutter nicht tot. Sie lebt. Sie ist depressiv, kann sich nicht um ihn kümmern, aber sie lebt.» Er machte eine kurze Pause und fügte dann entschlossen hinzu: «Ich glaube, Sie haben recht, Roy. Darf ich Sie Roy nennen? Ich bin das so gewohnt, in Amerika machen wir das alle so. Ihrem Namen nach kommen Sie auch aus den USA?»

«Ursprünglich ja. Aber ich bin in Deutschland, seit ich zwei Jahre alt bin.»

«Wo genau kommen Sie her?»

«Wyoming.»

«Wirklich? Das ist ja spannend!», sagte Aiden überrascht. «Ich bin da früher beruflich oft gewesen.» Das stimmte nicht, aber es war immer gut, mit dem Feind eine Gemeinsamkeit zu haben.

«Was haben Sie denn da gemacht?»

«Ich war immer wieder mal dort», erklärte Aiden ausweichend. «Wir sind aus Atlanta.» Mit langsamen Schritten ging er ebenfalls zum Schreibtisch, zog noch mal an seiner Zigarette und drückte sie dann nachdenklich in den Aschenbecher. «Sie haben recht, Roy!», wiederholte Aiden und streckte ihm die Hand hin. «Mein Sohn braucht psychologische Hilfe. Danke. Danke, dass Sie mir die Augen geöffnet haben.»

Hudson ergriff seine Hand. «Gern geschehen. Es ist keine Schwäche, wenn Sie sich eingestehen, dass Ihr Sohn Hilfe braucht. Nach dem, was er erlebt hat.»

«Ja …» Aiden kratzte sich erneut den Bart. «Wo ist er denn? Ich möchte ihn sehen.»

«Natürlich, ich hole ihn. Moment.»

«Danke.» Er holte tief Luft und ließ sie erst langsam aus seinem Mund entweichen, als Hudson verschwunden war. Er hatte ihm geglaubt! Dennoch war in Zukunft Vorsicht geboten.

«Danny!», rief er erfreut, als Hudson seinen Sohn ins Büro führte. Kurz schloss er ihn in die Arme. «Geht es dir gut?» Unauffällig packte er ihn am Arm und drückte fest zu.

Roy musterte den Jungen gründlich. «Möchtest du mit deinem Vater nach Hause gehen?»

Danny nickte. Aiden ließ ihn los und richtete sich auf.

«Wir haben das Jugendamt bereits informiert», erklärte Hudson. «Es wird sich auf jeden Fall jemand bei Ihnen melden. Sagen Sie denen einfach, dass Sie sich bereits psychologische Hilfe für den Jungen geholt haben.»

«Danke, Roy. Machen Sie es gut.» Er schob Danny aus der Tür. Draußen packte er ihn wieder am Oberarm. Das Verlangen, ihm weh zu tun, um etwas von seiner gleißenden Wut loszuwerden, wurde unkontrollierbar. Seine Finger drückten fest zu. Da Danny keinen Laut von sich gab, verstärkte er den Griff weiter. Vollen Zorn stieß er seinen Sohn ins Auto, ließ den Motor an und fuhr vom Parkplatz. Dann drehte er sich zu ihm um.

«Was sollte dieser Scheiß?», brüllte er ihn an. «Was hast du denen erzählt?»

«Ich brauche also psychologische Hilfe?», gab Danny böse zurück. «*Ich?* Bist du dir da sicher, ja?»

«Halts Maul, Danny!», schrie Aiden und hob drohend die Hand.

«Na los doch!», giftete Danny. «Schlag zu. Machst du doch eh. Also, los, schlag schon zu.»

«Provozier mich nicht. Sonst kann ich für nichts garantieren.» Aiden ließ die Hand sinken. Er musste seinen Zorn loswerden. So konnte er nicht Auto fahren.

«Ach, stimmt ja. Nicht hier draußen. Sonst könnte ja jemand sehen, was für ein Arschloch du bist.»

Aiden erkannte, dass Danny recht hatte. Hier draußen durfte er nicht die Beherrschung verlieren. Bebend vor Wut steuerte er den nächsten Rasthof an, stellte das Auto ab und riss die Beifahrertür auf. «Raus mit dir.»

«Auf einem Rasthof willst du mich verdreschen?», fragte Danny ungläubig. «Hier sind auch Leute. Oder willst du mich gleich umbringen und im Wald verscharren?»

«Danny, quassel keinen Scheiß. Ich will ein Bier trinken.» Unsanft bugsierte er ihn in die Gaststätte. Alkohol war das Einzige, was ihn jetzt wieder zur Vernunft bringen konnte.

«Willst du auch was?», fragte er, nachdem er sich ein Budweiser bestellt hatte.

Danny schüttelte den Kopf und verschränkte die Arme vor der Brust. Griesgrämig starrte er auf den Tisch.

Die Bedienung kam und stellte das Glas ab. Ihr Blick fiel auf Danny, während Aiden einen großen Schluck nahm.

«Sie haben aber einen hübschen Sohn», bemerkte sie lächelnd.

«Danke sehr.» Aiden nahm einen weiteren Schluck. Seine Wut verrauchte so schnell, wie sie gekommen war. Stolz machte sich in ihm breit. Dieser unendliche Vaterstolz, den er von Anfang an für dieses Kind empfunden hatte. «Das hat er von meiner Frau. Die ist genauso schön, müssen Sie wissen.»

Die Bedienung nickte augenzwinkernd.

Früher einmal gab es eine Zeit, da war es ihm ein Dorn im Auge gewesen, dass Danny optisch gar nichts von ihm hatte. Mittlerweile erfüllte ihn das mit Stolz. Eine schöne Frau und ein hübscher Sohn. Das war alles, was ein Mann brauchte. Ohne Marina war er nur ein gewöhnlicher Durchschnittsamerikaner. Er musste aufpassen. Wenn sie etwas von der Sache mit dem Jugendamt mitbekam, konnte ihn das in Schwierigkeiten bringen. Er durfte nicht riskieren, seine Ehefrau zu verlieren. Irgendwie musste er die Wogen etwas glätten.

«Was ist eigentlich mit deiner Hand passiert?», fragte Aiden.

«Hab ich mir beim Nachdenken gebrochen.»

Aiden grinste anzüglich. Er zeichnete mit Zeigefinger und Mittelfinger Gänsefüßchen in die Luft. «‹Nachdenken› tut man aber mit der rechten Hand.»

«Nicht, wenn man Linkshänder ist», gab Danny ungerührt zurück.

«Da hast du wohl recht. Möchtest du ein Schnitzel?»

«Ich esse kein Fleisch.» Danny starrte noch immer auf den Tisch. «Echt toll, wie gut du mich kennst.»

«Tut mir leid!», sagte Aiden zerknirscht. «Pommes und Cola?»

Danny sah auf und funkelte ihn wütend an. Sein Blick traf ihn wie ein Pfeil. Fast wäre Aiden zusammengezuckt. So viel Hass schlug ihm entgegen aus diesen eisig blauen Augen, die ihm so gut gefielen und die ihn früher einmal so warmherzig angesehen hatten.

«Warum lässt du mich nicht einfach in Frieden?», fragte Danny kalt. «Wenn wir zu Hause sind, kannst du mich ja verprügeln. Bis dahin sprich mich bitte nicht mehr an. Danke.»

Aiden war perplex. Sein Sohn hatte sich verändert. Er musste verhindern, dass die Situation außer Kontrolle geriet. Sie waren trotz allem eine Familie und mussten es unbedingt bleiben. Er trank sein Bier leer. Ruhe machte sich in seinem Inneren breit.

«Ich werde dich nicht verprügeln», versprach er.

«Nein? Ist dir etwas Dümmeres eingefallen?»

«Danny, ich möchte, dass wir einen Weg finden, wie wir zukünftig wenigstens einigermaßen normal miteinander umgehen können.» Aiden lehnte sich über den Tisch und versuchte, den Blickkontakt zu halten.

«Noch so ein Witz, und ich lach mich tot.» Danny verzog keine Miene. Seine Stimme war trocken und bitter.

«Ich meine es ernst.»

Danny schlug die Augen nieder und schwieg.

«Danny?», setzte Aiden an. «Rede mit mir. Was denkst du?»

«Ich frag mich, wer dir wohl das Gehirn rausoperiert hat.»

«Zum Teufel, Danny. Gib mir doch wenigstens eine Chance.»

«Nein!»

Insgeheim konnte er seinen Sohn verstehen. Jetzt, da seine Wut verraucht war und er wieder klar denken konnte, wusste er, dass es nie wieder wie früher werden konnte. Zu viel war vorgefallen. Zu viel hatte er mit seinem Verhalten für immer zerstört. Und dennoch wusste er, dass er niemals damit aufhören konnte. Nicht, solange Danny so war wie jetzt. Jung und schön. Die Anziehungskraft, die von ihm ausging, war beinahe magisch. Alles an diesem Menschen reizte ihn. Die strohblonden Haare, die ihm zerzaust in die Stirn fielen, die dunklen, blauen Augen. Der zierliche Körper mit den schmalen Schultern und den makellosen Armen mit den feinen, hellen Härchen … Das ganze Kind …

*Zum Teufel, Aiden! Ein Kind! Zudem noch das eigene …* Genau da lag das verfluchte Problem!

«Ich bin froh, dass du wieder nach Hause kommst», begann Aiden erneut. «Nächste Woche ist deine Prüfung. Ich glaube an dich. Du wirst es schaffen, auch wenn dir jetzt einiges an Training fehlt.»

Danny sah ihn überrascht an. Seine Augen leuchteten auf. Warm, freudig. Wie sie es früher immer getan hatten. So, wie es sein sollte.

«Ich darf daran teilnehmen? Trotz allem?»

«Ja. Versprochen!» Aiden lächelte. «Deine Mutter und ich werden dich begleiten und dir zuschauen. Wie eine ganz normale Familie. Vielleicht können wir doch noch mal von vorne anfangen.»

* * *

Danny hatte nie daran gezweifelt, dass er die Prüfung bestehen würde. Weder wegen seines Trainingsausfalls noch wegen seiner verletzten Hand. Das Einzige, was ihn nervös machte und massiv störte, war die Tatsache, dass seine Eltern im Publikum saßen. Ganz vorne, in der ersten Reihe. Er versuchte, sie auszublenden, während er kämpfte.

Es ging nicht darum, den Gegner kampfunfähig zu machen, sondern die geforderten Angriffs- und Abwehrtechniken richtig und sorgfältig auszuführen. Dafür wurden Punkte vergeben. Bei Erreichen einer bestimmten Punktzahl galt die Prüfung als bestanden, und man bekam den dritten Schülergrad und damit den grünen Gürtel. Sie zogen Danny nur zwei Punkte ab, weil er nach einem Sprungkick bei der Landung kurz strauchelte.

Niklaus strahlte über das ganze Gesicht.

«Ihr Sohn ist ein Naturtalent», rief er freudig, als Marina und Aiden auf die Matten traten. «Obwohl er verletzungsbedingt so lange ausgefallen ist, war er der Beste von allen Teilnehmern!»

Seine Mutter zog ihn in die Arme und drückte ihn. Allein für diesen Moment hatte sich das gesamte Training gelohnt. Dannys Ehrgeiz, den nächsten Schülergrad noch dieses Jahr zu erreichen, wuchs.

Aiden klopfte ihm anerkennend auf die Schulter. «Das wissen wir. Deshalb finanziere ich ihm ja die Privatstunden. Wir sind sehr stolz auf ihn.»

Danny fiel aus allen Wolken. Sein Alter war doch komplett neben der Spur. Hatte er das gerade wirklich gesagt? Meinte er es auch so, oder war es nur, um authentisch zu wirken? Wieso war ihm ein Lob von diesem Freak überhaupt so wichtig? Er hasste ihn unendlich, es müsste ihm eigentlich absolut gleichgültig sein, wie er über ihn dachte.

«Darf ich Sie noch zum Essen einladen?», fragte Aiden gutgelaunt. Niklaus stimmte zu.

Nachdem Danny geduscht und umgezogen war, gingen sie gemeinsam in ein Lokal. Die Stimmung am Tisch war fast euphorisch. Schon lange hatte Danny seine Mutter nicht mehr so fröhlich und ausgelassen erlebt. Den ganzen Abend hatte sie nicht ein Mal über Liam gesprochen. Sie tranken Wein und lachten miteinander. Fast wie eine richtige Familie.

Marina war überglücklich gewesen, als Aiden Danny nach Hause gebracht hatte. Von Wut oder Hass ihrerseits war nichts zu spüren. Zwei Tage lang ließ sie ihn nicht eine Minute aus den Augen, dann schien sie zu vergessen, dass er überhaupt weg gewesen war. Danny war fast froh darum; mit so viel mütterlicher Zuneigung konnte er nichts anfangen.

Zu seinem Erstaunen hatte sein Vater ihn nicht bestraft für sein Weglaufen, sondern war die letzten Tage ausgesprochen freundlich zu ihm gewesen. Zudem hatte er ihn seitdem nicht mehr angefasst. Danny wusste nicht, ob sich das Jugendamt bereits gemeldet hatte. Wenn das der Fall war, dann hielten seine Eltern es sehr gut vor ihm geheim. Vielleicht hatte sein Alter es bereits geschafft, sie wieder abzuwimmeln. Möglicherweise saßen sie ihm aber auch im Nacken, und er versuchte deswegen so verzweifelt, jedem eine heile Familie vorzugaukeln.

Aiden hielt ihm ein Glas Rotwein unter die Nase.

«Auf meinen Sohn», rief er. Sie stießen an. Danny merkte sofort, wie ihm der Alkohol zu Kopf stieg. Seine Wangen glühten, und er wurde noch euphorischer, als er sowieso schon war.

«In einem halben Jahr mache ich die nächste Prüfung!», verkündete er.

«Davon bin ich überzeugt!» Aiden schenkte sich das nächste Glas ein.

«Da hast du dir aber eine Menge vorgenommen», bemerkte Niklaus. «Aber es ist nicht unmöglich. Du kannst es schaffen!»

«Er ist mein Sohn, natürlich schafft er das!» In einem Zug trank Aiden sein Glas leer. Kameradschaftlich legte er einen Arm um Dannys Schultern. Reflexartig wich dieser zurück, um sich der Berührung zu entziehen. Dann bemerkte er die Freude in den Augen seiner Mutter und hielt still. Er konnte allerdings nicht vermeiden, dass er sich vollkommen versteifte. Das Atmen fiel ihm plötzlich schwer.

«Entspann dich, Danny!», zischte Aiden ihm ins Ohr. «Ab heute wird alles besser. Ich verspreche es dir.»

«Ich nehm dich beim Wort!», gab er zurück. Der Alkohol hatte ihn redselig gemacht. Und ein bisschen naiv. In diesem Moment war er wirklich geneigt, seinem Vater zu glauben.

«Das kannst du.» Aiden zog ihn dichter an sich heran. Er fuhr kurz zärtlich durch seine Haare und ließ ihn dann los.

Danny sprang augenblicklich auf. Um sein auffälliges Verhalten zu überspielen, schenkte er sich noch ein Glas Rotwein ein und setzte sich wieder an den Tisch.

«Nächste Woche ist wieder ein Wettkampf. Bist du dabei, Danny?» Niklaus kannte die Antwort auf seine Frage bereits.

«Auf jeden Fall!» Danny wandte sich an seine Mutter. «Kommst du wieder mit, Mom?»

«Kommt auf die Uhrzeit an», sagte Marina leise. «Ich muss einen Babysitter für Liam finden.»

«Liam?», erkundigte sich Niklaus überrascht.

«Ja. Das ist mein kleiner Sohn.»

«Ach so. Danny hat nie erzählt, dass er noch einen Bruder hat.»

Verärgert schnaubte Danny durch die Nase. Die Stimmung wurde plötzlich eisig. Danny spürte, wie sich unter dem Tisch eine Hand auf seinen Oberschenkel legte. Er verstand die Warnung.

«Es gab noch keine Gelegenheit dazu», sagte er bitter.

«Bestimmt wird er mal so erfolgreich wie Danny.» Niklaus lachte. Falls er den Stimmungswechsel spürte, so ließ er sich nichts davon anmerken.

«Damit müssen wir noch warten!» Aiden lachte und trank ein weiteres Glas leer. «Er ist ja noch ganz klein.»

«Bringen Sie ihn doch einfach mit zum Wettkampf. Das ist doch gar kein Problem.»

«Mal sehen», erwiderte Marina. Nervös blickte sie sich um, bevor sie abrupt aufstand. «Wir müssen los. Es ist schon spät.»

«Ja, du hast recht, Honey.» Aiden stand ebenfalls auf. «Unsere Babysitterin hat nicht ewig Zeit. Ich geh das schnell bezahlen.»

Danny verdrehte unmerklich die Augen. Seine Eltern waren so bekloppt, das ging auf keine Kuhhaut.

«Danke noch mal für die Einladung!», rief Niklaus Aiden hinterher. Langsam gingen sie zur Tür und verabschiedeten sich voneinander.

«Vielleicht sehen wir uns nächste Woche», sagte Marina.

«Würde mich wirklich freuen!» Niklaus schüttelte ihre Hand. «Und wir sehen uns morgen, Danny.»

Aiden war bereits vorgegangen zum Wagen. Er öffnete seiner Frau die Beifahrertür. Trotz seiner Betrunkenheit schien er nicht vorzuhaben, sich fahren zu lassen.

«Steig endlich ein!», schnauzte er Danny an.

Genervt ließ sich Danny auf den Rücksitz fallen. Sein Kopf dröhnte. Er hatte eindeutig zu viel Alkohol getrunken.

«Was hab ich jetzt wieder falsch gemacht?», fragte er gereizt.

«Das weißt du ganz genau!» Aiden fuhr mit quietschenden Reifen vom Parkplatz.

«Äh, nein. Eigentlich nicht. Aber egal, du wirst es mir bestimmt gleich lautstark verkünden.»

«Liam ist ein Teil unserer Familie!», schrie Aiden über die Schulter nach hinten.

«Ich hab doch gar nichts dazu gesagt.»

«Eben drum! Du warst auffällig. Wieso kannst du dich nie normal verhalten?»

«Komisch, das frage ich mich bei euch auch ständig!»

«Können wir nicht wenigstens so tun, als wären wir eine glückliche Familie?», schrie Aiden weiter.

«Wir *sind* eine glückliche Familie!», warf Marina ein.

Danny hob die Hände zum Himmel. «Großer Gott! Warum? Sag mir einfach nur, warum?»

«Lass den Blödsinn, Danny!» Aiden drehte sich erneut nach hinten. Der Wagen kam bedrohlich ins Schleudern.

Sie schwiegen alle, bis der Chrysler in der Garage zum Stillstand gekommen war.

Marina stieg hektisch aus und lief ins Haus. Danny wartete, bis Aiden ebenfalls ausgestiegen war und den Wagen verriegelt hatte.

«Liam ist tot!», sagte er kalt zu ihm. «Eure armseligen Lügen machen ihn auch nicht wieder lebendig!»

Aidens Schlag traf Danny mitten ins Gesicht. Mit seiner immer noch verbundenen Hand hielt er sich die Wange.

«Wow», machte er erstaunt. «So viel kann ich also auf dein Versprechen geben. Oder gilt das erst ab morgen?»

«Hör auf, mich zu provozieren!» Unsanft packte Aiden Danny am Kragen und schob ihn durchs Wohnzimmer an Marina vorbei.

«Warte nicht auf mich!», wies er sie an. «Ich geh noch kurz mit Danny auf sein Zimmer. Wir haben etwas zu besprechen.»

Marina sah ihnen wortlos nach.

Enttäuscht stolperte Danny vor seinem Vater die Treppe hinauf. War er wirklich so blöd gewesen, ihm zumindest kurzzeitig zu glauben?

Er kämpfte gegen die aufsteigenden Tränen. Nein, er wollte nicht mehr weinen. Nie mehr. Spätestens mit achtzehn würde er diese Irrenanstalt für immer verlassen.

Aiden schloss die Zimmertür hinter sich ab.

«War klar, dass du dein Wort nicht hältst.» Danny blieb mitten im Zimmer stehen und verschränkte die Arme vor der Brust. «Du bist ein elender Lügner!» Verbissen wartete er auf den nächsten Schlag, doch der kam nicht. Aiden sank in sich zusammen und ließ sich auf Dannys Bett fallen. Seine Wut war verraucht, nun befand er sich im emotionalen Zustand. Danny wusste nicht, was schlimmer war. Abwartend starrte er seinen Vater an.

«Ich war heute Abend wirklich sehr stolz auf dich, mein Sohn …»

«Oh, bitte!», unterbrach Danny ihn genervt. «Tu mir einen Gefallen und erspar mir dein verlogenes Gelaber!»

«Darf ich dich nicht einfach mal loben?»

«Nein! Wozu? Es folgt eine Lüge auf die nächste!»

Aiden seufzte. «Danny, ich hab es gemeint, wie ich es gesagt habe. Ich versuche, mich zu bessern, wirklich, ich versuche es!»

«Ich kann mir diese Scheiße nicht mehr anhören!» Danny fuhr sich aufgebracht mit der Hand durch die Haare. «Echt nicht! Ich raste sonst aus!» Mit schnellen Bewegungen begann er, sich auszuziehen, bis er nur noch in T-Shirt und Unterhose bekleidet im Zimmer stand.

«Das mit der Ohrfeige vorhin tut mir leid, Danny. Ich hab zu viel getrunken …»

«Halt einfach das Maul und mach, weswegen du hier bist, oder verlass auf der Stelle mein Zimmer!» Der Alkohol tat ihm nicht gut. Wie sein Vater verlor er die Kontrolle über sich, wenn er betrunken war. Danny schwor sich, in Zukunft die Finger von diesem Teufelszeug zu lassen.

Ohne ein weiteres Wort stand Aiden auf. Danny blieb reglos mit verschränkten Armen stehen und hielt gespannt die Luft an. Dann begann sein Vater, sich die Hose auszuziehen.

Innerlich sank Danny in sich zusammen. Hatte er wirklich etwas anderes erwartet? Tief durchatmend straffte er die Schultern. Es war dennoch ein Sieg. Er hatte sich mindestens zwei Stunden betrunkenes Dauergejammer erspart, und sein Vater hatte seiner herrischen Aufforderung sofort Folge geleistet. Mit hoch erhobenem Kinn stolzierte er zum Bett. In Zukunft musste er immer so mit seinem Alten reden. Heute jedenfalls hatte er ganz eindeutig gewonnen.

* * *

Danny lehnte seine Stirn gegen die Fensterscheibe. In ein paar Minuten würden sie Frankreich erreichen. Sechs Wochen Sommercamp am Meer. Für ihn bedeutete das vor allem eins: sechs Wochen Ruhe vor dem Wahnsinnigen. Seine Vorfreude verwandelte sich allmählich in Euphorie. Unruhig begann er, auf dem Sitz hin und her zu rutschen. Das Meer war bereits zu sehen, und er wollte nur noch ins Wasser, wie früher durch die Wellen schwimmen, den engen Reisebus verlassen, in dem er nun schon seit Stunden saß. Die anderen Kinder begannen ebenfalls, sich ungeduldig an die Fenster zu drücken.

«In zehn Minuten sind wir auf dem Campingplatz», sagte einer der Betreuer über das Mikrophon durch. «Dann werden wir zuerst das Gepäck in die Zelte räumen und anschließend in Achtergruppen die Gegend erkunden. Allein wird niemand von euch das Gelände verlassen.»

Jubelnd bildeten sich die ersten Gruppen. Danny seufzte genervt und starrte weiter aus dem Fenster. Für ihn klang das viel zu sehr nach Kontrolle, und irgendwie kam er sich vor wie im Kindergarten. Dennoch konnte ihm das seine Stimmung nicht vermiesen. Geduldig wartete er, bis der Bus auf dem Parkplatz zum Stehen gekommen war und sich das Gedränge in den Gängen gelegt hatte. Erst dann stieg er aus und holte sich sein Gepäck aus dem Stauraum.

Das Camp machte einen gepflegten Eindruck. Auf dem eingezäunten Gelände standen in großen Abständen sechs geräumige Zelte mit je sieben Schlafplätzen. Zusätzlich gab es ein großes Zelt, in dem gegessen wurde, und eines, das als Gemeinschaftsraum diente. Ganz in der Nähe der Zelte befanden sich zwei nebeneinanderliegende Waschräume, einer für Jungen und einer für Mädchen. Danny nahm nur am Rande zur Kenntnis, dass es im Camp auch Mädchen gab. Er interessierte sich nicht für sie. Mädchen waren ihm zu laut, zu hektisch und zu zickig. Die Betreuer teilten schließlich die Jugendlichen in ihre endgültigen Gruppen ein. Diejenigen, die allein gekommen waren, wurden zusammen in einem Zelt untergebracht, um es ihnen einfacher zu machen, Freundschaften zu knüpfen. Danny war es egal, wer seine Kameraden waren. Es ging ihm auch nicht darum, sein Schulfranzösisch zu vertiefen, wie seine Mutter es sich gewünscht hatte. Er schaffte es, sich einen Schlafplatz am Zelteingang zu sichern. Das war alles, was für ihn zählte. Anschließend schloss er sich brav seiner Gruppe an, um an der Führung teilzunehmen. Das Meer befand sich nur ein paar Gehminuten entfernt, aber es war durch einen hohen Zaun vom Camp abgetrennt. Eben mal schnell schwimmen zu gehen, war also nicht drin. Danny unterdrückte einen weiteren Seufzer. Alles, was ihn reizte, schien von vornherein verboten zu sein.

«Tagsüber ist immer Programm», erklärte einer der Betreuer. «Wir starten jeden Morgen um acht, und nach dem Abendessen habt ihr bis zum Schlafengehen Freizeit. Da könnt ihr dann machen, was ihr wollt.» Die Betreuer setzten die Führung fort, und nachdem sie sich dann sicher waren, dass auch der Dümmste zurück zum Camp finden würde, bekamen die Kinder endlich die Freigabe, an den Strand zu gehen. Bis zum Abendessen mussten sich dann alle gesammelt wieder am Hauptzelt einfinden.

Danny erblickte einen Bootssteg und rannte los. Im Laufen zog er sich das T-Shirt aus, schleuderte die Turnschuhe von den Füßen und riss sich die Socken herunter. Ohne seinen Sprint zu verlangsamen, sprang er am Ende des Stegs ab, schlug einen doppelten Salto und landete mit einem Kopfsprung im Wasser. Ein paar Jungs, die in der Nähe standen, klatschten Beifall und pfiffen anerkennend durch die Zähne. Danny musste sich ein Grinsen verkneifen, während er mehrere Runden durchs Wasser kraulte. Die Anerkennung der anderen gefiel ihm. Sicherlich hielten sie ihn für einen coolen Draufgänger. Möglicherweise auch für arrogant. Aber das störte ihn nicht – es diente hervorragend zur Abschreckung und lenkte vom Wesentlichen ab.

Immer noch grinsend kletterte er aus dem Wasser und schüttelte sich wie ein Hund. Die umstehenden Jungen johlten.

«Starker Auftritt», sagte einer.

«Kannst du uns das auch beibringen?», fragte ein anderer.

«Hast du Lust, nach dem Abendessen mit uns das Camp zu erkunden?»

Sie stellten sich nacheinander vor, buhlten regelrecht um seine Aufmerksamkeit. Danny registrierte staunend, dass er sich in dieser Rolle bedeutend wohler fühlte als in seiner mürrischen Opferrolle.

Nun hatte er ganze sechs Wochen Zeit, seine neue Rolle zu verinnerlichen. Gutgelaunt ging er mit seinen Bewunderern zum Camp zurück. Sie entschieden sich für eines der Lagerfeuer und setzen sich im Kreis davor, um rote Würste direkt über der offenen Flamme zu grillen. Kurz überlegte sich Danny, einfach eine Wurst mitzuessen, nur um nicht als merkwürdiger Eigenbrötler dazustehen. Doch er entschied sich dagegen. Das Camp sollte ihm dazu dienen, sich selbst zu finden, und dazu gehörte auch, seinen Prinzipien treu zu bleiben. Niemand störte sich daran, dass Danny sich mit den Beilagen begnügte. Im Gegenteil: Sie fanden es rebellisch, und zu Dannys Verwunderung brachte ihm sogar das Anerkennung ein.

Obwohl er an diesem Abend hundemüde auf seinem Platz lag und sicher wusste, dass er nichts von seinem Vater zu befürchten hatte, konnte er nicht einschlafen. Die Anwesenheit der anderen beunruhigte ihn. Vor allem störte es ihn, dass einer der Betreuer mit im Zelt schlief. Der Gedanke, dass sich ein fremder Mann so dicht in seiner Nähe befand, machte ihn nervös. Weit nach Mitternacht stand Danny auf. Das Zelt schien ihm plötzlich bedrohlich eng. Leise schlich er nach draußen. Gerne wäre er zum Meer gelaufen, aber natürlich waren die Tore bereits geschlossen. Der Zaun war zu hoch, um darüberklettern zu können, zudem war obendrauf eine Reihe scharfer Spitzen angebracht. Hier wurde gut dafür gesorgt, dass niemand entwischte.

*Wie im Gefängnis*, dachte Danny verärgert. Er fühlte sich eingesperrt. Resigniert beschloss er, eine Runde durch das Camp zu drehen und es dann erneut mit Schlafen zu versuchen.

In der Dunkelheit ertönte ein Schrei, dann lachte jemand. Reglos blieb Danny stehen, lauschte und steuerte dann die Richtung an, aus der er die Geräusche vernommen hatte.

Sieben Jungen standen dicht am Zaun ganz nah am Waldrand in einer nur vom Mondschein beschienenen Ecke des Camps. In ihrer Mitte befand sich ein zierliches, dunkelhaariges Mädchen, das sie lachend von einem zum anderen schubsten.

«Blöde Schlampe», grölte einer.

«Verpiss dich von hier, dumme Petze!»

*Geh weiter, Danny. Das geht dich nichts an!*

Einer bückte sich, hob eine Handvoll Dreck auf und schmierte ihn dem Mädchen in die Haare. Es schrie wieder und begann schließlich zu weinen.

«He!», rief Danny. «Lasst das Mädchen in Ruhe!»

Erschrocken hielten die Jungen inne und starrten ihn an.

«Kümmer dich um deinen eigenen Scheiß!» Einer von ihnen stemmte die Hände in die Hüften und sah ihn böse an. Danny schlug das Herz bis zum Hals. Die Jungen waren alle älter als er, ein paar zudem größer und vermutlich stärker. Niemals konnte er mit ihnen allen fertig werden.

«Habt ihr keine Ehre?», fragte er provozierend. «Euch an einem Mädchen zu vergreifen …»

«Hau ab, sonst gibt's was aufs Maul.» Sie standen immer noch im Kreis. Danny schob sich zwischen ihnen hindurch und reichte dem Mädchen die Hand. Es griff sofort danach.

«Erbärmliche Feiglinge», knurrte er. «Zu siebt gegen einen.» Ohne zu zögern wollte er durch die gleiche Lücke wieder aus dem Kreis hinaustreten. Ein großer Junge mit kurzgeschorenem, dunklem Haar versperrte ihm den Weg.

«Du kannst gehen», sagte er zu Danny. «Und ich rate dir, das auch zu tun! Aber sie bleibt hier.»

«Okay.» Danny nickte einsichtig. Entschlossen löste er die Finger, die sich fest an ihn klammerten, wieder von seiner Hand. Das Mädchen sah ihn mit großen Augen an. Der Hoffnungsschimmer verschwand aus ihrem Blick, als Danny sich einen Schritt von ihr entfernte. Er tat so, als wollte er den Kreis wieder verlassen, drehte sich stattdessen aber schnell um die eigene Achse und schleuderte seinem Gegenüber den Fußrücken ins Gesicht. Zu seiner eigenen Überraschung traf er genau und mit voller Wucht. Der Junge ging sofort in die Knie.

Danny packte das Mädchen am Handgelenk und stürmte mit ihm aus der entstandenen Lücke.

«Lauf», rief er ihr zu und zog sie rennend hinter sich her. Erst als sie den beleuchteten Grillplatz zwischen den Zelten erreichten, blieben sie stehen. Danny blickte sich prüfend um, konnte aber keine Verfolger entdecken. Er ließ das Mädchen los. Sie schaute ebenfalls in die Richtung, aus der sie gekommen waren, und strich sich nervös eine lange, dunkle Haarsträhne hinters Ohr.

«Merci», flüsterte sie keuchend.

Eine Französin. Auch das noch. Weder mochte Danny die Sprache noch konnte er sie besonders gut sprechen. «Gern geschehen», gab er auf Französisch zurück. «Warum haben die das gemacht?»

«Du kannst Deutsch mit mir sprechen», sagte sie. «Ich heiße Dominique.»

«Danny.» Er ergriff kurz ihre ausgestreckte Hand. Nebeneinander setzten sie sich auf einen Baumstamm vor eine der noch immer glimmenden Feuerstellen.

«Was wollten die Typen denn von dir?», wiederholte Danny seine Frage.

«Lange Geschichte», antwortete sie unwirsch, zog ein völlig zerknautschtes Zigarettenpäckchen aus ihrer Jeans und steckte sich eine Kippe in den Mund.

«Ich hab Zeit.»

Als sie ihm die brennende Zigarette vors Gesicht hielt, schüttelte Danny ablehnend den Kopf.

Eine rauchende Französin. Es wurde immer schlimmer. Trotzdem hatte sie irgendetwas an sich, was er mochte.

«Ich hab sie letzte Woche nachts beim Haschrauchen erwischt und es den Betreuern gesteckt. Zwei von ihnen sind nach Hause geschickt worden. Seitdem haben es die anderen auf mich abgesehen.»

«Petzen ist nie eine gute Idee.»

«Ich weiß.» Dominique zog an ihrer Zigarette. «Aber sie wollten mir nichts von ihrem Gras abgeben. War sozusagen eine Revanche, verstehst du?»

«Ich denke schon», sagte er. «Wie lange bist du denn schon im Camp?»

«Seit zwei Wochen. Und du?»

«Gestern angekommen. Ich hab die sechs Wochen noch vor mir. Wie ist es hier?»

«Ganz lustig.» Sie warf ihre Zigarette in die Glut.

«Wie kommt es, dass du so gut Deutsch sprichst? Lernt ihr das in der Schule?»

«Nein.» Dominique lachte kurz auf. «In der normalen Schule nicht, aber ich hab Privatunterricht, seit ich klein bin.»

«Warum?»

«Außerdem sprechen Papa und ich zu Hause oft Deutsch. Er braucht das beruflich.»

Danny schwieg und beobachtete sie. Ihre Miene war abweisend geworden. Sie wollte ihm seine Frage nicht beantworten eine Tatsache, die sie noch sympathischer machte.

Eine Weile saßen sie stumm nebeneinander, dann steckte sich Dominique die nächste Zigarette an.

«Bist du nicht etwas zu jung zum Rauchen?»

Sie lachte erneut auf. «Ich bin fast fünfzehn. Mir verbietet schon lange niemand mehr etwas. Ich mach, was ich will. Wie alt bist du?»

«Ich werde dieses Jahr vierzehn», erwiderte Danny. Dass sein Geburtstag erst Mitte Dezember war, behielt er für sich.

«Komm mit!» Unvermittelt sprang sie auf und packte ihn am Handgelenk. Ohne sich noch mal nach ihm umzudrehen, rannte sie los und zog ihn hinter sich her.

«Wo willst du hin?»

«Ich will dir was zeigen», rief sie gutgelaunt. «Als kleines Dankeschön für meine Rettung.»

Zielstrebig lief sie quer durch das Camp, auf den hintersten Zaun zu. Mehrfach blickte sie sich um, um sicherzustellen, dass ihnen niemand folgte. Dann erst blieb sie stehen und starrte ihn herausfordernd an.

«Bist du bereit?»

«Ja.»

«Schwöre auf dein Leben, dass du es niemandem sagst!» Dominique ließ Dannys Hand nicht los, sondern legte sie ihm theatralisch auf die Brust. Unwillkürlich wich er einen Schritt zurück, damit sie ihn dabei nicht am Oberkörper berührte.

«Was hast du?», fragte sie verwirrt.

«Nichts, alles okay.» Danny ließ die linke Hand auf seiner Brust liegen und hob die rechte in die Luft. «Ich schwöre!»

Sie lächelte zufrieden und ließ sich dann auf die Knie fallen. Mit den Händen räumte sie rasch ein paar dichte Tannenzweige zur Seite.

Ein kleiner Tunnel wurde sichtbar. Gerade groß genug, um hindurchzukriechen und auf die andere Seite des Zauns zu gelangen.

«Wow!», staunte Danny. «Hast du den gemacht?»

«Nee. Aber ich hab ihn gefunden. Deswegen gehört er mir.» Sie machte eine ausladende Handbewegung Richtung Boden und deutete einen Hofknicks an. «Nach Ihnen, Monsieur.»

Danny sank auf die Knie und krabbelte in das Loch. Es war sehr eng. Zu eng. Für einen Moment fürchtete er, nicht mehr atmen zu können, aber dann war er bereits auf der anderen Seite. Er richtete sich auf und reichte Dominique die Hand, um ihr auf die Füße zu helfen.

«Frei!», sagte Danny anerkennend. Nun hatte er einen Weg, das Camp zu verlassen, wann immer er wollte.

«Gehen wir schwimmen?»

«Bin dabei.» Gemeinsam gingen sie hinunter zum Strand.

Erstaunt beobachtete Danny, wie Dominique sich komplett auszog und ihre Kleidung achtlos in den Sand fallen ließ. Er konnte nichts anderes tun, als sie mit offenem Mund anzustarren.

«Na los! Du auch.» Da er auf ihre Aufforderung nicht reagierte, griff sie nach seinem T-Shirt.

«Lass das!», sagte er abwehrend und schüttelte mit einer schnellen Bewegung ihre Hände ab. Die Selbstverständlichkeit, mit der sie ihn berührte, machte ihn wütend. Niemand hatte das Recht, ihn einfach anzufassen und auszuziehen!

*Niemand außer dein Vater*, dachte er zynisch. Am liebsten wäre er zurück ins Camp gelaufen.

«Was ist dein verdammtes Problem?» Dominique war ebenfalls wütend.

«Gar nichts!» Danny zwang sich zur Ruhe. Hastig zog er sich ebenfalls aus und rannte ins Meer. Sie folgte ihm. Das Wasser war sehr kalt, aber Danny bemerkte es nicht. Er musste all seine Konzentration aufbringen, um zu vergessen, dass das Mädchen neben ihm nackt war.

«Wettschwimmen bis zu der Boje da hinten?» Ihre Augen leuchteten.

«So weit?» Danny hielt seinen Blick stur auf ihre Stirn gerichtet, während er mit ihr sprach. Es war viel zu dunkel und viel zu kalt, um bei dieser tückischen Strömung so weit ins offene Meer hinauszuschwimmen. Dominique war eindeutig lebensmüde Wie konnte ein Mädchen so draufgängerisch sein?

«Hast du etwa Angst?», fragte sie ihn provokant.

«Ja, um dich.» Für ihn war diese Strecke kein Problem, er konnte schwimmen. Aber er hatte keine Lust, eine Leiche aus dem Wasser zu fischen und zurück ins Camp zu tragen.

Doch Dominique lachte nur.

«Versuch doch mal, mich einzuholen!» Mit einer Geschwindigkeit, die er ihr niemals zugetraut hätte, kraulte sie los. Sie schaffte die Strecke zur Boje mühelos. Danny hielt einigen Abstand, um sie gewinnen zu lassen.

«Erster!», jauchzte sie.

«Glückwunsch!»

Sie hielten sich gemeinsam an der Boje fest.

«Wo hast du so schwimmen gelernt?» Seine Bewunderung war echt.

«Privatschule.»

«Was hättest du gemacht, wenn ich nicht so weit hätte schwimmen können?»

Dominique lachte wieder. «Keine Angst. Ich hab den Rettungsschwimmer. In meiner Nähe ersäuft niemand. Aber du kannst doch schwimmen. Bist du immer so ein Angsthase?»

Er zuckte die Schulter. «Ich hab mir halt Sorgen um dich gemacht.»

«Weil ich ein Mädchen bin?»

Danny schwieg. Sie schaffte es, ihn in Verlegenheit zu bringen.

«Weil ich dich mag», sagte er schließlich, nur um dann festzustellen, dass es stimmte.

«Lass uns zurückschwimmen», erwiderte sie etwas zu forsch. In gleichem Tempo legte sie erneut die Strecke zurück. Diesmal ließ Danny es sich nicht nehmen, sie zu überholen.

«Gleichstand! Du bekommst irgendwann eine zweite Chance.» Sie ging an ihm vorbei und blieb im hüfthohen Wasser stehen. «Ich geh raus, mir ist kalt. Kommst du auch?» Wieder streckte sie ihm die Hand hin.

«Ich glaub, ich schwimm noch eine Runde.» Er wich ihrem Blick aus. Wie hatte er so dumm sein können, ohne Hose schwimmen zu gehen?

Dominique lächelte und zwinkerte ihm wissend zu. Ohne ein weiteres Wort ging sie zurück zu ihren Sachen und zog sich an. Dann setzte sie sich auf einen Felsbrocken, rauchte eine Zigarette und wartete, bis Danny ebenfalls aus dem Meer kam. Aufmerksam sah sie zu, wie er sich anzog.

«Sehen wir uns morgen wieder?», wollte sie wissen. «Du schuldest mir eine Revanche.»

«Von mir aus», gab Danny gelangweilt zurück. Er wollte sich seine Freude nicht anmerken lassen. Es war nicht klug, einer fremden Person seine Gefühle zu verraten. Damit konnte man ganz böse auf die Nase fallen.

«An diesem Felsen? Um Mitternacht?»

«Einverstanden.» Sein Herz schlug ein paar Takte schneller.

«Bis morgen, Danny. Schlaf gut. Und – danke noch mal.»

Dominique beugte sich vor und gab ihm einen Kuss auf die Wange. Dann drehte sie sich um und rannte über den Strand davon. Ihre Haare flatterten im Wind.

Lange stand Danny da und starrte ihr hinterher, bemüht, den Aufruhr in seinem Inneren unter Kontrolle zu bringen.

Er konnte sich ein Grinsen nicht verkneifen. Ein Mädchen hatte ihn geküsst. Und morgen würde er sie wiedersehen!

Es war ihr Ritual geworden, sich jede Nacht an dem Felsen zu treffen. Tagsüber sahen sie sich selten, ihre Gruppen unternahmen keine Ausflüge zusammen. Wenn sie sich begegneten, dann allenfalls vor den Waschräumen oder beim gemeinsamen Abendessen. Dann blieb es bei einer kurzen Begrüßung. Nachts unterhielten sie sich und gingen gemeinsam schwimmen.

«In zwei Wochen muss ich schon wieder nach Hause», sagte Dominique traurig. «Seit du da bist, ist die Zeit richtig schnell vergangen.»

«Was soll ich sagen?», gab Danny zurück. «Ich muss mich hier die letzten zwei Wochen allein langweilen.»

Er beobachtete sie, wie sie an ihrer Zigarette zog. Sie war ausgesprochen hübsch. Ein schlankes Mädchen mit hohen Wangenknochen, fast schwarzen Augen und hüftlangen Haaren. Dominique erwiderte seinen Blick. Forsch griff sie nach seiner Hand und verschränkte ihre Finger mit seinen.

«Was ist das?», fragte sie und deutete auf die drei Buchstaben an seinem rechten Handgelenk. «Eine Tätowierung?»

«Ja. Meine Initialen. Danijel Alaric Taylor. Sie sollen mich immer daran erinnern, wer ich bin. Wie ich bin.»

«Cool. Wo hast du das machen lassen?»

«Hab ich selbst gemacht», gestand er.

«Echt?» Sie staunte. «Kannst du mir das auch machen?»

«Vielleicht. Mal sehen. Eher nicht. Es tut ziemlich weh.»

Sie betrachtete das Tattoo eine ganze Weile. Ohne aufzusehen, fragte sie plötzlich: «Hast du eine Freundin zu Hause?»

«Nein.»

«Hattest du denn schon mal eine?»

«Nein», wiederholte Danny.

«Darf ich dir was zeigen?» Ihre Stimme bebte vor Aufregung.

«Ja, okay.»

«Mach die Augen zu.»

Danny gehorchte. Sofort fühlte er sich unwohl. Ausgeliefert. Mühsam zwang er sich, in dieser Position zu verharren. Er spürte, wie sich weiche Lippen auf seine legten. Sie schmeckten nach Zigaretten und Rauch ... Bilder von zu Hause schossen ihm durch den Kopf. Erschrocken riss er die Augen auf.

«Wie war das?», fragte Dominique erwartungsvoll.

«Nass», antwortete Danny wahrheitsgemäß. «Und ein bisschen eklig.»

Sie lachte ihr warmes, unbekümmertes Lachen.

«Das machen wir gleich noch mal», beschloss sie. «Wenn man sich daran gewöhnt hat, wird es besser. Aber du musst die Augen zu lassen.»

Angestrengt schloss Danny erneut die Augen und bemühte sich, nicht an seinen Vater zu denken. Ihre Hände umschlossen seine. Wieder fühlte er ihren Mund auf seinem. Eine nasse Zunge zwang ihn, die Lippen zu öffnen. Etwas unschlüssig gab er dieser Forderung nach. Er wusste nicht, ob er es angenehm oder widerlich finden sollte, als seine Zunge die ihre berührte. Sie zog seine Hand an ihren Körper und Danny riss erneut überrascht die Augen auf, als er ihre weiche Brust unter den Fingern fühlte. Er konnte nicht anders, als die Hand reflexartig zurückzuziehen.

«Trau dich ruhig», flüsterte sie ihm zu.

Danny legte seine Finger dorthin zurück, von wo er sie weggezogen hatte, und schob sie langsam in ihre Bluse.

Dominique rutschte ein Stück dichter zu ihm heran, um ihn erneut zu küssen. Seine Finger verharrten hilflos in ihrer Position. Er konnte sich nicht auf beide Dinge gleichzeitig konzentrieren.

Sie lächelte verständnisvoll und schob seine Finger unter ihren BH. Gerade als er anfing, sich zu entspannen, griff sie ihm zwischen die Beine. Panisch sprang Danny auf, machte einen Satz nach hinten und fiel in den Sand. Schwer atmend raffte er sich auf und starrte das Mädchen vor sich entsetzt an.

Ihr freundliches Lachen rettete die Situation. «Ganz ruhig. Du kannst wieder herkommen, ich beiß dich nicht.»

Nervös blickte Danny sich um. Adrenalin schoss durch seine Adern, er konnte sich nicht mehr hinsetzen. Seine innere Stimme riet ihm ganz eindeutig, das Weite zu suchen.

«Tut mir leid», stammelte er, ohne zu wissen, wofür er sich eigentlich entschuldigte.

«Macht doch nichts», sagte sie leichthin. «Du musst keine Angst haben. Es macht Spaß, du wirst schon sehen.» Aufmunternd klopfte sie auf den großen Stein neben sich.

«Ich glaube nicht, weil: Ich mag das nicht.»

Verwirrt sah sie zu ihm auf. «Du magst was nicht?»

«Angefasst werden», gestand er leise.

«Wieso nicht?»

«Gute Frage.» Danny zuckte die Achseln. «Ich mag es einfach nicht.»

«Du bist echt ein seltsamer Typ. Also, mich kannst du gerne anfassen. Mich stört das nicht.» Dominique kramte eine Zigarette aus dem Päckchen und zündete sie an. «Ich mag das», fügte sie hinzu, ohne rot zu werden.

Doch Danny wollte sie nicht mehr anfassen. Wortlos drehte er sich um und ging zum Camp zurück. Mit einem Schlag war ihm schmerzlich bewusst geworden, dass mit ihm etwas ganz und gar nicht stimmte.

Die nächsten Tage war Danny bemüht, Dominique nicht zu begegnen. Sein Gang durch das Camp wurde zum Spießrutenlauf, überall sah er dunkelhaarige Mädchen. Er war froh, als die Schlafenszeit anbrach und er sich ins Zelt verkriechen konnte.

Mit hinter dem Kopf verschränkten Armen starrte er Löcher in die Luft und wartete wie jede Nacht darauf, dass er endlich vor Erschöpfung einschlief.

Die Zeltplane raschelte, und Danny setzte sich neugierig auf. Eigentlich hatte er ein Tier erwartet, einen Waschbären oder eine Katze auf der Suche nach Nahrung. Stattdessen kroch Dominique herein und zupfte ihn am Ärmel.

«Danny», zischte sie. «Komm.»

Seufzend erhob er sich, schlüpfte in seine Jogginghose und schlich mit ihr nach draußen. Wortlos zerrte sie ihn hinter sich her bis hinunter zum Strand. Dann erst fiel sie ihm um den Hals.

Danny schwieg und versuchte, sich aus der beklemmenden Umarmung zu lösen.

«Was ist los?», fragte Dominique. Sie weinte fast. «Bist du sauer auf mich?»

Er schüttelte den Kopf.

«Warum hast du mich dann versetzt in den letzten Tagen?»

«Ich …» Wie sollte er ihr das erklären? «Es war mir einfach zu viel.» Viel zu viel. Zu viel Berührung, zu viel Nähe. Zu viel Bindung und zu viele Gefühle.

Sie sah ihn lange an. «Es tut mir leid, wenn ich etwas falsch gemacht habe.» Vorsichtig nahm sie seine Hand.

Danny gab ihr einen Kuss auf die Stirn. «Du hast nichts falsch gemacht. Alles okay.»

Dominique ließ sich in den Sand sinken und zog ihn mit sich.

«Ich mag dich, Danny», wisperte sie. «Deine Augen sind wunderschön.» Sie trat noch näher an ihn heran und fügte dann hinzu. «Ehrlich, ich mag dich sehr.»

«Ich mag dich auch», gestand er. Es war eine Untertreibung. In Wahrheit war er bis über beide Ohren verliebt in dieses Mädchen.

Sofort fand Dominique in ihre unbekümmerte Art zurück. «Soll ich dir ein Geheimnis verraten?»

«Wenn du möchtest.»

«Schwör auf das Leben deines Vaters, dass du es niemandem erzählst.»

Danny lachte leise in sich hinein. «Dann wäre dein Geheimnis bei mir nicht sehr sicher. Da schwöre ich doch lieber auf mein eigenes Leben.»

Verblüfft sah sie ihn an. «Du magst deinen Vater nicht?»

«Lange Geschichte.»

Sie lächelte, als sie die Worte vom Tag ihres Kennenlernens wiederholte: «Ich hab Zeit. Erzählst du sie mir?»

Danny schüttelte den Kopf. «Ehrlich gesagt, würde ich lieber dein Geheimnis erfahren.»

«Dann schwör, dass du es für dich behältst.»

Er hob zwei Finger seiner rechten Hand in die Luft. «Ich schwöre auf mein Leben.»

Dominique rutschte dicht an seine Seite, griff nach seiner Hand und begann tonlos zu erzählen: «Ich war dreizehn. Meine Freundin und ich sind mitten in der Nacht aus dem Haus geschlichen. Wir haben die Autoschlüssel von meinem Papa geklaut. Sein Auto parkt immer auf dem Stellplatz vor dem Haus. Hélène und ich haben es uns einfach genommen. Wir sind ab und an schon Auto gefahren und wollten einfach etwas Spaß. Wir trauten uns zu, eine Runde zu fahren. Alles ging gut, doch dann bin ich irgendwie von der Straße abgekommen. Ich bin nicht schnell gefahren, aber der Wagen kam ins Schleudern, und da stand eine Straßenlaterne … Der Schaden war nicht sehr schlimm. Trotzdem hatten wir Angst, es zu beichten. Also haben wir das Auto stehen lassen und sind einfach weggerannt. Ich hab die Schlüssel wieder an ihren Platz gehängt und nie ein Wort darüber verloren.»

«Oh Gott.» Danny war ehrlich überrascht. «Dein Vater hat nie herausgefunden, dass du es warst?»

«Anfangs hat er es vermutet, weil das Auto ja nicht aufgebrochen war, aber ich hab's abgestritten. Und er hat mir geglaubt. Er glaubt mir alles, was ich sage. Niemals würde er denken, dass ich lüge.»

«Tut es dir nicht leid? Wenn er dir doch so sehr vertraut?»

«Doch, schon. Aber ich hatte Angst, es ihm zu sagen. Ich wollte ihn einfach nicht enttäuschen. Kannst du das nachvollziehen?»

Danny nickte. «Ja, natürlich. Am besten, du behältst es auch weiterhin für dich. Es würde ihn nur unnötig verletzen. Weiß es deine Mutter?»

Sie starrte eine Weile auf ihre abgeknabberten Fingernägel.

«Meine Mutter ist gestorben, als ich sieben war», sagte sie schließlich.

«Das tut mir leid.» Automatisch nahm Danny sie in den Arm und zog sie an sich. «Was ist passiert?»

«Autounfall.» Dominique schluckte hörbar. «Mein Vater ist den Wagen gefahren. Ein Lkw hat die Beifahrerseite gerammt, meine Mutter starb noch am Unfallort. Papa und ich hatten einfach Glück. Er hat sich allerdings bis heute nicht verziehen, dass seine Tochter wegen ihm ohne Mutter aufwachsen muss.»

«Ihn trifft doch überhaupt keine Schuld.»

«Er macht sich aber Vorwürfe. Noch heute wünscht er sich, dass er an ihrer Stelle gestorben wäre.» Sie griff nach ihrem Zigarettenpäckchen. «Lange Zeit hab ich mir das auch gewünscht. Macht mich das zu einem schlechten Menschen?»

«Nein», sagte Danny. «Wirklich nicht. Das ist nachvollziehbar. Ich hätte mir das auch gewünscht.»

«Weil du deinen Vater nicht magst?»

«Weil ich denke, dass ein Kind eher seine Mutter braucht als seinen Vater», erwiderte er ausweichend.

Sie nickte. «Deswegen hatte ich von Anfang an sämtliche Freiheiten. Ich darf tun und lassen, was ich will. Mein Papa versucht alles, um mir mein Leben schön zu machen. Deswegen auch die Privatschule, dieses teure Sommercamp. Alles, was ich will, kauft er mir.»

«Ist doch schön, wenn er sich um dich bemüht, oder?» Wenn sein Vater doch nur annähernd so ehrlich bemüht um ihn wäre. Dominique schnaubte. «Geht so. Das bringt mir meine Mutter trotzdem nicht wieder.»

«Ja, das stimmt, aber so sehr dein Vater das auch möchte, diesen Wunsch kann er dir nicht erfüllen.» Danny schwieg. Er war erstaunt über die Wut, die in diesem Mädchen brodelte. Der Zorn über einen Schicksalsschlag, der Jahre zurücklag. Die Erkenntnis, dass nicht nur er eine immense Wut im Bauch herumtrug, beruhigte ihn irgendwie.

Sie atmete tief durch, bevor sie sich eine Zigarette anzündete.

«Du bist dran!», forderte sie ihn schließlich auf.

«Womit denn?»

«Na, mir dein Geheimnis zu verraten.»

Danny zuckte entschuldigend mit der Schulter. «Ich hab kein Geheimnis. Ich hab noch nie etwas in dieser Art gemacht.»

«Jeder hat ein Geheimnis», beharrte sie.

«Ich nicht. Ehrlich.»

Nachdenklich blies sie Rauchkringel in die Luft. «Das glaub ich dir nicht.»

Danny starrte stumm auf den Sand zwischen seinen Füßen, bis er zugab: «Es gibt nur eine Sache, über die ich nicht sprechen darf.»

«Na also», rief sie fröhlich. «Das klingt doch nach Geheimnis. Los, erzähl.»

«Ich weiß nicht. Es ist schlimmer als deins.»

«Noch schlimmer?»

«Ja», sagte er eindringlich. «Viel schlimmer.»

Sie schwiegen eine Weile. Dann hob Dominique feierlich ihre

rechte Hand in die Luft: «Ich schwöre, es niemandem zu erzählen. Wenn ich es doch tue, soll mein Papa auf der Stelle tot umfallen.»

Danny lächelte schwach. «Also gut. Es geht um meinen Vater.» Aus einem plötzlichen Impuls heraus verschränkte er die Arme vor der Brust. «Er schlägt mich. Seit Jahren schon.»

«Scheiße.» Sie warf ihre Zigarette in den Sand. «Deswegen kannst du ihn nicht leiden.»

«Es ist mehr als das. Er ...» Danny hob den Blick und zwang sich, sie anzusehen. Nach ein paar Sekunden gab er es auf und schlug die Augen nieder. «Er ...»

«Was macht er?» Dominique flüsterte ebenfalls. Erwartungsvoll sah sie ihn an.

*Jetzt, Danny! Sie hat auf ihren geliebten Vater geschworen. Das ist deine Gelegenheit, es zu erzählen. Dafür hast du geübt.*

«Er macht Dinge mit mir, die er nicht tun darf.» Nervös fing er an, hin und her zu wippen.

«Was für Dinge?»

«Er ... vergewaltigt mich.» Jetzt war es raus. So schwer war es gar nicht gewesen. Unsicher hob Danny den Blick und sah Dominique an. Sie saß mit offenem Mund da und starrte ihn ausdruckslos an.

Plötzlich war Danny unsicher, ob sie mit diesem Wort überhaupt etwas anfangen konnte. Möglicherweise war ihr der deutsche Begriff einfach nicht geläufig.

«Er hat Sex mit mir», erklärte Danny knapp, während er mit einem Stock Muster in den weichen Sand malte. «Immer wenn er besoffen aus der Kneipe kommt.» Er fuhr sich nervös mit der Hand durch die Haare. «Und er tut mir jedes Mal weh dabei.»

«Du willst das nicht?» Ihre Stimme klang brüchig. «Der macht das gegen deinen Willen?»

«Ja.»

«Scheiße», wiederholte sie.

«So kann man es ausdrücken, ja.» Danny konnte sie noch immer nicht ansehen. Er konzentrierte sich weiterhin auf sein abstraktes Sandgemälde. «Du darfst es niemandem sagen. Du hast mir dein Wort gegeben.»

«Aber …» Dominique war vollkommen perplex. «Wenn du das nicht willst, dann musst du etwas dagegen tun.»

«Was denn?»

Unschlüssig zuckte sie die Achseln. «Ich weiß nicht. Kannst du dich nicht wehren?»

«Nein. Das macht alles nur viel schlimmer.»

«Du musst es deiner Mutter sagen. Hörst du?» Sie beugte sich vor, um ihn ansehen zu können. «Deine Mutter weiß, was zu tun ist.»

Verlegen wich Danny ihrem Blick aus.

«Meine Mutter weiß es», sagte er tonlos. «Es ist ihr egal.»

«Blödsinn, Danny! So etwas gibt es nicht!»

«Doch, wirklich.» Er ließ sein Muster im Sand unvollendet und verschränkte wieder die Arme vor der Brust. «Sie will es nicht wahrhaben, sie lebt komplett in ihrer eigenen Welt.»

Betroffen zog Dominique eine weitere Zigarette aus der Packung und drehte sie lange in den Fingern, bevor sie sie schließlich anzündete.

«Wie ist es?», wollte sie wissen. «Sex zu haben?»

Danny schnaubte entrüstet.

«Schrecklich. Es ist widerlich und es tut weh. Ich warte einfach nur, bis es aufhört.»

Verstohlen sah er sie an. Ihre dunklen Augen ruhten neugierig auf ihm. Plötzlich wurde Danny bewusst, dass sie das Ausmaß seiner Erzählung überhaupt nicht begriff. Sie konnte es nicht verstehen. Wie auch. Weder wusste sie, wovon genau er da sprach, noch konnte sie sich den Ablauf dieser Geschehnisse auch nur ansatzweise vorstellen.

Wie um seine Gedanken zu bestätigen, sagte sie enttäuscht: «Ich dachte immer, Sex ist etwas Wunderschönes. Etwas, was man gerne macht.»

«Vielleicht ist es das auch», räumte er ein, obwohl er nicht daran glaubte. «Wenn zwei Menschen sich lieben und beide es wollen …»

«Liebst du deinen Vater nicht?», unterbrach sie ihn.

«Ich hasse ihn.» Danny seufzte. «Selbst wenn ich ihn lieben würde … Ich will nicht, was er tut. Es ist falsch. Verstehst du? Er macht das mit Gewalt. Er fragt mich nicht, sondern nimmt sich, was er will. Manchmal schlägt er mich dabei oder fesselt mich oder …» Er stockte, als er ihren entsetzten Blick sah. Plötzlich wusste er, dass er nicht mehr davon erzählen durfte. Es würde sie zu sehr verstören.

Entschlossen griff er nach ihrer Hand, seine Augen suchten ihre. Er fixierte ihren Blick, versuchte, seine Worte durch Gedankenübertragung zu verstärken: «Ich komme schon klar. Vergiss es einfach, okay?»

Sie nickte mit zusammengekniffenen Lippen. «Ich erzähle es niemandem», versprach sie. «Dein Geheimnis ist bei mir sicher.»

«Danke.»

Lange Zeit hielten sie sich wortlos an den Händen und starrten nachdenklich auf die Wellen, bis Dominique ungewohnt langsam aufstand.

«Lass uns schwimmen gehen», bat sie. «Ich muss dringend auf andere Gedanken kommen.»

Die Stimmung in der nächsten Nacht war anders als sonst. Verlegen, fast trübsinnig.

«Danny», begann Dominique. «Ich hab mir heute viele Gedanken um dich gemacht. Du musst irgendetwas tun. Warum gehst du nicht zur Polizei?»

«Das kann ich nicht, wegen meiner Mutter», erwiderte er traurig.

«Wieso?»

Er biss sich auf die Lippe. «Meine Mutter tickt nicht ganz richtig. Wenn ich zur Polizei gehe, dann merken sie, was mit ihr nicht stimmt, und sie muss in eine Anstalt.»

Sie griff nach seinen Händen. «Das ist dann nicht deine Schuld. Du musst etwas …»

Danny beugte sich vor und gab ihr einen Kuss.

«Schsch», flüsterte er, mit seinen Lippen dicht an ihrem Mund. «Ich möchte nicht mehr darüber sprechen.»

«Aber …»

Er ignorierte sie und schob beharrlich seine Zunge in ihren Mund. Mit sanfter Gewalt öffnete er ihre Lippen. Seine Absicht war, sie auf andere Gedanken zu bringen. Ob das der einzige Grund war, weswegen er ihr das T-Shirt auszog, vermochte er nicht zu sagen. Danny drückte sich dichter an sie, vergrub sein Gesicht in ihren Haaren. Sie rochen frisch gewaschen, nach Kräutern und Blüten. Das Blut pulsierte plötzlich heiß durch seine Adern, das Verlangen, sie zu berühren, meldete sich brennend in ihm.

Seine zitternden Finger schafften es, den Verschluss ihres BHs zu lösen. Fast schon ehrfürchtig ließ er seine Hände über ihren Oberkörper wandern. Danny staunte über die Weichheit ihrer Haut, über die Erkenntnis, dass sie unter seiner Berührung erschauderte und eine Gänsehaut bekam. Sie zog scharf die Luft ein und hielt sie an.

Neugierig legte er seine Finger auf ihren nackten Oberschenkel, fuhr diesen entlang unter die kurzen Shorts und schob den Stoff ihrer Unterhose beiseite.

Dominique begann, ihn erneut zu küssen, drängte sich ihm entgegen, knabberte sanft an seiner Unterlippe. Behutsam legte sie ihre Hand auf seinen Bauch. Sie fühlte sich heiß und unangenehm an. So, als würde sie seine Haut durch sein T-Shirt hindurch verbrennen. Mit einem Schlag wich die Erregung aus Dannys Körper, das Knistern in der Luft verstummte. Sein Magen krampfte sich schmerzhaft zusammen. Die Hitze in seinem Inneren wurde von einer sich rasch ausbreitenden Kälte verdrängt.

Resigniert rutschte Danny ein Stück weg, um die Hand auf seinem Bauch loszuwerden. Er starrte in den Himmel, während Dominique ihren BH wieder anzog. Verlegen blickte er aus den Augenwinkeln zu ihr hinüber, versuchte, in ihrem Gesicht zu lesen, was in ihr vorging. Ihre Miene verriet nichts.

In schon gewohnter Manier zündete sie sich eine Zigarette an und hielt sie ihm fragend an die Lippen.

«Willst du diesmal?»

Gerne hätte er einmal daran gezogen, aber zu leidvoll waren ihm seine letzten Erfahrungen damit in Erinnerung geblieben.

«Nein.»

Sie ließ sich in den Sand fallen und legte ihren Kopf auf seinen Schoß.

«Darf ich das?», fragte sie schnell.

«Ja.» Solange die Berührungen nicht von den Händen ausgingen, waren sie in Ordnung für ihn.

«Wir können ja morgen weitermachen.»

Danny lächelte schwach. Er fand es rührend, dass sie versuchte, ihn zu trösten, obwohl er sie so schroff abgewiesen hatte. Irgendwie schien sie zu verstehen, was sein Problem war.

Vorsichtig schob er sie von sich, damit er sich aufrichten konnte, und legte seinen Zeigefinger unter ihr Kinn, um es anzuheben. Lange sah er ihr auf diese Weise in die Augen.

«Dominique», begann er zögernd. «Ich bin mir nicht sicher, aber ich glaube, ich liebe dich.»

Sie strahlte ihn wortlos an. Danny sah das Leuchten in ihren Augen und erkannte, dass seine Worte die Wahrheit waren. Er liebte sie. Plötzlich bekam er Angst. In ein paar Tagen würde sie nach Hause fahren und ihn hier allein zurücklassen. Er zog sie fest in seine Arme. Am liebsten hätte er sie nie wieder losgelassen.

Seine Gruppe war den ganzen Tag wandern gewesen, um sich irgendwelche uralten Schlösser anzusehen. Danny zählte bereits die Stunden bis Mitternacht. Es waren noch zwei der anderen Gruppen dabeigewesen, aber die Mädchen blieben im Camp. Die Pausen verbrachte Danny damit, mit dem Taschenmesser gelangweilt Kringel in seinen Wanderstock zu schnitzen. Seine Gedanken kreisten nur um Dominique, und das bescheuerte Zuhause längst verstorbener Adeliger interessierte ihn heute überhaupt nicht.

Sein Herz machte einen freudigen Sprung, als sie endlich zurück zum Camp marschierten. Sie hatten unterwegs gegrillt. Das bedeutete, bis zur Schlafenszeit stand Freizeit auf dem Plan. Ohne Umschweife ging er zum Strand, um noch eine Runde zu schwimmen. Es war niemand da. Die Betreuer befanden sich mit ihren Gruppen noch im Gemeinschaftszelt beim Abendessen.

Danny wollte gerade seinen Wanderstock in den Sand stecken, als er einige Jungs entdeckte, die sich unter dem Bootssteg versammelt hatten. Weit weg vom Camp, gut getarnt durch den Steg, standen sie im kniehohen Wasser. Eine Vorahnung beschlich ihn, deswegen trat er näher. Er erkannte die Typen sofort. Sie standen wieder im Kreis, in ihrer Mitte ein hübsches, dunkelhaariges Mädchen. Dominique war vollständig bekleidet, was ihn darauf schließen ließ, dass sie nicht freiwillig ins Meer gegangen war.

Mit Entsetzen stellte er fest, dass ein Junge ihren Kopf unter Wasser drückte.

Fünf Sekunden … zehn … fünfzehn …

Die Erinnerung an jene Nacht, in der Danny fast erstickt wäre, wallte mit ungeheurer Wucht in ihm auf. Hatte sie auch gerade Todesangst und schloss mit ihrem Leben ab?

Wut loderte brennend durch seine Eingeweide, so heftig, dass sie körperlich schmerzte. Er rannte ins Meer, frontal auf die Gruppe zu.

Sie bemerkten ihn sofort und ließen Dominique los, aber stellten sich dicht aneinander, um sie von ihm abzuschirmen.

«Diesmal kommst du nicht ungeschoren davon», knurrte der große, dunkelhaarige Junge und machte einen Schritt auf ihn zu.

Danny blieb nicht stehen. Noch im Gehen holte er mit dem Wanderstock aus und schlug ihn dem anderen in den Bauch. Sofort krümmte sich der Junge zusammen.

«Das wirst du büßen!», schrie ein anderer. «Jetzt bekommst du dein Fett weg.» Zu viert kamen sie auf ihn zu.

«Lauf weg, Danny!», schrie Dominique.

Daran dachte Danny keine Sekunde. Diesmal würde er sie so verdreschen, dass sie es nicht mehr wagten, auch nur in Dominiques Nähe zu kommen.

«Ihr seid echte Helden», schnaubte er. «Gott, seid ihr mutig. Kommt doch her, wenn ihr euch traut.»

Er wartete nicht, bis sie ihn erreicht hatten, sondern ging ihnen entgegen. Ohne zu zögern, schlug er dem nächsten den Stock in die Seite. Mit einem Rundumschlag erwischte er zwei weitere. Einem der Jungen gelang es, das Stockende festzuhalten. Mit einem Ruck zog Danny den Stock zu sich heran, holte Schwung und stieß ihn dem anderen in den Magen. Dieser japste nach Luft und erbrach sich ins Meer.

Zu zweit hielten sie ihn von hinten fest. Diesmal war Danny darauf gefasst. Dennoch musste er sich konzentrieren, die aufsteigende Panik niederzukämpfen. Ein Dritter boxte ihm mehrfach ins Gesicht und versuchte, ihm den Stock aus den Händen zu reißen. Danny ließ ihn los und nutzte die Gelegenheit, sein Knie nach oben zu bringen und es seinem Gegenüber heftig zwischen die Beine zu rammen. Dem Jungen schräg hinter sich schlug er mit der Faust auf die Nase. Das Wasser störte Danny. Es hinderte ihn daran, seine Beine schnell genug nach oben zu bekommen. Zudem konnte er so nicht mit dem Schienbein treten. Von Anfang an hatte Niklaus ihm klargemacht, dass seine Stärke in der Beinarbeit und nicht im Boxen lag. Seine Faustschläge hatten nicht genug Kraft, um bei Wettkämpfen wirkungsvoll zu sein; dazu war Danny einfach zu zierlich. Nun stellte er überrascht fest, dass sie bei Gegnern, die von Kampfsport keine Ahnung hatten, allemal ausreichten. Endlich ließen sie ihn wieder los, und Danny eroberte sich seinen Stock zurück.

Seine Augen fanden den Anführer, den dunkelhaarigen Jungen, der zuvor Dominique unter Wasser gedrückt hatte. Wieder holte Danny aus und schlug mit dem Stock auf ihn ein. Der andere drehte sich weg, um dem Schlag zu entkommen. Das Holz erwischte ihn hart an der Schulter. Gequält schrie er auf und wollte weglaufen. Danny drosch ihm auf den Rücken. Wieder und wieder. Es war wie ein Rausch, er konnte nicht mehr aufhören. Er sah auch keinen Grund dazu. Diesmal sollten sie ihre Lektion dauerhaft lernen. Der Typ würde das schon irgendwie überleben. Menschen waren zäh und konnten einiges aushalten. Das wusste er aus eigener Erfahrung …

«Aufhören!», schrie jemand. «Sofort aufhören!» Zwei Betreuer rannten auf ihn zu. Danny ließ seinen Stock sinken und beobachtete mit Genugtuung, wie der andere sich heulend ins Wasser setzte. Der Wanderstock wurde ihm aus der Hand gerissen.

«Bist du wahnsinnig?» Einer der Betreuer packte ihn am Kragen und schleppte ihn hinter sich her.

Aus den Augenwinkeln sah er noch, wie der zweite Betreuer drei der Jungs aus dem Wasser führte. Ihm fiel auf, dass sie kreidebleich waren und zwei von ihnen aus Mund und Nase bluteten. Nur mühsam konnte er sich das Lächeln verkneifen.

«Warum hast du das gemacht?»

Danny kannte den Betreuer nicht. Er gehörte nicht zu seiner Gruppe. Nichtssagend zuckte er die Schulter und wischte sich mit der Hand übers Gesicht. Erst jetzt bemerkte er, dass seine Nase ebenfalls stark blutete.

Anstandslos ließ sich Danny zurück zum Camp führen.

«Warten Sie!» Dominique rannte ihnen hinterher. «Es ist nicht seine Schuld.»

André, der Betreuer seiner Gruppe, kam dazu und nahm Danny in Empfang.

«Was ist hier los?»

«Danny hat mich nur verteidigt», keuchte Dominique atemlos. «Die anderen Typen wollten mich im Meer ertränken.»

André hob zweifelnd eine Augenbraue.

«Der ist nicht ganz richtig im Kopf», schimpfte der andere Betreuer. «Er hat mehrere meiner Jungs schwer mit einem Stock verprügelt. Was machen wir jetzt mit ihm?»

«Ich werde seine Eltern anrufen», beschloss André.

«Was?» Dominique war den Tränen nahe. «Wieso? Er hat mir doch nur geholfen.»

«Bleib hier sitzen», ordnete André an. «Ich werde mir die anderen Jungs ansehen, dann entscheiden wir, was wir mit dir machen.»

Seufzend ließ Danny sich auf einen der Baumstämme fallen. Dominique klammerte sich an Andrés Arm. «Rufen Sie nicht seine Eltern an, bitte!»

Danny griff nach ihrer Hand und zog sie an sich. «Lass gut sein», zischte er.

Die beiden Männer unterhielten sich angeregt miteinander und gingen zum Hauptzelt, um das sich die anderen Jungen versammelt hatten, die an der Schlägerei beteiligt gewesen waren. Zwei Sanitäter stießen gerade dazu.

«Danny, es tut mir so leid!» Dominique wischte sich eine Träne aus den Augen.

«Da kannst du doch nichts dafür.»

Vorsichtig nahm sie sein Gesicht in die Hände. «Tut es sehr weh?»

«Nein, ich blute nur zum Spaß.»

Schockiert starrte sie ihn an.

Danny lächelte. «Im Ernst», sagte er. «Das ist doch gar nichts. Ich hatte schon schlimmere Verletzungen.»

«Aber du wirst Ärger von deinem Vater kriegen», stellte sie traurig fest.

Er musste sich bemühen, seine Miene ausdruckslos zu halten. Ärger war eine nette Umschreibung für das, was er von seinem Vater zu erwarten hatte.

Die beiden Männer kamen zurück.

«Ich bring dich wieder zu deiner Gruppe», sagte der Fremde zu Dominique.

«Wir sehen uns», flüsterte Danny und ließ ihre Hand los.

«Mitternacht», formte sie tonlos mit den Lippen.

André setzte sich neben Danny. «Bei dir alles in Ordnung?», fragte er. «Soll ich dich auch zu einem Sanitäter bringen?»

«Nicht nötig», gab Danny zurück. «Es ist nur Nasenbluten.»

«Was hast du dir nur dabei gedacht? Du hast die anderen ernsthaft verletzt. Blutergüsse und schwere Prellungen. Einer von ihnen muss vorerst auf der Krankenstation bleiben.»

«I don't care», sagte er trocken. Sein Blick fiel auf die Buchstaben auf seinem Arm. Wollte er wirklich jemanden verletzen? Nein, eigentlich nicht. Aber wenn es sein musste, dann war er bereit, es zu tun. Und vorhin hatte es sein müssen. Es ging um Dominique. Es hatte keine andere Möglichkeit gegeben.

«Ich habe deine Eltern angerufen», sagte André. Danny biss sich so fest auf die Lippe, dass sie zu bluten begann. «Dein Vater wird dich morgen Nachmittag abholen. Tut mir leid.»

Wortlos stand Danny auf und ging ins Zelt. Sein Vater war mit Sicherheit mehr als zornig, wenn er bis nach Frankreich fahren musste, um ihn abzuholen. Das konnte nur böse für ihn ausgehen. Danny versuchte, den Gedanken daran zu verdrängen. Es beunruhigte ihn auch, dass Dominique nun noch fünf Tage ohne ihn im Camp aushalten musste. Er konnte nur hoffen, dass er diese Muttersöhnchen so schwer verletzt hatte, dass sie sich nicht mehr trauten, sich an ihr zu vergreifen.

Danny war ganz nach oben auf die Klippen geklettert, hatte sich auf einen Felsen gesetzt und starrte auf das schwarze Meer, das sich wie ein Abgrund unter ihm auftat. Seine Angst wuchs, je näher der Zeitpunkt rückte, an dem sein Vater ihn abholen sollte.

*Spring einfach runter!*

Vielleicht war die Strömung stark genug, ihn sofort nach unten zu ziehen, damit er ertrank. Vermutlich nicht. Aber alles war besser, als mit seinem Vater zurück nach Hause fahren zu müssen. Er versuchte, an etwas anderes zu denken, aber es gelang ihm nicht.

*Der dunkle Abgrund, er ruft nach mir,*
*er wird mein Leid beenden.*
*Nur ein Sprung und ich bin befreit*
*von ihm und seinen Händen.*

Unwirsch schob er das Gedicht beiseite, das ihm so plötzlich in den Sinn gekommen war. Seine Stimmung hob sich erst, als er Dominique auf sich zurennen sah. Ihre Haare wehten im Wind. Sie trug Shorts und ein enganliegendes Top.

«Danny!», rief sie schon von weitem. Wie eine Gämse kletterte sie zu ihm auf die Felsen und fiel ihm um den Hals. «Was haben sie gesagt?»

«Sie schicken mich nach Hause.»

«Was?»

«Mein Vater holt mich morgen Nachmittag ab. Wir werden uns vorher nicht mehr sehen, ich muss bis dahin im Zelt bleiben.»

«Oh nein!» Entsetzt schlug Dominique die Hand vor den Mund. Ihre fast schwarzen Augen füllten sich mit Tränen. «Dein Vater holt dich?»

«Yeah.»

Sie nahm seine Hände und zog sie zu sich auf den Schoß.

«Wird er dich schlagen?», flüsterte sie.

«Davon gehe ich aus.»

«Das tut mir so leid!» Tränen liefen ihr über die Wangen. «Was kann ich tun, um dir zu helfen?»

«Nichts. Es ist schon okay.» Danny sah sie eindringlich an. «Mir macht das nichts aus. Er verdrischt mich so oder so. Das war es mir wert. Wirklich! Das war mir die Sache wert, ich würde es jederzeit wieder tun.»

Dominique fiel ihm erneut um den Hals, aber diesmal ließ sie ihn nicht wieder los, sondern drückte ihn fest an sich.

«Bitte nicht drücken!» Sanft, aber bestimmt schob er sie von sich.

«Magst du das auch nicht?»

«Nein.»

«Meinst du, wir sehen uns irgendwann wieder?»

Traurig schüttelte Danny den Kopf. «Ich wüsste nicht wie.»

Eine Weile schwiegen sie, dann zog Dominique ein Schweizer Taschenmesser aus ihren Shorts. Sie klappte die Klinge aus und kniete sich vor ihm auf den Felsen.

«Was hast du vor?»

«Wir werden Blutsbrüderschaft schließen. Um unseren Schwur zu besiegeln. Den Schwur, niemals unsere Geheimnisse zu verraten.» Sie sah zu ihm auf und fügte seufzend hinzu: «Außerdem wird dein Blut in meinen Adern fließen, und meines in deinen. So können wir uns niemals vergessen. Bist du einverstanden?»

«Einverstanden.» Danny streckte ihr seinen linken Arm hin. Sie zog seine Hand in ihren Schoß und setzte die Messerspitze leicht auf seinen Unterarm.

«Darf ich?», fragte sie.

«Ja. Mach.»

Mit einer ruckartigen Bewegung schnitt sie ihm ins Fleisch. Blut quoll aus dem Schnitt. Dann reichte sie ihm das Messer und legte ebenfalls ihre linke Hand in seinen Schoß. Danny zögerte kurz, bevor er ihr in den Unterarm schnitt. Dominique verzog keine Miene.

«Für immer!», flüsterte sie theatralisch und hielt ihm ihren blutenden Arm hin.

«Für immer!», gab Danny zurück. Sie drückten ihre Wunden aufeinander, jeder umfasste mit seiner Hand den Arm des anderen.

«Küss mich», forderte sie.

Behutsam schob er seine Zunge in ihren Mund. Dominique schloss die Augen.

«Danny?», flüsterte sie, ihre Lippen noch immer auf seinen.

«Hm?»

«Darf ich dich anfassen, bevor wir uns verabschieden?»

«Nein.»

Sie kniff enttäuscht die Lippen zusammen. «Du wirst mir sehr fehlen. Ich glaube auch, dass ich dich liebe.»

«Du wirst mir auch fehlen.» Danny öffnete seine Finger, und sie lösten ihre blutverschmierten Handgelenke voneinander. Dominique zog ihn fest in die Arme.

«Ich weiß, du magst das nicht. Aber ich muss dich kurz drücken.» Sie rieb ihre tränennasse Wange an seiner. «Pass auf dich auf. Sieh zu, dass du von deinem Vater wegkommst.»

Danny nickte und schwieg. So gerne hätte er ihr noch etwas gesagt, aber plötzlich war er nur noch damit beschäftigt, seinen Atem ruhig zu halten und der aufsteigenden Panik keinen Raum zu lassen. Obwohl er dieses Mädchen am liebsten bis in alle Ewigkeit festgehalten hätte, wollte er auf einmal nur noch wegrennen. Sie bemerkte sein Unbehagen und ließ ihn los. Stumm stand sie auf und reichte ihm die Hand. Er ließ sich von ihr hochziehen. Langsam und schweigend machten sie sich an den Abstieg und gingen zurück ins Camp. Sie hatten sich alles gesagt, was sie zu sagen hatten. Jetzt mussten sie einander nur noch loslassen. Das würde schwierig genug werden.

Danny wusste zu diesem Zeitpunkt noch nichts davon, dass er in jener Nacht aus Unwissenheit Dominiques Leben aufs Spiel setzte. Von dieser Tatsache sollte er erst vier Jahre später erfahren. Viel zu spät, um das Geschehene rückgängig machen zu können. Er konnte nichts weiter tun, als sie sofort in Frankreich aufzusuchen und ihr davon zu berichten, um gemeinsam mit ihr zu hoffen, dass nicht das passiert war, was er befürchtete.

Es war eine reine Glückssache oder eine gnädige Laune des Schicksals, dass Dominique ihren gemeinsamen Leichtsinn überleben durfte.

Sein Vater hatte ihn nicht einmal gegrüßt. Wortlos warf er Dannys Gepäck in den Kofferraum und gab ihm mit einem Handzeichen zu verstehen, dass er im Wagen warten sollte. Es dauerte eine Ewigkeit, bis Aiden das Gespräch mit André beendet hatte. Wutschnaubend setzte er sich zu Danny in den Wagen und startete den Motor. «Schon wieder muss ich dich am Arsch der Welt abholen. Was hab ich nur falsch gemacht mit dir?»

«Die Frage ist in der Tat berechtigt. Am besten, du denkst mal in aller Ruhe drüber nach!» Danny war ebenfalls zornig, aber aus Gründen, die nichts mit seinem Vater zu tun hatten. Er hatte so sehr gehofft, Dominique vor seiner Abreise noch einmal wiederzusehen.

Missmutig zog er sich die Kapuze ins Gesicht und verschränkte die Arme vor der Brust.

«Was ist passiert?», wollte Aiden wissen.

«Warum hast du das nicht André gefragt?», gab Danny giftig zurück. «Was habt ihr so lange da drinnen gemacht? Ach nee, sag's mir lieber nicht. Ich kann es mir schon denken.»

Aiden konnte sich nur mühsam beherrschen. «Ich will von dir hören, was vorgefallen ist.»

«Lass mich in Ruhe.» Danny nahm sich vor, seinen Vater zu ignorieren und ihm einfach keine Antwort mehr zu geben. Im Auto konnte er ihm schließlich nichts tun. Langsam rollte der Chrysler vom Camp. Im Rückspiegel sah Danny ein Mädchen hinter dem Auto herrennen.

«Halt bitte kurz an», bat er seinen Vater.

«Ganz sicher nicht!»

«Halt sofort an, du verdammtes Arschloch!» Danny richtete sich im Sitz auf und zog die Handbremse. Im selben Moment trat Aiden schwungvoll auf die Bremse. Ruckartig kam der Chrysler zum Stehen.

*Wow*, dachte Danny. *So musst du also mit dem Gestörten reden.*

Es war bereits das zweite Mal, dass es funktionierte.

Hastig riss er die Autotür auf und lief Dominique entgegen. Sie sprang ihm in die Arme.

«Danny», wisperte sie und hielt ihm einen Zettel hin. «Meine Adresse. Bitte schreib mir.»

Er zog sie an sich, strich ihr über die weichen Haare und gab ihr einen Kuss auf die Wange.

«Ich schreibe dir. Versprochen!»

Sie stellte sich auf Zehenspitzen und gab ihm einen innigen Kuss auf den Mund.

«Leb wohl, Danny.»

«Ich werde dich niemals vergessen.» Schweren Herzens löste er sich von ihr und steckte den Zettel mit ihrer Adresse ein.

«Ich werde dich auch nie vergessen!», rief sie ihm nach.

Ohne sich noch einmal umzudrehen, ging Danny zurück zum Auto. Mit offenem Mund starrte sein Vater ihn an.

Danny setzte seine Kapuze wieder auf. «Jetzt kannst du fahren.»

«Wer war das denn? Deine Freundin?» Das letzte Wort sprach Aiden abwertend, fast spöttisch aus.

«Das geht dich ja wohl kaum etwas an!»

«Doch, das denke ich schon!» Sein Vater versuchte ihn anzusehen, aber Danny vergrub sich in seiner Kapuze.

«Danny», begann er erneut. «Ich möchte nicht, dass du mit Mädchen rummachst. Du bist noch zu jung dafür.»

Ungläubig hob Danny den Blick. «Dafür bin ich zu jung? *Dafür?*» Er schnaubte zornig und fuchtelte mit der Hand in Richtung seines Vaters. «Noch ein solches Wort von dir, und ich schwöre bei Gott, ich vergesse mich!»

Aiden schien so überrascht über den Hass, der ihm entgegenschlug, dass er für einen Moment nicht wusste, was er erwidern sollte. Danny witterte seine Chance und fügte schnippisch hinzu: «Du kannst dir nicht vorstellen, was für geilen Sex wir jede Nacht am Strand hatten.»

«Danny, ich …»

«Alter, halts Maul und fahr los, sonst steig ich wieder aus, und du kannst allein nach Hause.»

Fast wäre Danny in euphorisches Lachen ausgebrochen, als sein Vater tatsächlich stumm den Wagen startete und vom Gelände fuhr.

*Sieg*, dachte Danny. *Wenn dein Alter nichts gesoffen hat, kann er dir nicht mehr Paroli bieten.* Das musste er sich merken. Im Geiste dankte er Dominique dafür. So vieles davon war allein ihr Verdienst. Er hatte sich verändert dank ihr.

«Ich hab die Typen ihretwegen verprügelt», erzählte Danny spitz. «Und es ist mir scheißegal, wie sehr du mich dafür schlägst. Ich werde mich weder entschuldigen noch werde ich es bereuen. Im Gegenteil, ich würde es sofort wieder tun. Nur damit du Bescheid weißt.»

«Du hast das Mädchen verteidigt?», fragte Aiden erstaunt.

«Ja. Sie waren zu siebt. Haben sie geärgert und unter Wasser gedrückt.»

«Danny, glaubst du wirklich, für so etwas bestrafe ich dich? Was denkst du nur von mir?»

«Das willst du gar nicht wissen. Ich trau dir jedenfalls alles zu.»

Aiden setzte den rechten Blinker und fuhr auf den Seitenstreifen. Fast ehrfürchtig sah er seinen Sohn an. «Danny, ich finde es toll, wenn du dich oder andere verteidigst. Das hab ich dir schon einmal gesagt. Weißt du nicht mehr?»

«Doch, sicher. Aber deine Meinung ändert sich ständig. Je nachdem, wie besoffen du gerade bist.» Danny biss sich auf die Lippe. Jetzt musste er wirklich aufpassen, hier wurde das Eis verdammt dünn. Wenn er nicht eine Tracht Prügel riskieren wollte, dann sollte er spätestens jetzt still sein.

«Ich hab dich nicht zum Verlierer erzogen», sagte Aiden langsam. Er schaltete in den Leerlauf und drehte sich auf dem Sitz zu seinem Sohn um. «Wenn man dir die Zähne zeigt, dann musst du kämpfen. Sonst hast du verloren.»

«Danke für den Tipp. Ich nehm es in mein Repertoire auf und spul es bei Gelegenheit ab. Ich werde mit Sicherheit irgendwann mal wieder belästigt.»

Aiden holte tief Luft. «Vorsicht! Treib es nicht auf die Spitze.

Du kannst Kampfsport bis zum Erbrechen machen, ich garantiere dir, mit dir werde ich jederzeit fertig. Ich hab dir einmal gezeigt, was passiert, wenn man in die Hand beißt, die einen füttert. Ein zweites Mal überlebst du es nicht!»

«Jaja. Schon klar.» Danny starrte aus dem Fenster. «Was ist? Willst du hier übernachten?»

«Ich möchte dir sagen, dass du dich in solchen Dingen auf mich verlassen kannst. Wenn ich in deinen Augen auch oft unberechenbar bin, aber wenn es darum geht, dass du dich oder andere verteidigst, dann stehe ich voll und ganz hinter dir!»

«Oh, bitte! Ich kann gar nicht so viel essen, wie ich kotzen will, wenn ich diese Vater-Sohn-Scheiße höre!»

«Willst du gar nicht wissen, wieso das so ist?»

«Nein!», antwortete Danny wahrheitsgemäß. Er drehte das Radio lauter. Seine Gedanken wanderten zu Dominique. Seufzend registrierte er, dass die Lautstärke wieder heruntergeregelt wurde.

«Ich hatte es im Leben auch nicht immer leicht, Danny», begann Aiden schwermütig. «Möglicherweise bin ich deswegen oft unfair zu dir.»

«Ja, das entschuldigt natürlich alles. Können wir jetzt weiterfahren?»

Aiden klappte den Aschenbecher auf und zündete sich eine Zigarette an. Ein dicht vorbeifahrendes Auto hupte laut, der Fahrer zeigte ihm den Vogel.

«Dämlicher Wichser!», brüllte Aiden aus dem Fenster. «Ich parke, wo ich will.»

Danny schlug sich genervt mit dem Handballen gegen die Stirn.

«Mein Vater hat mich geschlagen, seit ich fünf war.» Aiden blies den Rauch seiner Zigarette aus dem Fenster. «Er hat mich regelmäßig übers Knie gelegt und mit einem Gürtel verprügelt.»

«Ehrlich?», machte Danny gespielt entsetzt. «Liebe Güte, welcher Vater macht denn so etwas? Das gibt es doch gar nicht.»

«Damals hab ich mir jeden Tag aufs Neue gewünscht, dass irgendwer aufsteht, sich vor mich stellt und mich verteidigt. Aber es gab niemanden. Ich war ganz allein.»

«Ach Gottchen. Mir kommen gleich die Tränen.»

«Danny, ich weiß genau, wie du dich oft fühlst.»

«Einen Scheiß weißt du!», schrie Danny. «Sonst würdest du es nicht machen!»

«Ich versuch doch, damit aufzuhören!», brüllte Aiden zurück. «Aber ich kann nicht! Kapierst du das? Ich kann nicht!»

«Geh zum Psychiater, Mann. Du bist gestört!»

Aiden warf seine Kippe aus dem Fenster und ließ es dann elektrisch nach oben fahren. «Ich sehe schon, mit dir kann man nicht reden. Sag aber niemals, ich hab mich nicht um ein gutes Verhältnis mit dir bemüht!»

Danny schnaubte. Glühender Zorn kroch in ihm hoch. Er konnte fast nicht mehr stillsitzen vor Wut.

«Soll ich meine Kinder später auch schlagen und ihnen dann vorheulen, dass ich nicht anders kann, weil meine Kindheit so verdammt scheiße war?»

«Deine Kindheit ist also scheiße?» Sein Vater wurde noch lauter. Lange würde es nicht mehr dauern, bis er ausrastete.

«Ja, ist sie!» Dannys Stimme überschlug sich fast. «Und zwar deinetwegen! Trotzdem werden meine Kinder in Liebe aufwachsen und niemals Schläge kriegen. Niemals werde ich sie so behandeln wie du mich! Und weißt du auch warum?» Er wartete die Antwort seines Vaters nicht ab, sondern fügte patzig hinzu: «Weil ich kein gestörter, perverser Hurensohn bin!»

Blitzschnell ging Aiden ihm an den Kragen, schlug ihm den Kopf gegen die Scheibe und den Handrücken ins Gesicht. Danny lächelte, als er mit den Fingern seine blutende Lippe berührte und seine Kapuze tiefer in die Stirn zog. Hatte er es doch noch geschafft, den Verrückten zum Ausrasten zu bringen.

«Tut mir leid», sagte Aiden knapp. «Ich wollte dich nicht ins Gesicht treffen.»

«Ach, mach dir keine Gedanken. Ich sag einfach jedem, ich hab bei meiner Prügelei im Camp was auf die Fresse bekommen.»

Aiden schürzte die Lippen und schwieg. Kurz kratzte er sich den Bart, dann legte er den Gang ein und steuerte den Wagen mit quietschenden Reifen zurück auf die Straße.

Danny ließ sich in den Sitz sinken. Sein Vater kochte vor Wut, jetzt war es wirklich klüger, die Klappe zu halten. Aber immerhin war es ihm endlich gelungen, seinen Alten aus der nervigen Wir-bauen-eine-tolle-Vater-Sohn-Beziehung-auf-Stimmung herauszubekommen. Für den Rest der Fahrt hatte er garantiert seine Ruhe.

* * *

Danny lag in seinem Bett und schrieb im gedimmten Licht der Nachttischlampe einen Brief an Dominique. Zwar wusste er, dass sie noch im Camp war, aber vielleicht würde die Post zeitgleich mit ihr in ihrem Zuhause eintreffen. Er teilte ihr seine Sorge mit, ob die anderen sie auch wirklich in Frieden ließen. Zudem schrieb er, dass wider aller Erwarten die Tracht Prügel ausgeblieben war. Im Gegenteil, er hatte sogar so etwas Ähnliches wie ein Lob für seine Tat bekommen.

Vor lauter Gedanken an Dominique hatte Danny vollkommen vergessen, dass Freitagabend war. Erst das Knarren der Stufen katapultierte dieses Wissen jäh in seinen Verstand zurück. Schnell löschte er das Licht und schob Brief und Füller unter das Kopfkissen. Langsam wurde die Zimmertür geöffnet, und Aiden schwankte in die Dunkelheit. Alkoholgeruch schlug Danny in fast greifbarer Konsistenz entgegen. «Danny?», flüsterte er. «Schläfst du schon?»

«Nein, ich bin tot! Leg deinen Kranz nieder und lass mich in Frieden ruhen!»

«Wie witzig. Hast du auf einer Clownzeitschrift geschlafen?»

«Du nervst», knurrte Danny. «Ich bin beschäftigt.»

«Werd nicht frech, ich warne dich!» Sein Vater lallte. Offenbar war er noch nicht fertig mit Saufen, denn er hielt noch immer eine Bierflasche in der Hand.

«Stimmt ja», erwiderte Danny zynisch. «Fast hätte ich es vergessen. Ich muss freundlich zu dir sein. Immerhin bist du hier das Opfer. Schwere Kindheit und Bla Bla.»

«Hör auf damit!» Aiden packte ihn am Arm, zerrte ihn grob vom Bett und stieß ihn in Richtung Schreibtisch.

«Ich sagte doch, ich bin beschäftigt!», fuhr Danny ihn an. «Komm in einer halben Stunde wieder.»

Sein Vater lachte spöttisch, stellte seine Bierflasche auf den Nachttisch und sah ihn streitlustig an. «Ist es heute so weit, ja? Willst du dich mal wieder gegen mich stellen? Soll ich runter und den Stock holen? Oder können wir uns doch noch friedlich einigen?»

«Aber natürlich können wir uns einigen.» Mit einer schnellen Bewegung zog Danny sich das T-Shirt aus und schleuderte es seinem Vater entgegen. «Wie hättest du es denn gerne?»

Sein Vater machte einen Satz nach vorne, legte seine Hand in Dannys Nacken und versuchte, ihm ruckartig den Kopf auf den Schreibtisch zu schlagen. Doch Danny war darauf gefasst und konnte den Schwung abfangen. Er schaffte es allerdings nicht, sich wieder aufzurichten. Mit der einen Hand drückte Aiden Dannys Wange auf die Tischplatte, mit der anderen zog er ihm die Boxershorts in die Kniekehlen.

«Warum trägst du nicht mehr deinen Schlafanzug?»

Den hatte er im Camp ausgemustert und war, wie die anderen Jungs, dazu übergegangen, in T-Shirt und Boxershorts zu schlafen.

«Weil ich kein kleines Kind mehr bin», gab Danny giftig zurück. Er stieg aus den Shorts und ließ zu, dass sein Vater ihm mit dem Fuß die Beine spreizte. Reglos blieb er mit dem Oberkörper auf dem Tisch liegen und wartete.

«Hast du's bald?», fragte Danny gereizt. «Meine Geduld fängt schon an zu schimmeln.»

«Halt die Fresse, sonst geht das nicht!» Die Stimme seines Vaters klang wütend, aber auch irgendwie anders als sonst. Frustriert traf es wohl am ehesten.

Nach einer Weile wurde die Hand von Dannys Nacken genommen. Verwirrt richtete Danny sich auf und verschränkte die Arme vor der Brust.

«Du hast dich verändert, Danny», bemerkte sein Vater trocken. «Nicht nur charakterlich, auch optisch.»

«Ja.» Danny nickte. «So was soll es tatsächlich geben. Menschen werden älter. Passiert jeden Tag, überall auf der Welt.»

«Deine Schultern und dein Rücken sind breiter geworden. Das kommt von deinem unsinnigen Sport.»

«Das nennt man Pubertät, du Idiot.»

«Es gefällt mir nicht», stellte Aiden fest.

«Entschuldige. Soll ich extra für dich rückwärts leben?» Insgeheim nahm er sich vor, sein Sportpensum deutlich zu erhöhen und zusätzlich jeden Tag hundert Liegestütze extra zu machen. «Weißt du denn nun, was du willst? Sonst zieh ich mich wieder an.» Danny griff verstohlen nach seiner Hose und schlüpfte schnell hinein.

«Es geht nicht!», jammerte Aiden plötzlich.

Danny lachte auf und nutzte die Chance, auch sein T-Shirt wieder anzuziehen. Schnell biss er sich auf die Zunge, um sein Lachen zu unterdrücken.

«Das ist nicht witzig, du verdammter Bastard.»

«Tut mir echt leid, dass ich darüber nicht wirklich traurig sein kann. In Zukunft musst du dir wohl jemand anderen zum Vögeln suchen!»

Aiden griff nach dem Buch auf dem Nachttisch, das Danny vorher als Schreibunterlage verwendet hatte. Voller Wut schleuderte er es nach ihm. Mühelos duckte sich Danny darunter hinweg. «Vielleicht suchst du dir in Zukunft einen Partner, der das auch möchte!»

«Du wolltest es!», brüllte Aiden. Er war fast schon rasend. «Es hat dir Spaß gemacht, jedes Mal! Glaubst du, ich hab das nicht bemerkt? Du kannst ohne das doch gar nicht leben. Gib zu, dass du es wolltest! Gib es zu!»

«Du bist doch krank im Kopf, du gestörter Soziopath!»

Die Bierflasche sauste quer durch die Luft. Dannys Reflexe waren hervorragend geschult. Er duckte sich auch darunter ohne Probleme hinweg. Die Flasche zerbrach an der Wand in zwei Teile. Splitter flogen über den Teppich. Danny war klar, dass er spätestens jetzt still sein sollte, aber seine Wut war entfacht, er vermochte sie kaum noch zu zügeln.

«Zu dumm zum Treffen», spottete er. Danny hätte es auch geschafft, sich unter dem Schlag seines Vaters hinwegzuducken, aber es hätte ihm nichts genutzt. Das Zimmer ließ ihm keine Möglichkeit zur Flucht. Bevor der Verrückte nicht mit ihm fertig war, würde er ihn nicht in Ruhe lassen.

Eine Weile standen sie sich schwer atmend gegenüber und blickten sich hasserfüllt an.

Dann öffnete sich Aiden erneut die Hose. «Nimm ihn in den Mund.»

«Vergiss es, Alter!»

«Das ist keine Bitte, du missratener Bastard!»

Danny verschränkte die Arme vor der Brust und bemühte sich,

seine Stimme drohend wirken zu lassen: «Du weißt, was passiert, wenn du mich zwingst. Das Gleiche wie beim letzten Mal. Aber diesmal beiße ich dich so, dass alle Kinder dieser Welt bis in die Ewigkeit vor dir sicher sind!»

«Wie kannst du es wagen, so mit mir zu reden?» Aiden hob einen Teil der zerbrochenen Bierflasche auf. Er nahm den Flaschenhals in die Hand und bedrohte Danny mit dem zerbrochenen Ende.

«Scheiß Kinderficker!» Am liebsten hätte Danny seinem Vater ins Gesicht gespuckt.

«Halts Maul, du dreckiger Bastard!»

«Impotente Schwuchtel!»

Es ging viel zu schnell. Aiden holte mit der Bierflasche aus und schlug in einem weiten Bogen nach Danny. Die scharfkantige Flasche traf ihn mitten auf das empfindliche Fleisch seiner Wange.

Mit einem spitzen Schrei schlug Danny sich die Hände vors Gesicht. Heißes Blut quoll zwischen seinen Fingern hervor. Für einen Moment schien die Zeit stillzustehen, dann setzte der gleißende Schmerz ein. Plötzlich wurde ihm schwindelig. Danny ließ sich auf den Boden der Zimmerecke sinken und starrte seinen Vater schockiert an.

«Scheiße», fluchte Aiden leise und streckte die Hand nach Danny aus. Panisch drückte dieser sich an die Wand.

«Fass mich nicht an!», schrie Danny hysterisch. Schützend nahm er die Arme vor das Gesicht.

«Ich will doch nur schauen. Lass mich dir helfen.» Aiden kniete sich neben ihn.

Danny ignorierte das bedrohlich schwankende Zimmer und sprang auf, um in die andere Zimmerecke zu flüchten. «Fass mich nicht an!»

Seufzend erhob sich Aiden, ging zur Zimmertür und schloss sie auf.

«Marina», brüllte er in den Flur. «Komm schnell. Danny hat sich verletzt.»

Sie war in weniger als einer halben Minute im Zimmer. In Danny keimte der Verdacht, dass sie die ganze Zeit vor der Tür auf und ab gelaufen war.

«Schau nach ihm», befahl er ihr. «Dann bring ihn runter. Wir müssen ins Krankenhaus. Ich warte im Wagen.»

Entsetzt starrte Danny auf die hellrote Flüssigkeit, die unaufhörlich durch seine Finger auf den Boden tropfte und im Teppichboden versank. Es schien gar nicht aufhören wollen zu bluten. Marina verschwand und kam kurz darauf mit einem nassen Waschlappen zurück. Sie setzte sich zu ihm auf den Boden, nahm vorsichtig seine Hände weg und drückte ihm den kalten Waschlappen auf die Wange. Dann zog sie ihn an sich. Danny vergrub das Gesicht in den Armen seiner Mutter.

«Was ist passiert?», flüsterte sie.

«*Er* ist passiert!», schrie Danny und deutete auf die Tür, durch die sein Vater verschwunden war. «Er war es. Er ist komplett verrückt geworden!»

«Schsch», machte Marina, während sie seinen Rücken streichelte. «Ganz ruhig.» Danny musste sich zusammenreißen, um nicht loszuheulen. Sein Gesicht brannte wie Feuer. Angst machte sich in ihm breit. Er wusste nicht, wie schlimm er verletzt worden war. Wenn es dumm lief, würde er für den Rest seines Lebens entstellt sein. Der Grund für seine aufsteigenden Tränen war aber nicht die Sorge um irgendwelche Narben, sondern die ungewohnte Zuwendung seiner Mutter.

«Kannst du aufstehen?»

«Ja.» Das Schwindelgefühl war verflogen. Danny erhob sich langsam und schlüpfte in seine Jogginghose. Mit fest auf die Wunde gepresstem Waschlappen folgte er seiner Mutter die Treppe hinunter in die Garage. Aiden saß bei laufendem Motor auf dem Beifahrersitz von Marinas Chrysler. Die hintere Tür war weit geöffnet. Sanft schob Marina ihren Sohn hinein.

«Du musst fahren», ordnete Aiden an. «Ich bin zu betrunken.»

Als wenn Marina das nicht selbst gewusst hätte. Es war so typisch für Aiden, nicht sein Auto zu nehmen. Vermutlich fürchtete er Blutflecken auf dem hellen Leder.

Marina fuhr durch das bereits geöffnete Garagentor. Ihre Hände krampften sich um das Lenkrad, während Aiden ihr den Weg wies. Danny presste den mittlerweile blutgetränkten Waschlappen gegen die Wange. Das Brennen nahm zu, der Schmerz breitete sich bis in seinen Kopf aus. Plötzlich war er unglaublich müde.

Wortlos steuerte Marina ihren Wagen durch die Dunkelheit. Gerne hätte Danny sie gefragt, wo denn ihrer Meinung nach Liam in diesem Moment war. Aber er entschied sich dagegen. Es wäre nicht fair, seine Wut an ihr auszulassen. Zu dankbar war er noch für ihre tröstende Umarmung.

Aiden drehte sich zu ihm um. «Ist es arg schlimm?»

«Fuck you!»

«Danijel!», sagte Marina entrüstet.

«Wenn sie im Krankenhaus fragen, was passiert ist, dann sagst du, dass du mir ein Bier nach oben bringen wolltest. Dabei bist du an der Treppe gestolpert und mit dem Gesicht in die Flasche gefallen.» Aiden nickte zustimmend zu seinen eigenen Worten.

«Wieso bringe ich dir mitten in der Nacht ein Bier, du Trottel? Sollte ich um diese Zeit nicht längst schlafen?»

«Wir haben gefeiert.»

«Aha. Was denn?»

«Deinen Geburtstag?», schlug Aiden vor.

«Ich habe im Dezember Geburtstag.»

«Weiß doch keiner, oder?»

«Bist du eigentlich total beschränkt?», fragte Danny ungläubig. «Mein Geburtsdatum ist auf meiner Krankenkarte gespeichert.»

Marina schwieg verbissen. Ihre Finger krampften sich so heftig um das Lenkrad, dass die Adern hervortraten.

«Stimmt.» Aiden schlug sich wütend mit der Hand aufs Knie. «Verdammt. Was sagen wir dann?»

«Alter, denk dir gefälligst selbst was aus. Das ist doch nicht mein Problem!»

«Danijel!», rief Marina erneut. «Sprich nicht so mit deinem Vater.» Danny verdrehte resigniert die Augen.

«So genau wird keiner fragen», beschloss Aiden. «Wir sagen, wir haben gefeiert. Du warst übermütig, bist die Treppe hochgerannt, gestolpert und hingefallen. Fertig.»

«Ich bin also zu blöd zum Laufen?»

«Ist doch scheißegal. So sagen wir das!»

«Nein», entschied Danny. «Ich mach mich doch nicht zum Vollhorst, der auf einer Treppe auf die Fresse fliegt.»

«Hast du denn eine bessere Idee?» Die Stimme seines Vaters war freundlich.

«Ja, hab ich. Wir versuchen es mal ausnahmsweise mit der Wahrheit.»

«Danny, ich warne dich.» Aiden drohte ihm mit der Faust. «Das traust du dich nicht.»

«Versuch doch mal, mich davon abzuhalten.»

«Danny, bitte», flehte seine Mutter im Flüsterton. «Erzähl es so, wie es dein Dad gesagt hat.»

«Was?» Fassungslos starrte Danny seine Mutter an. Schmerzhaft wurde ihm wieder einmal bewusst, dass sie die Wahrheit sehr wohl kannte und sie bewusst verdrängte.

«Bitte», wiederholte sie. «Tu es für mich. Und für deinen Bruder.»

Dannys Augen füllten sich mit Tränen. Er ärgerte sich über seine Enttäuschung, schließlich war ihm doch längst klar, dass seine Mutter sich nicht für ihn interessierte.

Wieso sollte er dann eigentlich etwas für sie tun?

Nein, er würde sich nicht zum Idioten machen. Das passte nicht zu seinem neuen Image, zu seinem neuen Ich. Die alten Zeiten waren für immer vorbei.

Der Erste, der ihn fragte, was passiert war, würde die ungeschminkte Wahrheit zu hören bekommen.

Die Notaufnahme war relativ leer. Marina nahm den blutgetränkten Waschlappen und wusch ihn in der Toilette im Waschbecken aus. Aiden klingelte an der Anmeldung. Danny blieb verloren im Gang stehen. Ihm fiel plötzlich auf, dass er nur Socken trug. In der Aufregung hatte er vollkommen vergessen, sich Schuhe anzuziehen – und natürlich hatte ihn auch niemand daran erinnert. Immerhin ließ die Blutung langsam nach. Seine Mutter reichte ihm den nun wieder einigermaßen sauberen Waschlappen, und Danny drückte ihn erneut gegen seine Wange.

Aiden kam wutschnaubend um die Ecke. «Hier ist kein Mensch. Komm, Danny – wir gehen einfach rein.»

«Kannst du nicht warten wie jeder normale Mensch auch?»

«Ich werde sicher nicht tatenlos mit ansehen, wie mein Sohn im Krankenhausflur verblutet. Komm.» Unwirsch packte er Danny am Ellbogen und zerrte ihn hinter sich her zu einer Tür, an der «Nur für Personal» stand.

Aiden öffnete und trat ein. «Hallo?», rief er. «Ich brauche einen Arzt. Mein Sohn ist schwer verletzt.»

Eine Krankenschwester kam angelaufen. «Bitte warten Sie draußen. Wir rufen Sie auf. Es wird noch eine Weile dauern.»

«Ihm ist aber schlecht. Er ist kurz vor einem Kreislaufkollaps. Bringen Sie mich augenblicklich zu einem Arzt, oder ich werde von hier aus einen Krankenwagen rufen und meinen Sohn damit direkt zu Ihnen in die Notaufnahme schicken.»

«Kommen Sie mit.»

Danny verdrehte genervt die Augen, als ihn der triumphierende Blick seines Vaters traf. Sie folgten der Krankenschwester. Marina trottete unschlüssig hinterher. Aiden schob seinen Sohn kontinuierlich vor sich her, und Danny fragte sich kurz, ob die Hand auf seiner Schulter eine tröstende oder eine warnende Geste sein sollte.

«Leg dich bitte auf die Liege», sagte die Krankenschwester freundlich zu Danny. «Ich seh mir die Wunde kurz an.»

Erleichtert, sich von seinem Vater entfernen zu können, legte Danny sich auf seine rechte Seite.

«Ähem», machte Aiden entrüstet. «Ich will Ihnen ja nicht zu nahe treten, aber könnte das bitte ein richtiger Arzt machen?»

«Keine Sorge, ich schaue nur.» Die junge Frau blieb freundlich. Sie nahm Danny den Waschlappen aus der Hand und begann, die Wunde zu säubern. «Die Verletzung ist sehr tief, aber glücklicherweise sauber geschnitten. Die Ränder sind nicht ausgefranst, es dürfte sich leicht nähen lassen. Ah, da kommt schon der Doktor.»

Mit einem kurzen Handschlag begrüßte der Arzt Danny und beugte sich über ihn. Die Schwester legte Nadel und Faden bereit. Der Arzt begutachtete den Schnitt ausgiebig.

«Ich geb dir eine Spritze», erklärte er. «Dann spürst du nichts vom Nähen.»

Marina trat neben den Arzt.

«Entschuldigung», wisperte sie verlegen. «Können Sie das bitte so nähen, dass keine Narbe zurückbleibt?»

«Ich werde es versuchen.»

«Es ist wirklich wichtig», beharrte Marina. «Ansonsten könnte das seine Karriere zerstören. Er ist Model, müssen Sie wissen. Man darf später rein gar nichts von der Verletzung sehen.»

Danny verdrehte erneut die Augen und stöhnte leise auf. Seit drei Jahren ließ er keine Fotos mehr von sich machen, weil sich niemand darum geschert hatte. Wieder wurde ihm mit Entsetzen bewusst, wie sehr seine Mutter in der Vergangenheit hängengeblieben war.

«Ich werde ganz viele kleine Stiche machen», versuchte der Arzt sie zu beruhigen. Danny kniff die Augen zusammen, um die Tränen loszuwerden, die sich durch den Stich in seine Wange unwillkürlich bildeten. «Sobald es taub wird, gibst du Bescheid.»

«Wird man später etwas davon sehen?», fragte Marina wieder.

Aiden schnalzte mit der Zunge. «Honey, jetzt ist aber gut. Der Mann ist Arzt, kein Hellseher.»

«Auf Fotos wird man es ganz sicher nicht sehen», versprach der Arzt.

*Frag endlich, wie das passiert ist,* dachte Danny ungeduldig.

«Ist jetzt taub», verkündete er.

Doch der Arzt fragte nicht. Mit voller Konzentration begann er seine Arbeit. Außer einem leichten Druck spürte Danny nichts. Es dauerte ewig.

«Ich habe zwölf Stiche gemacht», erklärte der Arzt schließlich und klebte ein weißes Verbandspflaster auf die Wunde. «Mit etwas Glück wird es nach einiger Zeit nahezu unsichtbar werden.»

«Danke», sagte Danny, während er sich erhob.

Marina atmete vor Erleichterung hörbar auf. Aiden quittierte das mit einem genervten Stöhnen. «Zum Teufel, Marina. Männer müssen doch nicht schön sein. Guck mich an, sogar ich hab eine hübsche Frau gefunden. Außerdem geben Narben Charakter.»

«Aber seine Karriere, du weißt doch …»

Danny blendete das Geschwätz seiner Mutter aus. Stattdessen fixierte er den Arzt.

*Frag mich endlich …*

Aiden legte bereits wieder den Arm um Dannys Schultern.

«Vielen Dank», sagte auch er und reichte dem Arzt die Hand. Dann bugsierte er Danny den gleichen Weg zurück. Er ließ ihn erst wieder los, als sie am Wagen standen.

Aus heiterem Himmel fing Marina lauthals an zu weinen. Schluchzend schlug sie sich die Hände vor den Mund.

«Großer Gott, Aiden!», begann sie. «Was ist heute Abend nur geschehen? Was tust du nur? Was tun wir da? Ist dir bewusst, was wir tun?»

«Steig ein.» Er nahm ihr den Autoschlüssel aus der Hand. «Ich fahre. Hör du auf zu heulen.»

«Du bist besoffen», warf Danny ein. «Du kannst nicht fahren.»

«Schau genau hin, dann wirst du feststellen, wie ich fahren kann.»

Marina setzte sich zu ihrem Sohn auf den Rücksitz. Sie wimmerte leise vor sich hin.

«Es tut mir leid, Danny», wiederholte sie mechanisch. «Es tut mir so leid.»

Danny nahm sie in den Arm.

«Mom, so schlimm ist es nicht. Das verheilt doch wieder.»

Sie ließ sich nicht beruhigen. Aiden schnalzte ein weiteres Mal mit der Zunge, als er Marinas Auto vom Parkplatz fuhr.

Eine Weile schwiegen sie, bis Aiden schließlich sagte: «Das hast du vorhin wirklich brav gemacht.»

«Fuck you!», zischte Danny.

Diesmal kommentierte seine Mutter die Beleidigung nicht.

«Wirklich» begann Aiden erneut. «Das war toll. Du hast einen Wunsch frei. Also, was möchtest du?»

«Kauf dir einen Strick und häng dich auf.»

Aiden lachte böse. «Dummer Bastard, selbst schuld. Dann bekommst du eben nichts.»

Danny nahm die Hand seiner immer noch weinenden Mutter.

«Verpiss dich aus unserem Leben», sagte er kalt. «Das ist alles, was ich will!»

* * *

Aiden nahm sich vor, in Zukunft freundlicher zu seinem Sohn zu sein. Im Grunde tat er ihm fast leid. Seit knapp acht Wochen erinnerte die Narbe in Dannys Gesicht ihn täglich daran, wie sehr er in jener Nacht die Beherrschung verloren hatte. Die Fäden waren längst gezogen, die Wunde vollständig verheilt. Doch eine helle, gezackte Linie war geblieben. Sie sprang Aiden jeden Tag mit ungeheurer Wucht an und bewirkte, dass er sich deswegen schuldig fühlte.

Mit den Jahren würde die Narbe fast vollständig verschwinden, hatte die Krankenschwester beim Fädenziehen gesagt. Bis dahin musste Aiden damit leben. Er kam nicht umhin, sich einzugestehen, dass er Danny dafür hasste. Schließlich hatte er ihn bis zum Äußersten provoziert. So sehr Aiden sich bemühte, sich das Gegenteil einzureden, und versuchte, so etwas wie Sympathie für seinen Sohn aufzubringen, so sehr scheiterte er an diesem Vorhaben. Wenn er Danny nur ansah, loderte die Wut in ihm auf. Eine Wut, die Danny ihm permanent spiegelte und es damit noch schlimmer machte. Wenn ihr gegenseitiger Hass aufeinandertraf, hatte er die Wirkung von zwei gleichgepolten Magneten. Sie stießen sich mit schier unmenschlicher Kraft voneinander ab. Das Beste wäre gewesen, sich für immer aus dem Weg zu gehen, doch Danny räumte das Feld nicht. Aus einem ihm unerfindlichen Grund wohnte der Junge noch immer in seinem Haus, obwohl Aiden ihn jeden Tag aufs Neue zum Teufel wünschte.

Der Reiz, den dieses Kind einmal auf ihn ausgeübt hatte, war gänzlich verschwunden. Es blieb nur Unverständnis und Zorn. Seit Danny aus diesem verfluchten Sommercamp zurückgekehrt war, hatte er sich zu sehr verändert, um für Aiden noch anziehend zu sein. Er war selbstbewusst und arrogant geworden. Seine unterwürfige, fast devote Art war für immer verlorengegangen. Zudem hatte Danny sich körperlich verändert, er war beinahe erwachsen. Für einen ganz kurzen Zeitraum hegte Aiden wirklich die Hoffnung, sie könnten wieder annähernd so etwas wie eine Familie werden. Natürlich war das nur eine Illusion. Die Liebe, die sein Sohn ihm einst so selbstverständlich entgegengebracht hatte, war unwiederbringlich weg. Manchmal glaubte Aiden, Mordlust in Dannys Augen zu entdecken. Es war nicht so, dass ihm das Angst gemacht hätte. Vielmehr steigerte sich dadurch nur Aidens Zorn. Schlimm genug, dass Danny sein Leben zerstört hatte, was erlaubte er sich, seinen eigenen Vater zu verachten?

Es war alles Dannys Schuld. Hätte er an jenem unseligen Tag einfach das gemacht, was ihm gesagt worden war … Aber nein, der verzogene Bastard musste sich widersetzen und losrennen. Seinetwegen hatte Marina das Kind verloren, und nur deswegen geriet alles aus den Fugen. Aiden verfluchte den Tag, an dem Danny geboren worden war. Warum zur Hölle war seine Frau nicht mit ihm im Bauch die Treppe hinuntergefallen? Dann hätten sie jetzt das schönste Leben in Atlanta. Alles wäre anders gekommen. Liam hätte nicht Marina, sondern ihm selbst ähnlich gesehen. Niemals wäre er dann auf die Idee gekommen, seinen eigenen Sohn anzufassen. Es waren einzig und allein Marinas Züge, die ihn an diesem Kind so gereizt hatten. Schließlich stand er nicht generell auf Kinder. Auf junge Männer vielleicht, aber doch nicht auf Kinder.

Wieso nur flammte immer wieder diese immense Wut in ihm auf? So wie jetzt. Seit geraumer Zeit schon versuchte er, Dannys anklagenden Blick zu ignorieren. Genervt schob Aiden seinen Teller zur Seite und nahm einen großen Schluck aus seinem Bierglas. Mit einem beabsichtigt lauten Klirren stellte er es auf den Tisch zurück und sah seinen Sohn böse an.

Sofort schlug dieser die Augen nieder.

Wollte er ihn schon wieder provozieren? Konnte er nicht dazu stehen, dass er ihn nonstop blöd anglotzte?

*Ruhig, Aiden*, sagte er sich im Stillen. *Du hast zu viel getrunken. Geh schlafen. Morgen sieht die Welt schon wieder ganz anders aus.*

Er wollte gerade vom Tisch aufstehen, als er sah, dass Danny sein Fleisch nicht aufgegessen hatte.

«Kannst du nicht vernünftig deinen Teller leer essen?», donnerte Aiden. «In anderen Teilen dieser Welt verhungern die Kinder.»

«Ich esse keine toten Tiere», gab Danny schnippisch zurück. «Seit Jahren nicht. Es ist nicht mein Problem, wenn ihr euch das nie merken könnt.»

Aiden registrierte, dass Danny ihm seine englische Frage auf Deutsch beantwortet hatte. Er erkannte die Provokation in dieser Handlung.

«Es ist respektlos, mir nicht in der Sprache zu antworten, in der ich mit dir spreche!»

«Wir reden seit Jahren nur Deutsch miteinander.» Dannys Verwunderung schien echt. «Zumindest in den seltenen Momenten, in denen wir uns mal nicht anschreien!»

«Jetzt schreien wir uns aber an!», brüllte Aiden. Insgeheim musste er sich eingestehen, dass Danny recht hatte. Er wusste selbst nicht, wieso er seine Frage auf Englisch gestellt hatte. Es war ein Versehen gewesen. Sein eigener Fehler machte ihn nur noch wütender.

«Ich schreie nicht», erwiderte Danny ruhig. Er sprach noch immer Deutsch. «Der Einzige, der hier schreit, bist wie immer du.»

Aiden schlug mit der Faust auf den Tisch. «Wenn ich dich auf Englisch anspreche, dann antwortest du mir auf Englisch. Ist das klar?»

Danny seufzte genervt. «Ich werd dir einfach gar nicht mehr antworten. In Zukunft kannst du mit dir selbst sprechen. Oder mit deinem Bierglas.»

Aiden konnte sich nicht mehr zurückhalten. Im Affekt schlug er nach Danny. Frecherweise machte dieser einen Satz zur Seite, sodass sein Schlag ins Leere ging. Dann rannte er die Treppe nach oben und knallte lautstark seine Zimmertür zu. Aidens Hals brannte vor Wut. Warum musste dieser Bastard immer darauf anspielen, dass er ein Alkoholproblem hatte? Was gab ihm das Recht dazu? Es wurde Zeit, ihm Zucht und Ordnung beizubringen. In einem Zug trank er sein Glas aus und wollte seinem Sohn hinterher. Marina hielt ihn am Arm fest.

«Bitte bleib hier!»

Angewidert riss Aiden sich los. «Ist ja klar, dass du auch noch auf seiner Seite bist!»

«Aiden, er ist doch noch ein Kind!»

«Eben.» Entschlossen griff er nach dem Rohrstock, den er hinter der Küchentür deponiert hatte. «Wird Zeit, dass er lernt, wie man mit Erwachsenen spricht!»

Mit schnellen Schritten ging er die Stufen hoch zu Dannys Zimmertür, um dann verwundert festzustellen, dass diese nicht aufging.

«Mach sofort auf, Danny!»

«Nein!» Dannys Stimme kam direkt von der Tür. Er hielt sie von innen zu. «Lass mich in Frieden!»

*Er hat wirklich Angst*, schoss es Aiden durch den Kopf. Für einen Moment war er versucht, einfach wieder zu gehen und die Sache auf sich beruhen zu lassen, doch etwas hinderte ihn daran. Was, wenn Danny das als Schwäche auslegte?

*Er lernt Kampfsport, Aiden! Du musst ihm unmissverständlich zeigen, wer von euch der Stärkere ist, sonst hast du irgendwann das Nachsehen!*

Schwungvoll warf sich Aiden mit seinem gesamten Körpergewicht gegen die Tür und landete der Länge nach auf dem Boden. Danny hatte genau im richtigen Moment seine Position aufgegeben und die Tür geöffnet. Sein schadenfrohes Grinsen deutete darauf hin, dass es Absicht gewesen war.

«Du mieser Dreckskerl!» Schwer atmend vor Wut rappelte er sich auf und hob drohend die Hand. Danny flüchtete in seine Ecke, den Kopf in den Armen verborgen, und drehte ihm den Rücken zu. Reflexartig ließ Aiden den Stock auf ihn niedersausen. Er zählte im Stillen die Schläge bis zehn, dann endlich spürte er, wie seine Wut abebbte. Es war wie eine Befreiung für ihn. Sein Sohn kauerte noch immer in der Ecke. Besänftigend streckte er die Finger nach ihm aus, berührte seinen Rücken. Irgendetwas stimmte da nicht. Danny entzog sich der Berührung sofort, aber es war zu spät. Ungläubig zog Aiden das Handtuch unter dem Pullover seines Sohnes hervor. Voller Hass schleuderte er es ihm ins Gesicht.

«Willst du mich verarschen?», schrie er. Sein gesamter Körper bebte vor Wut. «Denkst du, ich bin ganz dumm?»

«Lass mich doch einfach in Frieden!», flehte Danny.

Der jammerige Tonfall steigerte Aidens Verachtung. Wer so dreist war, sich ein Handtuch unter den Pullover zu stecken, um die Schläge abzumildern, der hatte gefälligst nicht zu jammern.

«Zieh dich aus!», befahl Aiden barsch.

«Was?»

«Ausziehen!» Aiden brüllte. Er schäumte regelrecht vor Wut. «Noch mal verarschst du mich nicht!»

Da sein Sohn keine Anstalten machte, seiner Aufforderung Folge zu leisten, griff Aiden nach seinem Pullover und zog ihn Danny über den Kopf.

«Lass mich doch!», schrie Danny. «Du kriegst doch eh keinen hoch!»

Das war zu viel. In Aiden explodierte etwas. Er zerrte an dem T-Shirt, das sein Sohn noch trug, bis der Stoff unter seinen Fingern zerriss und nur noch in Fetzen an Danny hinunterhing.

Erneut schlug er mit dem Stock auf ihn ein. Aiden sah mit Genugtuung, dass er dieses Mal die nackte Haut erwischte. Er geriet in Rage. Er merkte weder, wie fest noch wie oft er zuschlug.

Schweiß trat ihm auf die Stirn vor Anstrengung. Erst jetzt registrierte er, dass Dannys gesamter Rücken blutete und sein Sohn schon seit geraumer Zeit auf dem Boden lag, ohne sich zu rühren. Erschrocken über sich selbst ließ er den Stock sinken und verließ leise das Zimmer.

* * *

Ricky sah seinen Freund schon von weitem. Er saß vor dem Schultor auf der Lehne einer Bank und wartete auf ihn. Das tat Danny jeden Dienstag, wenn er früher als Ricky Schulschluss hatte. Aber diesmal stand er nicht auf, um gemeinsam den Heimweg anzutreten, sondern blieb sitzen und starrte auf ein Stück Papier. Es sah aus wie ein Brief.

«Hey», sagte Ricky.

Danny hob grüßend die Hand, machte aber keine Anstalten aufzustehen. Also setzte sich Ricky neben ihn.

«Hat Dominique dir geschrieben?», fragte Ricky.

«Nee», erwiderte Danny. «Das ist ein alter Brief.»

«Ach so. Du siehst so fertig aus. Stand was Blödes drin?»

Danny schüttelte den Kopf. «Eigentlich nicht. Sie hat nur geschrieben, dass sie im Camp nicht mehr geärgert wurde und gut nach Hause kam. Und dass sie mich vermisst.»

«Aber das ist doch gut.»

«Ja. Nur hat sie mir seitdem nicht mehr zurückgeschrieben.» Danny faltete den Brief zusammen und steckte ihn in die Jeanstasche.

«Tut mir leid. Weißt du, es ist halt schwierig. Die Entfernung ist einfach zu groß, um dauerhaft in Kontakt zu bleiben. Irgendwann verläuft sich so etwas.» Ricky biss sich auf die Zunge. Er war nicht gut darin, tröstende Worte zu finden.

«Ich weiß», gab Danny zurück. Mit dem Ärmel seines Pullovers wischte er sich übers Gesicht. Seine Augen waren gerötet, seine Wangen nass.

«Sag mal, hast du geheult?», fragte Ricky entsetzt.

«Ja.»

«Ach, Danny. Du findest ein anderes Mädchen.»

«Nicht deswegen», sagte Danny schnell. «Hast du es nicht gehört? River Phoenix ist tot.»

«River wer?» Ricky überlegte kurz. «Ach so, dieser Schauspieler, den du so gerne mochtest?»

«Er ist an Halloween gestorben.»

«Was ist passiert? Autounfall?» Ricky konnte nicht nachvollziehen, wieso der Tod eines Schauspielers seinen Freund so aus der Spur zu werfen schien.

«Überdosis Drogen. Heroin und Kokain. Er hat das Achtfache einer tödlichen Dosis genommen. Versehentlich. Es war in seinem Drink.»

«Na, da ist er doch aber selbst schuld. Wenn er Drogen nimmt Ich dachte, das war so ein Hippie, der weder geraucht noch Fleisch gegessen hat?»

«Das ist ja das Merkwürdige. Es passt einfach nicht zu ihm. Jetzt kommen die Medien und pflücken sein Leben auseinander. Sie behaupten, es wäre alles eine Lüge gewesen. Sein ganzes Image.»

Ricky überlegte kurz. «War es das dann nicht irgendwie auch? Wenn er vor der Kamera einen auf Gutmensch macht und sich hintenrum mit Drogen vollpumpt? Klingt doch schon irgendwie nach Lebenslüge, oder?»

«Eben nicht!», rief Danny zornig. Er sprang von der Bank auf und wedelte aufgebracht mit den Händen. «Verstehst du das denn nicht? Natürlich war er ein Gutmensch. Er war Veganer, hat seinem Vater ein veganes Restaurant geschenkt, PETA unterstützt und Regenwald gekauft. Aber dann ist irgendetwas passiert, und er ist in den Drogensumpf abgerutscht. Und – zack – schon saß er in der Falle.»

«Sorry, versteh ich nicht. Wieso saß er in der Falle?»

Danny fuhr sich gereizt durch die Haare und begann, vor der Bank auf und ab zu laufen. «Weil er es niemandem sagen konnte. Er konnte es nicht! Die Gesellschaft hat etwas anderes von ihm gewollt. Sie haben ihm sein eigenes Image als Stempel aufgedrückt, und dazu war er dann verurteilt. Er hatte keine Chance, sich zu outen. Er musste so weiterleben, wie man es von ihm erwartete.»

«Okay», Ricky nickte. «Macht irgendwie Sinn. Dennoch, er war drogensüchtig. Ich würde niemals Drogen nehmen und will mit solchen Leuten auch nichts zu tun haben!»

Danny zeigte wütend mit dem Zeigefinger auf ihn: «Sag niemals nie. Du weißt nie, was alles kommen kann!»

«Danny? Ist alles klar bei dir? Warum regst du dich so auf darüber?»

Danny setzte sich wieder auf die Bank und begann, an seinem Daumen zu knabbern. «Weil ich mich die ganze Zeit eine Sache frage: Wo waren seine Eltern? Seine Freunde? Die Menschen um ihn herum? Sie müssen doch von seiner Sucht gewusst haben. Warum hat ihm niemand geholfen?»

Ricky zuckte mit den Schultern. «Keine Ahnung. Das kann dir wohl keiner sagen.»

«Ich weiß warum.» Danny sprang wieder von der Bank auf. «Es hat ihm keiner geholfen, weil es niemand wahrhaben wollte! Sie haben es vertuscht. Mit voller Absicht haben sie ihn ins offene Messer laufen lassen, um die Wahrheit nicht sehen zu müssen! Um den schönen Schein zu wahren!»

«Ja, das kann durchaus sein.»

«Nicht kann sein! Genau so war es! Ricky, was geht in Eltern vor, die ihr eigenes Kind nicht beschützen, nur um nach außen gut dazustehen?»

«Ich weiß es nicht. Meine Eltern würde so etwas niemals tun!»

Danny schnaubte böse. «Da hast du aber Glück gehabt!»

«Warum regst du dich deswegen so auf?», wiederholte Ricky seine Frage.

«Kein Plan.» Resigniert ließ Danny sich auf die Bank sinken und vergrub das Gesicht in den Händen.

«Mich betrifft das nicht», sagte Ricky. «Ich konnte mit seinem Gitarren-Gedudel so überhaupt gar nichts anfangen.»

«Ich mag Gitarre», gestand Danny. «Wenn ich nicht so absolut unmusikalisch wäre, dann würde ich das glatt lernen.»

«Super. Fleisch isst du ja eh keins, und ein Gutmensch bist du auch. Willst du auch noch Regenwald kaufen?» Das River-Thema begann langsam, ihn zu nerven.

«Ehrliche Antwort? Wenn ich genug Geld hätte, dann würde ich das sofort tun.»

«Und wann fängst du an, Drogen zu nehmen?» Ricky tippte sich mit dem Zeigefinger gegen die Stirn. «Du hast doch echt 'ne Meise.»

«Mag sein. Gott, Ricky! Er war noch so jung und musste auf diese tragische Weise sterben. Er war erst dreiundzwanzig! Dieser Mensch hatte sein ganzes Leben noch vor sich.»

«Ja, so ist das leider oft. Nur die Besten sterben jung!»

Danny sah ihn fragend an. «Echt? Ist das so? Dann kauf ich doch lieber keinen Regenwald, grill jeden Tag eine halbe Sau und hau irgendeinem Deppen aufs Maul. Ich will lieber schlecht sein und alt werden.»

«Meine Oma sagte immer: ‹Der Teufel holt die Seinen zuletzt!›»

«Na großartig», knurrte Danny. «Dann kann ich davon ausgehen, dass mein Vater hundertsieben wird.»

«Habt ihr schon wieder gestritten?»

«Wir streiten uns ständig. Den ganzen Tag. Wir machen nicht mal mehr eine Pause zwischendrin.»

«Wegen was streitet ihr denn?»

Danny ignorierte die Frage. Stattdessen begann er zu philosophieren: «Warum werden die Menschen nicht gefragt, wie sie ihr Leben führen wollen? River wollte den Ruhm nicht. Niemand hat ihn gefragt, seine Eltern haben sein Leben bestimmt. Er konnte den Hype um seine Person nie verstehen. Sein größter Wunsch war es, an einen Ort zu kommen, an dem ihn keiner kennt.» Er verschränkte die Arme vor der Brust. «Ricky, das wünsche ich mir auch. Ich will weg von hier und irgendwo neu anfangen.»

«Du meinst, du willst zurück nach Atlanta?»

«Es ist mir mittlerweile scheißegal wohin. Ich will einfach nur weg von hier.»

«Mensch, Danny. Ich versteh gar nicht, wie man sich immer nur streiten kann. Gibt es nicht irgendetwas, was du und dein Vater gemeinsam machen könnt?»

«Nein.» Danny vergrub erneut das Gesicht in den Händen und begann wieder zu weinen. «Da gibt es nichts. Zumindest jetzt nicht mehr.»

«Versuch einfach, den Streitereien aus dem Weg zu gehen.» Ricky zog seinen Freund in die Arme und wollte ihm den Rücken streicheln. Mit einem Schmerzensschrei sprang Danny von der Bank.

«Nicht anfassen.»

«Warum? Was ist?»

«Ich hatte einen Unfall gestern beim Training. Hab einen Tritt abbekommen und bin auf den Rücken gefallen», erklärte Danny.

«Autsch. Tut mir leid. Entschuldige.»

«Kein Problem. So ist es eben. Ich muss trainieren, hab Ende des Jahres die Prüfung für meinen nächsten Schülergrad.» Danny drehte sich um und machte sich auf den Heimweg.

Ricky rannte ihm hinterher. «Oh, hat es geklappt mit der Anmeldung? Glückwunsch!»

«Wie läuft es eigentlich bei dir und Hannah?», erkundigte sich Danny.

«Ganz gut.» Ricky wurde rot. «Ich mag sie. Ich hoffe, wir bleiben noch lange zusammen.»

Danny wischte sich die restlichen Tränen weg, lächelte und boxte seinem Freund freundschaftlich in die Seite. «Das freut mich für dich. Ich mag Hannah auch. Sie ist ein nettes Mädchen.» Er überlegte kurz und fügte dann hinzu. «Ihr passt wirklich gut zusammen.»

«Danke.» Ricky grinste. «Jetzt wird es nur Zeit, dass du deine kleine Französin aus dem Kopf bekommst – und dann finden wir beide hier ein nettes Mädel für dich.»

## 1994

Danny hauchte seine Finger an. Es war so kalt, dass er seinen Atem sehen konnte – sogar in der geschlossenen Telefonzelle, in der er stand und seiner Klaustrophobie trotzte. Er wusste selbst nicht, warum er plötzlich so nervös war. Im Prinzip blieb ihm ohnehin nichts anderes übrig, als den Anruf zu tätigen. Schließlich war er nicht den ganzen Weg umsonst hergekommen. Seit zehn Tagen war er unterwegs und mittlerweile vollkommen durchgefroren, schmutzig und zerzaust. Die schwarzen, fingerlosen Handschuhe, die er trug, verliehen ihm endgültig das Aussehen eines Obdachlosen. Dennoch blieb er optimistisch. Wenn alles nach Plan lief, dann würde er sein Ziel am Nachmittag erreichen. Immer vorausgesetzt, dass die Straßenkarte stimmte. Mit den Zähnen zog er die Kappe von seinem roten Filzstift ab, strich seinen jetzigen Standort durch und kringelte das nächste Etappenziel ein. Dann tippte er entschlossen die Telefonnummer in das Wählfeld des Telefonapparates. Nach dem dritten Klingeln meldete sich eine freundliche Männerstimme.

«Hallo, hier ist Danny», sagte er auf Französisch. «Ist Dominique auch da?»

«Einen kleinen Moment, bitte.»

Auf einmal war ihm sehr warm, sein Puls begann sich zu beschleunigen. Er musste die Tür der Telefonzelle öffnen, die Enge wurde unerträglich.

«Ja?», meldete sich Dominique. Danny hatte die französische Sprache schon immer gehasst, aber wenn sie sie sprach, fand er sie wunderschön.

«Ich bin es. Danny.»

«Danny!» Ihre Freude war echt. «Wie geht es dir?»

«Gut. Ich bin in Frankreich. Spätestens heute Nachmittag kann ich bei dir sein.»

«Was? Wie das?»

Er wollte ihr nicht sagen, dass er die Strecke per Anhalter zurückgelegt und die Nächte unter Brücken oder auf Parkbänken verbracht hatte. Wer konnte auch ahnen, dass es in diesen Drecksländern im Februar nachts so kalt wurde? Die Grenze war seine größte Sorge gewesen, aber er hatte sie problemlos passieren können.

«Egal», erwiderte er. «Können wir uns sehen? Ich muss mit dir reden!»

«Klar. Wann?» Dominique klang unsicher.

«Ich meld mich wieder.» Ohne ein weiteres Wort hängte er ein.

*Was, wenn sie mich einfach versetzt?*

Er hatte ihr dreimal geschrieben, und dennoch war es ihrerseits bei einem einzigen Brief geblieben. Darin hatte sie ihm mehrmals geraten, zur Polizei zu gehen. Sie könne nicht zufrieden leben, solange Danny unter diesen Bedingungen bei seinem Vater wohne. Deswegen hatte er sich wochenlang überlegt, ob sie ihn überhaupt noch sehen wollte, wenn sie herausfand, dass er sich nicht an ihren Rat gehalten hatte. Egal. Er musste es riskieren. Zu dringend war das Bedürfnis, mit jemandem zu sprechen, der über ihn Bescheid wusste. Nach außen hielt er seine souveräne Fassade aufrecht, aber in ihm tobte die Hölle. Es gab Tage, da schaffte er es kaum, in den Spiegel zu schauen, ohne mit der Faust gegen das Glas zu schlagen. Er musste dringend wissen, was mit ihm nicht stimmte.

Seufzend verließ er die Telefonzelle und trat hinaus in den Nebel. Er zog die Kapuze seines Pullovers tief ins Gesicht und vergrub die Hände in den Ärmeln. Mit Dominique zu sprechen, konnte ihm in doppelter Hinsicht helfen. Zum einen musste er ihr nichts verheimlichen, zum anderen wusste er nach dem Treffen mit Sicherheit mehr. Wenn er sie immer noch toll fand, dann konnte er davon ausgehen, dass er nicht schwul war. Was leider dafür bedeutete, dass er den Verstand verlor. Falls das nicht schon längst geschehen war.

Wütend trat er an einer Bushaltestelle gegen eine Mülltonne. Das Plastik brach sofort durch. Danny trat ein weiteres Mal dagegen, und sie löste sich aus ihrer Verankerung.

Was war nur los mit ihm? Die Versuchung, mit dem Kopf gegen eine Wand zu rennen, wurde übermächtig. Der Tumult in seinem Inneren war nicht mehr in den Griff zu bekommen. All die Jahre hätte er alles dafür getan, dass sein Vater aufhörte, ihn anzufassen. Jede Tracht Prügel hätte er dem ohne zu zögern vorgezogen. Und nun war es endlich so weit. Aiden rührte ihn nicht mehr an. Jede Zuneigung, jeder Funke Liebe – sollte es diesen jemals gegeben haben – war ausgelöscht. Und dennoch war es Danny nicht recht. Er konnte nicht erleichtert darüber sein, denn stattdessen bekam er täglich Aidens grenzenlosen Hass ab, der anstelle seines früheren Verlangens getreten war.

Warum zum Teufel war er nicht froh über seine veränderte Situation? War es wirklich denkbar, dass er sich die alten Zustände zurückwünschte? Was stimmte nur nicht mit ihm?

*Konzentrier dich, Danny,* dachte er genervt und faltete seine Karte auseinander. Bisher war die Strecke relativ einfach gewesen, jetzt musste er aufpassen, sich nicht auf den letzten Metern noch zu verlaufen. Er trottete die Straße entlang und hielt bei jedem vorbeifahrenden Auto den Daumen in die Höhe. Sein linker Fuß blutete seit Tagen, seine Socken waren längst durchgescheuert. Gerne hätte er gewusst, wie viele hundert Kilometer er gelaufen war. Das Schlimme daran war, dass er sich zwar körperlich verausgabte, aber sein Kopf Zeit zum Denken hatte. Seine Gedanken wurden sein Feind. Wieder hielt er den Daumen in die Höhe. In den letzten Tagen war es schwierig geworden, jemanden zu finden, der ihn mitnahm. Wenn er sein Äußeres noch weiter verkommen ließ, würde es bald unmöglich werden. Notfalls musste er versuchen, sich irgendwo ein Taxi zu organisieren. Zu Fuß schaffte er die letzten dreißig Kilometer niemals bis zum Nachmittag.

*Warum hast du ihr nicht gesagt, dass du morgen kommst?*

Endlich hielt neben ihm ein Auto. Danny nannte dem Fahrer die Adresse und hatte Glück; er konnte bis zu seinem Ziel durchfahren. Gähnend ließ er sich auf den Beifahrersitz fallen. Er war unheimlich müde und erschöpft und hätte gerne ein paar Minuten gedöst, aber er wagte es nicht. Dazu hätte er den älteren Mann neben sich aus den Augen lassen müssen, und so etwas konnte gefährlich werden. Es war wichtig, aufmerksam zu bleiben.

Nach einer guten halben Stunde hielt der Fahrer an und ließ Danny aussteigen. Er erklärte ihm sogar den Weg zu Dominiques Straße. Ursprünglich hatte Danny vorgehabt, zuerst in ein Hallenbad zu gehen, zu duschen und sich frisch anzuziehen, aber er wusste nicht, wo das nächste war, und er hatte keine Energie mehr, sich durchzufragen. Also beschloss er, dass es egal war. Er fuhr sich mit den Fingern durch die von Staub und Schmutz verklebten Haare, die noch mehr als sonst nach allen Seiten abstanden. Der Dreck unter seinen Fingernägeln und auf seiner Kleidung störte ihn nicht. Die letzten Meter rannte er. Schon von weitem erkannte er das Haus und wusste sofort, welches ihr Zimmer war. Sie hatte so oft davon erzählt, dass sie von ihrem Fenster aus Äpfel vom Baum pflücken konnte und wie sehr sie das Fensterkreuz auf der Scheibe und der Lärm vom Spielplatz hinter dem Garten störte. Danny hob eine Handvoll Kieselsteine auf und warf sie nacheinander gegen das Glas im ersten Obergeschoss. Fast augenblicklich wurde es geöffnet. Dominique stieß einen Freudenschrei aus, nahm sich nicht die Zeit, das Fenster zu schließen, sondern rannte durch das Haus nach unten. Sie sprang ihm ungebremst in die Arme. Danny war so glücklich, sie endlich zu sehen, dass er die viel zu feste Umarmung zuließ. Dann schien ihr plötzlich wieder einzufallen, dass er das nicht leiden konnte, und Dominique löste sich von ihm. Kurz sah sie ihm in die Augen, bevor sie ihm einen Kuss auf den Mund gab.

*Allein dafür hat sich der Weg gelohnt*, dachte Danny. Er hatte sprichwörtlich Schmetterlinge im Bauch. Sogar ganze Vogelschwärme.

*Nicht schwul*, stellte er in Gedanken fest. Die Erkenntnis entsetzte ihn. Mit einer verschobenen Sexualität wäre er klargekommen. Ob er auch damit leben konnte, dass er ganz offensichtlich geisteskrank war, wusste er noch nicht.

Dominique sah verwirrt auf seine ausgefranste Kleidung. «Bist du auf eigene Faust hergekommen?»

«Ja.»

«Komm, wir gehen rein.» Sie nahm seine Hand und wollte ihn hinter sich herziehen.

Danny blieb stehen. «Lieber nicht. Dein Vater soll mich nicht sehen. Meine Eltern werden mich bereits suchen.»

«Sie wissen nicht, wo du bist?»

«Nein.»

Sie sah ihn lange an. Dann hob sie plötzlich erschrocken die Hand und fuhr mit dem Zeigefinger über seine Wange.

«Dein Vater?», fragte sie mit zitternder Stimme.

Danny holte tief Luft und schloss die Augen. Dann nickte er. «Ja.»

«Es ist schlimmer geworden.» Dominique fragte nicht, sondern stellte fest.

«Ja. Nein. Ich weiß nicht.» Nervös trat Danny von einem Fuß auf den anderen. «Kann ich mit dir in Ruhe reden?»

«Natürlich. Geh zum Spielplatz. Ich hol uns Proviant, und wir treffen uns in zehn Minuten dort.» Sie drehte um und rannte ins Haus.

Danny starrte ihr bewundernd nach. Obwohl sie der größte

Wildfang sein konnte, war sie klug und besonnen, wenn es darauf ankam. Mit einem Mal wünschte er sich nichts sehnlicher, als erwachsen zu sein, dieses Mädchen heiraten zu können und mit ihr hier in Frankreich ein neues Leben anzufangen. Langsam schlurfte er zum Spielplatz und kletterte in das höchste Spielhäuschen. Dominique kam nur wenige Minuten später – im Rucksack eine Kanne Tee, Vesperbrote und eine dicke Decke.

«Wie geht es dir?», wollte Danny wissen, während sie alles auspackte und ihm reichte.

«Gut, wirklich gut.» Sie nahm sich ein Brot. «Bei mir ist alles wie immer. Langweilige Privatschule, mein Papa trägt mich auf Händen und macht alles für mich.»

«Gibt es nichts Neues bei dir?» Gierig machte er sich über ein Käsebrot her.

«Doch, schon. Aber das reicht später noch.» Sie wartete, bis er fertig war mit Essen. «Zuerst bist du dran. Was ist passiert?»

«So vieles. Ich weiß gar nicht, wo ich anfangen soll.»

«Am besten vorne.» Dominique setzte sich ihm lächelnd im Schneidersitz gegenüber und zündete sich eine Zigarette an. «Ich hab Zeit.»

«Okay.» Danny fuhr sich unruhig mit der Hand durch die Haare. Dann stand er auf, ging zur Rutsche, kam zurück und setzte sich wieder, nur um dann erneut aufzuspringen. Dominique blieb sitzen und wartete, bis er seine Runden fertig gedreht hatte.

«Okay», wiederholte Danny. Seufzend setzte er sich ebenfalls in den Schneidersitz und zog die Decke um seine Schultern. Dann beschloss er, die Sache einfach auf den Punkt zu bringen. «Mein Vater hat aufgehört, zu mir ins Bett zu kommen. Seit dem Sommercamp hat er gänzlich das Interesse an mir verloren.»

«Das ist doch großartig», sagte Dominique freudig überrascht.

«Ja, das dachte ich am Anfang auch, aber es stimmte nicht. Es ist schlimmer.» Seine Stimme brach. Er wusste nicht, wie er es ihr erklären sollte. «Ich … er … also, fast wünsche ich mir, er würde wieder damit anfangen.»

Sie runzelte skeptisch die Stirn und sah ihn weiter an. Ihr Blick blieb unergründlich. «Warum?»

Danny schüttelte verzweifelt den Kopf. «Das ist ja genau das, was ich nicht verstehe. Ich glaub, ich werd verrückt. Genau wie meine Mutter.» Tränen schossen ihm in die Augen, und er begann hemmungslos zu schluchzen. «Vielleicht ist die Geisteskrankheit meiner Mutter vererbbar. Oder der Wahnsinn von meinem Vater. Ich dreh noch durch. Ich verliere mich! Ich weiß nicht mehr, was ich will, wer ich bin oder was ich hier auf der Erde überhaupt noch soll.» Er begann zu hyperventilieren und fast panisch nach Luft zu schnappen.

Dominique beugte sich vor und nahm seine Hände in ihre. Sie fesselte seinen Blick mit ihren fast schwarzen Augen. «Ruhig, Danny. Ganz ruhig bleiben», sagte sie langsam. «Lass uns schrittweise vorgehen. Warum glaubst du, dich selbst zu verlieren?»

«Weil ich durchdrehe. Du kannst dir nicht vorstellen, was in mir vorgeht.» Er entzog ihr seine Hände und umklammerte seine Knie. Nervös begann er, hin und her zu schaukeln. «Ich drehe durch.»

«Schsch», machte sie. Sanft legte sie ihm ihren Zeigefinger auf die Lippen. «Nicht so. Antworte immer nur auf meine Frage. Warum glaubst du, dich zu verlieren?»

«Weil ich glaube, den Verstand zu verlieren.»

«Warum glaubst du, den Verstand zu verlieren?»

«Na, weil ich doch komplett behindert sein muss.»

Dominique zündete sich eine weitere Zigarette an und verzog keine Miene: «Warum glaubst du, komplett behindert zu sein?»

«Weil», Danny holte tief Luft. «Sonst würde ich doch nicht wollen, dass er weitermacht mit dem, was er bisher getan hat.»

«Du meinst, Sex mit dir zu haben?»

«Ja.» Er spürte, wie ihm das Blut in die Wangen schoss. Warum musste sie so direkt sein?

Dominique nickte kurz. «Ist es wirklich so, dass du es willst?»

«Ich denke schon …»

«Du denkst? Oder du willst es?»

Danny sah sie skeptisch an. Dann zuckte er ratlos die Schulter.

«Ich meine es ernst, Danny!» Sie griff wieder nach seinen Händen. Ihre Augen bohrten sich in seine. «Antworte auf meine Frage: Warum willst du Sex mit ihm haben?»

«Es ist nicht so, dass ich *das* will …» Danny fuhr sich mit seinen schmutzigen Fingern durch das Gesicht, bevor er fortfuhr. «Nur … er liebt mich jetzt nicht mehr.»

«Aha. Wir kommen der Sache näher. Du willst keinen Sex, du willst seine Liebe.»

«Ist das nicht genauso dumm? Ich hasse ihn.»

«Nein, das ist nicht dumm. Und es ist ein Riesenunterschied, ob du dich nach Sex oder nach seiner Liebe sehnst. Schau mich an, Danny. Was hat sich verändert, seit er nicht mehr in dein Bett kommt?»

Danny hob den Blick und sah sie kurz von unten nach oben an. «Er hasst mich jetzt. Und das zeigt er mir sehr deutlich.»

«Schlägt er dich mehr als zuvor?»

«Ja.»

«Viel mehr?», hakte Dominique nach.

«Ja.»

«Erzähl mir davon.»

«Wieso?» Danny zog zweifelnd eine Augenbraue nach oben.

«Weil hier vermutlich der Knackpunkt liegt. Erzähl es mir. So genau wie möglich.» Sie rutschte neben ihn und nahm sich ein Stück von der Decke.

Danny widerstand der Versuchung, wieder Abstand zu gewinnen, und starrte stattdessen auf die Holzmaserung des Bodens.

Leise begann er zu berichten: «Früher kam er freitagabends nach der Kneipe zu mir ins Bett. Anschließend hat er sich neben mich gesetzt, mich gefragt, wie es mir geht, und mir gesagt, dass er mich liebt. Er hat mich zu der Zeit nur selten geschlagen. Nur wenn ich nicht gemacht habe, was er wollte. Wenn er nüchtern war, dann war er vollkommen normal zu mir. Niemand hätte ahnen können, was da hinter verschlossenen Türen geschehen ist.»

«Und wie ist es jetzt?»

«Jetzt ist es anders. Ich kann nicht mehr kommentarlos hinnehmen, was er zu mir sagt. Wir streiten und schreien uns an. Ich weiß jetzt, dass es falsch ist, was er tut, und deswegen bin ich wütend auf ihn. Dafür hasst er mich noch mehr. Er kommt immer noch genauso besoffen in mein Zimmer. Aber jetzt zerrt er mich aus dem Bett. Dann wirft er mir vor, dass ich an allem schuld bin, und verprügelt mich. Ohne dass ich etwas gemacht habe. Zumindest, ohne dass ich weiß, was ich falsch gemacht haben könnte. Er nimmt dazu einen Stock oder den Strick, mit dem er mich früher gefesselt hat. Das Schlimmste daran ist, dass er mich auch hasst, wenn er nüchtern ist. Ich rede nicht von nicht mögen, ich rede von hassen. Von richtig abgrundtiefem Hass, der bis aufs Blut geht. Er hat meinen Hund totgeschlagen, und ich hab wirklich Angst, dass er mich eines Tages auch umbringt. Besser gesagt, ich bin mir sicher, dass er es tun wird.» Er verstummte und wartete, ob Dominique etwas sagen wollte. Doch sie schwieg. Danny hätte sie gerne angesehen, aber es ging nicht, da sie neben ihm saß.

«Glaubst du ernsthaft, er würde dich totschlagen?»

«Ja.» Er schüttelte die Decke ab und drehte sich so, dass er mit dem Rücken zu ihr saß. Dann hob er seinen Pullover samt T-Shirt hoch. Dominique sagte nichts.

Danny rückte seine Kleidung wieder zurecht und stand auf. Er lehnte sich mit dem Rücken an das Geländer des Spielhäuschens, um das vor ihm sitzende Mädchen anschauen zu können. Sie war kreidebleich, ihre Lippen zu einem weißen Strich zusammengepresst. Verwirrt fragte Danny sich, was sie so schockiert hatte. Die Wunden auf seinem Rücken waren längst verheilt und bluteten nicht mehr. Bis auf die verbliebenen Narben war nichts zu sehen.

Es dauerte eine ganze Weile, bis Dominique sich gesammelt hatte. Langsam stand sie ebenfalls auf und ging auf ihn zu.

«Danny», begann sie, «ich garantiere dir, du verlierst nicht den Verstand. Mit dir ist alles in Ordnung!»

«Woher weißt du das?»

«Ich habe dir zugehört.» Sie sah ihm in die Augen. «Es ist nicht Sex, wonach du dich sehnst. Es ist Liebe. Auch wenn du deinen Vater hasst, so willst du dennoch, dass er dich mag. Das ist normal. Jedes Kind möchte Anerkennung und Liebe von seinen Eltern.»

«Aber …» Danny war sich nicht sicher, ob er ihren Worten trauen konnte. «Früher hab ich mir nichts mehr gewünscht, als dass es aufhört. Und jetzt bin ich wieder nicht zufrieden.»

«Natürlich nicht!» Sie schrie die Worte fast. «Wie könntest du das sein? Du hast doch eben selbst gesagt, was du dafür bekommen hast. Das ist nicht besser. Im Gegenteil, es ist schlimmer! Und zwar deswegen, weil es dir Angst macht. Die Veränderung macht dir Angst! Du fürchtest um dein Leben. Das hast du früher nicht getan. Das ist der Grund, warum dir der vorherige Zustand lieber war. Nicht, weil du krank, pervers, abartig oder was auch immer bist. Sondern weil du überleben möchtest! Und das ist dein gutes Recht!»

Danny starrte sie mit offenem Mund an. Dominique hatte in diesem Moment nicht mehr viel von dem unbekümmerten Mädchen am Strand. Vor ihm stand eine erwachsene Frau, die Ahnung von dem hatte, was sie ihm sagte. Langsam nickte er. Im Prinzip hatte sie den Nagel auf den Kopf getroffen: Er hatte Todesangst. Alles, was er wollte, war überleben.

«Danny», fuhr sie fort. «Das, was dein Vater macht, ist falsch! In jeder Hinsicht. Er hat dazu kein Recht. Nie gehabt und wird es auch niemals haben! Er redet dir die Schuldgefühle ein. Dein Vater gibt dir eine Schuld, von der er genau weiß, dass es seine eigene ist. Das ist feige von ihm. Er ist nichts als ein Feigling. Ein kranker und leider auch aggressiver Feigling.»

Danny spürte, wie ihm die Tränen die Wange hinunterliefen. Er wollte sie wegwischen, aber seine Hand zitterte so stark, dass er sie wieder sinken ließ, aus Angst, Dominique könnte es bemerken.

Sie nahm ihn am Arm und zog ihn auf den Holzboden des Spielhäuschens. Liebevoll legte sie ihm die Decke wieder um die Schultern und wischte mit dem Daumen seine Tränen weg.

«Du bist normal, Danny», flüsterte sie. «Du willst keinen Sex mit deinem Vater. Und du bist auch nicht schuld. An nichts! Dein Vater ist es. Er ist krank. Du bist normal. Hast du das verstanden?»

Er reagierte nicht.

Sanft rüttelte sie an seinem Arm: «Es ist wichtig, dass du das verstehst!»

Danny nickte.

Dominique setzte sich auf seinen Schoß. «Du musst da raus, Danny! Und zwar schnell!»

Er nickte wieder.

«Du wirst frei sein, Danny», sagte Dominique und fügte voller Überzeugung hinzu: «Eines Tages wirst du frei sein.»

* * *

Dominique rutschte zur Seite, um den schlafenden Jungen in ihrem Arm vorsichtig auf den Boden sinken zu lassen. Fürsorglich kontrollierte sie, ob er vollständig zugedeckt war, bevor sie sich eine Zigarette anzündete. So lange hatte sie ihn vermisst, und jetzt war er tatsächlich da. Allerdings sah er aus, als hätte man mit ihm den Gehsteig gekehrt, und er war zudem komplett durch den Wind. Sie hoffte inständig, dass sie ihm mit dem Gespräch hatte helfen können. Der sinnvollste Weg, einem Menschen klarzumachen, was er dachte und fühlte, war immer der, die eigenen Fragen so gezielt zu stellen, dass er sie sich selbst beantworten musste. Das hatte sie bei den unzähligen Sitzungen mit ihrer Psychologin gelernt, kurz nach dem Tod ihrer Mutter. Hatte die nervtötende Tante doch etwas Sinnvolles geleistet.

Danny tat ihr unheimlich leid. Aus diesem Grund hatte sie es auch nicht übers Herz gebracht, ihm zu beichten, dass sie seit Monaten einen festen Freund hatte. Sie wollte ihm bis vorhin sogar erzählen, dass sie seit ein paar Wochen auch Sex miteinander hatten und dass das etwas Tolles war. Sie dachte, für ihn wäre das in Ordnung. Schließlich musste Danny doch selbst wissen, dass ihre Liebe aufgrund der Distanz zwischen ihnen einfach keine Chance hatte. Außerdem war er über ein Jahr jünger als sie. So etwas war ganz lustig für einen Urlaubsflirt am Strand, aber für etwas Ernsthaftes musste der Junge älter sein als das Mädchen. So verlangte es das ungeschriebene Gesetz. Nachdem Danny nun mit seinem Bericht fertig war, schien es Dominique nicht mehr angebracht, dieses Thema anzusprechen. Stattdessen überlegte sie fieberhaft, wie sie ihm helfen konnte. Ihr erster Gedanke war, sich ihrem Vater anzuvertrauen, aber sie entschied sich dagegen. Sie hatte Danny ihr Wort gegeben, niemandem etwas zu sagen, und sie wollte sein Vertrauen nicht missbrauchen. Seufzend stand sie auf. Sie musste zurück, bevor ihr Vater in die Nachtschicht ging. Nicht, dass sie sonst Ärger bekommen hätte, aber sie wollte vermeiden, dass er sich unnötig Sorgen machte. In der Hocke rutschte sie die Rutsche hinunter und rannte zum Haus. Es war bitterkalt geworden. Irgendwie musste sie Danny dazu bekommen, mit ihr drinnen zu schlafen. Sie wollte nicht riskieren, dass er nachts auf dem Spielplatz erfror.

Mit zitternden Fingern schloss sie die Haustür auf. «Papa?», rief sie. «Ich bin da.»

«Wo warst du denn so lange?» Jean stand im Flur und richtete seine Krawatte.

«Tut mir leid, ich hab jemanden getroffen und mich verquatscht.» Sie ging ins Bad und drehte die Wasserhähne auf. «Ich werde ein Bad nehmen. Ich fühl mich nicht so gut. Ich glaub, ich bekomme meine Periode.»

Jean sah sie besorgt an. «Brauchst du irgendetwas? Soll ich Alice Bescheid sagen?»

«Papa, ich werde dieses Jahr sechzehn. Ich bin kein Baby mehr. Wenn ich wieder diese fürchterliche Migräne bekomme, werde ich morgen nicht zur Schule gehen.» Sie kippte die halbe Flasche Schaumbad in die riesige Wanne. «Wenn du also morgen früh von der Arbeit kommst und es steht Frühstück auf dem Tisch, bin ich zu Hause geblieben und schlafe noch. Dann weck mich bitte nicht.»

«Domi, wenn es dir nicht gutgeht, dann mach mir bloß kein Frühstück.»

«Das mach ich doch gerne, Papa.»

Er kam zu ihr ins Bad und drückte ihr einen Kuss auf die Wange. «Ich muss los, Schatz. Ruf mich an, wenn was ist. Und vergiss nicht, deiner Lehrerin Bescheid zu sagen, wenn du morgen daheim bleiben möchtest.»

«Mach ich. Viel Spaß auf der Arbeit.» Dominique wartete, bis ihr Vater aus dem Haus gegangen war und sie den weinroten Mercedes davonfahren sah. Dann drehte sie das Wasser ab und rannte zurück auf den Spielplatz. Sie ließ sich hinter Danny auf die Knie sinken, kuschelte sich an ihn und nahm ihn in den Arm, um ihn sanft zu wecken. Mit einem Aufschrei fuhr Danny zusammen. Dominique konnte nicht reagieren, so schnell war er auf den Füßen und in der hinteren Ecke des Spielhäuschens.

«Nein!», jammerte er, während er abwehrend die Arme vors Gesicht hob. In diesem Moment begriff Dominique einen Teil des Ausmaßes davon, was Dannys Vater angerichtet hatte. Plötzlich verstand sie, dass die Tragweite der ganzen Tragödie weit über jene Freitagabende hinausreichte.

Vorsichtig richtete sie sich auf.

«Lass mich!», kreischte Danny. Sein Blick war vollkommen abwesend. Dominique bezweifelte, dass er sie in diesem Moment erkannte.

«Danny!», flüsterte sie eindringlich. «Ich bin es doch nur. Dominique. Ich wollte dich nicht erschrecken.»

Hörbar ausatmend ließ er sich zu Boden sinken. Seine Hände zitterten, als er sich damit die Augen rieb.

«Tut mir leid», stammelte er. «Ich hab geschlafen.»

«Ja», sagte sie leise und streckte ihm im Zeitlupentempo die Hand hin. «Nimm deine Sachen und komm mit.»

Er ließ sich von ihr hochziehen. «Wo gehen wir hin?»

«Folg mir einfach.»

Danny trottete hinter ihr her, bis er den Weg zum Haus erkannte.

«Nee», sagte er. «Ich komm nicht mit rein.»

«Mein Papa ist nicht da. Er ist arbeiten. Diese Woche hat er Nachtschicht.»

Danny hob skeptisch eine Augenbraue. «Aha. Und du bist ganz allein daheim, ja?» Dominique lächelte. Sein Verstand schien bereits wieder zu funktionieren.

«Wir haben eine Haushälterin. Alice. Sie war früher meine Nanny.»

«Lass mich raten: Sie ist blind und wird mich nicht sehen?», spottete er.

«Nein!» Sie gab ihm einen warnenden Stups in die Seite. «Sie wohnt unterm Dach, und wenn irgendwas ist, kann ich sie über das Haustelefon rufen oder zu ihr hochgehen. Aber sie kommt niemals ungefragt in unsere Wohnung.»

Unschlüssig folgte Danny ihr in das überdimensionierte Haus.

Sie schob ihn vor sich her ins Badezimmer: «Du musst vollkommen durchgefroren sein. Ich hab dir ein heißes Bad eingelassen.»

«Wow», staunte Danny. Achtlos warf er seine Tasche in die Ecke. «Ist ja stark. Eine Eckbadewanne.»

«Es kommt noch besser, pass auf!» Sie drückte auf einen Schalter am Bedienfeld, und das Wasser fing an zu sprudeln.

«Hammer! Sogar mit Unterwasserbeleuchtung! Ich dachte immer, meine Eltern haben Geld wie Dreck, aber *das* haben wir nicht!»

«Mein Papa hat deutlich mehr Geld als Dreck. Alice putzt nämlich gründlich. Wart ab, bis du mein Zimmer siehst. Da gibt es nichts, was es nicht gibt.» Dominique lachte. «Wie lange willst du noch staunen? Rein mit dir! Und glaub ja nicht, dass du den Platz für dich allein bekommst.»

Danny begann sich auszuziehen. Dominique dimmte das Licht, um die Unterwasserbeleuchtung besser zur Geltung zu bringen. Dann begann sie ebenfalls, sich auszuziehen.

«Bist du sicher, dass du mit rein willst?», fragte Danny. Mit dem Zeh testete er die Wassertemperatur. «Wenn ich da drin bin, wird das Wasser grau.»

«Stört mich nicht. Rutsch.» Sie setzte sich ihm gegenüber. Der Schaum wirbelte durch die Luft. Er war so hoch und dicht, dass sie sich fast nicht sehen konnten. Dominique begann, ihn mit den Händen zur Seite zu schaufeln.

«Bist du dieses Jahr wieder im Sommercamp?», wollte Danny wissen.

«Nein, mein Papa und ich machen Urlaub in Tunesien. Und du?»

«Ich hab dort Hausverbot. Auf Lebenszeit.» Danny begann, Schaumflocken durch die Luft zu pusten. «Tunesien. Du Glückliche.»

Dominique beobachtete, wie Danny mit dem Schaum spielte. Sie bemerkte, wie sein Blick sie röntgte. Wäre sie nicht schon nackt gewesen, hätte sie behauptet, er würde versuchen, sie mit den Augen auszuziehen.

«Was guckst du mich so an?», schimpfte sie lachend. «Wasch dich lieber!» Sie warf ihm einen Schaumball an den Kopf.

«He, spinnst du?» Danny versuchte, den Schaum zurückzuwerfen.

«Du sollst dich waschen!» Kichernd griff sie nach dem Duschbad und leerte ihm den restlichen Inhalt entgegen. Er tauchte kurz unter, um dem Angriff zu entgehen. Schnell nahm er einen Schluck Wasser in den Mund und spritzte ihn zwischen den Zähnen hindurch in ihre Richtung. Sie tauchte ebenfalls unter und füllte ihren Mund mit Wasser, bemüht, auch einen Strahl zwischen den Zähnen hindurchzuspritzen.

«Kannst du wohl nicht.» Danny streckte ihr die Zunge raus.

«Nee, so einen Blödsinn kann ich nicht. Aber ich kann das!»

Blitzschnell nahm sie einen weiteren Schluck in den Mund und spuckte ihn Danny ins Gesicht. Dann krabbelte sie zu ihm und versuchte, seinen Kopf unterzutauchen. Danny ließ sie gewähren. Es dauerte eine halbe Ewigkeit, bis er wieder auftauchte und seine nassen Haare ausschüttelte. «Hey, du bist ja blond», witzelte sie. «Jetzt dachte ich schon, du bist seit letztem Jahr ergraut.»

«Denken ist nicht deine Stärke.»

Danny rutschte auf sie zu und drückte sie sanft unter Wasser. Kurz blieb sie unten, dann tauchte sie dicht vor ihm auf. Ihre Nasenspitze berührte seine. Wieder fiel ihr auf, wie ungewöhnlich blau seine Augen waren. In ihrem Bauch begann es schlagartig zu kribbeln. Sie mochte ihn viel zu sehr.

«Ich hab dich vermisst, Danny.»

Er legte eine Hand in ihren Nacken. Ein wohliger Schauer lief ihr wie ein leichter Stromschlag die Wirbelsäule hinunter.

«Bestimmt nicht so sehr wie ich dich.» Seine Lippen berührten ihre. Sie spürte, wie seine Zunge ihre Lippen zu öffnen versuchte, und gab dieser Forderung nach. Langsam ließ sie sich nach hinten sinken, um sich am Badewannenrand anlehnen zu können. Danny folgte ihr, sein Mund immer noch auf ihrem. Sie schloss die Augen, als er begann, ihren Hals und ihr Schlüsselbein zu küssen. Gerne hätte sie ihn in die Arme gezogen, aber sie wagte es nicht, aus Angst vor seiner Reaktion. Deswegen schob sie sich die Hände unter den Hintern. Die Küsse auf ihrem Körper begannen tiefer zu wandern, die Schulter hinunter. Sie fanden bereits unter Wasser statt, als sie ihre Brust erreichten. Zeitgleich wurde eine Hand auf ihren Oberschenkel gelegt, die sich kontinuierlich nach oben vortastete.

*Pierre,* schoss es ihr durch den Kopf. Ein schlechtes Gewissen übermannte sie. Vorsichtig griff sie nach Dannys Arm und zog ihn nach oben. Er tauchte auf und begann wieder, sie auf den Mund zu küssen. Dominique verhielt sich passiv. Sie war hin und her gerissen und wusste nicht, was sie tun sollte.

Danny merkte sofort, dass etwas nicht stimmte. Er wich ein Stück zurück, kniff ein Auge zu und sah sie skeptisch an.

«Was ist los?»

Dominique holte kurz Luft und setzte sich im Wasser auf. Am liebsten hätte sie ihren Kopf ausgeschaltet und einfach weitergemacht, aber das wäre nicht fair gewesen. Weder Pierre noch Danny gegenüber.

«Ich muss dir was sagen», flüsterte sie.

«Hm?» Danny richtete sich ebenfalls auf und begann, an seiner Lippe zu knabbern.

«Ich hab mittlerweile einen Freund», gestand sie leise.

«Yeah, das dachte ich mir irgendwie schon.»

Dominique beobachtete ihn sorgsam, aber seine Miene blieb unergründlich.

«Tut mir leid», sagte sie schließlich.

«Schon okay.» Er schwieg eine Weile. «Hast du mir deswegen nicht mehr geschrieben?»

«Nein, Danny! Nicht deswegen!», sagte sie wahrheitsgemäß. «Sondern weil ich dachte, es ist besser so, weil wir doch eh niemals zusammen sein können.»

«Wieso können wir das nicht?»

Dominique konnte keinen Ärger in seiner Mimik ausmachen, nur Unverständnis.

«Weil wir in verschiedenen Ländern wohnen. Deswegen.» Sie verschwieg die Sache mit dem Altersunterschied.

«Macht Sinn. Oder auch nicht. Mein Vater ist Amerikaner, meine Mutter Deutsche. Trotzdem haben sie geheiratet. Na ja, wie auch immer.» Danny machte Anstalten, aus der Wanne zu steigen. «Ich werd dann mal gehen.»

Sie klammerte sich an seinem Arm fest. «Danny, nein! Du gehst sicher nicht mitten in der Nacht. Bitte bleib. Als Freund. Ich werde morgen meinem Papa sagen, dass du eine Weile bei uns wohnst. Er hat nichts dagegen.»

«Er wird es meinen Eltern sagen.»

«Wird er nicht.» Sie hob eine Hand zum Schwur. «Ich schwöre. Er wird dich nicht verraten. Ich kenne meinen Vater.»

«Ich will euch echt nicht zur Last fallen. Du hast mir wirklich geholfen, für mich hat sich der Weg gelohnt. Es ist okay, wenn ich …»

«Schsch», zischte sie und legte ihren Zeigefinger auf seine Lippen. «Du bleibst – und basta.»

Danny seufzte. «Ich muss sowieso bald zurück. Schließlich

kann ich nicht ewig auf Spielplätzen leben. Es ist nur eine Frage der Zeit, bis meine Eltern mich finden.»

Dominique nickte. «Mag sein. Aber bis dahin bleibst du hier. Ich rede morgen Mittag mit meinem Vater, und dann überlegen wir zwei uns, wie es weitergehen soll.»

Ohne Debatte hatte Dominiques Vater Jean hingenommen, was sie ihm auftischte. Dass Danny Ärger zu Hause hatte und etwas Abstand brauchte. Alice hatte ihm das Gästebett in Dominiques Zimmer gebracht und es für ihn hergerichtet. Dominique war die ganze Woche nicht zur Schule gegangen, und auch das nahm Jean kommentarlos hin. Obwohl Danny nun schon fast sechs Tage bei ihnen wohnte, fing er nicht an zu drängen. Bevor er in die Spätschicht ging, kochte Alice, und sie aßen alle gemeinsam zu Abend. Dominique merkte, dass Danny das Geschehen nicht wirklich begreifen konnte.

«Seit meine Mutter tot ist, darf ich einfach alles», erklärte sie ihm. «Wenn ich darauf bestehen würde, dürfte ich auch einen Alligator in der Badewanne halten.»

«Platz genug hätte er auf jeden Fall», erwiderte Danny und stopfte sich noch eine Handvoll Schokolade in den Mund.

Sie gammelten schon den ganzen Freitagnachmittag auf der Couch herum und sahen sich Videofilme an. Jean war in seinem Büro im Keller und arbeitete, während sie den Kühlschrank leer futterten.

Das Klingeln an der Tür riss Dominique aus ihrer Lethargie. Schwerfällig erhob sie sich und schlurfte zur Tür. Sie machte sich nicht die Mühe, über die Gegensprechanlage zu fragen, wer da war, sondern öffnete einfach.

«Pierre! Was führt dich hierher?» Schnell glättete sie sich mit den Händen die Haare. Es war ihr nicht recht, dass ihr Freund sie unangemeldet aufsuchte.

«Ich war gerade in der Gegend. Darf ich reinkommen?»

«Klar!» Sie gab ihm einen Kuss auf den Mund, und er folgte ihr ins Wohnzimmer, den Motorradhelm unter den Arm geklemmt. Dominique bemerkte den Anflug von Skepsis in seinem Gesicht, als er Danny in Jogginghose und Sweatpullover mit einer großen Schüssel Schokochips auf der Couch entdeckte.

«Darf ich vorstellen? Das ist Danny. Und das ist mein Freund Pierre», erläuterte sie auf Französisch. Neugierig schaute sie von einem zum anderen. Danny hob kurz die Hand zum Gruß.

«Hi», sagte er und futterte ungerührt weiter. Er machte keine Anstalten, sich aus seiner legeren Position zu erheben.

«Wer ist das denn?», fragte Pierre misstrauisch.

«Danny», wiederholte Dominique. «Seine Eltern sind Freunde von meinem Vater. Sie wohnen alle oben im Gästezimmer. Normalerweise sind sie tagsüber gemeinsam auf Tour, aber heute hatten seine Eltern etwas zu erledigen, deswegen hängen wir gemeinsam hier ab.»

«Interessant.»

«Ja, nicht wahr? Er kommt aus Deutschland», erklärte Dominique, als würde das alles irgendwie rechtfertigen. «Wolltest du was Bestimmtes von mir?»

«Äh, ja.» Pierre gab sich einen Ruck und löste seinen Blick von Danny. «Ich wollte dich fragen, ob du heute Abend mit ins Chateau kommst.»

«Ich weiß nicht.» Unschlüssig strich sie sich eine Haarsträhne hinters Ohr. Sie wollte Danny nicht allein lassen. «Du siehst ja, wir haben Gäste …»

«Geh doch», unterbrach Danny sie. Er sprach ebenfalls Französisch. «Das passt schon.»

«Und du?»

«Freitagabend ist bei uns Familienzeit. Du glaubst gar nicht, wie viel Spaß wir da immer haben.» Er nickte ihr aufmunternd zu.

Sie sah ihn argwöhnisch an. Die Ironie in seiner Stimme war nur für sie erkennbar.

«Bist du sicher?»

«Absolut. Heute ist Spieleabend angesagt. Monopoly.»

«Na, dann», warf Pierre ein. «Ich hol dich um neun ab.»

«Geht klar. Bis später.» Sie brachte ihn zur Haustür, um ihn zu verabschieden. Dann kam sie zurück ins Wohnzimmer. Mit in die Hüften gestemmten Händen blieb sie im Türrahmen stehen. «Spieleabend, ja?»

Danny setzte sich auf und wedelte entrüstet mit der Hand in Richtung der Tür, durch die Pierre verschwunden war. «Was war das denn für ein Fiffi? Das ist doch nicht dein Ernst, oder? Der sieht ja aus wie ein Rauhaardackel!»

«He, Vorsicht!» Dominique hob drohend den Zeigefinger. «Ich steh auf Rauhaardackel.»

«Also, echt!» Danny schüttelte den Kopf und schnitt eine Grimasse. «Das ist ja schon eine Beleidigung für mich. Ich sehe mindestens hundertmal besser aus.»

Sie musste sich ein Lächeln verkneifen. «Das weiß ich selbst. Aber der gute Danny hat es ja vorgezogen, in Deutschland bei seinen Eltern herrliche *Spieleabende* zu veranstalten!» Dominique sprach das Wort betont spöttisch aus.

«Immerhin ist mein Alter kein pingeliger Superdad. Dein Vater erlaubt dir ja nicht mal, im Haus ohne Socken herumzulaufen!», antwortete Danny mit einem Augenzwinkern, steckte die Zunge zwischen die Zähne und schielte auf seine Nasenspitze.

«Pass auf, was du sagst!» Sie stürzte sich auf ihn und begann, ihn zu kitzeln.

«Hör auf», japste Danny lachend. «Ich geb mich geschlagen.»

In dem Moment trat Jean ins Wohnzimmer. Er wartete, bis Dominique von Danny hinuntergeklettert war, bevor er sagte: «Domi, kommst du mal bitte kurz mit?»

Sie bemerkte Dannys nervösen Blick und legte ihm beruhigend die Hand auf den Arm. «Keine Sorge. Vielleicht geht es gar nicht um dich.»

Mit schnellen Schritten folgte sie ihrem Vater ins Esszimmer. Lautlos schloss sie die Tür hinter sich. Irgendetwas stimmte nicht. Ihr Vater hatte sonst nie Sorgenfalten auf der Stirn.

«Was gibt's?»

Jean lehnte sich gegen den Esstisch. «Dannys Mutter hat eben angerufen.»

«Scheiße. Woher weiß sie, dass er hier ist?» Hektisch suchten ihre Augen die Zigarettenschachtel, die hier irgendwo liegen musste.

«Sie weiß es nicht.» Er zwirbelte an seinem Schnauzbart. «Es war eine reine Vermutung. Dannys Vater wusste wohl, dass ihr euch im Camp kennengelernt habt. Seine Mutter hat deinen Namen von einem Freund von Danny erfahren und dann die Veranstalter vom Camp angerufen. Die haben ihr unsere Adresse gegeben.»

«Scheiße!», wiederholte sie. Ihre Augen fanden die Zigaretten, und sie griff danach. Umständlich fischte sie eine heraus.

«Domi, seine Mutter war ganz krank vor Sorge.»

«Nein, Papa. Du kennst seine Familie nicht. Er ist ihnen scheißegal.» Sie zündete ihre Zigarette an und zog den Rauch tief in die Lungen. Dennoch wurde sie nicht ruhiger. Nervös wippte sie mit dem Fuß auf und ab.

«Jede Mutter macht sich Sorgen. Sie hat geweint und war vollkommen außer sich.» Seufzend fügte Jean hinzu: «Ich hab ihr trotzdem nicht gesagt, dass er hier ist.»

«Echt nicht?» Quietschend vor Freude fiel Dominique ihrem Vater in die Arme. «Danke, Papa. Du bist der Beste!»

«Sag ihm, er soll sich überlegen, was er tun möchte. Ich geb euch drei Tage, dann rufe ich seine Eltern an. Sie hat gesagt, dass ihr Mann damit droht, mir die Polizei auf den Hals zu hetzen. Er ist überzeugt davon, dass Danny hier ist.»

*Widerlicher Typ*, dachte Dominique. Plötzlich bekam sie eine ungeheure Wut auf Dannys Vater.

«Ich rede mit Danny.»

Jean lächelte. «Ich werde am Montag erst spätabends anrufen. Wenn ihr Glück habt, dann holen sie ihn erst nächstes Wochenende.»

Sie drückte ihrem Vater einen Kuss auf die Stirn und verließ das Esszimmer. Danny stand neben der Tür an die Wand gelehnt und hatte ganz offensichtlich gelauscht.

«Hast du alles verstanden?»

«Yeah.»

«Was machen wir? Willst du rechtzeitig abhauen?»

Danny schüttelte den Kopf. «Nein. Lass ihn anrufen. Ich muss früher oder später ohnehin nach Hause. Ich will echt nicht, dass dein Vater Ärger bekommt. Und wenn ich schon zurück in dieses Irrenhaus muss, dann kann mein Alter mich ruhig hier abholen.»

«Da hast du wohl recht.» Nachdenklich schnippte sie ihre Asche in den großen Blumentopf im Flur. Ihre Gedanken überschlugen sich. Dannys gestörter Vater wollte ihn hier abholen. Sie musste einen Weg finden, ihm mitzuteilen, dass sie Bescheid wusste und bereit war, die Polizei einzuschalten.

* * *

Aiden lehnte an der geöffneten Fahrertür seines Chryslers, die Ellbogen auf das Autodach gestützt, und starrte auf das alte Herrenhaus mit den kitschigen Eisenschnörkeln an den Fenstern. Wenn Danny in fünf Minuten nicht kam, würde er hochgehen und ihn holen. Er war extra mitten in der Nacht losgefahren, um schon am Vormittag hier zu sein. Das Letzte, was Aiden nun gebrauchen konnte, war der pedantische Vater des Mädchens, der ihm vorwarf, dass es seine eigene Schuld war, dass sein Sohn sich in Frankreich versteckt hielt. Die Andeutungen am Telefon hatten ihm schon gereicht. Für wen hielt sich dieser Typ eigentlich? Rief bei ihm an, um ihm zu erzählen, dass sein missratener Bastard bei ihm aufgetaucht war, und erklärte ihm im gleichen Atemzug, dass der Junge keine andere Möglichkeit gesehen hatte, als von zu Hause wegzulaufen. Irgendetwas habe Danny ganz furchtbar aufgewühlt und durcheinandergebracht, deswegen brauche er nun ganz viel Zuwendung und Verständnis und könne gerne noch bis zum Wochenende bleiben, um in Ruhe seine Gedanken zu sortieren. Danny sei ja so ein anständiger und höflicher Junge. Die ganze Palette musste Aiden sich anhören. Er hatte sich bemühen müssen, nicht über den Telefonhörer zu kotzen. Langsam hatte er die Schnauze gestrichen voll davon, seinen hochanständigen Sohn permanent aus anderen Ländern abholen zu müssen. Selbstverständlich war er nach dem Gespräch gleich losgefahren. Es kam nicht in Frage, Danny noch länger bei diesem Hanswurst zu lassen, der ihn noch mehr verhätschelte, als er es ohnehin schon war.

Diesmal kam er um eine gehörige Lektion nicht herum. Eine andere Sprache schien der Junge nicht zu verstehen. Einfach abzuhauen, um sich mit Mädchen zu treffen – das war der Gipfel der Unverschämtheit. Nicht, dass Aiden eifersüchtig gewesen wäre. Diese Zeiten hatte er hinter sich gelassen. Nun war er nur noch wütend. Mehr als das. Aiden hatte das Gefühl, jeden Moment zu zerbersten. Fast drei Wochen lang hatten sie Danny gesucht und ihm hinterhertelefoniert. Nur mit Mühe hatte Aiden seine Frau davon abhalten können, die Bullen einzuschalten. Er konnte keine Polizei im Haus gebrauchen – es war schlimm genug, dass das Jugendamt ihn im Visier hatte.

Gerade als er sich von der Autotür lösen wollte, sah er Danny aus dem Haus kommen – einen Rucksack auf der Schulter und diese nervige Göre im Schlepptau. Ihre schlanken, viel zu langen Beine steckten in hautengen Bluejeans. Die kurze, taillierte Jacke betonte ihre Figur. Aufreizend warf sie ihre dunklen Haare zurück, als sie direkt auf ihn zukam. Aiden musste sich ein überhebliches Lächeln verkneifen. Sie trat vor ihn und sah ihm in die Augen, während sie ihm die Hand hinstreckte.

«Dominique», stellte sie sich vor. Für einen Moment verwirrte ihn ihr anklagender Blick. Er richtete sich zu seiner vollen Größe auf und ergriff, ohne zu grüßen, ihre Hand. Viel fester, als nötig gewesen wäre, drückte er zu. Sie ließ sich nichts davon anmerken. Stattdessen schob sie ihm mit den Fingern ein Stück Papier in die Handfläche. Aiden widerstand der Versuchung, den Zettel kommentarlos vor ihrer Nase zu zerreißen. Seine Geduld war genug strapaziert worden, er hatte keine Lust auf Kinderkram. Hauptsächlich, um den beiden genau das zu demonstrieren, ging er auf Danny zu und gab ihm wortlos eine Ohrfeige. Sein Sohn reagierte nicht darauf, aber Dominique schrie auf und stellte sich vor ihn. Entrüstet stemmte sie die Hände in die Hüften und brüllte: «Hören Sie verdammt noch mal auf, ihn zu schlagen!»

Ihr Akzent klang so lächerlich, dass Aiden sich beherrschen musste, sie nicht auszulachen. Glaubte sie wirklich, Danny verteidigen zu können? Das war ja schon fast rührend. Aber er war nicht in der Stimmung für Gefühlsduseleien.

«Jetzt pass mal auf, Mädel», erklärte er, «ich weiß ja nicht, wie das bei euch zu Hause ist. Möglicherweise erlaubt dir Papa Schlumpf alles. Bei uns hingegen weht ein anderer Wind. Danny ist abgehauen, und so ein Verhalten lasse ich nicht durchgehen.»

Verärgert griff er an Dominique vorbei, packte Danny am Kragen und zerrte ihn zu sich heran. Das Mädchen umklammerte seinen Arm und versuchte, Aidens Hand von Dannys Pullover zu lösen. Diese Handlung steigerte Aidens Wut um ein Vielfaches. Niemand mischte sich in seine Erziehung ein! Er schlug Danny erneut mit der flachen Hand ins Gesicht. Es reizte ihn plötzlich, seinen Sohn vor dem Mädchen zu schlagen. Die Vorstellung, wie demütigend das für Danny sein musste, gefiel ihm. Möglicherweise traute er sich dann nicht mehr, ihr unter die Augen zu treten. Erneut holte er aus. Wieder stellte sich diese ungezogene Göre zwischen sie.

«Geh mir aus dem Weg!», schrie Aiden sie an und hob drohend die Hand.

Danny trat hinter Dominique hervor, kam auf ihn zu und sagte warnend: «Denk nicht einmal dran!» Seine Stimme klang eisig. Dann ignorierte er seinen Vater einfach, drehte sich zu seiner Freundin um und flüsterte ihr etwas ins Ohr. Bestimmt irgendeine sentimentale Scheiße. Was auch sonst. Etwas Vernünftiges hatte sein Sohn selten zu sagen.

Sie gab ihm einen Kuss auf den Mund und hob ihren linken Arm: «Für immer!»

Jetzt fing die kleine Schlampe auch noch an zu heulen. Genervt griff er erneut nach seinem Sohn und zerrte ihn zum Wagen. Danny hob ebenfalls seinen linken Arm und wiederholte ihre unsinnigen Worte. Dann drehte er sich um und stieg ins Auto. Aiden nutzte die Gelegenheit, um ihm von hinten ins Genick zu schlagen.

«Und vergiss niemals unser Gespräch!», schrie Dominique plötzlich. «Dein Alter ist der Gestörte! Du bist normal! Vergiss das niemals!»

Aiden traute seinen Ohren nicht. Hatte das verdammte Flittchen das eben wirklich gesagt? Vielleicht sollte er sich mal kurz mit ihr beschäftigen? Aber sie begann schon, leichtfüßig rückwärts von ihm wegzuspringen. Er musste sich damit begnügen, laut zu lachen. Es klang nicht so selbstbewusst wie sonst.

«Lachen Sie ruhig!», brüllte sie zu ihm hinüber. «Lachen Sie sich selbst aus! Gestört und feige. Das ist echt lächerlich!» Vor der geöffneten Haustür blieb sie noch einmal kurz stehen. «Vergiss das niemals, Danny!», wiederholte sie und schlug die Tür von innen zu. Aiden schnaubte.

*Durchatmen, Aiden*, versuchte er sich selbst zu beruhigen. Er musste kurz draußen stehen bleiben, zumindest ein bisschen runterkommen. Wenn er jetzt zu Danny ins Auto stieg, dann würde dieser das unter Garantie nicht überleben. Das wäre kein kluger Schachzug. Wahrscheinlich war genau das geplant, und das Gör saß mit gezückter Kamera hinter irgendeinem Fenster. Er musste es schaffen, seine Aggression so weit zu zügeln, dass er mit Danny bis nach Hause fahren konnte, bevor er sich an ihm abreagierte.

Der Zettel, der noch immer zwischen seinen Fingern steckte, fiel ihm wieder ein. Über dem Autodach faltete er ihn auseinander und warf einen Blick darauf. Seine Körpertemperatur fiel plötzlich rapide ab, und sein Herz stolperte bedrohlich. Er las die Worte noch einmal:

Ich weiß Bescheid!!!
Wenn Sie ihn noch ein einziges Mal anfassen,
werde ich davon erfahren, und dann rufe ich die Polizei!

PS: Kinderschändern geht es im Knast ganz dreckig!!!

Ihm wurde schlecht. Fast hätte er sich übergeben, so sehr drehte es ihm den Magen um. Sein Hemd war klatschnass geschwitzt. Kalter Schweiß, der ihm überall aus den Poren trat.

*Sie weiß es! Verdammte Scheiße, sie weiß es!*

Aiden hielt sich mit Daumen und Zeigefinger die Nase zu und hyperventilierte minutenlang in seine hohle Hand.

Dieser verfluchte Bastard. Er hatte es ihr erzählt! Seine Gedanken fingen an zu rasen. Was sollte er der Polizei sagen? Es sind nur Kinder, die sich einen Scherz erlauben wollen, um dem armen

Vater eins auszuwischen … So etwas in der Art. Sie konnten ihm nichts anhängen. Marina wusste von nichts, zumindest konnte er sie davon überzeugen, nichts zu wissen. Sie hatten keine Beweise, es stand Aussage gegen Aussage.

*Du hast ihn geschlagen, du Idiot. Und zwar so, dass man es sehen kann!*

Und wenn schon … Er konnte die gleiche Ausrede benutzen, die er auch seiner Frau ständig servierte: Die Verletzungen stammten vom Kickboxen. Aiden hatte die Vorteile von Dannys Sport schon lange erkannt.

*Kampfsport macht aber keine sichtbaren Striemen auf dem Rücken …*

Aiden kratzte sich so heftig den Bart, dass seine Haut brannte.

Danny stieg aus dem Wagen und sah ihn fragend an. «Schlagen wir hier Wurzeln oder fahren wir zurück?»

«Halts Maul!» Aiden merkte selbst, dass er wie ein Wahnsinniger schrie. «Halt sofort deine verschissene Schnauze oder du stirbst auf der Stelle.»

«Alles klar.» Danny hob beschwichtigend die Hände in die Luft. «War ja nur eine Frage. Lass dir ruhig Zeit, ich warte im Wagen.»

*Durchatmen, Aiden! Danny weiß nichts davon.*

Da war er sich sicher, sonst hätte sein Sohn es nicht gewagt, ihn jetzt anzusprechen. Wenn es zwischen den beiden nicht abgesprochen war, dann war es halb so wild. Er durfte Danny nur keine Möglichkeit geben, noch mal mit diesem Gör zu sprechen. Briefe konnte man abfangen. Aber wie sollte er ihn am Telefonieren hindern? Oder am Weglaufen?

*Schlag ihn tot! Oder schlag ihn so grün und blau, dass er sich nicht mehr traut, auch nur einen Mucks zu machen.*

Aiden zwang sich zum Nachdenken. Dominique würde nicht die Polizei rufen. Wenn sie das tun wollte, hätte sie es längst getan. Zudem fasste er Danny ja sowieso nicht mehr an, also gab es nichts, was er ihr künftig würde berichten können. Mit zitternden Fingern öffnete er sein Sturmfeuerzeug. Er hielt erst den Zettel in die Flamme und dann seine Zigarette. Sein Puls wurde merklich ruhiger. Alles, was er tun musste, war strategisch vorzugehen. Vielleicht war es das Klügste, den Bastard nicht zu verprügeln. Es würde Gras über die Sache wachsen. Schließlich waren es nur Teenager. Eine Schlampe wie Dominique hatte erfahrungsgemäß in wenigen Tagen den nächsten Lover, und schon war Danny vergessen. Zudem hatte er schon lange vorgehabt, freundlicher zu seinem Sohn zu sein. Das war doch eine prima Gelegenheit, den guten Vorsatz endlich umzusetzen. Auch wenn er es rein aus Eigennutz tat.

Aiden warf seine Zigarette in Papa Schlumpfs spießigen Vorgarten. Nein, seine Sorgen waren unbegründet. Zwar musste er nun etwas aufpassen, aber mehr auch nicht. Panik war fehl am Platz. Es war nicht nötig, zu seiner Schwester in die USA zu flüchten.

Erleichtert stieg er ins Auto. Danny hatte seinen Kopf an die Scheibe gelehnt und starrte aus dem Fenster. Aiden sagte nichts. Er zündete sich die nächste Zigarette an und fuhr schweigend nach Deutschland zurück.

* * *

Danny war erleichtert. Mehr als das, er war glücklich. Er wusste, dass es irgendetwas mit Dominique zu tun haben musste, dass sein Vater ihn seit zwei Monaten weder geschlagen noch angeschrien hatte. Mit der Tatsache, dass Aiden auch kein Wort mehr mit ihm sprach, konnte er wunderbar leben. Es gab nichts mehr, was er sich zurückwünschte. Danny hatte sich damit abgefunden, dass sein Vater ihn hasste und sich diese Tatsache niemals ändern würde. Wenn das bedeutete, dass er seine Ruhe vor dem Alten hatte, dann nahm er diesen Hass mit Handkuss in Kauf.

Er war froh darüber, die Reise nach Frankreich unternommen zu haben. Dominique zu besuchen, war das Beste gewesen, was er seit langem getan hatte. Dass sie einen festen Freund hatte, war in Ordnung für ihn. Wenn er auch optisch ein Griff ins Klo war, sicherlich passte er gut auf sie auf und würde sie im Notfall beschützen. Darauf kam es schließlich an. Hauptsache, sie war glücklich mit ihm, dann war er es auch.

Eigentlich hatte er vorgehabt, ihr einen langen Brief zu schreiben und von allen Geschehnissen zu berichten, unterließ es dann aber. Sie sollte die Möglichkeit haben, mit ihm abzuschließen und mit ihrem Fiffi neu anzufangen. Zudem wollte er nicht, dass sie ihm antwortete. Danny wusste, dass der Brief niemals an seinem Vater vorbeikommen würde. Um eine Chance auf ihre Antwort zu haben, müsste er jeden Tag dem Postauto entgegenrennen. Da er aber in der Schule war, gestaltete sich das unmöglich. Er wollte sich nicht immer fragen müssen, ob sie ihm zurückgeschrieben hatte. Deswegen beschränkte er sich auf eine kurze Karte, um ihr das Entscheidende mitzuteilen:

Danke!
Ich weiß nicht, was du getan hast, aber es hat funktioniert.
Mein Alter hat mich komplett in Frieden gelassen!
DANKE!
Für immer
Ich werde dich niemals vergessen!!!

Anfang Juni hatte er wieder eine Prüfung, in der es darum ging, den nächsten Schülergrad zu erlangen. Dieser war in Dannys Fall der erste Schülergrad und somit der höchste. Er schaffte mühelos die geforderte Punktzahl und hatte nun die Möglichkeit, im nächsten Jahr den schwarzen Gürtel und im Anschluss den ersten Meistertitel zu machen. Was Danny durchaus anstrebte.

In der Schule ließen sie ihn längst in Ruhe. Danny wusste nicht, ob es daran lag, dass er nun fast immer mit Ricky und seiner Clique zusammen war. Er vermutete eher, dass die letzte Schlägerei der ausschlaggebende Part gewesen war. Sie hatten wieder von ihm abschreiben wollen, ihn einen Streber genannt und ihn herausgefordert. Danny war seinem Vorsatz treu geblieben und hatte sich nicht provozieren lassen. Allerdings war Ricky schlussendlich der Kragen geplatzt, und er hatte zugeschlagen, sodass Danny keine andere Möglichkeit blieb, als seinem Freund zu helfen. Da die anderen zu sechst gewesen waren, wiegten sie sich vermutlich in Sicherheit. Sie zogen jedoch eindeutig den Kürzeren. Anfangs herrschte erst einmal düstere Stimmung in der Klasse, dann aber entspannte sich die Situation, und sie begannen, Danny zu akzeptieren. Vermutlich begriffen sie auch, dass er mittlerweile eindeutig der Stärkere war, denn wo immer es eine Auseinandersetzung gab, holten sie ihn dazu, um die Sache zu regeln. Was dann überwiegend auch relativ unblutig möglich war. Danny hatte kein Problem damit, seine Klassenkameraden zu verteidigen oder Streitereien zu schlichten. Sein Vorsatz bestand nur darin, nicht anzufangen, sich nicht provozieren zu lassen und niemals für eine eigene Sache zu kämpfen. Denn so etwas hätte sein Vater getan. Er wollte nicht sein wie er.

In den Sommerferien wurde es zunehmend schwieriger, Aiden aus dem Weg zu gehen. Sie flogen wieder nicht nach Atlanta. Danny verbrachte fast die komplette Zeit bei Ricky und dessen Familie, und dennoch wurde Aiden zunehmend gereizter. Es nervte ihn ganz offensichtlich, dass er nicht lange genug Urlaub bekommen hatte und nun dazu verdammt war, im regnerischen Deutschland zu sitzen, in dem sich lästigerweise auch noch sein Sohn aufhielt. Danny spürte förmlich, wie Aidens Unzufriedenheit anschwoll und sich in Wut verwandelte. Er wusste, dass jede

Kleinigkeit nun ausreichte, seinen Vater zur Explosion zu bringen, und er gab sich alle Mühe, nicht der Funke zu sein, der sie auslöste. Obwohl ihm das vorbildlich gelang, kam das böse Erwachen Anfang August. Es war wieder einer jener Freitage, an dem sich Aiden in der Kneipe so sehr dem Alkohol hingab, dass er eine Gefahr für jeden darstellte, der es wagte, in seiner Gegenwart auch nur Luft zu holen.

Natürlich wusste Danny, dass er in einer Scheinwelt gelebt hatte, und doch brach diese zusammen, als sich in der Nacht seine Zimmertür öffnete. Allein an der Art, wie Aiden in sein Zimmer trat und den Strick in den Händen hielt, erkannte Danny, dass es nun Zeit war, sich vom Leben zu verabschieden.

Wenn er gläubig gewesen wäre, dann hätte er spätestens jetzt angefangen, sein Gebet zu sprechen. Doch Danny war nicht gläubig; er konnte sich nicht vorstellen, dass Gott all diese Dinge zugelassen hätte.

Sein Vater knipste das Deckenlicht an und blieb mitten im Zimmer stehen. Er trug ein enges, weißes T-Shirt, das seine muskulösen Oberarme und seine trainierte Brust sichtbar werden ließ. Aiden war fast einen Meter neunzig groß, und Danny wurde in diesem Moment wieder einmal klar, dass er niemals eine Chance gegen diesen Mann haben würde.

Danny hatte fest geschlafen, doch nun war er hellwach. Adrenalin schoss durch seine Adern, als er sich langsam im Bett aufrichtete.

«Was habe ich falsch gemacht?» Dannys Frage war rhetorisch. Es gab darauf keine Antwort – und selbst wenn, sie hätte ihm nichts genutzt.

«Kein Wort!», herrschte Aiden ihn an, während er die Tür hinter sich zweimal abschloss. «Kein Wort, du verfluchter Lügner!»

Danny wusste, was sein Vater ihm vorwarf. Was immer Dominique getan hatte, würde jetzt auf ihn abgewälzt werden.

«Dad», begann er flehend. Panisch versuchte er, trotz seiner zitternden Knie aufzustehen. «Bitte, hör mir nur für eine Sekunde zu …»

Aiden ließ ihm keine Chance. Noch bevor Danny sich aufgesetzt hatte, beförderte ihn ein Faustschlag aufs Bett zurück.

«Du hast mich verraten, du verdammter Bastard!»

In diesem Moment begann Danny wirklich zu lügen: «Ich hab nichts gesagt! Ehrlich, ich habe niemandem etwas gesagt!»

Der Strick sauste auf ihn nieder, erwischte seine nackten Arme und Beine und seinen Rücken.

«Bitte! Ich hab dich nicht verraten!», log Danny. Alles hätte er gesagt, um zu überleben.

«Beleidigen musste ich mich deinetwegen lassen!» Aiden griff in Dannys Haare und zerrte ihn vom Bett. Danny ließ sich auf den Boden fallen und kauerte sich zusammen.

Mit dem Fuß trat Aiden ihm mehrmals in die Seite. Die Tatsache, dass er nur Socken trug, machte die Sache nur unwesentlich besser. Er hörte nur auf damit, um seinen Sohn erneut mit dem Strick zu malträtieren.

Danny sprang auf, rannte von einer Zimmerecke in die andere, kletterte quer über den Schreibtisch und über das Bett, um Abstand zu gewinnen. Aiden ging ihm langsam hinterher: «Weglaufen nützt dir nichts. Du kommst nicht davon.»

Das wusste Danny selbst, und doch konnte er nicht anders Kurz blieb er in seiner Ecke sitzen und versuchte, sich zu sammeln. So lange hatte er seine Drachen nicht mehr gebraucht, doch nun versuchte er verzweifelt, sie heraufzubeschwören. Aber es gelang ihm nicht. Danny konnte sich nicht konzentrieren, zu sehr befand er sich in Todesangst. Zudem fehlte ihm einfach die Zeit, um durchzuatmen. So versuchte er es weiter mit seiner aussichtslosen Flucht und rannte panisch von einer Ecke zur anderen. Plötzlich bekam er Platzangst. Obwohl sein Zimmer gute fünfundzwanzig Quadratmeter groß war, ließ der Raum ihm keine Möglichkeit zu entkommen. Er saß in der Falle. Ein Opfer auf dem Weg zum Altar. Sein Hals schnürte sich bedrohlich zu, ihm fehlte schlicht die Luft zum Atmen. Schweiß überzog seinen Körper. Danny entschied sich, aus dem Fenster zu springen. Es war ihm egal, ob er den Sprung überlebte. Er rannte Richtung Dachschräge, sein Blick huschte nach oben, und er stellte entsetzt fest, dass es geschlossen war.

*Welcher verdammte Idiot hat das verfluchte Fenster zugemacht?*

War er es selbst gewesen? Wie konnte er nur so unvorsichtig sein?

Seine Hand legte sich um den Fenstergriff, als er von hinten gepackt und zu Boden gerissen wurde. Wieder sprang er auf und warf sich aus vollem Lauf gegen die Zimmertür. Sie gab nicht nach.

Aiden ignorierte die Fluchtversuche und schlug bei jeder sich bietenden Gelegenheit weiter auf seinen Sohn ein. Danny spürte, dass sein Rücken bereits zu bluten begann, aber das war nicht das Problem. Die Panik übermannte ihn, und urplötzlich verflog sein Wille zur Flucht. Er wurde vollkommen ruhig, bevor er in Starre verfiel und in sich zusammensank. Fast apathisch blieb er auf dem Boden sitzen, alle Kraft, die er zur Verfügung hatte, benötigte er, um nicht zu ersticken.

Sein ganzes Leben lang stieg Danny nicht einmal mehr in einen Fahrstuhl, und geschlossene Räume blieben für immer etwas, was ihm Angst machte.

Mit zusammengekniffenen Augen umklammerte er seine Knie, ignorierte die Schläge auf seinen Rücken und konzentrierte sich nur auf das Atmen.

*Atmen, atmen, atmen …*

«Tut es dir wenigstens leid?», brüllte Aiden ihn an.

«Ja», schluchzte er. «Es tut mir leid!»

«Sagst du jetzt und dann machst du trotzdem den gleichen Scheiß wieder.»

*Dieses Mal gewinnst du nicht, Danny!*

Ganz im Gegenteil, er hatte verloren. Vielleicht für immer. Wenn das überhaupt noch möglich war. Er war längst zu verloren, um noch etwas zu verlieren.

Heulend vor Schmerz und Angst hob Danny die Hand.

«Ich gebe auf», sagte er tonlos. «Du hast gewonnen!»

«Verarschst du mich?» Aiden trat ihm in den Rücken.

«Du hast gewonnen!», kreischte Danny. «Sag mir, was du willst, und ich mache es!»

«Ich hasse dich! Es ist alles deine Schuld. Deinetwegen ist mein Sohn tot! Deinetwegen ist meine Frau verrückt und mein Leben zerstört! Ich hasse dich, und ich will, dass du verreckst!»

Danny ließ sich mit der Stirn auf den Boden sinken. Er hatte kapituliert und war bereit aufzugeben.

«Tut mir leid», japste er. «Ich kann nicht mehr. Ich kann einfach nicht mehr! Ich mache alles, was du willst!»

«In Zukunft wirst du mir gehorchen, verstanden?»

Danny nickte schwach. «Ja, ich werde dir gehorchen.»

Aiden warf ihm den Strick in den Nacken. «Geht doch. Warum nicht gleich so?»

*Du hast verloren, Danny!*

Diese Erkenntnis nistete sich tief in seiner Seele ein.

Sein Vater schloss die Tür auf, knipste das Licht wieder aus und verließ leise das Zimmer.

* * *

Danny wartete schon seit Stunden. Wenn er so weitermachte, hatte er bald eine Furche in den Teppich gelaufen, trotzdem konnte er sich nicht hinsetzen. Die Hitze im Zimmer wurde allmählich unerträglich. Irgendwie schien es heute Abend nicht abkühlen zu wollen. Gerne wäre er mit seiner Clique zum Baggersee gefahren, doch das kam für ihn nicht mehr in Frage. Wie hätte er seinen Freunden die Narben auf seinem Rücken erklären sollen? Narben, die nicht richtig heilen konnten, weil sie kontinuierlich wieder aufgerissen wurden.

Allmählich begriff Danny, dass es aus seiner Situation nur einen Ausweg gab. Einen einzigen, endgültigen Ausweg. Seit drei Wochen wartete er darauf, dass sein Vater ihn endlich totschlug, aber mittlerweile glaubte Danny auch daran nicht mehr. Diesen Gefallen tat Aiden ihm nicht; lieber ließ er ihn irgendwo auf der Schwelle zwischen Leben und Tod und gönnte sich eine Woche später das gleiche Vergnügen noch einmal. Danny saß in seiner ganz eigenen, persönlichen Hölle, aus der es keinen irdischen Weg hinaus gab.

Aiden hatte von ihm verlangt, dass er gehorchte. Das tat er – und dennoch genügte es ihm nicht. Ein schräger Blick, ein verschmähtes Stück Fleisch, ein Husten in einem unangebrachten Moment oder einfach die Tatsache, dass er existierte – und schon war der Hass seines Vaters wieder entfacht.

So konnte es nicht weitergehen. Irgendetwas musste sich verändern. Dauerhaft.

Danny wollte nicht sterben. Seit er denken konnte, liebte er das Leben, war in der Lage, jeden Augenblick zu genießen und aus allem das Beste zu machen. Er freute sich schon so lange darauf, endlich erwachsen, frei und unabhängig zu sein.

Nein, er wollte nicht sterben. Und doch musste er genau das tun.

*Ich will, dass du verreckst!*

Er hatte versprochen zu gehorchen.

Seine Mutter war unten im Haus und saß vermutlich völlig zugedröhnt in ihrem Schaukelstuhl. Unter Umständen würde sie ihn rechtzeitig finden und ins Krankenhaus bringen. Dort würden sie verstehen, was er getan hatte. Sie konnten seinen Hilferuf mit Sicherheit als solchen deuten und fingen endlich an, die richtigen Fragen zu stellen. Wenn Marina ihn nicht fand … Shit happens. Zumindest sein Vater wäre dann glücklich. Aiden war drei Tage auf Geschäftsreise. Eine perfekte Gelegenheit, ihm seinen Wunsch zu erfüllen. Das war ein guter Sohn seinem Vater schließlich schuldig.

Danny wischte sich mit dem Handrücken den Schweiß von der Stirn. Er hatte lange genug gewartet. Noch einmal lauschte er in die Stille, dann schlich er ins Bad. Leise öffnete er den Spiegelschrank und zog das Päckchen mit den Rasierklingen heraus. Kurz überlegte er, ob er sich ein Bad einlassen sollte, um weniger Sauerei zu machen, entschied sich aber dagegen. Es erschien ihm zu klischeehaft. Er hatte nicht vor, einen Hitchcockfilm nachzuspielen. Deswegen ließ er sich im Schneidersitz auf dem dicken Teppich nieder.

*Jetzt wäre es angebracht, doch noch einem Glauben beizutreten,* dachte er zynisch. Danny begnügte sich damit, die Augen zu schließen, mehrmals tief in den Bauch zu atmen und schöne Bilder heraufzubeschwören; ein zierliches Mädchen rannte barfuß über den Strand. Ihre dunklen Haare flatterten im Wind. Sie winkte aufgeregt, um Danny zu verdeutlichen, dass er ihr folgen sollte …

Die Rasierklinge fest zwischen Daumen und Zeigefinger gepresst, saß er minutenlang auf dem Boden und versuchte, sich zu sammeln.

*Tief schneiden,* ermahnte er sich. *Du musst die Pulsader erwischen!*

Es durfte nicht so ein Kindergartenschnitt wie damals in Frankreich werden. Ruckartig stieß er sich die scharfe Klinge ins Fleisch und zog sie mit aller Kraft zu sich heran. Danny schnitt mitten durch die eintätowierten Initialen. So viel Theatralik musste sein. Einmal quer über das gesamte Handgelenk – damit durfte er eine ganz gute Trefferquote haben …

Ein scharfer, greller Schmerz loderte auf. Unfähig wegzusehen, beobachtete er, wie dunkle, rote Flüssigkeit in Strömen aus der Wunde quoll. Das irritierte ihn. Seit wann war sein Blut so dunkel? Er hatte oft genug an verschiedenen Stellen geblutet, und bisher war es irgendwie heller gewesen …

War Arterienblut oder Venenblut dunkler? Danny konnte sich nicht mehr daran erinnern. Hatte er die Schlagader erwischt? Falls ja, dann musste er sich beeilen, um die andere Seite auch noch hinzubekommen. Schnell wechselte er die Rasierklinge in die andere Hand. Das Metall war glitschig von seinem Blut. Zweimal rutschte er ab, bevor ihm auch hier der Schnitt sauber über den Arm gelang.

Erstaunt stellte Danny fest, dass es viel mehr blutete, als er jemals für möglich gehalten hätte. Fasziniert beobachtete er, wie es aus den Handgelenken floss und auf den Boden lief. Auf eine friedliche, fast angenehme Weise. Der Schmerz war gut auszuhalten, merkwürdigerweise wurde er sogar immer schwächer. So viel Angst hatte er davor gehabt, dabei war es gar nicht schlimm.

*Sterben ist einfach,* dachte er. *Friedlich. Viel einfacher und friedlicher als leben.*

Es war hypnotisch. Es hatte etwas Magisches, wie sich das Blut auf den Fliesen ausbreitete, den Teppich tränkte …

*Wieso zur Hölle blutet das so stark?*

Sein Magen krampfte sich abrupt zusammen und sein Herz begann zu rasen. Panik durchfuhr ihn.

*Ich will nicht sterben! Ich sterbe doch nicht, nur weil der Gestörte das will!*

Schnell wollte er aufstehen, um ein Badetuch auf seine Handgelenke zu drücken. Ihm wurde schwindelig. Der Boden begann zu schwanken, und die Wände drehten sich um ihn herum. Danny streckte sich, um nach dem Handtuch über seinem Kopf zu greifen, dann fiel er in ein Loch, und alles wurde dunkel …

Grelles Licht schien auf seine geschlossenen Augenlider. Es dauerte eine ganze Weile, bis Danny wieder in seinem Körper angekommen war. Der merkwürdige Schwebezustand, in dem er sich befunden hatte, verschwand allmählich. Ein brennender Schmerz ging von seinen Handgelenken aus und verteilte sich dann in den Armen.

*Du lebst noch, Danny. Aus irgendeinem Grund lebst du noch …*

Er wagte es nicht, die Augen zu öffnen. Die Stille um ihn herum ängstigte ihn. Er wollte nicht sehen, was um ihn herum geschah. Besser gesagt, was eben nicht geschah. Wieso gab es kein Martinshorn und kein Motorengeräusch? Wo waren die hektischen Krankenschwestern, die wie aufgescheuchte Hühner um ihn herumrannten und auf den Notarzt warteten? Vor allem, wo war der übereifrige Psychologe, der nur darauf wartete, endlich mit ihm zu sprechen?

«Danny?» Es war nur ein Flüstern. Die besorgte Stimme seiner Mutter. Sanft rüttelte sie an seiner Schulter. «Mach die Augen auf, du musst das trinken!»

Danny rührte sich nicht. Er wollte zurück in die sanfte Dunkelheit, aus der er gekommen war. In eine Welt ohne Angst, ohne Wissen und ohne Schmerz.

Ein Strohhalm wurde ihm zwischen die Lippen geschoben. Fast automatisch trank er, so ausgetrocknet fühlte er sich. Es schmeckte grauenhaft.

Weiche, kalte Hände streichelten unaufhörlich seine Wange, seine Haare und seine nackten Arme. Kurz hielt Danny den Atem an und vernahm das stetige Ticken der Standuhr im Wohnzimmer.

Zu Hause. Kein Krankenhaus. Es hatte nicht funktioniert. Er würde überleben. Danny war sich noch nicht sicher, ob er darüber froh oder enttäuscht sein sollte. Seine Finger ließen sich wie immer bewegen. Offensichtlich hatte er keine Sehnen durchtrennt. Das bedeutete wohl, dass er nicht tief genug geschnitten und die Arterie verfehlt hatte. Somit war es überflüssig, auf einen Krankenwagen zu hoffen. Er würde nicht kommen. Langsam öffnete er die Augen.

Dannys Blick fand seine Mutter. Ihre langen, blonden Haare hingen ihr wirr und verschwitzt ins Gesicht, die Augen waren blutunterlaufen vom Weinen. Erleichtert nahm sie ihn in die Arme.

«Gott sei Dank!», rief sie. «Es geht dir besser. Dem Himmel sei Dank!»

Kurz sah er seine dick eingebundenen Handgelenke an, die große Schüssel mit Wasser und die isotonischen Getränke um ihn herum. Dann schloss er resigniert wieder die Augen.

*Frag mich, Mom!* Er konnte die Worte nur denken. Zum Sprechen reichte seine Kraft nicht aus. *Frag mich einfach, warum ich das getan habe!*

«So etwas darfst du nie wieder tun, Danny!» Sie zog ihn an sich und wiegte ihn minutenlang in den Armen wie ein kleines Kind. Ihre Tränen liefen an seinem Gesicht hinunter. «Du darfst mich nicht verlassen!»

Natürlich fragte sie ihn nicht, weil sie die Antwort nicht wissen wollte.

«Mach dir keine Sorgen!» Sie streichelte ihm unaufhörlich durch die Haare. «Du kommst wieder in Ordnung. Ich werde es niemandem verraten. Das bleibt unser kleines Geheimnis.»

Danny biss sich fest auf die Zunge, um ein Schluchzen zu unterdrücken. Am liebsten hätte er sie einfach durchgebissen, um den ersehnten Krankenwagen doch noch zu bekommen.

Marina fing hemmungslos an zu weinen. «Mach das nie wieder, Danny! Sei nicht so egoistisch, du musst doch auch an mich denken! Ich brauche dich! Du darfst so etwas niemals wieder tun!»

Er musste weiterleben. Für seine Mutter. Aber er hatte zu verrecken. Für seinen Vater. Im Prinzip bedeutete das, er durfte nichts. Nicht tot sein, aber auch nicht existieren. Vor allen Dingen durfte er sich nicht selbst das Leben nehmen. Es gab kein Entrinnen aus diesem nie endenden Albtraum. Sein Dasein bestand darin, in seiner eigenen Hölle zu schmoren und dabei freundlich zu lächeln. Ohne das Recht, Widerstand zu leisten.

Und doch bäumte sich etwas tief in seinem Inneren auf.

*Ich sterbe nicht,* dachte er kämpferisch. *Meinem Alten zum Trotz – ich sterbe nicht!*

Der silberne Chrysler fuhr früher als erwartet die Einfahrt hinauf. Danny saß auf der Fensterbank und starrte schon den ganzen Nachmittag auf die Straße. Sorgfältig zog er sich die Ärmel seines Pullovers über die weißen Verbände. Er hasste die Ferien, viel lieber wäre er jetzt in der Schule gewesen.

Ihm war schlecht. Ob es daran lag, dass er die letzten Tage nichts gegessen hatte, oder daran, dass sein Vater nach Hause kam, konnte er nicht sagen.

Marina hatte sich rührend um ihn gekümmert, ihm Suppe gemacht, die er nicht anrührte, und ihn abends wie einen Fünfjährigen ins Bett gebracht. Danny hasste dieses Theater mit seiner Mutter als Laienschauspielerin in der Hauptrolle. An ihre gekünstelte Zuneigung wollte er sich schon gar nicht gewöhnen. Denn spätestens jetzt, wenn Aiden wieder zu Hause war, würde es damit vorbei sein. Die Haustür fiel laut ins Schloss, und Danny klammerte sich an sein Wasserglas.

«Hallo Danny», rief Aiden.

«Hallo», gab er zurück und bemühte sich, unauffällig und unsichtbar zu wirken.

«War alles in Ordnung die letzten Tage?»

«Ja, alles prima.»

«Sehr gut.» Aiden stellte seine Aktentasche auf den Stuhl und löste seine Krawatte. «Wo ist denn deine Mutter?»

*Wahrscheinlich versteckt sie sich vor dir!*

«Im Bad. Sie hat noch nicht mit dir gerechnet.»

«Ah so. Dann geh ich mal zu ihr hoch.» Er streckte die Hand aus, um Danny zur Begrüßung durch die Haare zu fahren, wie er es früher immer getan hatte.

Sofort sprang Danny auf. Fast hätte er seinem Vater reflexartig das Wasser ins Gesicht geschüttet. Im letzten Moment konnte er diese Handlung unterbinden.

Aiden wurde sofort wütend: «Was hast du für ein Problem, du Idiot? Ich komme eben erst nach Hause, und du fängst sofort Streit an!»

«Tut mir leid.» Danny ließ sich zurück auf die Fensterbank sinken und ärgerte sich darüber, dass er es nicht geschafft hatte, sich normal und unauffällig zu benehmen.

«Ich kann dein ‹Tut mir leid› nicht mehr hören!», schrie Aiden ihn an. «Sieh zu, dass du verschwindest.»

Ohne zu zögern, stand Danny auf und verließ erleichtert das Haus. Wenn es nach ihm gegangen wäre, hätte er längst das Weite gesucht, aber seine Mutter hatte darauf bestanden, dass er zu Hause war, wenn sein Vater von der Geschäftsreise zurückkam.

*Wie eine normale Familie.* Auch diesen Satz konnte Danny nicht mehr hören. Leise schloss er die Tür hinter sich und ging in den Schuppen, um sein Mountainbike zu holen. Gedankenverloren fuhr er ein paar Kilometer den Radweg an der Hauptstraße entlang und überlegte sich, wo er eigentlich hinwollte.

Dann erregte etwas am Wegesrand seine Aufmerksamkeit.

Er ließ sein Fahrrad ins Gras fallen, streckte die Hand nach dem schwarzen Fellbündel auf dem Boden aus und stellte überrascht fest, dass es noch atmete.

«Keine Angst», sagte Danny leise und hob das Katzenbaby vorsichtig auf. Sein Fell war verklebt, und es war sehr mager.

«Hat dich etwa jemand aus dem Auto geworfen?» Wut machte sich in ihm breit, als ihm bewusst wurde, dass höchstwahrscheinlich genau das geschehen war. Da hatte wohl jemand ein unliebsames Geschenk entsorgen wollen …

Das Kätzchen maunzte leise, als Danny es nach Verletzungen absuchte. Bis auf ein paar äußerliche Schrammen schien es unversehrt zu sein. «Ich nehm dich mit zu mir», beschloss er und hob sein Rad auf. Danny zog seinen Pullover aus und wickelte die Katze darin ein. Er drückte das kleine Bündel sanft an seinen Bauch und fuhr einhändig zurück, während er sich fragte, wie viele Leute wohl schon daran vorbeigegangen waren, ohne das Tier zu sehen oder sich dafür zu interessieren.

Sein Herz klopfte laut, als er sein Fahrrad zurück in den Schuppen stellte, seinen Pullover wieder anzog und das Kätzchen darunter versteckte. Irgendwie musste er es schaffen, ungesehen an seinem Vater vorbeizukommen.

Danny hatte Glück. Seine Eltern saßen in der Küche und unterhielten sich, während er die Treppe nach oben ins Bad schlich. Er ließ lauwarmes Wasser ins Waschbecken ein und begann, das Katzenkind vorsichtig von Schmutz und getrocknetem Dreck zu befreien. Danny schätzte es auf maximal sechs Wochen und erkannte, dass es eigentlich ein Kater war.

Sorgsam wickelte er es in ein vom Heizkörper angewärmtes Handtuch und trug es in sein Zimmer, um es auf sein Kopfkissen zu legen.

«Ich hol dir eine warme Milch», sagte er leise. «Bin gleich wieder da, warte hier.»

Mit gesenktem Kopf stapfte er in die Küche, ignorierte den anklagenden Blick seines Vaters und holte sich eine Flasche Vollmilch aus dem Kühlschrank.

«Wo warst du, Danny?», wollte Aiden wissen.

«Fahrradfahren», gab er knapp zurück, während er sich ein Glas einschenkte und es in die Mikrowelle stellte.

«Du machst deine Milch warm?» Sein Vater lachte spöttisch. «Bist du ein Baby?»

*Lass dich nicht provozieren, Danny. Dein Alter darf jetzt nicht in dein Zimmer kommen …*

«Anscheinend», gab er betont gelangweilt zurück.

«Muss das überhaupt sein? Vor dem Essen noch Milch zu trinken?»

«Ich hab keinen Hunger.»

Aiden schlug auf den Tisch. «Deine Mutter hat gekocht! Also wirst du was essen. In einer halben Stunde sitzt du hier am Tisch und isst zu Abend.»

«Okay.» Schnell nahm er das Glas aus der Mikrowelle und verschwand aus der Küche. Kurz blieb er an der Treppe stehen und lauschte, ob sein Vater vorhatte, ihm zu folgen. Aber er berichtete der stummen Marina weiter von seiner Geschäftsreise. Danny stieg die Stufen nach oben und verschwand kurz in Liams Zimmer. Er musste nicht lange in den Schubladen wühlen, bis er fand, was er suchte: eine Säuglingsflasche. Wenigstens ein Gutes hatte der Wahnsinn seiner Mutter.

Schnell huschte er in sein Zimmer zurück, leerte die handwarme Milch in die Flasche und legte sich zu dem Kater ins Bett. Das Tier schmiegte sich sofort dicht an ihn und begann, an dem Sauger zu lecken, bis es schließlich sein Mäulchen darum schloß und fest daran nuckelte. Danny lachte leise in sich hinein, als die winzigen Krallen sich in seinen Arm bohrten, weil das Katerchen so eifrig den Milchtritt ausführte.

«Ich werde dich Mephisto nennen», beschloss Danny. «Nach Mephistopheles aus Goethes Faust, der sowohl die Schöpfung als auch die Zerstörung beinhaltet. So sollst du auch sein. Ein Teil von jener Kraft, die zwar das Böse will, aber stets Gutes schafft.»

Er beobachtete, wie Mephisto die Flasche austrank und einschlief.

«Ja», bestätigte er sich. «Es kann nie schaden, etwas Diabolisches in sich zu haben, wenn man es richtig einzusetzen weiß.»

Liebevoll deckte er den Kater zu und machte sich auf den Weg in die Küche, um in sich hineinzustopfen, was man ihm vorsetzte.

* * *

Ein sanfter Pfotenhieb ins Gesicht weckte ihn auf. Mephisto war in den letzten drei Wochen merklich aufgeblüht. Sein schwarzes Fell hatte einen leichten Glanz bekommen, und er wurde zunehmend übermütiger. Danny wusste, dass er den jungen Kater nicht für immer unbemerkt in seinem Zimmer halten konnte. Es war so schon schwierig, jeden Tag mehrfach seine Katzentoilette sauber zu machen, damit niemand etwas riechen konnte. Anfangs hatte er den ganzen Tag müde und erschöpft in einer Schuhschachtel gelegen, die Danny mit Decken ausgelegt unter das Bett gestellt hatte. Das war nun nicht mehr möglich. Er krabbelte heraus und tollte herum. Lange würde Mephisto ihn nicht mehr brauchen. Dieser Gedanke tat Danny weh. Am liebsten würde er ihn für immer behalten, aber er wusste, dass er dieses Risiko nicht eingehen durfte. Nicht seinetwillen, sondern wegen Mephisto. Danny dachte stets daran, was sein Vater mit Rex gemacht hatte. Er durfte nicht zulassen, dass ein weiteres Tier dem Irren in die Finger fiel. Aber es war für ihn so schön, einen Freund zu haben, dem er alles anvertrauen konnte, ohne Angst vor den Konsequenzen haben zu müssen. Nachts schlief der Kater noch immer auf Dannys

Kopfkissen, ganz dicht bei ihm, sodass die Schnurhaare des Katers seine Nase kitzelten. Ein Gefühl, das Danny nicht mehr missen wollte. Er drückte seine Nase tief in das weiche Fell und kraulte Mephisto die Ohren.

«Guten Morgen. Hast du Hunger?»

Der Kater maunzte zur Bestätigung.

Leise stand Danny auf, zog sich Jogginghose und Pullover an und schlich sich in die Küche. Gerade in dem Moment, als die Mikrowelle piepste, erschien sein Vater im Türrahmen.

«Was machst du?»

«Milch warm», erwiderte Danny.

«Kannst du nicht bis zum Frühstück warten wie jeder normale Mensch auch?» Sein Vater hatte schlechte Laune. Wieder einmal fragte sich Danny, wie man bereits am frühen Sonntagmorgen so mies gelaunt sein konnte. Fieberhaft suchte er nach einer Antwort. Was sollte er sagen?

Nein? Und seinem Vater damit einen Grund zum Streit geben? Oder ja – und damit riskieren, dass er die Milch nicht mit ins Zimmer nehmen durfte?

«Tut mir leid, ich hatte Hunger und …»

«Kannst du mit deinem scheiß ‹Tut mir leid› aufhören?», schrie Aiden.

Danny verkniff sich ein weiteres «Tut mir leid» und wagte es nicht, das Milchglas aus der Mikrowelle zu nehmen.

«Es ist heute das letzte Mal», versprach er schnell.

«Du wirst keine warme Milch trinken. Du bist kein Baby mehr.»

«Was? Wieso? Lass mich doch trinken, was ich will.»

«Nein.»

«Aber …»

Aiden holte aus und gab Danny eine Ohrfeige. Eine leichte, nichts, was ihn aus der Bahn geworfen hätte, wenn sich nicht diese Wut in ihm breitgemacht hätte. Er brauchte die Milch. Danny biss sich so heftig auf die Lippe, dass er Blut schmeckte. Jetzt war nicht der richtige Zeitpunkt, um zu streiten.

«Du hast recht», lenkte er ein und hasste sich selbst für diese gekünstelte Unterwürfigkeit. «Ich bin wirklich zu alt für Milch. Darf ich mir einen Tee machen?» Beim bloßen Gedanken an Tee drehte es ihm den Magen um.

«Von mir aus», brummte Aiden genervt. Danny füllte den Wasserkocher und holte sich eine Tasse aus dem Schrank. Während er wartete, bis das Wasser sprudelte, setzte sich sein Vater an den Küchentisch und schlug die Zeitung auf. Schnell öffnete Danny den Kühlschrank und steckte sich die Milchflasche unter den Pullover. Dann schenkte er das heiße Wasser in die Tasse und ging an seinem Vater vorbei.

«Ich komm in zehn Minuten wieder runter und mach Frühstück», sagte er. «Jetzt geh ich erst mal Mom wecken.»

Aiden brummte erneut etwas vor sich hin. Erleichtert rannte Danny in sein Zimmer. Dort vermischte er die eisig kalte Milch mit dem heißen Wasser und legte sich mit Mephisto ins Bett. Gerade als der Kater anfing zu trinken, knarrten die Stufen. Danny zuckte zusammen, schnappte Mephisto und legte ihn mitsamt der Milchflasche in den Schuhkarton, den er schnell unters Bett schob. Schon öffnete sich die Zimmertür.

«Willst du mich verarschen?», donnerte sein Vater.

«Wieso?»

«Du hast gesagt, du gehst deine Mutter wecken. Hab ich doch richtig gehört, dass du in dein Zimmer gegangen bist. Warum lügst du mich an?»

Automatisch stellte sich Danny dichter vor sein Bett. In einem Film hätte in diesem Moment die Katze sicher miaut und damit alles verraten. Danny hoffte inständig, dass das nicht passieren würde.

Es blieb still.

«Sie hat noch so fest geschlafen, und ich dachte, ich …»

Eine weitere Ohrfeige landete in Dannys Gesicht.

«Hör auf zu lügen!», schrie sein Vater. Lange würde es nicht mehr dauern, bis er richtig ausrastete. «Ich hab genau gehört, dass du nicht im Schlafzimmer warst.»

«Du hast recht», sagte Danny erneut. «Ich wollte zuerst meinen Tee trinken.» Warum war ihm diese Ausrede nicht früher eingefallen?

«Du hast Glück, dass ich heute echt gute Laune habe.» Aiden zeigte mit dem Finger auf ihn. «Sonst würde ich dir so ein Verhalten nicht durchgehen lassen. Du hast fünf Minuten, dann weckst du deine Mutter und machst Frühstück.»

«Alles klar. Danke.» Danny war erleichtert, dass sein Vater sich anschickte, das Zimmer zu verlassen. Dann drehte er sich noch mal kurz um: «Und hör auf mit dieser Arschkriecherei. Das ist ja ätzend.»

«Okay», willigte Danny ein, weil er nicht wusste, was er sonst sagen sollte.

Kopfschüttelnd verließ Aiden das Zimmer und knallte die Tür hinter sich zu. Danny ließ sich auf den Boden sinken, zog den Karton unter dem Bett hervor und nahm Mephisto auf den Schoß. Er war immer noch dabei, seine Flasche zu trinken.

«Ich muss ein Zuhause für dich finden», seufzte Danny traurig. «Hier kannst du nicht bleiben.»

Schweren Herzens klingelte Danny. Insgeheim hoffte er, es würde niemand öffnen, dann hätte er Mephisto wieder mit nach Hause nehmen können. Doch schon stand Rickys Mutter freudestrahlend im Türrahmen.

«He, Danny», grüßte sie fröhlich. Ihr Blick fiel auf den nachtschwarzen Kater in Dannys Arm. «Wer ist das denn?»

«Sein Name ist Mephisto», erklärte Danny. «Ich hab ihn eben gefunden. Jemand hat ihn einfach aus dem Auto geschmissen und ist davongefahren.» Ihm fiel auf, dass er den Kater viel zu liebevoll im Arm hielt, dafür dass er angab, ihn eben erst gefunden zu haben. Deswegen packte er das Tier am Nackenfell und hob es Elina vors Gesicht.

«Wollt ihr ihn haben?»

Sie überlegte kurz.

«Möchtest du ihn nicht behalten?»

Danny zuckte mit der Schulter. «Geht nicht. Mein Dad ist allergisch gegen Katzen.»

«Ach so. Hm.» Sie rieb sich mit dem Zeigefinger die Nase und streckte dann die Hände nach dem fauchenden Bündel aus. «Warum eigentlich nicht? Die Mädchen werden sich freuen.»

Danny wollte Mephisto Elina überreichen, doch der Kater wand sich aus Dannys Griff und krallte sich an seinem Unterarm fest.

Entschlossen löste Danny die kleinen Krallen aus seinem Pullover. Unvermittelt schoss ihm das Bild in den Kopf, wie er sich an den Arm seiner Mutter gekrallt und diese seine Finger gnadenlos abgeschüttelt hatte, um ihn seinem Vater zu überlassen. Ein schlechtes Gewissen überkam ihn, und er musste sich bemühen, den dicken Kloß im Hals hinunterzuschlucken.

«Es wird dir hier gutgehen», flüsterte er dem Kater zu. «Ich komm dich jeden Tag besuchen.»

Elina nahm Mephisto in den Arm und begutachtete ihn. «Ein hübscher Kerl. Ich werde dafür sorgen, dass er den Namen behält. Magst du reinkommen, Danny? Bleib doch ein bisschen bei uns, wenn du magst.»

Verwirrt darüber, wie einfach das alles gewesen war, betrat Danny den Flur. Warum konnten seine Eltern nicht so sein? Wie oft in seinem Leben würde er sich diese Frage noch stellen müssen?

«Kinder!», rief Elina. «Kommt mal runter. Überraschung!»

Es dauerte nicht lange, bis zwei von Rickys Schwestern im Wohnzimmer saßen und sich um den Kater drängten. Langsam trat Danny den Rückzug an.

«Ich gehe», sagte er leise zu Elina. «Danke schön. Morgen komm ich wieder.»

Rückwärts ging er Richtung Tür, um noch einen Moment länger das idyllische Familienleben zu beobachten, in das er nicht hineingehörte. Er gehörte nirgendwohin. Niemand wollte ihn haben, er konnte es niemandem recht machen, und er durfte niemanden um sich haben. Es war zu gefährlich, in seiner Nähe zu sein. Das hatte er an Rex gesehen. Danny nahm sich vor, dafür zu sorgen, dass sich so etwas niemals wiederholen würde. Selbst wenn es bedeutete, dass er zeit seines Leben allein bleiben musste.

Sorgsam schloss er die Haustür hinter sich und fühlte diese immense Leere, die nun ein Teil seines Lebens geworden war und von der er befürchtete, dass er sie niemals würde füllen können.

## 1995

Danny stapfte durch den Schnee, der überall auf dem Schulhof lag. Es schneite seit Tagen, und nichts deutete darauf hin, dass es demnächst wieder aufhören würde. Er fror. Niemand wunderte sich, dass er trotz der Kälte nur eine dünne Sweatjacke trug. Genauso wenig, wie sich die Menschen im Sommer gewundert hatten, dass er wochenlang im Pullover herumgelaufen war. Dann war die Herbstzeit gekommen, und das Gesamtbild stimmte wieder. Die Schnitte an seinen Handgelenken waren problemlos verheilt, bis zum nächsten Frühjahr dürften sie niemandem mehr auffallen. Nicht einmal sein Vater hatte sie bemerkt, was nicht weiter verwunderlich war. Wenn er nicht gerade im halbdunklen Zimmer auf ihn eindrosch, dann wollte er nicht mehr viel von seinem Sohn wissen.

Danny streckte die Zunge heraus, um die Schneeflocken aufzufangen. Es diente ihm einerseits als Zeitvertreib, und andererseits wollte er sich damit selbst seine Lebensfreude demonstrieren. Jeden Tag kämpfte er ums Neue darum, sie nicht zu verlieren.

«Hey.» Ricky war hinter ihn getreten.

Danny hatte das Knirschen des Schnees längst gehört. Seine Sinne waren auf ein Höchstmaß geschult, an ihn kam keiner unbemerkt heran. «He», gab er monoton zurück, ohne sich umzudrehen. Er wollte sich nicht unterhalten. Mit niemandem.

«Ist alles in Ordnung bei dir?»

«Jepp.»

«Willst du noch lange hier auf dem Schulhof herumrennen und Schneeflocken essen oder gehen wir nach Hause?»

Teilnahmslos zuckte Danny die Achseln. Er hatte seit einer halben Ewigkeit kein Zuhause mehr. Eigentlich hätte er das Schneeflockenessen vorgezogen, aber seine Meinung zählte nicht. Mechanisch schlenderte er durch das Schultor.

«Danny!» Rickys Stimme klang streng. «Können wir uns kurz unterhalten?»

«Klar. Was gibt's?» Danny blieb stehen. Mit verschränkten Armen lehnte er sich an das Eisentor. Der Blick seines Freundes war ungewohnt ernst.

«Hast du Ärger mit Hannah?», fragte Danny besorgt.

Ricky schüttelte den Kopf: «Nein. Mit Hannah ist alles super. Ich mach mir Sorgen um dich.»

«Unnötig. Alles bestens.» Danny setzte sich bereits wieder in Bewegung. Er zog sich die Kapuze in die Stirn und beschleunigte seinen Schritt. Ricky ging ihm hinterher.

«Hör auf, mir ständig auszuweichen!» Fast schon grob griff er nach dem Arm seines Freundes.

«Lass mich los!», fauchte Danny, schüttelte Rickys Hand ab und rannte davon, ohne sich umzusehen. Er musste sich nicht einmal anstrengen, um seinen Freund abzuhängen. Kurz spielte er mit dem Gedanken, nicht zu Rickys Familie zum Essen zu gehen, aber das erschien ihm nicht fair. Sie warteten auf ihn, und er wollte sie nicht versetzen. Vor dem Haus der Fernandez blieb Danny stehen. Ungeduldig wischte er mit der Hand Schnee von den parkenden Autos, um seine Nervosität zu überspielen. Er wollte sich nicht mit Ricky streiten, aber er wusste einfach nicht, was er ihm antworten sollte.

«Was ist los mit dir, Danny?», fragte Ricky atemlos, als er sein Elternhaus erreichte. «Seit Monaten bist du wie ausgewechselt.»

«Ärger daheim.»

«Schon wieder?»

«Immer noch», erwiderte Danny.

«So schlimm?»

«Können wir reingehen? Es ist kalt.»

Ricky griff wieder nach Dannys Arm und drehte ihn langsam zu sich um. «Brauchst du Hilfe?»

Da war sie, die Frage, auf die er so lange gewartet hatte.

*Ja,* meldete sich eine Stimme aus seinem Inneren. *Ganz dringend!* «Nein, ich komm schon klar!»

«Sieht aber nicht so aus. Ich bin nicht auf den Kopf gefallen. Ich seh doch, dass bei euch irgendwas ganz und gar nicht stimmt!» Ricky hörte nicht auf, ihn anzustarren. Danny wich seinem Blick verlegen aus.

*Mir kann keiner helfen,* dachte er. *Im Gegenteil. Jeder Versuch in diese Richtung verschlimmert meine Situation.*

«Danny», setzte Ricky an. «Was kann ich tun? Soll ich bei dir vorbeikommen und deinem Alten persönlich eins aufs Maul hauen?»

«Mir geht es gut», log Danny.

«Soll ich die Polizei mitbringen?»

Danny sah seinen Freund verblüfft an und erkannte, dass dieser es durchaus ernst meinte. «Das wäre nicht gut. Vor allem für mich!» Er mochte es nicht, im Fokus eines Gespräches zu stehen.

«Du musst weg von deinem Vater», stellte Ricky fest.

«Ich weiß, Ricky. Das weiß ich selber.»

«Sag mir, wie ich dir helfen kann!»

«Gar nicht. Halt dich einfach raus.» Danny drehte sich um und ging nach Hause. Dann sollten sie eben auf ihn warten und denken, dass er ein launischer Eigenbrötler war.

«Das geht so nicht weiter!», schrie Ricky ihm nach. «Ich seh mir das nicht mehr lange tatenlos mit an!»

* * *

Aiden starrte in sein leeres Bierglas und hob dann die Hand, um sich ein neues Getränk zu bestellen. Gerne hätte er gewusst, wie oft er das im Laufe des Abends schon getan hatte, aber das Zählen hatte er längst aufgegeben.

Er saß allein an der Bar. Seine Kumpels, mit denen er sich meist freitagabends traf, waren längst an die bequemeren Tische gegangen. Aiden wollte ihnen nicht folgen. Ihm stand nicht der Sinn nach Gesellschaft oder irgendwelchen Problemen, die die Männer gewöhnlich an ihrem Stammtisch ausbreiteten.

Das Bier wurde über die Theke gereicht, und Aiden zückte die Geldbörse, um seine Zeche zu bezahlen. Sein Blick fiel auf das alte, vergilbte Foto, das er seit Jahr und Tag mit sich herumtrug. Ein Bild aus glücklichen Tagen. Marina, er und Danny im Garten, vor dem Pool. Zu ihren Füßen ein hechelnder Schäferhund. Sein Sohn winkte lachend in die Kamera, Marina strahlte, während er selbst stolz die Arme um die beiden gelegt hatte.

Tränen stiegen ihm in die Augen, als ihm schmerzhaft bewusst wurde, dass das für immer der Vergangenheit angehörte. Niemals würde es wieder so werden wie früher. Der Hund war tot, sein Sohn hasste ihn, und seine Frau war ein psychisches Wrack. An all diesen Dingen trug nur ein einziger Mensch die Schuld: er selbst.

Es war falsch gewesen, Rex zu erschlagen. Natürlich war es das. Der Hund konnte nichts dafür. Genauso wenig wie Marina oder Danny …

Aiden konnte mit diesem Schmerz in seinem Herzen nicht umgehen. Er hatte es nie gelernt. Schon früh hatte sein Vater ihm beigebracht, die eigenen Gefühle zu ignorieren und so zu leben, wie es anderen gefiel. Nicht so, wie es sich sein Herz gewünscht hätte.

Seine Gedanken wanderten zu Josh, seiner großen Liebe. Seiner einzigen Liebe. Josh, der bedingungslos zu ihm gestanden hatte und von dem er wusste, was es bedeutete, geliebt zu werden. Josh, der jahrelang wortlos hingenommen hatte, dass Aiden mit Cassie zusammen war. Weil Aidens Vater es so wollte. Josh, der so oft bittere Tränen vergoss, weil Aiden wieder einmal seine Zeit mit Cassie verbrachte und anschließend mit ihr das Bett teilte.

Aiden hatte gelernt, wie man Gefühle vorspielt und wie man die eigenen ignoriert. Aber Cassie ließ sich nicht für immer hinters Licht führen. Seufzend schob er die Erinnerungen zur Seite. Er wollte nicht an jene Nacht denken, in der alles eskaliert war. Es war schlimm für ihn, dass er Cassie das Herz brach, als er sich schließlich outete. Viel schlimmer als seine gebrochenen Finger, die er seinem Vater verdankte. Sein Plan, den Schaden möglichst gering zu halten, wenn er es im Beisein von Cassie und Josh sagte, war nicht aufgegangen. Der wirklich Leidtragende an der Sache war wie immer Josh gewesen. Aidens Vater hatte ihn noch in derselben Nacht krankenhausreif geschlagen. Ihm gedroht, er würde ihn töten, sollte er noch einmal in die Nähe seines Sohnes kommen. Niemand zweifelte an diesen Worten. Während Josh auf der Intensivstation um sein Leben kämpfte, suchte Aiden sein Heil in der Flucht und trat in die Army ein.

«Ist das deine Frau?»

Erschrocken drehte Aiden sich um. Er hatte nicht bemerkt, dass ein fremder Typ hinter ihn getreten war und auf das Foto glotzte. Schnell steckte er es weg.

«Was geht dich das an?»

«Heißes Fahrgestell», lallte der Typ. «Darf ich mir die mal ausleihen?»

Ohne Vorwarnung holte Aiden aus. Der andere hob abwehrend die Hände vors Gesicht, als Aiden ein weiteres Mal zuschlug. Seine Schläge galten nicht wirklich dem betrunkenen Jammerlappen vor ihm. Sie waren für seinen Vater bestimmt, der ihm das Einzige genommen hatte, was ihm jemals wichtig gewesen war im Leben. Josh.

«Auseinander!», rief der Wirt zornig. «Sofort auseinander, oder ich rufe die Polizei.»

Aiden trat einen Schritt zurück. Der Schmerz in seinem Inneren war weg. Geblieben war wie immer nur diese heiße Wut.

Schwer atmend betrachtete er seinen Gegner, der aus Mund und Nase blutete. Dann nahm er seinen Mantel und verließ die Kneipe.

Mit gesenktem Kopf stemmte er sich gegen den kalten Wind. Nicht einmal der half, seinen Zorn in den Griff zu bekommen. Der Wunsch, seinen Vater totzuschlagen, schlummerte noch immer in ihm. Wie viele Jahre trug er dieses Verlangen schon mit sich herum? Ein Verlangen, dem er niemals würde nachkommen können, denn sein Vater war bereits tot gewesen, als Aiden aus dem Gefängnis in Deutschland entlassen worden war. Dieser Gedanke war für ihn kaum auszuhalten. Sein Magen schmerzte vor Zorn. Die Wut fraß ihn auf. Er musste irgendetwas tun, um sie loswerden, bevor er auf einen anderen Menschen traf. Trotz dem, dass er Danny schon lange abgrundtief hasste, hoffte er, dass er ihm an diesem Abend nicht mehr begegnen würde.

* * *

Danny klammerte sich nervös an seiner Cola fest. Es fiel ihm schwer, stillzusitzen. Mit zunehmender Unruhe wanderten seine Augen immer wieder zu der großen Uhr, die an der Wand des Jugendclubs hing. Sein Fuß wippte permanent auf und ab.

«Lust zu tanzen?» Sarah, Hannahs beste Freundin, kam auf Danny zu und nahm ihn an der Hand. «Los, komm schon.»

Danny mochte Sarah, und im Normalfall wäre er ihrer Aufforderung liebend gerne nachgekommen, aber er konnte sich auf nichts anderes konzentrieren als auf die quälend langsam tickende Uhr.

«Heute nicht», erklärte er. «Ich muss nach Hause.»

«Was, jetzt schon?», fragte Sarah verwundert.

Danny stand einfach auf und ließ sie stehen. Er fand Ricky mit Hannah in der Raucherecke.

«Ricky», sagte er. «Irgendetwas stimmt nicht. Ich muss heim.»

«Was meinst du damit?» Nur widerwillig löste Ricky sich von seiner Freundin. «Was ist passiert?»

«Nichts. Hoffe ich zumindest.» Danny zuckte mit der Schulter. «Ich hab nur so ein ungutes Gefühl. Irgendetwas sagt mir, dass ich ganz dringend nach meiner Mutter sehen sollte.»

«In Ordnung.» Ricky stellte nie viele Fragen. Wenn Danny seinem besten Freund so etwas mitteilte, dann nicht ohne Grund. «Kommst du allein klar?»

«Natürlich.»

Sie gaben sich die Hand.

«Nicht mehr lange, Danny. Dann hab ich ein eigenes Auto. Dann wird alles besser. Auch für dich, das verspreche ich dir.»

Ricky hatte vor kurzem den Führerschein gemacht, war aber noch auf der Suche nach einem eigenen Pkw.

«Es ist doch nicht weit.» Danny war schon auf dem Weg nach draußen. «Wir sehen uns. Bis dann.» Er konnte sich selbst nicht erklären, warum er es plötzlich so eilig hatte. Irgendetwas trieb ihn an, die Sorge um seine Mutter nahm zu.

Danny rannte die drei Kilometer nach Hause, ohne nur einmal das Tempo zu verringern. Mit zitternden Fingern schloß er die Haustür auf und trat in den Flur. Es war alles dunkel, also schlich er sich auf Zehenspitzen ins Wohnzimmer. Er atmete hörbar auf, als er seine Mutter seelenruhig schlafend im Schaukelstuhl sitzen sah. Mit einem Schlag war das mulmige Gefühl weg. Plötzlich kam er sich albern vor und schüttelte über sich selbst den Kopf.

Sein Vater war noch in der Kneipe, seine Mutter tat das, was sie am besten konnte. Alles war in Ordnung.

*Mensch, Danny, du wirst langsam paranoid!*

Genervt machte er sich auf den Weg zum Kühlschrank. Das Rennen hatte ihn hungrig gemacht, und er wollte sich vor dem Schlafengehen noch etwas zu Essen organisieren.

* * *

Marina schlug abrupt die Augen auf. Irgendetwas hatte sie geweckt. Ein Blick auf die große Standuhr im Wohnzimmer verriet ihr, dass es nach halb zwölf war. Ob in der Nacht oder am Nachmittag vermochte sie nicht zu sagen. Sie saß in ihrem Schaukelstuhl, die Beine in eine Wolldecke gewickelt. In den letzten Monaten verbrachte sie oft den ganzen Tag so; sitzend und wippend, während im Hintergrund ihr Lied lief. Sie hatte den Verdacht, dass sich in diesen Momenten die Realität mit ihren Träumen vermischte. So konnte sie auch jetzt nicht sagen, ob sie das Geräusch geträumt oder wirklich vernommen hatte. Seufzend schloss sie wieder die Augen und wippte weiter auf und ab. Ihr Gesicht richtete sich nach oben. Es musste Vormittag sein. Die Sonne schien hell vom Himmel, Danny war wie immer im Pool. Gutgelaunt und lachend tauchte er nach den kleinen Autos, die Liam vom Beckenrand ins Wasser schubste und die sofort auf den Grund sanken. Liam quietschte vor Vergnügen dabei. Sie beobachtete den Gärtner, der ihre blühenden Rosen zurückschnitt. Bei Gelegenheit musste sie ihm dringend sagen, dass die Holzplanken auf der Terrasse gestrichen werden mussten. Eigentlich fiel es überhaupt nicht in seinen Aufgabenbereich, aber natürlich würde ihr Mann ihn dafür reichlich entlohnen. Aiden schaffte es zeitlich einfach nicht, seine Arbeit nahm ihn mal wieder voll und ganz in Anspruch. Danny wollte sie damit auch nicht beauftragen. Nächste Woche hatte er schon wieder einen Wettkampf im Schwimmen und am Tag darauf in der Leichtathletik. Zudem hatte er noch seinen Nebenjob in der Modelagentur. Da konnte sie ihm nicht auch noch mit Hausmeistertätigkeiten kommen. Er war ausgelastet genug.

Ein weiteres Geräusch ertönte. Einer ihrer Söhne geisterte mal wieder im Haus herum. Vermutlich Danny. In letzter Zeit war er irgendwie so rastlos geworden. Die Kühlschranktür wurde geöffnet, und im selben Moment fiel die Haustür ins Schloss. Aiden war von der Arbeit nach Hause gekommen. Sie wollte aufstehen, um ihm entgegenzulaufen, aber ihre Beine waren so unglaublich schwer. Seit Wochen kämpfte sie mit Wassereinlagerungen. Er würde das mit Sicherheit verstehen, schließlich waren es nur noch knapp zwei Wochen, bis ihr zweiter Sohn zur Welt kam.

Sie sah Danny hastig durchs Wohnzimmer huschen. Aus unerfindlichen Gründen schien er es plötzlich eilig zu haben, in sein Zimmer zu kommen. Aber er war zu langsam. Im Flur lief er ihrem Mann direkt in die Arme.

Aiden war betrunken, das erkannte Marina sofort. Danny musste es ebenfalls gemerkt haben, denn was immer er sich aus dem Kühlschrank stibitzt hatte, futterte er noch im Laufen auf.

«Was isst du da?», schnauzte Aiden ihn an.

«Schokolade», gab Danny zurück. Marina fragte sich, warum ihr Sohn so zickig klang.

«Um diese Zeit? Solltest du nicht längst im Bett sein?»

«Es ist noch nicht mal Mitternacht. Ich bin fünfzehn. Ich bin eben erst nach Hause gekommen und wollte vor dem Schlafen noch …»

«Wo warst du?», unterbrach Aiden ihn barsch. Danny bemerkte seinen Fehler und stockte. Verbissen schwieg er. «Wo warst du?»

Marina seufzte tief. Gleich würde ihr Mann wütend werden. Warum musste Danny ihn immer so provozieren? Er wusste genau, dass Aiden es nicht leiden konnte, wenn man ihm keine Antwort gab. Deswegen tat sie auch so, als hätte sie es nicht bemerkt, dass Aiden ihrem Sohn ins Gesicht schlug. Wie oft hatte er ihm schon gesagt, dass er zu antworten hatte, wenn man ihn etwas fragte? Warum wollte er nicht gehorchen? Möglicherweise hatte Aiden recht, wenn er sagte, dass sie einfach zu nachlässig mit ihm umgingen und er zu viele Freiheiten genoss. Sie hatte nicht einmal gewusst, dass er bis eben nicht zu Hause gewesen war.

«Ich war mit Freunden weg», räumte Danny schließlich kleinlaut ein. «Tut mir leid.»

«Was habt ihr gemacht?»

«Wir sind ins Kino gegangen und anschließend in den Jugendclub.»

«Waren Mädchen dabei?» Marina fragte sich verwundert, warum ihr Mann immer zorniger wurde.

«Ja», sagte Danny seufzend. «Es waren auch Mädchen dabei. Ist das so schlimm?»

«Oh ja. Das ist es. Du weißt warum.» Aiden zog seine Jacke aus und hängte sie an den Haken. Dann griff er nach dem Rohrstock hinter der Tür. «Geh in dein Zimmer. Ich komm gleich nach.»

«Warum?», schrie Danny. «Ich hab nichts gemacht. Ich hab niemandem etwas gesagt. Wir waren nur zusammen weg.»

«Hoch mit dir!» Marina sah durch die geöffnete Tür im Flur, wie Aiden mit dem Stock nach ihrem Sohn schlug. Er erwischte ihn an der Schulter. Danny machte einen Satz nach hinten und flüchtete Richtung Treppe.

Plötzlich bekam sie Panik. Wie aus heiterem Himmel schoss ihr ein Bild in den Kopf, von dem sie nicht wusste, wo es herkam: Danny saß verwirrt auf dem Boden seines Zimmers und hielt sich die Hände vors Gesicht, während Blut in Strömen zwischen seinen Fingern hindurch auf den Boden rann …

War es eine Eingebung? Eine Vorahnung?

Ohne weiter darüber nachzudenken, sprang sie auf, rannte in den Flur und stellte sich an die Treppe, frontal vor ihren Mann.

«Aiden, hör auf!»

Er starrte sie verwirrt an. In seinem Blick erkannte sie nichts, was sie an ihren einstigen Ehemann erinnerte. Seine Verblüffung wandelte sich innerhalb von Sekunden in Zorn.

«Was soll das denn nun?», fragte er kalt.

«Hör auf!», wiederholte sie. «Schluss damit. Lass ihn in Ruhe.»

Danny blieb unschlüssig auf der Treppe stehen und überlegte offenbar, ob die Aufforderung, in sein Zimmer zu gehen, noch galt.

«Geh mir aus dem Weg, Marina.»

Unsicher starrte sie ihn an und schüttelte dann kaum merklich den Kopf. Aiden schnalzte genervt mit der Zunge und warf den Rohrstock in die Ecke. Marina registrierte die Hand in ihrem Gesicht erst, als es bereits zu spät war. Mit einer weiteren Bewegung hatte Aiden sie auf den Boden befördert. Sie knallte mit dem Rücken auf die Fliesen. Mühsam unterdrückte sie einen Aufschrei. Gerade als sie sich wieder aufsetzen wollte, sah sie aus den Augenwinkeln Danny über das Treppengeländer nach unten in die Diele springen. Ohne ein Wort zu sagen, rannte er auf seinen Vater zu und schlug ihm die linke Faust ins Gesicht. Für eine winzige Sekunde war Aiden irritiert, dann holte er aus und schlug zurück. Er erwischte Dannys Nase. Blut spritzte in hohem Bogen durch die Luft. Marina bemerkte schockiert, dass Aiden ungerührt von Dannys Verletzung erneut ausholte.

«Hört auf!», kreischte sie hysterisch. Wie konnte sie nur so unglaublich dumm gewesen sein? Unzählige Male hatte Aiden ihr eingetrichtert, dass sie sich nicht einzumischen hatte. Aber sie konnte nicht gehorchen, und deswegen war jetzt die Katastrophe ausgebrochen. «Hört doch endlich auf!»

Niemand achtete auf sie. Marina kroch auf Knien über die bereits blutverschmierten Fliesen in die Ecke unter der Garderobe.

Danny versuchte erneut, seinem Vater die Faust ins Gesicht zu schmettern, doch diesmal war der darauf gefasst. Mühelos fing er Dannys Hand ab und hielt sie fest.

«Jetzt hast du einen Fehler gemacht, Bastard», knurrte Aiden. «Das wirst du nicht überleben.»

Danny war mindestens genauso wütend: «Wenn du noch ein Mal meine Mutter anrührst, dann wirst *du* das nicht überleben!» Marina wusste nicht, ob sie gerührt oder entsetzt sein sollte. Noch nie hatte ihr Sohn sich gegen seinen herrischen Vater aufgelehnt. Er tat es, um sie zu verteidigen; weil sie zu blöd gewesen war, einfach in ihrem Schaukelstuhl sitzen zu bleiben. Eine heftige Unruhe durchströmte sie. Nervös begann sie, auf dem Boden hin und her zu schaukeln. Sie wollte aufstehen und sich eine Fluoxetin holen, aber sie traute sich nicht.

Aiden schien nichts auf die Drohung zu geben. Er hielt noch immer Dannys Handgelenk fest und fing lauthals an zu lachen. Dann ging alles viel zu schnell: Binnen einer Sekunde hatte Danny sein Gewicht verlagert, eine schnelle Drehung vollzogen und Aiden den linken Fußrücken ins Gesicht geschleudert. Es knackte hörbar. Aiden schrie auf und riss die Hände vor seine gebrochene Nase. Er fing sich sofort wieder. Voller Hass griff er zur Garderobe und schnappte sich einen Holzkleiderbügel. Doch noch bevor er damit nach Danny schlagen konnte, hatte dieser erneut mit dem Bein zugetreten. Diesmal in den Magen. In leicht gebeugter Haltung versuchte Aiden keuchend, genügend Luft zu bekommen. Danny ließ ihm keine Zeit, durchzuatmen. Sofort trat er ihm mit dem Fuß wieder ins Gesicht. Aiden spuckte mehrmals Blut auf den Boden, während Danny sich nach unten sinken ließ und seinen Vater mit einem gezielten Tritt in die Kniekehlen von den Beinen holte.

Marina schlug schreiend die Hände vor die Augen. Sie wollte nicht sehen, wie ihr Mann auf allen vieren in einer Blutlache kniete und auf den Boden kotzte. Sein Atem ging laut pfeifend, und plötzlich war Marina sicher, dass er ersticken würde.

«Danny! Hör auf!» Ihre Finger bebten, als sie versuchte, nach ihrem Sohn zu greifen. «Hör auf!»

Doch Danny dachte nicht ans Aufhören. Mit voller Kraft trat er seinem Vater gegen den Kopf und beförderte ihn damit seitlich auf die Fliesen.

«Danny!» Marina konnte nur noch wimmern. «Bitte, Danny!»

Endlich hielt er inne und sah sie einen Moment lang an. Mit dem Handrücken wischte er sich das Blut aus dem Gesicht und kniete sich mit einem Bein auf den besudelten Boden.

*Gott sei Dank*, dachte Marina erleichtert. *Jetzt hilft er ihm.*

Danny zog seinen Vater so gut er konnte ein Stück nach oben. Dann schlug er ihm mit der Faust gegen die ohnehin schon gebrochene Nase. Aiden jaulte auf.

«Finger weg von meiner Mutter!», knurrte er. «Wenn du sie noch ein Mal schlägst, dann jage ich dich bis in die Hölle! Und ich schwöre dir, du wirst jeden Tag verfluchen, an dem du lebst!»

Ein weiteres Mal schlug Danny ihn mit der Faust. Dann zog er das Blut aus seiner verletzten Nase in den Rachen und spuckte es seinem Vater ins Gesicht. Fast schon angewidert drehte er sich um. Schnell schlüpfte er in die Turnschuhe und rannte aus dem Haus.

Marina starrte erst auf die geschlossene Haustür, dann auf Aiden, der sich mit zitternden Armen aus seiner Blutlache zu stemmen versuchte. Es gelang ihm nicht. Seine Hände rutschten auf den glitschigen Fliesen ab, und er landete erneut mit dem Gesicht voran auf dem Boden. Dort blieb er stöhnend liegen. Marina umklammerte ihre Knie und zog sie fest an sich. Leise begann sie, ihr Wiegenlied zu singen, während sie auf und ab wippte. Auf und ab. Auf und ab.

* * *

Theresa steuerte ihren altersschwachen Fiesta auf die Hauptstraße. Noch eine gute Stunde, dann war sie endlich daheim. Diese unsinnige Besprechung hatte wieder ewig gedauert. Entweder musste sie sich schnellstens eine Wohnung in Rottweil oder eine Arbeitsstelle in Besigheim suchen. Auf Dauer war diese Pendelei zu zermürbend …

*Ach du liebe Güte – was ist das denn?*

Mit aller Kraft trat sie auf die Bremse. Wo kam der Typ auf der Fahrbahn plötzlich her?

Das Heck des Wagens schleuderte auf die Gegenspur. Mit zitternden Fingern umklammerte Theresa das Lenkrad. Zum Glück war ihr Auto das einzige auf der Straße.

Der Typ schien genauso erschrocken zu sein. In Schockstarre stand er im Scheinwerferlicht und stierte sie an. Seine Augen leuchteten fast unmenschlich blau, sein Gesicht und seine Kleidung waren blutverschmiert. Sofort schossen ihr die Vampire aus dem letzten Horrorfilm in den Kopf, und sie unterdrückte mühsam den spontanen Impuls, den Rückwärtsgang einzulegen und Gas zu geben.

Hastig riss sie die Fahrertür auf. «Bist du in Ordnung?», schrie sie. Hatte sie ihn etwa angefahren?

«Ja.» Er nickte kurz und wirkte unheimlich gefasst dabei.

«Steig ein», wies sie ihn an. Sie musste ihren Wagen von der Straße herunterbekommen …

*Ich kann ihn nicht hier stehen lassen. Er ist ja noch ein halbes Kind …*

Es entsetzte sie, dass der Junge ihrer Aufforderung sofort Folge leistete. Fast hätte sie sich gewünscht, er wäre weggerannt, davongeflogen oder was auch immer.

Hinter ihr leuchteten Scheinwerfer auf. Sie beeilte sich, ihr Auto an den Straßenrand zu bekommen, und betrachtete dann den blonden Jungen neben sich. Theresa schätzte ihn auf ungefähr sechzehn. Auf seinem Pullover waren überall dunkelrote Flecken. Das eine Hosenbein war getränkt mit Blut.

Die Angst packte sie wie eine eiserne Hand. Das hier war kein Kind mehr. Neben ihr saß ein junger Mann, der aussah, als hätte er eben einen Serienmord begangen. «Was machst du mitten in der Nacht auf der Straße?» Es interessierte sie nicht im Geringsten, aber sie musste etwas sagen, um ihre Panik zu überspielen.

«Bin weggelaufen daheim.»

«Warum?»

«Hab meinen Vater verprügelt.» Er hob den Blick und sah sie mit seinen ungewöhnlichen Augen eindringlich an. Seine Lippe und seine Nase bluteten. Der Druck auf ihre Brust nahm zu. Sie hatte einen Psychopathen im Auto. Nichts wollte sie mehr, als dass dieser Typ sofort wieder verschwand.

Mühsam versuchte sie, ihre Angst zu unterdrücken, und steuerte den Kleinwagen zurück auf die Straße.

«Wo soll ich dich rauslassen?» Ihre Stimme klang ruhig, verriet nichts von ihren Gefühlen.

«Ich muss zur Polizei», sagte er entschlossen.

Theresa atmete erleichtert auf. Polizei war gut. Sehr gut sogar.

«Ich kenne mich hier nicht aus», räumte sie ein. «Weißt du, wo ein Revier ist?»

«Ja», gab er zurück. «Ich lotse Sie hin. Es ist die ganze Nacht besetzt.»

«Was willst du bei der Polizei?»

«Meinen Vater anzeigen.»

«Wieso das denn?»

Theresa hörte ihn tief Luft holen.

«Er hat mich jahrelang vergewaltigt und verprügelt. Und heute hat er sich an meiner Mutter vergriffen.»

Ihr Herz setzte einen Schlag aus. Sie konnte ihm nicht antworten. Perplex fuhr sie an die Bushaltestelle, um erneut anzuhalten. Verwirrt blickte sie auf den Teenager neben sich. «Ist das denn Ernst?»

Der Junge fixierte sie und hielt seine blutverschmierten Hände in die Höhe.

«Sehe ich so aus, als ob ich Witze mache?», fragte er trocken.

Sie biss sich auf die Zunge. Nein, das tat er nicht. Mit einem Schlag löste sich ihre Angst in Luft auf. Sie hegte keinerlei Zweifel an seinen Worten. «Nein. Entschuldige. Ich fahr dich zur Polizei. Was hast du dann vor?»

«Erst Polizei. Dann Jugendamt. Sie sollen mich in ein Heim stecken.» Er zuckte die Schultern. «Ich weiß nicht genau, ich hatte noch nicht so viel Zeit zum Nachdenken.»

«Wenn du möchtest, nehm ich dich mit zu mir nach Hause. Da kannst du dich waschen, etwas schlafen, und wir fahren morgen zur Polizei», schlug sie ihm vor. «Ich wohne allerdings ein Stück weg von hier, in Besigheim.»

«Wo ist das denn?»

«Eine Stunde von hier.»

Er schüttelte energisch den Kopf. «Geht nicht. Keine Zeit. Ich muss sofort zur Polizei.» Mit dem Zeigefinger deutete er auf eine Kreuzung. «Da vorne rechts.»

«Das kann doch warten bis morgen.» Sie fühlte sich plötzlich überfordert und war noch müder als vorher.

«Nein, es muss sofort sein. Bevor mein Alter das Weite sucht.»

Verwundert sah Theresa ihn an, schlug aber die Richtung ein, in die er sie gewiesen hatte.

«Mein Vater ist Amerikaner», erklärte er. «Er darf nicht so viel Vorsprung haben, dass er sich in die USA absetzen kann.»

«Okay», willigte sie ein. «Ich bring dich hin. Anschließend kannst du mit zu mir.»

«Danke», sagte er. «Ich hoffe nur, dass die Polizei mir glauben wird!» Der Junge kurbelte das Beifahrerfenster herunter, streckte den Kopf hinaus und spuckte eine Ladung Blut in die Nacht.

«Keine Sorge, das werden sie. Ich jedenfalls glaube dir!» Theresa reichte ihm ein Papiertaschentuch aus ihrem Handschuhfach.

«An der Ampel links, dann sind wir da.»

«Wie heißt du eigentlich? Du kannst mich Theresa nennen.» Sie parkte direkt vor dem Polizeirevier.

«Danny», gab er zurück. Er wartete nicht, bis sie ihren Wagen abgeschlossen hatte, sondern ging direkt hinein. Mit schnellen Schritten folgte sie ihm.

«Ich möchte meinen Vater anzeigen», sagte Danny gerade, als sie hinter ihn trat. Der Polizist hinter dem Schreibtisch richtete sich auf und starrte ihn verwundert an.

«In welcher Sache denn?»

«Vergewaltigung. Misshandlung. Schwere Körperverletzung und sexueller Missbrauch.»

«Sind Sie die Mutter?», wollte der Beamte von Theresa wissen.

«Nein, ich habe ihn gefunden. Er ist mir quasi ins Auto gerannt», erklärte sie hastig.

Ein zweiter Polizist kam aus den Büroräumen und blieb hinter dem Schreibtisch stehen. «Was ist passiert? Bist du verletzt? Brauchst du einen Arzt?», fragte er.

«Nein, ich bin in Ordnung. Es gab einen Streit.» Danny sprach hektisch. Er schien es eilig zu haben. «Mein Vater hat meine Mutter angegriffen. Er unterdrückt und schlägt sie seit Jahren. Heute ist es eskaliert. Es gab ein paar Handgreiflichkeiten. Sie müssen da einen Krankenwagen hinschicken.»

«Ist deine Mutter verletzt?»

«Ich weiß nicht. Möglicherweise. Auf jeden Fall braucht sie Hilfe. Mein Vater setzt sie psychisch unter Druck, und vorhin ist ziemlich viel Blut geflossen. Sie steht mit Sicherheit unter Schock.»

Der Beamte setzte sich auf. Theresa las das Schild auf dem Tisch, sein Name war Hagen. Er griff nach einem Kugelschreiber und einem Notizzettel. «Dein Name?»

«Danijel Taylor.» Er nannte dem Beamten seine Adresse. «Schicken Sie einen Streifenwagen mit.»

«Gibt es weitere Verletzte? Dein Vater eventuell?» Hagen überreichte den Zettel dem Kollegen, der neben ihm stand. Dieser ging in sein Büro, um sich an ein Funkgerät zu setzen.

Danny schüttelte den Kopf. «Keine weiteren Verletzten. Mein Vater braucht keinen Krankenwagen. Der ist entweder tot oder auf dem Weg zum Flughafen. Er wird versuchen, in die USA zu entkommen!»

«Woher weißt du, dass er auf der Flucht ist?» Theresa erkannte den Anflug von Misstrauen im Gesicht des Beamten.

«Ich habe lange genug mit ihm zusammengelebt, um ihn zu kennen. Sobald es brenzlig wird, haut er ab. Er wird sich denken können, dass ich zur Polizei gegangen bin.» Danny trat an den Schreibtisch und beugte sich zu dem Beamten hinüber. «Hören Sie, ich habe Ihnen gesagt, was Sache ist. Mein Vater setzt sich nicht daheim hin, dreht Däumchen und wartet brav, bis Sie da aufkreuzen.»

«Vergewaltigung also, ja?»

«Ja.»

«Du weiß schon, was du da sagst?» Hagen setzte einen warnenden Blick auf.

«Ja.» Danny begann ungeduldig von einem Fuß auf den anderen zu treten. «Glauben Sie mir, dass ich genau weiß, was ich sage!»

Der Beamte von vorher kam zurück, nickte Hagen kurz zu und stellte sich hinter seinen Kollegen.

«Kannst du das irgendwie beweisen?»

Danny zuckte die Schultern. «Nein, wie?»

«Wir werden das medizinisch nachprüfen müssen.»

Genervt schnaubte Danny durch die Nase. Allmählich schien er die Geduld zu verlieren. «Was wollen Sie da finden? Das ist Jahre her …»

«Warum kommst du dann erst jetzt?», unterbrach ihn der Beamte, der bisher geschwiegen hatte.

«Na, also hören Sie mal!», warf Theresa grimmig ein. «Seien Sie lieber froh, dass er überhaupt gekommen ist.»

«Es war kein Vorwurf, nur eine Frage», verteidigte sich der Polizist.

«Weil er mich regelmäßig fast totschlägt. Soll ich warten, bis er es geschafft hat, und dann wiederkommen?» Danny begann, seinen Pullover auszuziehen.

«Das kann ich sogar beweisen», fügte er schnell hinzu und drehte den Beamten seinen Rücken hin.

Sie sagten beide nichts dazu. Theresa blieb der Mund offen stehen, als sie ebenfalls einen Blick auf Dannys Rücken werfen konnte. Überall waren weiße Striemen, teilweise vernarbt, teilweise noch blutig.

«Das war dein Vater?», fragte Hagen.

«Ich selbst war es wohl nicht», knurrte Danny. Mit dem Zeigefinger fuhr er über eine Narbe auf seiner Wange, die Theresa noch gar nicht aufgefallen war. «Das war er auch. Hat mir im Suff eine Bierflasche ins Gesicht geschlagen. Das hingegen war ich tatsächlich selbst», er streckte seine Handgelenke über den Schreibtisch. «Selbstmordversuch. War nicht immer so lustig zu Hause.»

«Ich werde das alles so zu Protokoll nehmen.» Hagen bemühte sich um einen ungerührten Gesichtsausdruck, was ihm nicht ganz gelang. «Der Krankenwagen ist unterwegs. Zudem ein Streifenwagen. Wir sehen uns das mal an.»

«Schicken Sie auch jemanden zum Flughafen. Mein Vater hat die amerikanische Staatsbürgerschaft. Wenn er in ein Flugzeug kommt und die Vereinigten Staaten erreicht, dann bekommen Sie ihn niemals.»

«Wir bekommen ihn», versprach Hagen. «Keine Sorge, wir kümmern uns drum.» Er winkte kurz nach einer Kollegin. «Wie will er zum Flughafen? Hat er einen Pkw?»

«Geländewagen. Silberner Chrysler.» Danny schrieb die Autonummer auf einen Zettel. Die Polizistin kam und stellte sich neben Hagen.

«Luisa», sagte er, «bringen Sie den Jungen zur Toilette, damit er sich waschen kann. Und dann machen Sie ihm einen Kaffee.»

«Gerne.» Sie lächelte. «Komm mit. Schwarz?»

«Milch und Zucker.»

«Eins noch, Danijel», rief ihnen Hagen hinterher. «Weißt du, ob dein Vater bewaffnet ist?»

Danny zuckte die Achseln. «Ich glaube nicht. Ich hab nie eine Waffe im Haus gesehen. Aber wie gesagt: Er ist Ami. Möglich wär's.»

Theresa folgte der Polizistin und dem Jungen in die Damentoilette. Danny drehte das Wasser auf und hielt erst die Hände darunter, dann steckte er den Kopf unter den Hahn. Gebannt beobachtete Theresa, wie die rosa Flüssigkeit immer heller wurde und den Ausguss hinabstrudelte.

«Danke Ihnen, dass Sie ihn hergebracht haben», sagte die Polizistin zu Theresa. «Wir kümmern uns um ihn. Wenn Sie möchten, dann können Sie gehen.»

«Ich bleibe», erwiderte Theresa. «Ich nehme ihn nachher mit zu mir und gehe morgen mit ihm zum Jugendamt.»

«Das ist wirklich nett.» Luisa lächelte freundlich. «Aber das geht leider nicht. Er muss in eine Inobhutnahmestelle, bis wir das alles geklärt haben. Aber schreiben Sie uns doch bitte kurz Ihre Nummer auf. Falls wir in dieser Zeit noch etwas von Ihnen brauchen. Ich hole eben den Kaffee.»

«Mach ich.» Sie sah der Polizistin kurz nach. Dann konzentrierte sie sich wieder auf Danny. Er schüttelte seine nassen Haare aus und blickte in den Spiegel. Seine Gesichtszüge wurden plötzlich aggressiv.

«Fuck!» Wütend trat er mit dem Fuß gegen den Mülleimer in der Ecke.

«Was ist denn?»

Er klammerte sich mit beiden Händen am Waschbecken fest.

«Fuck! Ich hätte nicht herkommen sollen», fluchte er.

«Doch, das war richtig. Es war längst überfällig ...»

«Ich hätte nicht herkommen sollen!» Unvermittelt holte er aus und schlug mit der Faust in den Spiegel. Das Glas barst sofort und breitete sich spinnennetzförmig aus. «Sie haben keine Ahnung, was das für meine Mutter bedeutet!»

«Beruhige dich!» Theresa wusste nicht, was sie tun sollte. Sie starrte erst auf die blutige Hand des Jungen und dann in sein Gesicht. Er hatte die Lippen fest zusammengekniffen und kämpfte um seine Selbstbeherrschung. «Es ist jemand auf dem Weg zu deiner Mutter. Sie werden sich um sie kümmern.»

Die junge Polizistin trat an die geöffnete Tür, den Kaffee in der Hand. Danny verließ die Toilette und nahm die Tasse entgegen

«Ich glaube, wir brauchen einen Erste-Hilfe-Kasten», sagte Theresa leise. «Er hat sich die gesamten Finger zerschnitten.»

Danny trank einen Schluck. Luisa schaute ungläubig auf seine blutende Hand.

«Wie ist das denn nun passiert?», fragte sie verwirrt. «Ich hole schnell den Verbandskasten.»

«Ich brauche keinen Verbandskasten», zischte Danny. «Schicken Sie lieber einen von Ihren verfluchten Streifenwagen zum Flughafen und sehen Sie zu, dass Sie diesen Hurensohn erwischen.»

* * *

Danny lag auf dem Bett und starrte die Decke an. Eigentlich war er geübt darin, alle möglichen Dinge einfach über sich ergehen zu lassen, dennoch waren seine Nerven zum Zerreißen gespannt. Warum konnte die Frau neben ihm nicht einfach still sein und ihn in Frieden lassen? Es gab so vieles, was er noch mit sich selbst ins Reine bringen wollte. Dazu brauchte er seine Ruhe und nicht irgendwelches unqualifizierte Personal, das ihn nonstop mit Worten bombardierte. All die Jahre hatte er vergeblich auf eben diese Fragen gewartet. Jetzt, nachdem er den entscheidenden Schritt selbst unternommen hatte, wurden sie ihm plötzlich gestellt. Aber jetzt mochte er sie nicht mehr beantworten.

Sandra seufzte laut. Sie saß auf einem Hocker neben Dannys Bett und wartete. «Gibt es denn gar nichts, was wir für dich tun können?», fragte sie.

«Doch. Sie können die Zimmertür zumachen. Von außen.»

«Danny», sagte sie in jenem zudringlichen Ton, der ihn aggressiv werden ließ, «wir wollen dir doch nur helfen.»

«Wie kommen Sie denn darauf, dass ich Hilfe brauche?» Die brauchte er nicht. Zumindest jetzt nicht mehr, und schon gar nicht von einer fremden Frau.

«Du bist jetzt seit vier Wochen bei uns. Magst du nicht anfangen, dich hier einzuleben?»

«Ehrlich gesagt: Nein. Sobald ich von der Polizei die Freigabe habe, werde ich meine Sachen packen und zu meiner Tante ziehen.»

«Du machst es dir selbst unnötig schwer.»

Danny schnaubte. *Unnötig schwer.* Sie hatte keine Ahnung davon, was schwer war und was nicht. Für ihn war es einfach, mit niemandem über sich selbst zu sprechen. Schließlich tat er das schon seit Jahren.

Der Junge, mit dem Danny das Zimmer im Kinderheim teilte, setzte sich langsam im Bett auf. Er zog schweigend seinen Rollstuhl zu sich heran und hievte sich mühsam hinein. Danny beobachtete ihn, machte aber keine Anstalten, ihm zu helfen. Mit einem leisen Stöhnen ließ der Junge sich in den Sitz fallen und versuchte, im engen Zimmer zu wenden. Sandra sah es und sprang sofort auf.

«Warte doch, Sascha. Ich helfe dir!»

Danny drehte die Augen gen Himmel und schüttelte genervt den Kopf. Sandra schob den Rollstuhl aus dem Zimmer. Dann stapfte sie ärgerlich zu Danny ans Bett zurück.

«Wieso bist du so?», wollte sie von ihm wissen. «Du siehst genau, dass er Hilfe braucht, aber du liegst im Bett und rührst dich nicht.»

«Falsch!», gab Danny zurück. «*Sie* sehen, dass er Hilfe braucht. Ich sehe das nicht. Sascha ist querschnittsgelähmt und kein Vollinvalide. Er kommt den ganzen Tag wunderbar alleine klar. Aber alle versuchen, ihm den Arsch nachzutragen. Wie soll er lernen, mit seiner Behinderung zu leben, wenn ihr ihn zum Krüppel deklariert?»

«Du bist unfair, Danny», schimpfte Sandra. «Sascha hat auch viel durchgemacht und …»

«Jaja. Schon klar. Deswegen bin ich auch mit ihm in einem Zimmer. Ihr haltet das wohl für einen echt schlauen Schachzug, oder? Was soll mir das sagen? Dass es Menschen gibt, denen es noch beschissener geht als mir?»

«Du könntest dich mit ihm anfreunden!»

«Alles klar», knurrte Danny. «Mit Sascha anfreunden. Ist notiert. Sonst noch was? Wäre doch schade, wenn Sie wegen mir Ihre Beförderung nicht bekommen!»

«Es geht nicht um Beförderungen, sondern um dich.»

«Nee, logisch», spottete Danny. «Das können Sie Ihrem Kaninchen erzählen. Sie machen Ihren Job, mehr nicht.»

«Vielleicht könntest du ein klein wenig dankbar sein für das, was du hast. Sascha wird niemals laufen können, geschweige denn Kampfsport machen.»

Danny setzte sich ruckartig im Bett auf. Zornig starrte er Sandra an. «Wer zur Hölle sagt denn, dass ich nicht dankbar bin? Hab ich mich jemals beschwert? Ihr versucht doch, mir die ganze Zeit einzureden, dass mit mir irgendetwas nicht stimmt.»

«Bei deiner Vergangenheit liegt es einfach nahe …»

«Es reicht!», unterbrach Danny sie. Wütend stand er auf und ging zum Fenster. Er öffnete es und lehnte sich weit hinaus in die kalte Winterluft. Langsam hatte er die Schnauze voll. Warum ließen sie ihn nicht in Frieden mit seiner Vergangenheit? Es war nun mal geschehen, und niemand konnte mehr etwas daran ändern. Nun galt es, damit zu leben und das Beste daraus zu machen. Danny war dabei, damit abzuschließen. Er wollte ein neues Leben anfangen. Der ganze Hass, den er in sich trug, war nur unnötiger Ballast für ihn, der seine Seele vergiftete. Deswegen musste er sich davon lossagen, auf *Reset* drücken und neu beginnen. Er hatte längst gemerkt, dass er mit seiner Vergangenheit leben konnte. Relativ gut sogar. Nur alle anderen schienen es irgendwie nicht hinzubekommen.

«In Ordnung, Danny.» Sandra stand auf. «Lassen wir es gut sein für heute. Wir sprechen morgen weiter. Vielleicht könntest du in der Zwischenzeit ein wenig nett zu Sascha sein.»

«Nett sein?» Danny schrie fast. «Nett zu ihm sein? Warum? Weil er nicht laufen kann? Kann ich ihn nicht trotzdem behandeln wie jeden anderen Menschen auch? Ich hab keinen Bock auf euer Schauspiel. Ich habe lange genug Theater gespielt.» Er stand auf und begann, im Zimmer auf und ab zu laufen. «Also, ihr könnt ja meinetwegen den ganzen Tag um Sascha im Kreis sitzen und ihn mit Kinderriegeln und Haribo füttern, aber ich mach das nicht! Und ich brauch das auch für mich nicht!»

«Was brauchst du dann, Danny?»

«Meine Ruhe. Und Menschen, die in der Lage sind, normal mit mir umzugehen.» Er hasste es. Die ganze aufgesetzte Freundlichkeit, die Tatsache, dass sie ihn mit Samthandschuhen anfassten und ihn behandelten, als wäre er ein hilfloses Kleinkind.

«Wir versuchen doch wirklich unser Bestes.»

«Was kommt als Nächstes?», fragte er giftig. «Schenkt ihr mir ein blaues Dreirad und einen Goldhamster und denkt dann, damit wäre alles wieder gut? Ich sag euch was: Ich brauche euer Mitleid nicht! Und er ...» Danny deutete auf Saschas leeres Bett. «braucht euer Mitleid auch nicht! Vielleicht solltet ihr ihn mal fragen, ob er das ganze Getue um seine Person überhaupt möchte!»

Sandra schaute ihn entgeistert an. «Wir versuchen schon lange, herauszufinden, was Sascha möchte, aber es ist schwierig mit ihm. Er ist total verschlossen. Redet er etwa mit dir?»

Danny verdrehte erneut die Augen und ließ sich wieder aufs Bett fallen. «Ja, stellt euch vor, er redet mit mir. Und wisst ihr auch warum? Weil ich ihn normal behandle. Wie einen zwölfjährigen Jungen und nicht wie einen Behinderten. Er hasst das nämlich. Aber er traut sich nicht, das zu sagen, deswegen nimmt er es hin.»

«Bist du dir da sicher? Wir dachten immer, er ist froh, wenn wir ihm helfen, bevor er fragen muss und ...»

«Er ist nicht froh darüber. Niemand möchte, dass sein Schwachpunkt immerzu in den Mittelpunkt gestellt wird.» Danny griff nach seinem CD-Player und fügte dann schnippisch hinzu: «Bitte sehr. Ich habe gerne Ihren Job für Sie gemacht.» Er setzte sich den Kopfhörer auf und drehte die Musik laut.

«Danny!», schimpfte Sandra. «Man kann doch nicht den ganzen Tag im Bett liegen und sich mit diesem Getöse zudröhnen!»

«Doch, geht!» Er stellte die Musik noch lauter. «Look and learn.»

Danny beobachtete mit Genugtuung, dass Sandra sein Zimmer verließ. Allerdings ärgerte er sich darüber, dass sie die Tür nicht schloss.

*Vielleicht checken sie es wirklich nicht,* dachte er. Danny musste zugeben, dass er in diesen Dingen nicht ganz einfach war: Wenn er allein im Zimmer war und das Fenster geöffnet hatte, dann sollte die Zimmertür immer geschlossen sein, damit er etwas Privatsphäre hatte. War allerdings jemand Fremdes mit ihm im Zimmer, insbesondere wenn es sich um einen Mann handelte, dann musste die Tür offen sein.

*Du hast eben doch einen Schaden abbekommen, Danny!*

Er war durchaus bereit, das einzusehen, aber man konnte ihm das offen und normal sagen. Man musste ihm nicht immerzu seine Vergangenheit aufs Brot schmieren, damit er das kapierte.

Ein leises Klopfen riss ihn aus seinen Gedanken.

«Ricky!», rief Danny freudig. Er hatte seinen Freund lange nicht gesehen und es auch noch nicht geschafft, ihm zu berichten, was geschehen war.

«Danny!», sagte er. Es klang ungläubig – und auch ein wenig vorwurfsvoll.

«Komm rein und mach die Tür zu.» Danny streckte Ricky die Hand hin. Ricky schlug ein und starrte ihn dann weiter verwundert an.

«Was in aller Welt ist geschehen?»

«Wie hast du mich gefunden?»

«Mithilfe einer Straßenkarte», gab Ricky zurück. «Ich sag's dir, ein eigenes Auto ist eine tolle Sache!»

«Witzbold. Woher wusstest du, wo ich bin?»

«Du warst nicht in der Schule. Ich bin zu deiner Mutter …»

«Hast du mit ihr gesprochen?» Danny fuhr sich nervös durch die Haare. «Wie geht es ihr?»

«Ganz gut. Es war eine Psychologin bei ihr. Sie steht unter Beobachtung …»

«Gut. Das ist gut!», unterbrach Danny ihn.

«Sie sagte, dein Vater sitzt in U-Haft!», platzte Ricky heraus.

«Ja, tut er. Sie haben ihn noch in der Nacht verhaftet, in der ich zu Hause weggelaufen bin. In Frankfurt am Flughafen. Er wollte nach Atlanta zu meiner Tante …»

«Warum? Was ist geschehen?», wiederholte Ricky seine Frage.

Danny seufzte und verschränkte die Arme vor der Brust.

«Das kann ich dir nicht erzählen, Ricky!», sagte er leise.

«Warum nicht?»

«Weil ich Angst habe, dass es zwischen uns dann nicht mehr so ist wie zuvor.»

Ricky sah ihn verwirrt an. «Das ergibt doch gar keinen Sinn.»

«Alle, die es wissen, behandeln mich anders. Die Betreuer hier wissen Bescheid, es steht in meiner Akte. Es ist nervtötend, wie sie mit mir umgehen.»

«Wie sind sie denn zu dir?»

«Nett», erläuterte Danny knapp.

«Alter Falter», rief Ricky gespielt entsetzt. «Das geht natürlich gar nicht. Sie sind nett zu dir!»

«Nett ist die kleine Schwester von Scheiße …»

«Ach komm schon. Was tun sie denn so Schlimmes?»

«Du verstehst das nicht.» Danny sprang auf und ging im Zimmer umher. «Sie sind irgendwie falsch. Versuchen hintenrum, mir zu sagen, was mit mir nicht stimmt, und vermeiden jede Konfrontation mit Dingen, die mich belasten könnten. Dabei würde mich das gar nicht belasten! Ich hab kein Problem damit, dass es Menschen gibt, die eine tolle Kindheit hatten, aber sie versuchen krampfhaft, so etwas vor mir zu verbergen. Wenn ich zu einer Gruppe dazustoße, in der gelacht wird, dann zischen sie die anderen an, und alle verstummen. Sie haben ein schlechtes Gewissen, in Gegenwart eines traumatisierten Jungen fröhlich und gutgelaunt zu sein, schließlich macht ihn das vielleicht noch depressiver und …»

«Du bist depressiv?», warf Ricky ungläubig ein.

«Nein, Mann! Aber irgendwie setzen die das voraus. Und wenn sie so weitermachen, dann werd ich's tatsächlich!», knurrte Danny. «Alle meiden bestimmte Worte wie der Teufel das Weihwasser. Dabei kann man in meiner Gegenwart sehr wohl über häusliche Gewalt, liebevolle Familien oder durchgeknallte

Amerikaner reden. Es stört mich auch nicht, wenn Witze über Sex oder Schwule gemacht werden, wenn ich mit am Tisch sitze. Die Betreuer brauchen die anderen Kinder dann nicht jedes Mal möglichst unauffällig anweisen, dass sie das zu lassen haben, obwohl die ja nicht mal wissen warum …»

«Gott, Danny. Was ist geschehen?»

Danny sah Ricky an und erkannte einen Anflug von Entsetzen in seinem Gesicht. Er seufzte, als ihm klarwurde, dass er zu viel gesagt hatte. «Du wirst eh alles erfahren. Du musst vor Gericht aussagen.»

«Was, ich? Aber ich weiß doch gar nichts.»

«Mein Vater streitet alles ab. Er behauptet, ich will ihm nur eins auswischen. Aber meine Mutter hat wohl eine Andeutung in die richtige Richtung gemacht.» Danny verschränkte die Arme vor der Brust und fügte dann hinzu: «Du musst sagen, was dir aufgefallen ist. Alles. Verhaltensänderungen an mir und meiner Mutter, jedes blaue Auge, jede Platzwunde, mein ständig verletzter Rücken …»

«Aber das war doch …» Ricky kratzte sich nervös am Arm.

Danny schüttelte den Kopf.

«Mein Gott!», wiederholte Ricky, als er begriff. «Das war nicht vom Kickboxen? Das war dein Vater?»

«Zumindest neunzig Prozent davon, ja.»

«Das gibt es doch gar nicht!» Ricky stand ebenfalls auf und ging zum Fenster. «Und ich hab nichts davon bemerkt!»

«Wie auch?», sagte Danny und zuckte die Schulter. «Es konnte niemand wissen.»

«Aber ich hatte immer das Gefühl, dass irgendetwas nicht stimmt. Ich hätte etwas tun müssen!» Ricky griff in die Hosentasche, beförderte mit einer wütenden Bewegung seinen Autoschlüssel aufs Bett und zog eine Schachtel Zigaretten hervor. Er zündete sich eine an und blies den Rauch aus dem Fenster.

«Warum bist du hier im Heim, Danny? Warum so weit weg?»

«Zufall. Hat sich so ergeben. Außerdem ist weit weg gut. Hier ist übrigens Rauchverbot.»

«Mir egal.» Ricky zog noch zweimal an seiner Zigarette, warf sie dann auf die Straße und ließ sich wieder aufs Bett fallen. «Wirst du hierbleiben? Oder zu deiner Tante gehen?»

«Ich weiß nicht. Bis der Gerichtsprozess durch ist, muss ich auf jeden Fall hierbleiben. Und das kann wohl dauern.»

«Du musst schauen, dass du hier ankommst, Danny. Was machst du den ganzen Tag? Gehst du hier ins Kickboxen?»

«Ich hab letzten Samstag einen Trainer gefunden, der mir Privatstunden geben würde. Aber das ist teuer, mein Vater wird es mir wohl kaum weiter finanzieren.» Danny lachte bitter.

«Wenn du was brauchst, du kannst jederzeit zu mir kommen», bot Ricky an.

«Danke, aber Privatstunden sind sauteuer. Leider bin ich da ziemlich verwöhnt, ein Kurs ist mir echt zu langweilig. Ich hab noch einiges auf dem Konto, mich aber auch zusätzlich um einen Job bemüht. In Amerika hab ich für eine Modelagentur gearbeitet. Hier in Deutschland gibt es auch Niederlassungen davon. Ich hab dort angerufen und soll am Freitag mal vorbeikommen.»

«Das ist ein Anfang!» Ricky nickte zustimmend. «Wird das reichen, was du dort verdienst?»

«Ja, bestimmt.»

«Und wie geht es weiter? Hast du Pläne für die Zukunft?»

Danny zuckte die Achseln. «Wenn ich hierbleibe, dann werde ich mein Abitur machen. Danach möchte ich mich an einer Universität für Sport einschreiben.»

«Das klingt doch toll», lobte Ricky. «Danny, mit dem Auto bin ich in einer Stunde hier. Wenn du mich brauchst, dann ruf mich jederzeit an. Ich werde auch jedes Wochenende herkommen.»

«Meine Tante kommt diesen Samstag und bleibt ein paar Tage

in einer Pension. Ich hab ihr am Telefon ein bisschen was erzählt. Sie wird auch eine Aussage bei der Polizei machen.»

Ricky schaute ihn skeptisch an: «Bist du sicher, dass sie für deine Seite aussagt? Es ist immerhin ihr Bruder. Möglicherweise hält sie zu ihm …»

Danny schnaubte hörbar. Er setzte sich zu Ricky aufs Bett.

«Sie wird für mich aussagen. Wenn ich mit meinem Bericht fertig bin, will sie von ihrem Bruder nichts mehr wissen. Sie wird aus allen Wolken fallen, wenn sie sein wahres Leben kennenlernt. Er ist nicht der nette, erfolgreiche Familienvater, für den sie ihn gehalten hat.» Danny schloss die Augen und holte Luft. «Sondern alkoholabhängig, pädophil und zu meinem Pech auch noch schwul!»

Ricky starrte ihn aus weit aufgerissenen Augen an. Es dauerte einige Minuten, bis er das Gehörte zuordnen konnte.

«Was?»

«Ja. Genau das.»

«Großer Gott!» Ricky sprang auf, rieb sich mit den Händen das Gesicht und trat dann wütend gegen den Mülleimer, der mitten im Zimmer stand.

«He», sagte Danny freundlich. «Lass das. Einrichtungen kaputt schlagen ist mein Part!»

«Gott, Danny! Warum habe ich nichts getan?» Seine Finger zitterten, als er erneut ans Fenster trat und sich die nächste Zigarette anzündete.

«Es ist nicht deine Schuld, Ricky!» Danny stand ebenfalls auf und lehnte sich neben seinem Freund aus dem Fenster. «Ich hätte es dir sagen müssen. Du hast oft genug gefragt. Aber ich konnte es nicht – wegen meiner Mutter.»

«Was ist mit deiner Mutter?» Ricky wischte sich mit den Daumen über die Augenwinkel. «Was hat sie damit zu tun?»

«Sie ist krank. Mein Vater hat sie fertiggemacht. Psychisch.»

Danny vergrub das Gesicht in den Händen. «Sie wusste es, aber sie konnte nichts machen. Dennoch hasse ich sie, weil sie jahrelang tatenlos zugesehen hat. Und trotzdem wollte ich sie nicht anzeigen. Die Klage galt allein meinem Vater. Aber jetzt hat die Staatsanwaltschaft Anzeige erhoben, und meine Mutter wird auch vor Gericht kommen.»

«Mach dir keine Vorwürfe deswegen. Du hattest es nicht in der Hand. Du hast sie viel zu lange geschützt.»

«Du musst für sie aussagen, Ricky! Bitte. Du musst sagen, dass sie nichts wusste, dass sie geisteskrank und unzurechnungsfähig ist. Sie darf nicht ins Gefängnis kommen.»

Ricky schnippte seine Zigarette aus dem Fenster. «Ich werde das so sagen. Versprochen. Und ich werde gegen deinen Vater aussagen.» Er trat in die Mitte des Zimmers und seufzte tief. «Ich werde aussagen. Mir fällt genug ein. Keine Sorge, Danny. Das kriegen wir hin.»

Danny blieb mit dem Rücken am offenen Fenster stehen. «Danke.»

Ricky nickte. Dann streckte er seine Hand hin, damit Danny einschlagen konnte.

«Egal, was ich alles erfahren werde, es wird sich zwischen uns nichts ändern. Du bleibst mein bester Freund!», versprach er ihm. Er hielt Dannys Hand eine ganze Weile fest und sah ihm tief in die Augen. Dann klopfte er ihm aufmunternd auf die Schulter: «Und scheißegal, was noch kommen mag – rechne niemals mit meinem Mitleid!»

* * *

Jörg las die Akte ein weiteres Mal, bevor er sie mit einem lauten Seufzen schloss.

«Puh», machte er. «Ja, das ist heftig.»

Seine Kollegin Katrin stemmte sorgenvoll die Hände in die Hüften. «Das wissen wir selbst», sagte sie etwas gereizt. «Mehr können Sie uns dazu nicht sagen?»

«Was genau wollen Sie von mir hören? Der Junge ist schwer traumatisiert. Natürlich ist er schwierig. Es kann Jahre dauern, ihn stabil zu bekommen. Was bitte erwarten Sie nach drei Monaten?»

«Wir erwarten nichts, aber wir kommen mit ihm nicht klar. Sagen Sie uns einfach, ob Sie den Fall übernehmen.»

«Fall!» Jörg schnaubte. Müde rieb er sich mit den Daumen die Augen. «Er ist doch kein Fall, sondern ein Mensch.»

«Genau deswegen braucht er ganz dringend eine Bezugsperson.» Katrin ließ nicht locker.

«Bitte», warf Sandra ein. «Du hast Erfahrung auf diesem Gebiet. Schon durch deine Arbeit mit den Straßenkindern. Wenn ihn einer hinbekommt, dann du!»

«Ich weiß nicht …», antwortete Jörg zögerlich. «Wäre es nicht sinnvoller, ihm eine Betreuerin zu geben? Ein Mann hat es sicher doppelt schwer.»

Sandra runzelte die Stirn. «Was glaubst du, wie viele Betreuerinnen wir hier haben? Alle beißen sich an ihm die Zähne aus. Du musst mal sehen, wie er uns teilweise anstarrt. Wenn Blicke töten könnten, käme niemand lebend aus seinem Zimmer.»

«Also bitte!» Jörg lachte. «Das ist doch jetzt ein Scherz. Ihr wollt meine Hilfe, weil er komisch guckt?»

«Er guckt nicht komisch», warf Katrin verärgert ein. «Er analysiert uns und röntgt uns durch, damit er weiß, was wir vorhaben. Um uns dann einen Schritt voraus zu sein.»

«Er legt eine Ironie an den Tag, da zieht es einem die Schuhe aus», erklärte Sandra. «Aber es ist nur eine Rolle, die er spielt. Er hat einfach Angst, jemanden an sich ranzulassen. Deswegen schlägt er um sich. Verbal zumindest.»

«Es geht nicht!», entschied Jörg. «Ich bin randvoll mit Arbeit …» Jörg musste sich eingestehen, dass er nicht wollte. Er hatte keine Lust, sich wieder über das normale Pensum eines Vollzeitjobs hinaus zu verpflichten und eine weitere Vormundschaft anzunehmen. Ein Gefühl sagte ihm, das dieser Junge genau das werden würde: eine Lebensaufgabe. Schon einmal hatte er ein Kind mit einer ähnlichen Geschichte betreut. Dieses Mädchen beanspruchte ihn rund um die Uhr. Ständig fiel sie in ein Loch, drohte mit Selbstmord und stand heulend bei ihm auf der Türschwelle, um sich dann tagelang bei ihm verkriechen zu wollen. Selbst nach Beendigung seiner Vormundschaft hatte er sie fünf weitere Jahre durch ihr vollkommen verkorkstes Leben begleitet, weil sie es nicht schaffte, auf eigenen Beinen zu stehen. Und weil Jörg es nicht schaffte, sie aufzugeben. Sie war ihm viel zu sehr ans Herz gewachsen. Besser wurde es erst, als sie geheiratet hatte und mit ihrem Mann nach Neuseeland gezogen war. Damals war Jörg jung und ledig gewesen. Seine Arbeit war seine Leidenschaft, und er konnte sich das erlauben. Nun war er verheiratet und hatte zwei Töchter. Sollte dieser Junge einen ähnlichen Weg einschlagen, würde er echt ein Problem bekommen.

«Bitte!», sagte Sandra in seine Gedanken hinein. «Schau ihn dir wenigstens kurz an. Dem Kind zuliebe!»

Damit hatte sie seinen wunden Punkt getroffen.

«Na gut», willigte er ein. «Ich werde kurz mit ihm sprechen.»

«Danke!» Sandra atmete erleichtert auf und reichte ihm die Hand. «Gib mir Bescheid, wie du dich entscheidest.»

«Er ist in seinem Zimmer!», sagte Katrin.

Jörg nickte den beiden Frauen kurz zu und verließ dann das Büro. Seine Neugierde hatte bereits die Oberhand gewonnen, als er die Treppen ins zweite Obergeschoss hochstieg und das richtige Zimmer suchte. Die Tür war weit geöffnet, also trat er einfach ein. Der Junge saß in Jogginghose und blauem Kapuzenpullover auf dem Bett und las ein Buch. Besser gesagt, er hielt sich das Buch vor die Nase, während sein anklagender Blick Jörg fixierte.

«Hallo», sagte Jörg freundlich. Er setzte sich auf das leere Bett neben Danny.

Der Junge hob kurz zwei Finger zum Gruß, während er Jörg keine Sekunde unbeobachtet ließ. Seine blauen Augen schienen ihn zu durchdringen.

«Ich heiße Jörg. Wer bist du?»

«Steht in meiner Akte», gab Danny gelangweilt zurück. «Die haben Sie doch gelesen, wenn Sie extra meinetwegen hier sind.»

«Du sagst das so vorwurfsvoll. Ist es denn schlecht, wenn ich extra für dich hier bin?», fragte Jörg freundlich.

Danny klappte sein Buch laut hörbar zu und starrte ihn weiterhin an. «Das kommt drauf an für wen. Für mich nicht, für Sie vielleicht schon.»

«Ach, das glaube ich nicht. Irgendwie lohnt sich ein Weg doch immer.»

«Das ist die richtige Einstellung!» Danny hob den Daumen in die Luft. «Ich muss Ihnen nur leider sagen, dass ich Ihre Hilfe nicht brauche. Es geht mir bestens. Schönen Tag noch.»

«Wer sagt denn, dass ich hier bin, um dir zu helfen?» Jörg setzte ein verwirrtes Gesicht auf.

Danny verdrehte die Augen und hielt sich dann sein Buch wieder vor die Nase, um weiterhin über den Rand hinweg Jörg anzustarren.

«Was liest du denn da?»

«Ein Sachbuch. Es geht um Wahnvorstellungen und Realitätsverlust bei Menschen.»

«Du liest das, um zu verstehen, was mit deiner Mutter passiert ist?»

Danny legte das Buch wieder zur Seite, um über seinem Kopf in die Hände zu klatschen.

«Keine Kunst, das zu wissen. Steht auch in meiner Akte.»

Jörg musste ein Lächeln unterdrücken. Es war typisch, dass sie ihm die Schnippigkeit des Jungen vorenthalten hatten. Er merkte schon, dass dieser Junge eine harte Nuss werden würde. Dannys Verhalten war Selbstschutz, mit dem er jede Art von Zuwendung sofort abblockte, um sich weitere Enttäuschungen zu ersparen.

«Weißt du auch, warum ich deine Akte gelesen habe?»

«Weil Sie dafür bezahlt werden?»

«Nein, weil es mich interessiert hat, was drinsteht.» Jörg lächelte. «War ja eine ganze Menge. Da war selbst ich kurz schockiert.»

«Schön, dann hatten Sie ja Ihren Spaß.» Danny setzte sich auf und sah ihn weiterhin an. «Wenn ich noch etwas für Sie tun kann, dann lassen Sie es mich wissen, ansonsten würde ich gerne weiterlesen. Danke.»

«Ja, du kannst etwas für mich tun!» Zum ersten Mal bemerkte Jörg den Anflug von Überraschung in Dannys Gesicht.

«Und was?»

«Rede mit mir. Ich möchte gerne mehr über dich erfahren.»

Danny lachte leise in sich hinein. «Ist ja süß», sagte er. «Jetzt haben sie jemanden mit Studium geholt. Na, das ist doch ein Anfang. Endlich qualifiziertes Personal.»

«Du bist mit den Betreuern hier nicht zufrieden?», schlussfolgerte Jörg.

«Doch, sie sind alle *nett.*»

«In deiner Akte steht auch, dass du aktiv Kampfsport betreibst. Haben sie dir hier die Möglichkeit dazu gegeben?» Jörg bemerkte zum zweiten Mal echte Aufmerksamkeit in Dannys Augen. Er war auf dem richtigen Weg.

«Ich hab mich selbst drum gekümmert», erzählte Danny etwas verlegen.

*Stümper*, dachte Jörg wütend über seine Kollegen. *Das hätten sie ihm als Erstes anbieten sollen.*

«Du hast jetzt also was?»

«Ja.»

«Das freut mich. Erzählst du mir kurz etwas von dir?»

Danny zuckte die Schultern. «Da gibt es nicht viel. Meine Mutter tickt nicht richtig, mein Vater ist ein Arsch. Deswegen sitze ich im Heim. Sonst noch Fragen?»

«Ja», erwiderte Jörg. «Was brauchst du von mir?»

«Hä?»

In diesem Augenblick nahm Jörg eine Gruppe Kinder draußen im Flur wahr, die sich lautstark stritten. Er stand auf und schloss die Tür.

Panikartig sprang Danny auf, sein Blick huschte gehetzt zum Fenster. Für eine Sekunde glaubte Jörg, er würde hinausspringen.

«Machen Sie die verdammte Tür auf!», zischte Danny. Seine sorgsam gepflegte Gelassenheit war dahin.

Jörg öffnete sofort die Tür, während er sich über seinen eigenen Fehler ärgerte.

*Du bist selbst ein Stümper,* dachte er. *So einen Anfängerfehler zu machen!*

«Entschuldige», sagte Jörg. Danny stand noch immer schwer atmend im Bett, eine Hand am offenen Fenster. «Du siehst, auch ich bin nicht perfekt. Trotz Studium.»

Danny kniff die Lippen zusammen und schwieg.

«Du fühlst dich nicht wohl hier im zweiten Stock. Du hast das Gefühl, in der Falle zu sitzen, ohne eine Möglichkeit zu entkommen», stellte Jörg fest.

«Wow», machte Danny spöttisch. «Herzlichen Glückwunsch, Captain Obvious. Haben Sie das echt ganz alleine rausgefunden? Ist ja unglaublich, bei meinem undurchsichtigen Verhalten.»

Jörg musste ein weiteres Lächeln unterdrücken. Jetzt hatte er ihn durchschaut. Direkte Konfrontation hieß der Schlüssel. Im Grunde wollte Danny reden. Er traute sich nur nicht, weil er gelernt hatte, dass die Menschen um ihn herum sich nicht für ihn interessierten. Sobald er mit seinen Problemen ankam, ließen sie ihn allein. Das Schwierigste war, sein Vertrauen zu gewinnen, ihm zu zeigen, dass er es ernst mit ihm meinte und ihn wirklich verstand. Dann würde der Junge von ganz allein auf ihn zukommen. Vermutlich schneller, als die anderen es für möglich hielten.

Danny war viel einfacher zu knacken gewesen, als er gedacht hatte. Diese Erkenntnis entlockte ihm ein offenes Lächeln. Schnell zückte er seinen Notizblock und kritzelte eifrig darauf. Jörg mochte Danny schon jetzt nach diesem kurzen Gespräch, und er wusste bereits, dass er den «Fall», wie seine Kollegen es nannten, übernehmen würde. Er war sich sicher, einen Zugang zu dem Jungen zu finden.

«Was schreiben Sie denn da auf?», fragte Danny neugierig. Er hatte sich wieder auf sein Bett gesetzt und versuchte, auf den Schreibblock zu schielen. «Machen Sie sich Notizen über mich?»

«Nein», antwortete Jörg ruhig. «Ich schreibe auf, dass du ein anderes Zimmer bekommst. Meine Idee war: unten im Erdgeschoss, mit Zugang zum Garten. Was hältst du davon?»

«Ehrlich?», fragte Danny erstaunt. Jörg bemerkte das freudige Aufflackern in seinen Augen. «Wieso das?»

«Weil du eben eingeräumt hast, dass du dich hier oben gefangen und eingesperrt fühlst.» Absichtlich stand Jörg auf und setzte sich zu Danny aufs Bett. Obwohl gut ein Meter Abstand zwischen den beiden war, sprang Danny erneut auf und stellte sich mit verschränkten Armen in den Türrahmen.

«Und offenbar ist dir die Nähe fremder Personen auch unangenehm», murmelte Jörg vor sich hin. «Ich notiere: Danny braucht ein Einzelzimmer.»

Danny blieb misstrauisch. «Warum machen Sie das?», wollte er wissen. «Wer sind Sie, dass Sie das zu entscheiden haben? Haben Sie hier überhaupt etwas zu sagen?»

Jörg lächelte. «Ehrlich gesagt habe ich hier gar nichts zu sagen. Ich bin hier nicht einmal angestellt. Ich bin selbständiger Sozialpädagoge. Aber wenn die Umstände passen, dann kann ich zukünftig mit dir gemeinsam über dich entscheiden. Und wenn ich sage, du brauchst ein Einzelzimmer, dann verlass dich drauf – du bekommst es!»

«Welche Umstände? Worauf kommt das an?»

«Auf dich natürlich, Danny. Nur auf dich. Ich möchte gerne mit dir zusammenarbeiten, wenn du auch willst.»

«Nein, danke. Geben Sie doch lieber Sascha das Zimmer. Warum hat jemand im Rollstuhl ein Zimmer im zweiten Stock und ich bekomme eins unten?»

«Die Türen im Erdgeschoss sind nicht breit genug für einen Rollstuhl, und es gibt einen Aufzug im Haus.» Jörg machte eine abwehrende Handbewegung. «Mach dir um Sascha keine Gedanken. Ich tu's auch nicht. Mir geht es um dich. Hast du sonst noch einen Wunsch?»

Danny kniff ein Auge zu und überlegte kurz. Dann schüttelte er den Kopf. «Darauf falle ich nicht rein», entschied er. «Sie wollen mich doch nur kaufen, damit ich in diese Therapie gehe.»

«Danny, es ist dein Leben. Wenn du keine Therapie willst, dann mach keine.»

«Wie bitte?» Jetzt hatte er es endgültig geschafft, den Jungen zu verwirren.

«Ich möchte einfach deinen weiteren Wunsch wissen», beharrte Jörg.

«Denken Sie denn, dass ich eine Therapie brauche?», fragte Danny.

«Möchtest du darauf eine ehrliche Antwort oder eine, die dir gefällt?»

Seufzend ließ Danny sich auf das Bett seines Zimmernachbarn fallen. «Sie denken also, ich brauche eine?»

«Ich denke sogar, dass eine nicht reichen wird. Du leidest unter extremer Platzangst, kannst keine Nähe ertragen, hast massive Schlafstörungen und Panikanfälle. Zudem fällt dir stillsitzen offenbar genauso schwer wie jemandem zu glauben, dass er es gut mit dir meint. Ja, du brauchst eine Therapie.»

Danny fuhr sich mit der Hand durch die Haare und seufzte erneut. «Na gut», willigte er ein. «Aber nur gegen das Einzelzimmer.»

«Wir sind hier nicht auf der Tauschbörse, und ich will dich auch nicht bestechen. Das Einzelzimmer gehört dir schon. Mach es freiwillig oder lass es bleiben. Also, soll ich dir einen Therapieplatz besorgen, ja oder nein?»

«Wenn es Sie glücklich macht …»

«Okay, dann nicht. Es geht hier nicht um mich, Danny.» Jörg war mit dieser halbherzigen Einwilligung nicht zufrieden. Die hatte Danny den anderen Betreuern auch schon gegeben, nur um dann wieder einen Rückzieher zu machen. Er wollte, dass der Junge verstand, dass er diese Therapie ausschließlich für sich selbst machte. Seufzend zückte er seinen Kugelschreiber.

«Von mir aus», knurrte Danny. «Besorgen Sie mir diesen öden Therapieplatz. Ich gehe hin.»

«Sehr gerne.» Jörg lächelte. «Was brauchst du sonst noch?»

«Ich hätte da tatsächlich einen Wunsch …»

«Nenn ihn mir, und ich werde ihn dir erfüllen.»

«Egal was?» Danny verkniff sich ein Grinsen.

«Solange es kein Jumbojet ist.»

«Ich hab keinen Pilotenschein.» Jetzt lächelte Danny offen. «Nein, ich wünsche mir den Weltfrieden.»

Traurig hob Jörg die Arme. «Tut mir leid. Das steht nicht in meiner Macht.»

Abschätzend musterte Danny ihn. Jörg musste sich bemühen, seinem hypnotischen Blick standzuhalten. Die anderen hatten nicht übertrieben; er fühlte sich, als würde Danny ihn durchleuchten, um seine wahren Absichten zu erkennen.

«Ich möchte spätestens mit achtzehn hier raus sein!»

«Okay. Ist genehmigt.»

«Wie jetzt? Einfach so?»

«Ja, einfach so. Ich mach dir sogar einen besseren Vorschlag.» Jörg streckte ihm die Hand hin. «Ich werde dein Vormund, und du arbeitest mit mir zusammen. Dann verspreche ich, du bekommst mit siebzehn schon deine eigene Wohnung. Und wenn du bis nächstes Jahr vernünftig bist und auf eigenen Beinen stehen kannst, dann gebe ich dir die Möglichkeit, ein betreutes Wohnen in Anspruch zu nehmen.»

«Was bedeutet das?» Danny starrte misstrauisch auf die ausgestreckte Hand.

«Das bedeutet, du hast eine Wohnung vom Jugendamt, und es kommt regelmäßig jemand zu dir – gerne ich, wenn du willst – und schaut nach dir. Derjenige unterstützt dich bei bestimmten Dingen, bei denen du Hilfe brauchst …»

«Was für Dinge?»

«Einkaufen, Steuererklärung, Ausbildungssuche.» Jörg zuckte die Schultern. «Das kommt auf dich an.» Der Arm wurde ihm schwer, und er ließ ihn langsam sinken.

Danny stand vom Bett auf und begann, unruhig auf und ab zu laufen. «Und mit siebzehn bekomme ich eine ganz eigene Wohnung?»

«Du hast mein Wort!» Jörg streckte ihm die Hand wieder hin. «Schlag ein, bevor mir der Arm abfällt.»

«Was wollen Sie als Gegenleistung?»

«Nichts. Nur deine Freundschaft.»

Danny lachte leise in sich hinein. «Das ist nicht *nichts*. Das ist alles, was ich habe, und das bekommt niemand so einfach.»

«Schade», sagte Jörg traurig. «Dann wird es nichts mit unserer

Zusammenarbeit.» Enttäuscht zog er die Hand zurück. «Das Einzelzimmer bekommst du natürlich trotzdem, aber mehr kann ich dann nicht für dich tun.»

«Macht nichts, ich komme klar.»

«Das hoffe ich, Danny. Alles Gute wünsche ich dir.» Jörg streckte ihm erneut die Hand hin, merkte aber, dass keine Reaktion von seinem Gegenüber kam. Danny hielt weiterhin stur die Arme vor der Brust verschränkt.

Mit hängenden Schultern verließ Jörg das Zimmer, blieb im Türrahmen noch einmal stehen und hob die Hand zum Abschied. Dann verließ er lächelnd das Zimmer und zwang sich, in einem normalen Tempo zu gehen. Seine Enttäuschung war gespielt gewesen, es lief besser, als er gedacht hatte. Viel besser. Der wichtigste Schritt war getan, er hatte einen Zugang zu Danny gefunden. Jetzt musste er ihm nur noch Zeit lassen. Der Junge würde mit Sicherheit allein auf ihn zukommen.

Noch bevor er das Ende des Flurs erreicht hatte, hörte er hinter sich jemanden laufen. Ungerührt ging er weiter.

«Jörg?»

«Ja?» Er verbarg sein Lächeln, bevor er sich umdrehte. Danny trat nervös von einem Fuß auf den anderen.

«Ist noch was?», fragte Jörg.

«Ja, ich habe es mir noch mal überlegt.» Mit der Hand fuhr Danny sich durch die Haare und streckte sie dann Jörg entgegen. «Ich bin einverstanden.»

«Wir müssen ja nichts überstürzen. Wir haben Zeit.» Jörg lächelte und ergriff Dannys Hand. «Freunde?»

«Freunde.»

# EPILOG

Danny bezog das Zimmer im Erdgeschoss und kam ein Jahr später in das betreute Wohnen. Er ging zu einer Gesprächstherapie und zu einer körperbezogenen Psychotherapie. Zusätzlich machte er eine Verhaltenstherapie, um seine Berührungsängste, seine Platzangst und die immer wieder auftretenden Panikanfälle in den Griff zu bekommen. In einem Gesprächs- und Arbeitskreis mit gleichaltrigen Jugendlichen lernte er das schwer traumatisierte Mädchen Christina kennen. Es entstand eine innige Freundschaft zwischen den beiden. Christina war der Anlass dafür, dass Danny nicht zu seiner Tante zog, sondern in Deutschland blieb.

Jörg wurde Dannys Betreuer und blieb sein Vormund, bis Danny erwachsen war. Er begleitete ihn durch den Gerichtsprozess gegen seinen Vater, der insgesamt fast ein Jahr dauerte. Das Tagebuch, in dem Danny die Siege gegen seinen Vater dokumentiert hatte, wurde vor Gericht gegen Aiden verwendet. Wie sein Vater das Jugendamt wieder abschüttelte, nachdem es auf ihn aufmerksam geworden war, hat Danny nie herausgefunden.

Aiden wurde aufgrund seiner Vorstrafe zu zwölf Jahren Haft verurteilt. Er hat das Gefängnis nie wieder verlassen, sondern verstarb dort im Jahr 2005.

Marina wurde für unzurechnungsfähig erklärt, bekam die Erziehungsberechtigung entzogen und wurde unter anderem wegen unterlassener Hilfeleistung verurteilt. Sie kam zwei Jahre in eine geschlossene Anstalt.

Im Alter von siebzehn Jahren zog Danny in eine eigene Wohnung und bekam seinen ersten Modelvertrag. Er schloss sein Abitur mit einem Notendurchschnitt von 1,3 ab. Davor noch erfuhr er von seinem Vater, dass dessen Taten nicht nur seelischen Schaden hinterlassen hatten. Dieser erneute Schicksalsschlag war der Grund, weswegen sich Danny gegen ein Sportstudium entschied. Er absolvierte stattdessen eine Lehre als Sport- und Fitnesskaufmann, mit dem Ziel, Personal Trainer zu werden.

Mit achtzehn Jahren hatte Danny bereits so viele Vertragsangebote von Modelagenturen, dass er sie nach Wunsch selektieren konnte.

Zudem gewann er kurz darauf seine erste Weltmeisterschaft der Amateure im Kickboxen, deren Titel er ein Jahr später erfolgreich verteidigte.

Ricky blieb zeitlebens Dannys bester Freund!

## DANKSAGUNG

Danke an alle meine Testleserinnen, die das Buch vorab sorgfältig und gewissenhaft gelesen haben.

Danke an meine Stamm-Korrekturleserin Nicole Weiche. Ich weiß, in dir schlummert die Seele von Sherlock Holmes.

Danke an Sandra Schindler, die beste und geduldigste Lektorin der Welt.

Danke an Sam White für das Gedicht.

Ein ganz besonderes Dankeschön geht an die vielen Menschen mit einem ähnlichen Schicksal wie dem von Danny, die mich kontaktiert und zur Veröffentlichung dieses Buches ermutigt haben. Ohne euch hätte ich es mir bestimmt noch mal anders überlegt!

Danke!

## NACHWORT

Kindesmisshandlungen ereignen sich vor allem innerhalb der Familie. Der gesellschaftliche Status spielt hierbei selten eine Rolle.

Die Opfer sind auf Hilfe von außen angewiesen. Doch wie kann man Kindesmisshandlung erkennen? Wird ein Kind geschlagen oder auf eine andere Weise körperlich misshandelt, so deuten fast immer Verletzungen auf eine Gewaltanwendung hin. Einen Hinweis auf solche Verletzungen kann auch das Verhalten des Kindes geben, wenn es sich etwa weigert, nach dem Sport zu duschen, sich vor anderen umzuziehen oder ausweichende Antworten auf direkt gestellte Fragen gibt.

Was tun bei Verdachtsfällen?

- Greifen Sie beim Verdacht auf Kindesmisshandlung zum Schutz des Kindes rasch ein – das Kind braucht Ihre Hilfe!
- Ermitteln Sie nicht selbst, sondern schalten Sie Fachleute von Beratungsstellen, Jugendämtern und der Polizei ein – notfalls auch anonym.

Eine Mitteilung an die Polizei schließt die Hilfe anderer Einrichtungen nicht aus und gewährleistet offizielle, professionelle Ermittlungen. Damit auch die zum Schutz des Kindes notwendigen Maßnahmen getroffen werden können, werden das zuständige Jugendamt oder auch das Vormundschaftsgericht von der Polizei unterrichtet.

Können sich Kinder oder Jugendliche selbst Hilfe holen?

Hilfe suchende ältere Kinder und Jugendliche, die sich keiner vertrauten Person öffnen können oder wollen, finden Information und Beratung unter der gebührenfreien «Nummer gegen Kummer» des Kinderschutzbunds, von Montag bis Samstag, 14 bis 20 Uhr, Tel. 0800 111 0 333.

# Jessica Koch

**Dem Horizont so nah**

Eine bewegende Geschichte über Freundschaft, Mut, Vertrauen und die Kraft loszulassen.
Eine wahre Geschichte.
*464 Seiten*

**Dem Abgrund so nah**

Die sehnlich erwartete Fortsetzung der Danny-Trilogie –
die ergreifende Geschichte von Dannys Kindheit.

Danny ist gerade zehn Jahre alt, als sein Leben aus den Fugen gerät. Ein schwerer Schicksalsschlag lässt Dannys Vater seinen Kummer in Alkohol ertränken, und Danny ist ihm schutzlos ausgeliefert.
Aber er gibt nicht auf …
*320 Seiten*
*Lieferbar ab 21.9.2016*

**Dem Ozean so nah**

Der Abschluss der Danny-Trilogie –
eine Geschichte über die alles überwindende Kraft der Freundschaft.

Sie teilen das gleiche Schicksal und sind doch ganz verschieden: Danny ist erfolgreich und unabhängig. Christina hingegen hat die letzten Jahre auf der Straße verbracht. Hilft den beiden ihre Freundschaft, die Schatten der Vergangenheit endgültig abzuwerfen?
*320 Seiten*
*Lieferbar ab 16.12.2016*

MIX
Papier aus verantwortungsvollen Quellen
FSC® C083411

Das für dieses Buch verwendete Papier ist FSC®-zertifiziert.